王族　作品

草原上的爪印

王族 ———— 著

新疆文化出版社

图书在版编目（CIP）数据

草原上的爪印 / 王族著. — 乌鲁木齐：新疆文化
出版社, 2025. 6. — ISBN 978-7-5694-4663-0

Ⅰ. I247.7

中国国家版本馆 CIP 数据核字第 2025J37U94 号

草原上的爪印

作 者 / 王 族

策　　划　陈晓婷　　　　　　　　　责任印制　铁　宇

责任编辑　陈晓婷　张雯静　　　　　装帧设计　田军辉

出版发行　新疆文化出版社有限责任公司

地　　址　乌鲁木齐市沙依巴克区克拉玛依西街 1100 号（邮编：830091）

印　　刷　北京汇瑞嘉合文化发展有限公司

开　　本　787 mm × 1 092 mm　1/16

印　　张　20.5

字　　数　300 千字

版　　次　2025 年 6 月第 1 版

印　　次　2025 年 6 月第 1 次印刷

书　　号　ISBN 978-7-5694-4663-0

定　　价　58.00 元

序

狼　志

　　熟知狼的牧民说，同一件事，人看两眼，狼看一眼。意思是同一件事，人看两眼才能明白，而狼只需看一眼便了然于胸。狼群一旦出击，会在对方尚未察觉的情况下，迅速实施致命一击。狼对动物的习性牢记在心，如果盯上它们，则会在草丛或大树后面长久潜伏，当那些动物在清晨或黄昏经过时，狼群会迅速扑过去将它们咬死，然后是一场疯狂地吞噬。

　　狼没有固定居所，大多时候在外流浪，但偶尔也会为母狼分娩挖出长达三四米的狼洞，里面有两室，可供大小狼分居。狼洞出口往往有一大堆土或树叶，将狼洞遮掩得不露一丝痕迹，这一警惕行为连猎人也常常被蒙蔽。

　　狼的生存主要依靠肉食，但在夏天也吃青草、嫩芽和浆果。狼不喝流动的河水或山涧溪水，它们知道流水会把自己的气息传向远处。它们只喝湿地中的积水或泉水，如果没有这样的水，它们便忍受饥渴，直到找到为止。所以，狼的艰辛在大多数时候并不是为了捕取食物，而是为了寻找饮水。

　　狼的奔跑速度极快，一小时可穿越五十五公里左右。它们的持久性在动物中首屈一指，即使在爬山时也不会减缓速度。狼走过空旷地带时会快速穿过，以免暴露。一旦被人或者其他动物发现，狼不会用遮掩物隐藏自己，它们会与其对视，随时准备搏斗。如果它们不想搏斗，会选择有利地形迅速离去。一般情况下，狼不会走到让自己暴露并有可能发生危险的地方。狼的记性很好，每走过一个地方都会记住其形状和地理分布。如果需要从原路返回，它们会根据记忆选择捷径，并准确到达目的地。

狼是群居动物，一群狼的数量至少有五只，一般情况下在十二只左右，在下大雪的时候，狼的数量会增加到二十只左右。狼群通常由一对有地位的"夫妻"领导，公狼可与狼群中的任何一只母狼交配。狼群有明确的领地，且自觉遵守活动范围，从不踏入他者地盘。狼群会因为小狼出生或别的狼加入而导致领地缩小，它们会因此去寻找新的栖身之地。如果狼群之间发生领地冲突，它们会发出嗥声向对方宣告主权。狼靠声音传递信息，熟知狼的牧民往往可以根据狼的叫声，判断出狼隔着好几座山在与别的狼群交流。

在狼群中，有地位的狼不论走动还是站立，总会将身躯高挺，两只耳朵直立向前，警觉周围的动静。在头狼面前，群狼往往将尾巴卷曲起来朝向背部，一副很听话的样子。

狼高兴时会不停地摇摆尾巴，舌头也会伸出嘴外动来动去。狼做游戏时，会随心所欲地在一处转圈跳跃，把身体低伏在地上，或者抬高臀部摇晃。狼是最富肢体语言的动物之一，熟知狼的人往往能从狼身上看到其内心反应。狼玩耍时嘴唇会不停地蠕动，有时还会伸出舌头舔着爪子。狼愤怒时双耳抖动，背上的毛会在瞬间竖立，嘴张开后双唇卷起，将尖利的獠牙露到外面，同时会弓背发出尖厉的长嗥。狼恐惧时会低下背进行防守，并将尾巴收回。狼这样做是为了让自己不显眼，易于隐藏。

有人说，狼是动物中会数数的动物。它们围住一群羊后，往往要逼视很长时间。它们这样做有两个目的：一是等待羊群慌乱，那是最佳的出击时机；二是数清羊有多少只，以选择最肥硕的羊作为攻击对象。狼袭击羊时，往往会选择羊的肚子和脖子——攻击羊的肚子是为了扯出羊的肠子，因为羊肠子是狼最喜欢吃的东西；攻击羊的脖子是为了把羊咬死，然后背走。狼咬死一只动物后并不会立刻吃掉，而是要叼（拖）回狼群中。新疆阿尔泰山一带的牧民经常会说一句话："狼咬死羊并不一定能吃上，如果狼把羊背上，那就没有了指望。"狼把咬死的动物运回狼群后，在群狼面前高高兴兴地跑上几圈，然后才将其吞噬。任何一只狼都不会上前与它争食，只是看着它津津有味地享用食物。

狼可以为了内心需求去冒险，也可以为了高贵的精神而选择死亡。有一只狼被牧民打伤后，觉得自己无法逃出包围，一头撞向一块石头，它的脑袋顷刻变成模糊的一团。在内蒙古锡林郭勒草原上，流传着一首长调："一只狼在仰天长啸，一条腿被猎夹紧咬，它最后咬断自己的骨头，带着三条腿继续寻找故乡。"狼的精神在这首长调中体现得淋漓尽致。

狼灵活机智，从不盲目出击。一位牧民说，有一次，一群饿狼围住一头鹿，一只狼冲过去咬伤鹿腿后返回狼群，让另一只狼冲过去咬伤鹿的另一条腿。狼群之所以没发起凶猛地进攻，是因为鹿比狼大好多倍，善于用蹄子攻击，一蹄子便可把狼踢死。所以，群狼就那样一只又一只地扑过去咬鹿的腿，让它大量失血，没有了反抗的力气和意志。当然，在这样的等待中狼也渐渐没有了力气，在饥饿中极有可能会一头栽倒，但信念支撑着它们，它们会一直坚持下去。鹿终于轰然倒地，狼群一拥而上，撕扯开鹿的皮肉吞噬起来。

在狼身上，孤独和骄傲并存。狼的最佳生存状态是在孤苦绝境中独自觅食。狼不会在任何一个地方长久停留，即使吃东西时也高度警惕，一旦有风吹草动便将身影闪入旷野之中。但它们伫立在高处对着圆月发出的长嗥却淋漓尽致，让人觉得它们在那一刻精神振奋，浑身激荡着难耐的热流。

狼对大自然中的一些动物充满友爱，总是不动声色地关心它们。狼在吃猎物时会把一些骨头、皮肉和残渣碎屑留在路边，那些陷入无助境地的狐狸、秃鹫、鹰和乌鸦等，会依靠这些东西渡过难关。受狼的启示，新疆的牧民在沙漠中吃完西瓜后，将瓜皮反扣在地上使其保持水分，以解救以后路过此地的受困者或饥渴的鸟儿。乌鸦是狼的好朋友，一旦发现猎物就会给狼报信，狼接到信号后会欢快地嗥叫，快速向目标疾驰而去。

在赤野千里的荒原上，当一群狼行动时，走在最前面的是一只头狼，它将积雪或草木用头顶开，开辟出让后面的狼顺利通行的小路。在漫漫长途中，狼群会遇到突如其来的另一群狼，它们会咆哮，怒目相视，却很少搏斗，它们之间喜欢和平沟通。

狼的威风在尾巴上，狼群中地位高的狼总是高翘着尾巴，地位低的狼总是把尾巴夹在两腿之间。为狼群出去打探猎物的狼，不光要为整个狼群负责，还必须具备冒险精神，所以这样的狼在很多时候其实是独狼，它们勇敢、睿智，具有超凡的本领。它们找到目标后把嘴插入地缝，发出一声低缓嘶哑的噪声，狼群听到它们的叫声后会汇聚过来。如果独狼在外遇到危险，便只能独自解决，解决了危险便能归队，若解决不了便命丧荒野。所以说，独狼是狼群里的"敢死队员"。

深夜，狼的嗥叫会让人惊骇不已。它们的叫声阴森、凄楚，嘶哑而有力，不论是嗥叫还是呼唤，绝不重复。狼对自己的声音个性要求十分严格，以此来强化自己作为狼的高贵精神。狼的叫声有很多种，没有人能说清狼嗥叫的意思，大自然赐予它们这一禀赋，它们从中享受着独有的快乐。

狼最无可奈何的敌人是蚂蚁。在树林里，蚂蚁在松树下的落针中密集成团，有时候狼会卧在其中，成团的蚂蚁便咬它们。最后，狼会被蚂蚁咬得全身溃烂，倒地而亡。

野生的狼因为一直在荒野生存，寿命在12~16年之间，而人工饲养的狼因为生存条件好，能活到20岁左右。狼死亡的原因有很多，疾病是导致狼死亡的一大原因，它们在捕食时可能会被传染上狂犬病、细小病毒和犬瘟热等流行病。

一只老狼在临死前会大声嗥叫，召唤别的狼到自己身边来，将自己经常光顾的巢穴、河水、牧场分布等情况告诉同类，这是每只狼都会严格遵守的传承规则。狼死后，同类会把它吃掉，不让它的皮肉和骨头遗失于荒野，这是狼最好的归宿。

王族

2023 年 1 月 29 日于乌鲁木齐

目录

行走的狼尸

吃肉的牙长在嘴里,吃人的牙长在心里。

是说狼。

现在,这只狼露出獠牙,紧盯着一头牦牛。

牦牛在吃草,狼想咬死牦牛,吃了它。

狼已饥饿很久,发现这头牦牛后便紧紧尾随。这头牦牛已经吃了很长时间的草,但它仍低着头,似乎很饿,地上所有的草都不足以让它吃饱。牦牛在夏天会从雪线一带来到河滩中吃东西,有时候甚至头低下许久都不抬起,似乎地上有永远吃不完的东西。牦牛是肥硕的,走动时四蹄踩出咣咣的声响,其尖利粗壮的双角看上去让人骇然。但这只狼觉得牦牛的体格并不能对其自身起到保护作用,反之却因为行动迟缓会让自己轻易得手。狼美好的饕餮幻想被迅速绘制完成,它眼中的目标逐渐缩小,投射出去的死亡阴影逐渐扩大。

牦牛一直在吃草。

牦牛行动迟缓,性格也颇为温顺,但它们是隐形大力士,一旦发怒可一头把石头撞飞。生活在帕米尔高原上的柯尔克孜族牧民喜欢牦牛,他们创造了不少关于牦牛的谚语:"牦牛虽然不吃肉,但鸟儿的飞也比不上它的走。""牦牛往前走,河水会倒流;牦牛往后退,冰山也降低。"

狼是食肉动物,但它们的身体却很瘦,总是皮包骨头、饥肠辘辘的样子。但狼有很强的爆发力,加之捕猎技能在动物界首屈一指,所以狼的攻击都是致命的。

如果一头牦牛和一只狼展开对决,那么一场血肉之搏会迅速走向高潮。

现在,狼偷偷观察着牦牛,它的眼睛已经发红,并发出粗喘声,但它不动。牦牛吃饱后去河边喝水,随后又望着远处的雪峰出神。也许,牦牛是最喜欢欣赏风景,也最喜欢冥思的动物,它们往往会望着一个地方看很久,而且一动不动。

狼仍在等待,它觉得最佳的进攻时机未到。

过了没多久,狼就被眼前发生的情景惊呆了,从对面山坡上黑压压地走过来一群牦牛,它们似乎是一支排列有序的方队,潮水一般冲向坡顶,又漫漶而下进入坡底。

仅仅十几分钟,它们就走到了草场前。

太阳已经升起,草地上泛起一层亮光。

牦牛盯着那层亮光不再前进一步,静止的牦牛和被太阳照亮的草滩,在这时变得像一幅油画。过了一会儿,太阳升高,草地的绿色从那层光亮中脱落出来,变得格外青嫩。慢慢地,它们便散开去周围寻找草吃。从远处看,它们犹如无数个小黑点,也很像一片低矮的灌木丛,有几头牦牛的角很长,以至于嘴还未伸到草跟前,角却先触到了地。于是,它们不得不歪着脑袋吃草。

很快,狼便看见了牦牛激烈争斗的一幕。起初,狼觉得很奇怪,那些高大健壮的牦牛正在吃着草,却不知为何突然聚拢在一起。它们先是冷冷地互相盯着对方,像是怀疑对方并非同类。过了一会儿,不知哪头牦牛嘶叫了一声,整个牦牛群便混乱起来。有的牦牛在努力向外冲,而外围的牦牛却往里面冲。草被它们踏倒,水也被蹄子溅起,带着泥巴沾在它们的身上。

狼紧张起来。

狼从牦牛的架势上隐隐约约感到一股杀气。

狼希望它们互相残杀,把彼此都弄得血肉横飞,那样的话,自己就可以不费吹灰之力饱餐一顿。有一只狼就曾有过这样的好运。那一段时间,牦牛尾巴做成的掸子很畅销,有人便在活牦牛身上大发横财。他们拿刀子悄悄走到牦牛身后,一手将它们的尾巴提起,另一只手举刀一下子就将尾巴割了下来。被割掉尾巴的牦牛痛得狂奔而去,撞在石头上死去。那人拿着牦牛尾巴跑了,那只狼从树丛里出来,撕扯开牦牛的肚子吃了起来。

今天,这只狼希望这群牦牛中,至少有一头被别的牦牛用角顶死。

很快,狼希望的事情发生了。牦牛互相撞碰起来,不一会儿便用角去刺对方。牦牛乌黑的犄角像利剑,在对方身上划出口子,血很快就流了出来。这时候,狼注意到牦牛都变得很兴奋,呜呜叫着向对方发起凶猛攻击。在进攻中,它们也不时被对方的角刺中。

渐渐地,有一部分牦牛受伤,有一部分牦牛体力不支,一一退到了一边。

它们血流如注,不停地战栗。

但它们仍很兴奋地看着那些还在战斗的牦牛。

那些尚有战斗力的牦牛,显然是这群牦牛中的佼佼者,它们不光敏捷,而且耐战,虽然身上已经多处受伤,甚至鲜血染红了身体,但它们却没有要结束战斗的意思。

牦牛们再次冲撞。

不论怎样的战斗,历来都是残酷的,它要求参战者必须全神贯注。而结局无外乎只有两种,胜利或战死。至于胜利者,在这场战争中也会变得伤痕累累。

很快,又有一批牦牛败退下来。

过了一会儿,第三批失败者也退了下来,留在战场上的都是胜利者。

因为它们都是胜利者,所以接下来的战斗更激烈也更残酷,每一头牦牛都在猛烈攻击另一头牦牛。很快,又有几头牦牛退了下来。有一头健壮的牦牛不甘心,要坚守自己的阵地,两头取胜的牦牛则立刻一起向它发起攻击,四只尖利的长角刺进它的肚子,它在噗噗响声中轰然倒地。

剩下的几头牦牛是最后的胜利者。

它们高扬着头长嗥几声,向远处的几头牦牛走去。

这时候,狼才发觉那几头牦牛一直伫立在那儿,它们静静观察着刚才的战斗。狼不知道它们为什么不加入战斗,从它们的体形上看,它们有可能是母牦牛。就在狼这么想着的时候,那几头牦牛中的一头叫了一声,那几头胜利者走到它们跟前,用嘴去舔它们。

狼断定,那几头牦牛的确是母牦牛。

母牦牛像是已经等待了许久,与它们依偎在一起。胜利者发出喜悦的嗥叫,母牦牛用嘴舔着它们伤口流出的血。舔完之后,它们便头抵着头缠绵在一起。过了一会儿,母牦牛兴奋起来,它们静静站着,等待着公牦牛与自己融为一体。

至此,狼才明白这群牦牛为何奋战——几头母牦牛在远处发出了信号,所有公牦牛便为之奋争,掀起了一场你死我活的争斗。

这只狼一直躲在石头后面等待,丰富的进攻经验和高于一般动物的智商让它明白,毫无防备的牦牛一定会给自己提供最佳的进攻时机,到时候自己只需突然蹿出,一口咬住牦牛脖子将喉管扯断,牦牛就会呜呜地低叫几声,然后轰然倒地。牦牛的力气大,狼不会和它硬拼,只会选择它的致命处一举毙之。

狼对付牦牛这样的大动物,自有它们的办法。有一次,一群狼围住了一头牦牛,但牦牛高大雄壮,加之还有一对尖利的角,所以狼便无从下口。但很快,群狼想出一个办法,它们从四面八方佯攻,让牦牛慌乱打转,一只狼瞅准机会扑过去咬一口它的腿,然后迅速返回,过了一会儿,另一只狼又扑过去咬一口它的腿,然后迅速返回。就这样,狼群用局部攻击的办法,把

牦牛的四只腿咬得鲜血直流，直至它因为失血过多轰然倒地。

现在，这只狼并不惧怕这头牦牛，内心充满了杀戮。

过了一会儿，几只乌鸦飞过，发出几声聒噪的叫声。牦牛听见乌鸦的叫声，抬头向天空望去。乌鸦叫过几声后便飞走了，但牦牛仍望着乌鸦的影子，似乎希望它飞回来。

这是最佳的进攻时机。

狼从石头后面一跃而出，大张着嘴向牦牛扑了过去。最佳的进攻时机无异于是最得力的"武器"，狼适时将其掌握，可使进攻力度大增。它扑向牦牛的速度非常快，几株野草被它碰得东倒西歪，荡起一层波浪。但因为狼对牦牛的预估带有主观判断，加之轻敌，所以牦牛很快便发现了它的意图。牦牛迅速将身体一扭，用一对尖利的角对着它，只等它扑过来，便将角刺进它皮包骨头的身体里去。

狼在心中绘制的蓝图，如火焰般迅速熄灭。

但狼不服气，嘶叫着又向牦牛逼近。

狼是最忍受不了耻辱的动物，而且不会轻易改变意图，所以它们一旦出击，一定会拼死一搏。狼数次进攻，牦牛数次将它击退，二者都想置对方于死地。耻辱感让心中的杀戮欲望数倍放大，似乎被杀死或者受伤就是屈服于对方，是耻辱，而杀死对方所享受到的快感，则是荣耀。

狼在粗喘，并不时嗥叫，让寂静的草滩也战栗起来。

牦牛在咆哮，地上的沙砾被它踩得乱飞，划出纷乱的弧线。牦牛一贯是稳重的动物，但在此刻被激怒，爆发力极强，恨不得用四蹄或双角一下子让狼丧命。

这只狼并不知道牦牛有惊人的爆发力，所以不知不觉陷入了危险境地。但狼亦很愤怒，张开的大口如同深渊，尖利的牙齿泛出阴森森的光。狼善于短兵相接，一旦被它近身就会有危险，但牦牛的一对尖角也泛着阴森森的光，狼无法靠近牦牛半步。

牦牛身体里的爆发力是不可预估的，在帕米尔高原的塔什库尔干，曾发生过这样一件事。人们用牦牛给牧场上的人送东西，途经一处悬崖，窄小的路从悬崖半中腰通过，人们把牦牛一头一头隔开，让它们缓缓前行。但危险还是出现了，一头牦牛不小心踩空，身体向悬崖下歪斜着倒去。它反应很快，立即用另一只蹄子蹬住石头稳住身子。但因为失去重心，它不能把身躯挪到路上来。它因为紧张害怕，呼吸变得粗重，用茫然的目光望着人们。一位牧民仔细看过周围的环境后，从腰间抽出刀子，狠狠向牦牛的尾巴砍去。牦牛性情凶猛，人一般不敢轻易伤它，若伤了它，它会瞬间爆发，有时甚至会疯狂地把汽车撞翻。果然，当刀子砍到那头牦牛尾巴上时，它受到疼痛刺激，一跃跳到了路上。它的尾巴在流血，对砍它的人怒叫了一声。队伍很快恢复了秩序，人和牦牛都顺利通过了悬崖。

慢慢地，牦牛占了上风，并且频频向狼发起攻击。狼四两拨千斤的封喉战术，在这时无法发挥作用，因为无论它怎样进攻，牦牛的那对尖角都一一将它阻挡。

最后，牦牛把狼逼到了它刚才藏身的那块石头跟前。曾被狼利用过的石头，现在反倒被牦牛很好地利用了起来。

狼的内心涌出一丝恐惧。

心理崩溃之时，往往证明事实已糟糕到无法改变的地步。牦牛扬着两只角，一头刺向狼。狼身后是那块石头，它已经无路可走。

狼的双眼中布满惊骇。

牦牛的力气很大，它逼到狼跟前，用双角刺向狼。狼眼里闪过屈辱，来不及做任何挣扎，便被牦牛的双角刺穿了身体。牦牛将头一扬，便将狼挑了起来。牦牛用力太猛，乱叫的狼被它顶了起来。

狼很快就死了。

狼不会想到自己会落得这样的下场，但牦牛的力气太大，狼与它拼的是力气而不是智慧，所以狼必死无疑。如果牦牛与狼拼智慧，牦牛绝对不是狼的对手。狼不会对牦牛发起猛攻，它会一次次扑过去咬牦牛的腿，让它因为流血过多倒地而亡。面对庞然大物，狼会用"蚂蚁啃大象"的办法，而庞然大物因无法发挥勇猛之力,最后会像是被肢解一样死去。但这次狼处于被动位置,加之牦牛的那对角尖利无比,似乎可以凝聚全身力量,所以狼受到牦牛的致命一击后,一命呜呼。

因为主要是在讲狼的故事,现在这只狼已经死了,接下来的故事应该以补记之类的东西来叙述,但因为它死了后仍不让牦牛安生,所以,我将这个故事继续讲下去。

谁也不知道狼会怎样死,会死于哪些强敌的攻击之中。柯尔克孜族牧民常说,狼最后到底是怎么死的,没有人能说得上来。但经由牦牛把狼顶死这件事,帕米尔高原上的很多人都知道了狼死亡时的情景,并广为流传。后来,一位柯尔克孜族老人目睹了一只狼死亡的过程。有一只老狼意识到自己快不行了,便悄悄离开了狼群。在狼的一生中,年龄界限并不明显,一只年轻的狼和一只老狼看上去一模一样,就连捕食、行走、奔跑和嗥叫也别无二致。所以说,狼的一生是充满活力的一生,狼群也是非常整齐的群。那只老狼离开狼群后,走到一块大石头跟前向四周看了看,然后突然长嗥一声,一头撞向那块大石头。一声闷响后,它的头被撞得粉碎。群狼听到它的嗥叫后赶了过来,围着它叫成一片。

被牦牛用双角刺死的这只狼,是狼的死亡法则中的意外。牦牛的双角刺进狼的骨头中,狼的尸体从此便挂在牦牛头上,时间长了,狼的皮肉腐烂脱落,牦牛头上便只剩下一副狼的骨架,远远看上去,似乎戴了一顶白色头冠。

这意外的"装饰"并非牦牛本意而为,它只想要一次胜利,要一次对狼的杀戮。所以,它不知道一次意外的决斗,竟在最后留下了一件纪念品,仿佛一场永恒的加冕。它慢慢习惯了头部负重,不再觉得头上有东西。有的动物看见牦牛头上的狼尸,会惊异地叫几声跑开,而大多数动物则无动于衷,看几眼后又去吃草。

一次,牦牛经过一片树林,一根树枝挡住了它的去路,它习惯性地用角去撞树枝。以前遇到这样的麻烦,它都用这种办法解决,但现在却不一样了,它双角上的狼尸不能让角发挥出作用。它猛烈撞上去,却如同触及软物,树枝仍横在那里一动不动。它不再理那根树枝,侧身走了过去。

牦牛错过了一次反思的机会。

如果牦牛对自己的撞击力度产生怀疑,也许就会发现,一具狼尸已挂在自己头上数月,并影响到了自己正常发挥力量。但牦牛有致命的忽略他者的毛病,所以这次机会被它轻而易举错失。那根树枝没有再受到它的撞击,它绕过去,顺利走出树林。

走出树林后,一群狼与它相遇。

牦牛停下,怒视着狼群。它以为狼群要扑过来撕咬自己,便把头低下,将双角对准它们。此时,牦牛只知道自己头上有一对尖利的角,不会意识到角上还挂着一具狼尸。

群狼对着它嗥叫,当它将狼尸对准它们时,群狼突然不叫了。牦牛不打算逃跑,虽然狼数量很多,但它对自己尖利的角很有信心,只要狼群敢进攻,它会毫不客气地刺穿它们。为此,它愤怒地与狼群对峙。此时的对峙,犹如牦牛握着一张胜败判决书,如果狼群不识时务,必将付出死亡代价。

狼群并不进攻,同类的尸骨挂在牦牛头上,这对它们来说是一种耻辱。它们不知道同类的尸骨是怎样挂到牦牛头上去的,但它们断定一定是这头牦牛杀死了它,为了炫耀,还把尸骨挂在了头上。

群狼躁动不安,不停地嗥叫。

狼死后是不能让尸体存留于世的,活着的狼,必须把死去的狼吃得干干净净,但现在同类的尸骨却挂在牦牛头上,群狼不知该如何是好。

对峙了一会儿,群狼怪叫着离去。

牦牛不动声色地站在原地。

这件事仍没有让本质得以揭示,牦牛仅知道防范,没有意识到狼群的奇怪反应,更没有意识到自己头上有一个隐秘世界,它已经打乱了固有的秩序,并改变了两种动物的生死常规。

之后的一天,牦牛到河边去喝水,突然从水面看到自己头上的东西。

是那具狼尸,它白骨裸露,显得更加可怕。

没错,牦牛对不久前的那场杀戮记忆犹新,其恐惧和仇恨更是烂熟于心。所以,水面在那一刻如同一面镜子,让它看见狼仍然在和自己对峙,更要命的是,狼已经在自己头上,自己却不知道。

多么可怕,命运的绳索将自己牵制着,正在走向毁灭。

牦牛被吓坏了,转身从河边跑开。

牦牛内心出现巨大的疑问:那只狼的尸骨为何会在自己头顶?它会咬自己吗?它不具备分析那场杀戮的智商,所以不明白那件事的经过和原因,它只觉得那只狼在自己头上,随时会咬自己。

"恐惧的刀子"悬在头顶,吓坏了牦牛。

牦牛再次愤怒,想用疾跑方法把头上的狼甩下来,但任凭它怎样努力,狼的尸骨像是长在它头上,纹丝不动。

最后,牦牛跑累了,无可奈何地在一块草地上左右转圈,并发出急躁的嘶叫声。狼在它头上,它无论如何都甩不掉它,它恨不得一头撞在石头上,把头上的狼撞死,也把自己撞死,那样的话,它再也不会恐惧。

后来它慢慢平静了,但它再也不敢去河边喝水,水面似乎是一个深渊,它只要接近就会掉进去。为此它忍受着口渴,似乎忍耐是唯一保护自己的方法。它变得越来越孤独,自卑心理让它不愿走到同类中去,对其他动物也远远躲开。上天在它的生命棋盘上,突然布下一枚意外的棋子,它全盘皆乱,不知该如何突围。虽然食草让它的胃保持了一定的营养,并储备相应的热量,但干渴像一只邪恶的大手,在它体内每移动一处便令它忍无可忍。昔日,它身体的每一个部位都可以咆哮出力量,但现在却在一点一点干裂,似乎落下一丁点儿火星就可以燃烧。

牦牛仍不愿去河边喝水,它不惧死亡,但害怕那水中阴森森的倒影。

牦牛想起山上有一处小瀑布,有水从高处流下,它只需仰起头就可以喝到水,以前它曾享受过一次。那里的水清冽甘甜,从高处滴入口腔,然后浸入喉咙的过程无比美妙。危难处境让它意识到,必须利用这一条件,解决眼下的困境。它的思维活跃起来，并迅速用经验复制出去山上喝水的想法。

完美的想法让牦牛精神倍增，于是它迈动四蹄向山上爬去。

这一过程极具形式感，牦牛内心充斥着新生的快乐。它心里既有从困惑中挣扎而出的喜悦，又有即将享受到幸福的冲动。那个小瀑布在高处，要走很远的路，但这些对它来说都不算什么，多日来的苦闷正在一点一点消失，代之而来的是重新建立的自信。也许，牦牛是心态最平和而且对这个世界要求最少的动物，所以它们从来不会有过激行为。它们不为吃而争，不为领地而斗。太阳升起时，它们默默站在草地上吃草；太阳落下时，它们亦保持固有姿态；黑夜降临时——因为它们本身就是黑色——便和黑夜融为一体，不像有些动物那样负重和焦虑。

但这头牦牛的命运不好，在经过一个狭窄的岩缝时，它突然觉得自己的头被卡住，无法动弹。它用力挣扎了一下，才发现是头上的狼尸被岩缝死死卡住了。它恨狼，狼死了还给自己添麻烦。一股怒意从心中涌出。这时，它心里有了一个想法：从岩缝中挣扎出来后，就利用岩石把头上的狼尸磕掉，哪怕磕个头破血流，它再也不想受这份气了。

牦牛用力挣扎，企图将双角连同狼尸从岩缝中扯出，然后低下头，从岩缝中通过。牦牛想起那个小瀑布顿时又有了勇气，于是便使足力气往外挣扎。

但它这一用力却坏事了，狼尸被岩缝卡得更死，无论它怎样挣扎，狼尸都一动不动。它想看看是怎样的岩缝卡住了狼尸，但它的脖子也动不了了。它知道在自己的头顶上发生了什么，却丝毫看不见。

它继续挣扎，仍然无济于事。

意外的遭遇，可怕的困境，让牦牛有了不祥的预感。它因为挣扎，脖子已经酸痛，再也没有了力气。一丝阴影从它心头掠过，寒气很快便在它全身弥漫开来。

它的双角长进了狼尸中，狼尸长进了石头中——命运无心开出的恶之花，让一场灾难势不可当地在它头上扎下了根。

它急得乱踢,四蹄把岩石踢出火星。

它大叫,狂躁的声音让附近的鸟儿都迅速飞离。

慢慢地,它的声音由愤怒变得无奈,由无奈变得伤感,由伤感变得绝望,最后慢慢没了声息。

它渴死了。

爪　印

在老马的葬礼上，人们一直在谈论一只三条腿的狼，这让老马的葬礼变得很奇怪，似乎死的不是老马，而是一只狼。

因为频频发生狼灾，县上派老马带着打狼队上山打狼，但他们没打死一只狼，却让狼咬死了五十六只羊，老马被撤掉打狼队队长后，不敢回列思河县城去，便硬着头皮来了托科村。老马觉得县城的人都在议论他，他一旦回去就会被嘲笑的旋涡淹没。这件事正应了一句老话，放不稳的茶碗会摔碎，泡在水里的马鞍会烂。他不下山，说不定人们就不会想起他，也就不会被人嘲笑。

老马对库力提说："我和你老公达尔汗是朋友，你要帮我在这里住下去。"

库力提帮老马联系了一处住所，老马很满意，便搬了进去。

库力提对老马说："不打狼也挺好的，你年龄大了，是到了该解脱的时候了。我们家的达尔汗打了四十多年猎，不也是洗手不干了吗？你这一解脱，以后就再也不用和狼斗了，多好啊！"

老马说："不打狼确实是解脱了，我也想过那样的生活。"

库力提说:"达尔汗快回来了,到时候你们两个老朋友一起喝酒。"

老马却说:"我没有脸喝酒,狼把五十六只羊吃了,我把罪名背了。你不知道,现在阿勒泰的牧民把我笑话得不成样子了。这还不够,县城的人都在等着看我的笑话,我只要下山去,就会被笑话死。"

库力提便安慰老马,既然不想下山,就在托科村踏踏实实待着吧,达尔汗到下雪时就回来了。

有人对老马开玩笑:"我们托科村多好,有山有水,你一来就不想回去了,就好好地在这儿待着吧,这个地方养人哩。"

老马说:"我不回去不是因为这里的风景好。"

那人又说:"我知道,你是因为我们这里的动物多,想在这儿打猎呢!"

老马强调:"我不是为了打猎,我待在这儿是为了打狼。"

人们这才知道,老马在齐里克牧场上因为狼吃了亏,加之又被撤销了打狼队队长的职务,不好意思回县城去,便打算在这儿打狼。起初,人们很纳闷,牧场附近的狼很多,老马不去牧场上打狼,反而跑到这里来,这里能打到狼吗?后来,人们理解了老马。齐里克牧场是他的伤心之地,那五十六只羊就是他当打狼队队长时被狼咬死的,所以他一定要打狼,否则,他此生将无法雪耻。有一句谚语说,骆驼虽然瘦着死去,但有六盘油混在肉里。老马当过打狼队队长,人们相信他哪怕不当打狼队队长,也一定能打死狼。

过了几天,库力提给老马送来三只羊,对老马说:"你不能天天想着去打狼,得干点别的事情。一边干别的事情一边打狼,日子才会过得有意思。"

老马自制了一杆猎枪,天天在托科村周围走动。老话说,驯好的鹰不能给别人去捕猎,开门的钥匙一定要在自己手里。老马一本正经,似乎又变成了打狼队队长,哪怕不是队长,也是一名打狼队队员。几天过去了,仍不见狼的任何踪迹。老马很郁闷,难道狼像幽灵一样消失了?

老马闲了下来。

几天后,从齐里克牧场上传来狼突然多起来的消息,所有人都在谈论狼,说它们像从天上飞来的蝗虫、草里钻出的蚂蚱一样多,但狼还没有出现在托科村。老马听说，狼现在正集中在齐里克牧场一带疯狂袭击羊群，达尔汗的儿子热汗当了打狼队队长，带着打狼队正日夜打狼呢。

老马很失落，这样的事情，他怎么就没有遇上呢？打狼队的枪还是不错的，如果狼进入射程之内，是可以把狼打死的；即使情况再不好，也不过多开几枪，就一定能把狼打死。但他在齐里克牧场时，狼躲着他；他走了，狼就出来了。他觉得他的命不好。

因为失落，老马备足弹药，躲在村口的栅栏后面，只等狼进入村子便开枪射击。村里人也忙着赶来，白天黑夜背着枪在村庄周围巡逻，一旦发现狼要扑进村庄，便会向狼开枪。有谚语说，鸡怕黄鼠狼叫，狼怕猎人开枪。村里人见狼就会开枪，打中了可以得到奖赏（当时的狼还没有被列入保护范围，因为打狼有利于牧业，所以打死一只狼奖励一只羊）。打不中也可以把狼吓跑，免得让大家遭受损失。

村里人一边防狼，一边聊狼咬死人的事情。他们听说，这两年新疆的狼因为太多，不得不向甘肃、内蒙古和青海等邻省迁移。青海的一名小孩春节时去给他舅舅拜年，在半路听见有人在背后说话，一回头便被一只狼咬在了脸上，狼用力一扯，将他的半边脸咬掉，被救回来后，在炕上躺了几天便死了。有谚语说，脚肿了，靴子会显小；手残了，胳膊没有劲。以前从未发生过狼咬人脸的事情，青海人气愤地骂新疆，说新疆人没有把狼看好，让它们跑到青海害人。

老马等了十多天，狼始终没有出现。

等狼无望，村里人便去忙别的事情，老马也不再去栅栏后面潜伏。有谚语说，变天先刮风，狼来先嗥叫。不着急，狼不会无声无息地出现。再说，村里有好多只狗，有几只甚至是上等的牧羊犬，只要狼一出现，它们便会汪汪大叫，狗一叫，人就知道狼来了。老马除了备有猎枪外，还在羊圈的四周安装了铁夹子，并养了一只健壮的牧羊犬。他盼望着狼来，更盼望着把狼打死，以洗之前的耻辱。

一天黄昏，老马突然看见村后的树林边有团影子一闪，很快便不见了。

狼来了！

老马心里一阵激动，也一阵紧张。但他很快便冷静下来，做出一副并不知道有狼、只是在严密防范狼的样子。他知道只有这样才可以引诱狼更接近村庄，让自己得到杀死它的机会。如果一看见狼便大喊大叫，甚至抄起准备好的打狼工具往狼出现的地方扑去，就会让狼知道人的意图，并迅速离去。老话说，狼一闪就过了山冈，人跑百步还在山脚。有经验的人会赶到狼的前面伏击，那样就可以把狼截住；而没有经验的人往往赶往狼出现过的地方，但狼早已没有了踪影。

老马因为狼吃了亏，所以他学聪明了，懂得和狼智斗。

那只狼在老马家附近的树林里窥视许久，终因老马的严密防范而不能得逞。

两天后，老马赶着他的三只羊去河边吃草，那只狼也许觉得他年迈体衰，突然从树林里蹿出，迅猛扑向一只羊。但狼的判断有误，不知道老马将猎枪藏在怀中。老马迅速向狼瞄准，一声枪响后，狼歪斜了一下迅速逃走。老马嘟哝了一句："毛驴子下的狼，看我不打断你的腿，要了你的命！"

那只狼跑到树林边站住，回过头盯着老马。老马断定刚才的一枪已将狼击中，便又举起手中的猎枪作瞄准状，狼一晃便不见了踪迹。

惊险而刺激的一瞬太过于短暂，老马为没有打死狼而遗憾。

而那只狼跑到树林边站住，回头盯着他的情景，激起了他的仇恨。他很生气：毛驴子下的狼，你为什么看我？难道想收拾我吗？回到家，老马仍然不能平静，不停地嘟哝着："毛驴子下的狼，挨了一枪，还能活才怪哩？"起初，老马不这样骂狼，和牧民们在一起待久了，发现牧民们都这样骂狼，他便也学会了这句骂狼的话。

老马恨上了那只狼，断定那只狼也恨上了他。有谚语说，从渠上跳过去的人，知道水的深浅。老马在羊圈外安了狼夹后，又灵机一动在羊圈墙根也安了一个。还有一句谚语说，假如你不知道我语言的锋芒，就一定猜不透我心底的秘密。老马想，毛驴子下哈的狼，即使你躲过外面的铁夹子，你还能躲过里面的铁夹子,你有那么聪明?

　　不久后的一天晚上,那只狼又突然来袭,它虽然躲过了外面的狼夹,但正如老马所料,狼没有人类聪明,它没能躲过羊圈里的第二个铁夹子,啪的一声被夹住了一条后腿。有谚语说,个子高的人,头经常被碰;个子矮的人,脚经常会踏。狼太贪婪,便经常中计,中计后轻则身残,重则丧命。老马的铁夹子是铁制的,狼被夹得发出惨叫,用力扯起铁夹子翻墙逃去。老马被叮叮当当的声响惊醒,他断定狼已经上当,便提起猎枪冲出了房门。

　　狼摇晃着在前面跑,老马在后面追。其实,老马一伸手就可以抓住铁夹子上的铁链,但他没有那样做,只是紧追不舍。以前,有一位牧民在追被铁夹子夹住的狼时,傻乎乎地去抓铁夹子上的铁链,意欲将狼拽回,不料狼一回头咬住了他的胳膊,幸亏他机灵,用力抱住狼头大喊救命,及时赶来的牧民帮助他围攻,才把狼打死。现在,老马知道只要紧追不舍,狼的内心就会越来越惊恐,加之一条腿上拖着铁夹子,跑不了多远,就会因为流血过多一头栽倒。

　　此时,狼已经很狼狈,因受铁夹子拖累,接连摔了好几个跟头,并恐惧得呜呜乱叫。那个铁夹子让狼发挥不出惯有的残忍,暴露出了恐惧和软弱。有谚语说,用马尾毛穿豆腐,再有劲也提不起来。狼跑出一段路后突然停下,回头怒视着老马。老马很生气,心想,看你平时威风得很,现在被铁夹子夹住,你还这么不要脸吗?

　　老马一点都不惧怕狼的怒视,端着猎枪往上冲。

　　狼眼睛里的怒视像潮水一样退却,继而漫溢出一种绝望。有谚语说,锅是用来炖羊肉的,猎枪是用来杀狼的。狼看见老马端着猎枪追了过来,便急中生智,一口咬住那条被铁夹子夹住的腿,头一扬,一声脆响,它将那条腿咬断,用三条腿逃走了。

　　铁夹子被弃于沙土中,狼断了的半截腿仍被死死夹着。

　　狼丧失了一条腿,它还有三条腿,还可以往前跑。老马唏嘘不已,这一幕让他太意外了,一时不知该如何是好。少顷,他拾起铁夹子,拉开机关将狼的断腿取下,瞪着眼看了看扔进了树林。有谚语说,箭再快,也射不了风;门再宽,也进不了骆驼。老马提着铁夹子转身返回,嘴里又嘟哝了一句:"毛驴子下的狼,干啥哩?"

老马的语气中充满无奈。

老马回到家很久,那一幕仍在他眼前晃动。狼在关键时刻,居然咬断自己的腿逃走?看来它在那一刻是绝望的,但不可否认,它又是睿智的,如果它不咬断那条腿,就无法逃走,老马的子弹就会毫不客气地射进它的身体,所以在死亡逼近的一瞬,它当机立断作出了决绝的选择。

毛驴子下的狼,厉害。老马一阵恐惧,但愤怒很快将恐惧压了下去。

几天后,老马发现他家附近有狼的三个爪印。起初,他并没有留意地上那一串爪印,因为村庄里的羊每天走来走去,留下蹄印并不奇怪。但后来他发现那三个爪印很奇特,不但显得轻飘,而且每个爪印都有一大四小共五个指印。他琢磨,羊的蹄印踩得深,只有左右两瓣,而且一群羊行走时始终在一起,没有哪只羊会离开羊群,所以羊群留在路上的蹄印总是很密集,一眼就可以认出来;而这三个爪印与羊的蹄印截然不同,他断定是狼留下的。有谚语说,马鞭子只会落在马背上,奶桶永远在母羊肚子下。狼的爪印之所以显得轻飘,是因为它们走动时警惕性很高,随时都准备躲藏和逃避。

更让老马吃惊的是,地上只有三个爪印,一定是那只三条腿的狼回来了,用三条腿在附近走动,在寻机报仇。

愤怒和惊恐在老马内心交织,他既有要置狼于死地的冲动,又隐隐担忧危险正在临近。

老马把这一发现告诉了村里人。这件事太出乎意料,引得人们议论纷纷,都相信那只狼来找老马报仇了。因为那狼被老马害得丢了一条腿,它不报此仇便不是狼。老马听到人们的议论后,生气地说:"它想报仇?我还想灭了它呢!一只狼还能把人吓死,况且它只有三条腿,已经不能正常行走,只要让我碰上,不要了它毛驴子下的命才怪呢?"

但狼给人带来的恐惧根深蒂固，老马虽然嘴上把话说得很硬，但心里还是发虚。他想，狼只要接近羊便一定是羊丧命，狼只要接近人便一定是人有危险。这样的事已发生过很多次，谁又能改变呢？再说了，它因为丢了一条腿，内心愤恨会激发出神奇的力量，如果扑向他，会像一座大山压下来，所以，还是小心一点为好。

老马想起一句谚语，老练的猎人会挖陷阱，聪明的骑手会选好马。老马明白先下手为强的道理，他准备好的猎枪、狼夹、刀子、绳子等，像整齐列队的士兵，随时会被他用于打狼。但他仍然担心，所以要把声势搞大，让周围的人都知道他要和一只狼较量，如果真有不测，他们一定会帮他。以前他觉得那个抱住狼头喊救命的人真好笑，但现在他理解了那个人。

一天，老马和一只狼相遇了。那是一只沙漠狼，灰头土脸，一副长期挨饿的样子。老马从马上跳下来，端起猎枪瞄准了它，但它却对老马不屑一顾，久久地看着老马不动。

老马收起枪，朝狼大喊一声："滚蛋吧，你今天运气好，我老马要留着机会干大事呢，就不打你了。"

不料那只狼却向他扑了过来。

老马一惊，大叫一声："毛驴子下的，我不打你，你还想吃我呢！"慌乱之中，老马朝狼开了一枪，狼没有被打中，子弹把沙丘打得浮起一股灰尘。

狼被枪声吓跑了。

老马生气得发牢骚："哪个不要脸的人，嘴像是吃了没放盐的饭，说三年打一狼，害得我老马差点被狼吃了。"

晚上，老马感到头皮上有什么在跳，用手摸了一下，什么也没有，但他心里有了不祥的预感。以前他打猎遇到危险时，总有这种感觉，难道今天晚上要遇到那只三只爪的狼？

老马备好打狼的工具，出门去等狼。因为有月亮，夜并不怎么黑，可以清晰地看见村后的树林。老马断定，这样的夜晚正是狼出没的时候，也许那只该死的狼正往这儿走呢！老马家临树林而居，此时的他正坐在院子里抽烟,胡思乱想着。

突然,老马看见一团黑影从树林中闪出,于是飞快地躲到了一块石头后面。

是狼!

老马一惊,举起猎枪瞄准那片沙丘,只等它出来便扣动扳机。但过了很长时间,石头周围没有任何动静。老马心想,狼一定躲在石头后面在观察他,等待进攻的机会呢!他死死盯着那块石头,眼睛一眨不眨,他知道狼很狡猾,一不小心就会上它的当。由于长时间紧盯着那块石头,加之年岁已高,老马的眼睛花了,就在他揉眼睛时,恍惚觉得一团黑影向他扑了过来。他立刻开了枪,枪声使寂静的黑夜颤抖起来,那团黑影一闪又不见了,只有村里的狗被惊得狂吠起来。老马觉得他打中了那团黑影,于是便喊来村里人,用手电筒细看那块石头周围,但地上除了沙砾和杂草外,没有狼的任何踪迹。

老马颇为不解,那团黑影到底是什么呢?

第二天,老马到树林里去寻找那只狼。狼的三个爪印时隐时现,狼却始终不肯露面。他憋足劲在寻找,但狼的三只爪印很快又神秘消失了。

老马与狼无声的对峙自此开始。

老马居家不出,狼的三个爪印便逼迫近前,他追出去寻找,狼的三个爪印又马上神秘消失。他很了解狼隐藏的习性,尤其对狼在不同季节变化毛色的骗人手段了如指掌。有谚语说,狐狸心里的主意多,狼换季的毛色多。春天时,狼身上的毛会变得灰暗,易于在草木中藏身;秋天时会变得发黄,和大自然的颜色一致;冬天时则会变得发白,在雪地行走不会被轻易发现。现在这只狼的三个爪印时隐时现,让他觉得狼一定有攻击他的办法。但他也做好了准备,只要它一出现,便打断它的腿。他在心里咒骂:"我再打断你毛驴子下的一条腿,你就只剩下两条腿,我看你还怎么折腾?"

接下来,狼的三个爪印仍一如既往在老马家附近出现,他的寻找仍没有终止。一件事持续了如此长时间,狼的三个爪印变得像幻影,时时向他弥漫过来,刺激他一下,让他坐立不安。有谚语说,在耳边说话听得清,在耳边怪笑瘆人心。每天老马都要出去看看,有时地上有狼的三个爪印,有时空无一丝痕迹。

几天后的一个夜晚,村里的一位老人突然去世了。起初,人们以为他是被那只三条腿的狼咬死的,因为在他去世前的一天,老马看见他家门口有一团黑影在移动,他刚好从屋里出来,与那团黑影撞在了一起。那团黑影没有被他撞倒,迅速一闪便不见了,老人倒在了门口。老马怀疑是那只三条腿的狼,便叫上几人赶了过去。老人被吓坏了,人们问他那团黑影是不是狼,他连连点头。一天后,老人死了。那位老人年迈,如果是那只狼潜入了他屋内,他便是死于狼口的,但人们到他家仔细看过后,发现他是自然死亡的。他躺在床上神态安详,毫无痛苦挣扎的迹象,他屋里屋外也不见狼的爪印,说明那只狼没有来过。

村里人来埋葬老人时,才发现老马已经很老了,他的身体看上去像干透了的树枝,脸上皱纹密布,颇显沧桑。

是什么把他逼到了这种地步? 是狼,还是人?

大家觉得都是,但又都不是。老话说,马没有鞍子空跑,牛不拉犁空走。命运左右着老马,他注定无法挣脱。

奇怪的是,老人被埋葬后不久,狼的三个爪印在他的墓地附近又出现了。老马感叹,那只狼在老人死后都不放过他,还在他墓地附近出现,难道要让老人在另一个世界不得安宁?

村里人很生气,央求老马把那只三条腿的狼打死,替老人出气。村里人也觉得这只三条腿的狼太可怕,还是把它打死为好。他们听很多老人说过,残疾的狼和年迈的狼都很邪恶,不但凶残,能给人制造灾难,还会给人带来厄运。这只三条腿的狼就像一个来无踪去无影的幽灵,来了也不与老马正面较量,而是躲在暗处给他制造心理压力,等他被折磨得痛不欲生才悄悄离去。它的来和去就像幽灵恐怖阴森的笑声,虽然不能直接杀人,但却会让人崩溃,会让人丧失和它较量的勇气。也许那位老人就是这样死的。

就在人们恐惧时,那只三条腿的狼出现了,在托科村后面的山坡上走来走去。

这件事颇为奇怪。

它一直若隐若现,一个多月过去了,老马以为它再也不会与他正面较量了,但现在它却突然出现,看来残疾的狼有邪恶之气的说法不无道理。村里人对此颇为谨慎,看着它艰难挪动着三条腿走来走去,却不急于去打它,因为他们摸不清它究竟为何一改从不露面的习性,敢于在离人不远的地方走动。后来,所有人一致认为,它一定是饿晕了,否则不会走到村庄附近来。老话说,狼靠腿,鹰靠嘴。狼是靠腿活着的动物,少一条腿,就不能正常行走,更不能奔跑了,这对它来说是要命的事情。很快,那只三条腿的狼接近了托科村。看见它的是库力提,当时她去村中的那眼泉中提水,突然看见它用三条腿慢慢地向村子里走来。它明明看见了她,但并未停住。它的行动迟缓,不但每迈一步都很吃力,而且感觉随时都会倒下,直至走到一棵树跟前,才靠住树停了下来。

库力提扔下水桶,边跑边叫:"老马,三条腿的狼来了!赶快出来打它。"

库力提一叫,那只狼便慢慢转过身,向村后的树林里走去。

村里人出来后,看见了更为奇怪的一幕,它一改刚才的艰难之势,快速奔跑起来,尽管因为少一条腿而跑得东摇西摆,却依然很快,转眼间便进入了树林。这情景正如人常说的,春天的风会变,冬天的雪会飞。老马心里一阵紧张,提起枪追到树林边,它早已不见了踪影。

之后的几天,那只狼再也没有露面。老马从早到晚盯着村后的树林,只要它一出来,他就可以举枪向它射击。老马意欲置狼于死地,而狼似乎只剩下一个若隐若现的影子,让他欲罢不能。老马的行为接近于一场苦役,但周围的人对此已不再感兴趣,他们调侃老马:"狼在逗你玩呢!"

老马回答:"它逗我玩?有资格吗?我还想灭了它呢?"

老马想,这只三条腿的狼一定是因为无力捕食,在饥饿难忍时产生了吃羊的幻觉,但幻觉不但没有带来任何好处,反而让它感到更加饥饿,仿佛有细微的星光在它眼前旋转出一个深渊,让它禁不住一头栽倒进去。它饿得头昏眼花,不得不一次次悄悄接近村庄。但事实证明,它那样做极不明智,它只有三条腿,很难快速偷袭羊,一旦被人发现,连逃命也成问题。

老马猜想,狼怕人追进树林,而人也怕进入树林遭狼袭击,所以它会在树林里待一两天,等村里人放松警惕,把羊赶到村后的草地上时,便会悄悄行动。

这时候,村里人聚在一起议论狼。有人说:"狼的本事大着哩,前几天从一个村庄传来一个消息,说一只狼躲在河边咬死了一个去提水的小女孩。那条河就在村庄旁边,人来人往的,但那只狼却藏得十分隐秘,谁也没有发现它,让它得手了。"

老马在旁边又骂了一声狼。

有人说:"老马,狼这么厉害,你还灭狼呢,弄不好你没有灭它,它先把你灭了。"

老马生气地说:"你们把狼的本事说得太大了,狼也有没有本事的时候。你们没听说过发生在巴尔鲁克山的一件事吗?一只狼被鹰啄瞎了眼,它走不了几步,不是撞在树上就是撞在石头上,那个狼狈的样子别提有多难看了。"

就在人们议论狼时,那只三条腿的狼也在悄悄实施它的偷袭计划。它悄悄接近托科村,移动到偷袭羊的最佳位置,突然向那只羊扑了过去。最佳位置使它可以如离弦之箭蹿出,而它尖利的牙齿无异于刺向羊的刀子。有谚语说,人等一天眼睛花,狼等一天抖动爪。那只羊没有防备,它正享受着鲜嫩的青草,而草地上安静的气氛又让它放松了警惕,因此被狼一口咬住了脖子。这是狼攻击目标的惯用方法,只要它用力一扯,羊的脖子就会被撕断,羊倒地而亡时连哀鸣声也不会发出。但正如牧民们在后来议论时一再强调"那只狼当时一定是饿晕了"一样,它不但没能把羊的脖子扯断,反而被羊用力一甩,像皮球一样滚到了一边。

它对自己的力量预估不足,不知道饥饿已掏空它的身体,它已没有进

攻力量。

它变得颇为惊恐,想要爬起来逃走,但它被摔得不轻,连爬几次都没有爬起来。它意识到了麻烦,挣扎着好不容易爬起来,却又一头栽倒。有谚语说,如果绿头蝇的卵蛆蒙上你的眼睛,陪伴你的将只有苦闷和叹息。平时,狼身上携带着邪恶之气,接近人或羊时会给对方以威慑之感,但现在它的形象在迅速褪色,在迅速萎缩,似乎要变成一只可怜的小动物。

人们发现了它,便迅速操起手边的东西扑过来打它。

狼受到惊吓,终于挣扎着爬起来,摇摇晃晃向远处跑去。但它跑得很慢,以至于有好几次都要被人追上,一棍子就可以把它击倒在地。也许,惊恐能激发出狼的力量,它嘶哑地叫了几声,明显加快了速度。有谚语说,人累了会倒,狼慌了会跑。不一会儿,它爬上了山坡。人们放弃了对它的追赶,嘟哝着,要是有一只狗就好了,追上去一口咬住狼,一定会把狼像石头一样摔到山坡下,但今年出去放牧的人把狗都带走了,他们只能望狼兴叹。

但就在牧民们已彻底放弃追赶准备返回时,那只狼却再次出丑了。它从一块石头向另一块石头跳去,因力气不足,加之三条腿难以掌握平衡,便像树叶一样掉进了两块石头之间的缝隙。

慌乱挣扎中,它的一条前腿被卡在了石缝里面。

平时,狼在山野间奔跑时身轻如燕,从来不会出现这样的失误。现在,这只狼因为太饥饿,加之又被牧民们大喊大叫着追赶,它没有把握好重心,被石头卡住了前腿。这是让它无比痛恨的两块石头,它们中间只有一条窄窄的缝隙,它的那条前腿因为身体坠落的原因,插进去便被死死卡住,像长在里面似的抽不出来。

它恐惧极了,用尽全身力气向外拔腿。

人们都已转身离去,所以没有人看见这一幕,它因此便赢得了逃生的机会。意外的灾难让它的形象再次褪色和萎缩,它喘着粗气,似乎在向遥远的母亲求助,但刮过的风淹没了一切。它用力往石头上爬,想将那条前腿扯出,但因为用力太猛,前腿一阵剧痛。它一惊,便赶紧停住,那条前腿才没有被折断。它疼得大声嗥叫,周围的草叶都似乎随之在战栗。在一瞬间遭遇厄运,让一只狼沉入命运低谷,死亡也像幻影一样向它聚拢过来。

人们听到狼的嗥叫回头一看:好家伙,狼被卡在了石缝里!他们从地上捡起石头和木棍——都能打死狼的"武器"。他们本来以为狼逃跑了,但现在石头却帮了忙,把它死死卡在那里,它还能往哪里跑?这是一只倒霉的狼,是一只来送死的狼,是一只丧失了本事的狼,是一只让所有的狼都颜面扫地的狼,是一只让人在今天终于可以对之出一口恶气的狼。人们兴奋起来,再次要把打狼干成今天最有意思的事情。

这件事发生时,老马睡着了。后来,是人们的叫喊声把他惊醒,他意识到那只三条腿的狼露面了,便提着枪从屋里出来。他看见大家手里拿着石头和木棍,便马上制止他们:"不要慌,让我来,用枪打它把握更大一些。"他用的是自制的老式猎枪,但他早已把弹药装好,只需瞄准就可以射击。他向狼瞄准后扣动了扳机,但却没有打中狼。

枪声让狼一惊,它看到人们又扑了上来,它的一条前腿被石头卡住,犹如有一根绳索已将它缚住,它无法逃跑,更没有咬人的能力。它在惊慌中低下头,张开嘴使劲去咬那块石头。它的两颗獠牙咔嚓一声断了,也许是它的牙齿起到了作用,那块石头居然松开了一些,它将那条前腿抽出迅速逃走。

它的两颗獠牙掉在石头上,泛着骇人的白光。

它付出两颗獠牙的代价,从危险中脱离了出来,趔趄着爬上石头,继而又向远处跑去。疼痛让它龇牙咧嘴,但它还得活下去,所以它必须挣扎着逃走。

人们看见它又逃跑了,但它的两颗獠牙却留下了,白森森的骨头,猩红的血,让他们产生了胜利的感觉。他们把那两颗獠牙捡起装入口袋,嘟囔着听不清的话返回。

慢慢地,它摇摇晃晃跑远了。它一定很饥饿,但疼痛和恐惧却更令它难受。它跑到它认为安全的地方,才停下歇息。因为断了两颗獠牙,它嘴里在流血,它用舌头把嘴边的血舔干净,眼里弥漫出一股悲哀。它本来是"冷面杀手",但因为丧失了进攻能力,只能仓皇逃窜。

它平静下来后,将如何面对抱残之身?

狼在很多时候都很惨,在博尔塔拉的一个牧场上,曾发生过哈熊一掌把一只狼的眼睛拍瞎的事。按说,哈熊是动物中的大力士,狼不应该冒犯它才对,但那群狼仗着它们数量多,加之又太饥饿,所以便对那头哈熊群起围攻。哈熊在原地打转,扬起熊掌砸向狼,狼便不得不躲闪。有一只狼瞅准机会去咬哈熊的脖子,哈熊察觉到了它的意图,一掌拍在它的头上,它眼睛里的光明在瞬间消失,黑暗很快覆盖了一切。从此,那只狼瞎了,在狼群中靠声音行走,它叫一声,别的狼应一声,它才能知道身在何处。最后,它因为和狼群走散,掉下悬崖摔死在石堆中。

老马一声叹息:狼又跑了!

老马没有把狼打死,觉得无地自容,一人默默回去,一整天都没有出来。老马表情焦虑,内心痛苦。无声的对峙不容许他说出什么,等待、隐忍和固执,占据他全部的生活。狼的三个爪印在他内心不停地幻化,他频频出击,却屡屡失败。

因为没有把打狼干成最有意思的事情,人们埋怨老马,如果不是他用枪打狼,大家围上去把它包围起来,早就乱石乱棍打死了它。都怪老马想显本事,开了一枪,反而让狼受到刺激挣脱跑掉。

平时,托科村人很少近距离看到狼,有时候只能看见山冈上有一个黑点,那是狼远远地在观察人和羊的活动,它们从不敢走近人。有时候狼偷袭了羊,等他们赶过去,只能看到躺在地上流血的羊,狼何时而来又何时而去,他们连个影子也没有看到。但今天,这只丢人的狼自己送上了门,而且浑身软得没有一点力气,说不定一石头砸下去就能要了它的命。但它还是跑了,虽然断了两颗獠牙,但它的命没有丢,它还会拖着残缺之身来吃羊,而且还会报复人。想到这里,人们有一点失落,亦对老马产生了恨意。

几天后,人们在村后的树林里发现了一只死去的狼。它死在一棵树下,皮肉腐烂,有苍蝇在身上嘤嘤嗡嗡乱飞成一团。人们以为它是那只三条腿的狼,等翻过它的身子一看,它的两条后腿都断了。它不是那只与老马纠缠了近一个月的三条腿的狼。"一只和我们无冤无仇的狼死了,不知道那只三条腿的狼又在哪儿害人呢?"人们感叹几声,转身离去。

老马听到消息后,到树林里挖了一个土坑,埋葬了那只狼。

返回的路上,老马无意间又发现,地上有狼的三个爪印。他断定,自己在刚才埋葬那只狼时,那只三条腿的狼又出现了,它一定躲在远处看着他,许久都未出一声。最后,它又悄悄走了。

老马低声骂着狼,怏怏然回家去。

第二天,老马家门口又出现了狼的三个爪印。一场含有仇恨的追寻变得像游戏,但老马却不是主导者,他成为这场游戏中的棋子,被隐藏的大手捏弄到哪里,他便到哪里。又过了几天,下了一场大雨,因为老马的双腿有风湿性关节炎,便无力走路。天晴后,他买来一头小毛驴,骑在驴背上出去寻找狼。老马熟知狼的习性,经过近两个月折腾,那只三条腿的狼一定在寻找报复他的机会。

这样一想,老马便愤恨倍增,一定要把它打死不可。

老马每天出去找狼,小毛驴慢慢悠悠地走着,他不太灵活的身躯随之摇来晃去。村里人想起一句谚语,星星每天晚上在夜空中眨眼,但不会告诉你它们的名字;人在大地上忙碌一生,永远都说不出原因。有人说:"老马,都这么多天了,那只三条腿的狼还能活着?它恐怕早死了。"

老马很生气,声色俱厉地说:"你不看看,地上还有狼的三个爪印呢!"地上确实有狼的三个爪印。那人不再说什么,目送老马向村庄后的树林走去。

几天后的一个雨夜,老马在他的黑暗小屋中昏睡,恍惚中觉得有一团影子向他扑来,他惊醒,翻身而起去抓枪。那团影子倏然向他压来,他看出是狼的影子,一慌抬脚踢出,那团影子一闪飘出门去。

老马揉揉眼睛,房门紧闭,那团影子是如何进来又如何出去的呢?

他抓起枪想出去看看,却眼前一黑倒了下去。

老马在小屋中悄无声息地死去。奇怪的是,在这以后,狼的三个爪印再也没有出现。

恐 惧

狼没有吃我。

我还活着。

他从雪地上爬起,用手揉揉眼睛,天还是黑的,他还活着,他不再恐惧了。刚才,一只狼大叫一声,从树后扑了出来。他惊叫一声,像一团泥一样瘫在地上。狼蹿出的速度很快,树枝上的冰凌被碰得甩出去,像明晃晃的刀子。他看见那只狼扑向他,本能地闭上眼睛,世界一片黑暗。天本来已经黑了,他闭上眼睛后,所有的一切就都黑了。但狼并没有撕咬他,只是像风一样从他身边蹿了过去。他睁开眼睛,发现自己还活着。看来,黑暗并不一定接近死亡,有时候只是天黑了而已。他又揉了揉眼睛,看清了四周的一切,天很黑,没有月亮和星星,只有他一个人在这片树林里,不知该往哪里去。

他已经迷路大半天了。

他是来打猎的,发现一只黄羊后,便一边追一边开枪。黄羊非常灵巧,总是能够躲过他的子弹。他在山里追了一上午,最后,那只黄羊在山冈上一晃不见了,他停止追逐,才发现迷路了。他走过峡谷、河滩、山坡和荒地,最后进入了这片树林,便再也不知道自己身在何处,彻彻底底迷路了。树林里的积雪很厚,他挣扎了一下午,都不能走出去。雪一直在下,而且下得很大,他的脚印很快便被落雪覆盖,像是他并未在这里出现过。天黑下来后,他一屁股坐在雪地里,不想再动了。这时候他应该考虑如何度过大雪飘飞的寒夜,但他不想动,也不想任何事情,反正已经迷路了,走出树林又能怎样呢?他断定狼出了树林。树林外有什么,他不得而知,也不想知道。在这么冷的天气里,困在哪里都是死,他不愿再徒劳挣扎。

树林里沉寂得没有任何声响。

他坐久了,便又想:狼为什么没有吃我?

想了很长时间,他仍想不出答案。

夜更黑了,地上的积雪只有隐隐约约的白色,夜空中仍有无数雪花在悄悄飘落。他想,今天晚上又是一场大雪。以前他喜欢大雪,每逢下大雪的日子,他都喝酒唱歌,在雪地里跳舞,觉得雪是轻盈的精灵,给他带来了无比舒适的感觉。一位年长的牧民发现他对大雪颇为着迷,对他说,睿智的眼睛永远不会失去光辉,美丽的雪花永远不会变得冰凉。那时候,他觉得大雪在他心里,雪花是温暖的,他的心是温暖的。但是今夜,自己将如何熬过这场大雪呢?他迷路了,天气又很冷,雪花将不再是温暖的,雪花会变成冷冰冰的刀子。

他仍坐着不动,感觉到雪花落在身上,一股寒意侵入了体内。

他的腿已有些冰凉,并隐隐有几丝痛感。他咬紧嘴唇,无奈地笑了一下。他知道自己最终将被冻死,而现在的冰凉和痛感就是死亡的开始。他抬起头,想看看月亮,但夜空中什么也没有,似乎连月亮和星星都怕冷躲了起来。

他的腿更加冰凉,更加痛了。

他爬起来,背靠一棵树站着,心想:"我不能这样等死,能熬多久熬多久,也许后半夜雪就停了,也许明天早上会有打猎的人经过这里。"这样一想,他觉得心里温暖了很多,腿也不怎么冰凉和痛了。至此他才明白,人绝望了,身体会更冷更痛,就会被更快地冻死。而反过来说,人心里有了希望,即使天再冷,也会有力量抗衡,让自己熬过最艰难的时日。

他用力跺脚,把脚下的雪踩实,这样既不会冻脚,也能站得轻松一些。

跺了一会儿脚,他发现腿不冰凉了,也不痛了。

他很高兴,把树周围的雪都踩踏实,并从雪中摸到一块石头,挪到了树跟前。有了这块石头,他站累了可以坐,坐累了可以站。这样一想,他想笑一下,但没有笑出来,因为他发现自己一直在咬着嘴唇。

离他不远的地方,一根树枝因为承受不了积雪,嘎吱一声断了,发出沉闷的声响。

他没有火柴,否则就可以捡一些树枝来点火,有了火,即使下再大的雪也无大碍。他听一位老牧民说过,有一个人在没有火柴的情况下,居然生了一堆火,度过了一个大雪飘飞的夜晚。他不知道那人用什么办法生了火。

他在石头上坐下,背靠树闭上了眼睛。那只狼一去不复返,他没有任何危险,所以这次他是自愿闭上了眼睛。他不想再看黑夜,漆黑的夜色让他的眼睛很不舒服。

四周一片寂静,仍没有任何声响。

但他知道大雪正在落着,只不过天黑看不见而已。雪就是这样,下得越大,反而越没有声响。那些微小的雪花,从始至终都在密集地降落着,最后会把大地覆盖成白色。

他一直闭着眼睛。

他感觉雪花正一层层落在自己身上,但他没有睁开眼睛,任凭自己被雪花覆盖。如果一直这样下去,到了明天早上,他就会变成雪人,或者在积雪中只剩下“人”的轮廓。那时候天是明亮的,但他一定看不到了,他会永远留在黑暗的世界中。那样的结局,他并不想要,但他别无选择。他一动不动坐着,似乎在等待那个时刻,或者说时间在慢慢推动着他,让他一点一点进入那个时刻。

他心里弥漫出一阵寒冷。他身上积满了雪,天也很冷,但他心里的寒意与落雪无关,是从他心里滋生出来的,像冰一样在慢慢凝固。他苦笑一下,觉得眼前闪烁的是大雪变成的刀子。

起风了,树枝发出一阵声响。

他身上又落了一层雪。雪很轻,落下时没有声响,没有重量,但他仍然感觉到雪落了下来。树上的雪落到了地上,夜空中也有无数雪花在向下落着,像是要去完成使命。他知道,大雪最终必将在自己身上完成使命,而自己的死亡,才能铸成其辉煌。

他仍坐着一动不动。

突然,从树林外面传来一声嗥叫。这声嗥叫声嘶力竭,突然从树林外面传过来,像一块滚动的石头或一股激流,到了他身边。他感觉自己身上又落了一层雪,是这声嗥叫震颤了树枝,让雪落了下来。

他睁开眼睛。

四周什么也没有。

嗥叫是从树林外面传来的,发出嗥叫的东西在树林外面,自己是安全的。他仍坐着一动不动,闭上了眼睛。闭上眼睛是不愿意看这个世界,他的世界快要全部变成黑暗,没什么可看的了。

刚才的嗥叫,是不是那只狼发出的?

这个疑问一经产生,他便再也坐不住了,不但睁开了眼睛,而且还站起了身。

他断定是那只狼发出了嗥叫。

他非常熟悉狼嗥叫的声音,听过一次后,便牢牢记住了狼嗥叫的特点。他向树林外张望,他想看到狼,但夜色太黑,什么也看不到。也许狼只是发出嗥叫,并未进入树林。他想起村里年长的牧民说过,狼向猎物发起进攻时会嗥叫。通常的情况是,它们的嗥叫声刚落,便已经扑到了猎物身上。有时候,它们扑向人时也会发出嗥叫,它们有时候会把人当成猎物。

他浑身一阵颤抖。

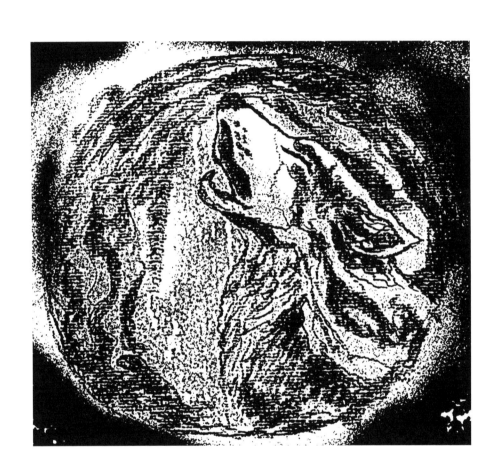

是那只从我身边跑过去的狼发出的嗥叫吗？

它发现了我吗？

它要把我当成猎物吗？

他觉得天一下子变得更冷了，他开始发抖。那只狼一定发现了他，它一定在这样的大雪之夜吃不上东西，要把他当成猎物咬死吞噬掉。这片树林里长有肉身者也许只有他，它觉得只有他可以让它果腹，只有吃了他，它才可以活下去。它没有理由不吃他，所以他命在旦夕了。他将背贴在树上，从脚边捡起一块石头，如果狼扑过来，他就可以用石头砸它的头，只要砸得准，就可以一下把它砸倒在地。

风仍在刮，树枝上的雪不停地落下。

他握着石头，背靠着树，等待狼出现。少顷，他觉得用石头砸狼并非上策，因为要想砸中狼，就得等狼来到近前，而如果砸不中狼，狼就可以一口咬住他，那样的话情况就变得很可怕了。他向四周摸了摸，摸到一根粗树枝，他折去多余的枝条，让它变成一根具有进攻力的木棍。

有了木棍，他心里踏实了。

但狼没有出现。

他背靠树坐下，一手握着石头，一手握着木棍。狼没有出现，他并不为之欣慰，反而担心狼在耍滑头，正在暗处观察着自己，等待最佳进攻时机。他希望狼发出嗥叫，只要它发出声音，他就可以知道它在哪里，并且有办法防备它进攻。有一句老话说得好，骂你的是仇人，不骂你的是敌人。只要搞清楚狼的意图，狼再凶，也不那么可怕。

他苦苦等待着狼。

但狼一直没有出现。

慢慢地，他困了，眼皮疲惫地上下磕碰。这是一种甜蜜的磕碰。就在这磕碰中，有一个同样也是甜蜜的深渊弥漫开来，让他迅速沉入了进去。

他睡着了。

不知他睡了多久，风一直在刮，雪也一直落着，他一直没有醒来。天很冷,他身上已经落了好几层雪,但他奔波了一天,已经很疲惫,所以他背靠着树睡得很沉。人睡着了,这个世界就和他没有了关系。他虽然握着石头和木棍,但他睡着了,即使那只狼出现,他也不会有任何反应。

直至狼再次发出嗥叫,他才醒过来。

他站起来,举起石头和木棍,但没有狼,只有狼的嗥叫。上次狼只叫了一声,但这次不一样了,它不停地在叫,而且声音越来越大,似乎正在向他走来。他离开树,面对狼发出声音的方向,把石头和木棍握得更紧。狼能够再次发出声音,他断定那只狼并未远去,而且已经盯上自己,所以,他和这只狼之间必然要拼死一搏。他已经一天没有吃东西,但他却觉得浑身充满了力气,只要狼露头,他就挥舞石头和木棍扑上去。

恐惧不但让他忘记了饥饿,而且还滋生出抗争的勇气。

狼一直在叫。

他开始耳鸣。狼一声接一声嘶哑地嗥叫,像更大的风雪,向他挟裹了过来。他挺了挺腰,站直了身体,他觉得狼的嗥叫像锋利的刀子,向他刺了过来。

他不能再等了,决定主动出击。

他向着狼发出嗥叫的方向走去。树林里的雪很厚,他深一脚浅一脚地往前走着,身子一歪差点摔倒。他稳住身体,把脸上的雪抹去,用木棍撑着继续往前走。走了没几步,他还是摔倒了,像一块石头砸在了雪地里。积雪很厚,他马上便被淹没。他担心狼会趁这个机会进攻,便迅速爬起,把石头和木棍举了起来。好在狼并没有出现,它仍在树林一侧叫着,从声音上判断,它离自己还很远,他放心了。

他又往前走,但很快又摔倒了。树林里凸凹不平,有不少石头和坑洼,虽然看上去很平坦,但一脚踩下去却让他东倒西歪,一个跟头便摔了出去。他爬起来,决定不再往前走了。天太黑,加之这样的雪地太难走,他不知道自己什么时候才能走出树林。他觉得打死狼的胜算太小,所以他决定退回到那棵树下去,那里的积雪被自己踩平了,即使狼扑向他,他也可以和狼展开搏斗。

一番挣扎，他回到了那棵树下。

不知为何，狼的叫声越来越小，似乎没有力气再发出叫声。

他背靠树坐下，把石头和木棍放在一边。从狼的叫声看，狼一时半会儿不会出现，他不用担心。他感觉自己身上很热，才发觉刚才折腾了一番，他出汗了。他把衣领拉紧，防止风进去。人在这样的天气里出汗，很快就会变冷，会有生命危险。这时他才发现自己并不想死，一直在挣扎。他笑了，笑出了声。在这之前，大雪、黑夜和狼，让他觉得恐惧，继而又觉得死亡已经很近，自己必然会命殁于此地。但现在他明白了，恐惧和死亡不是一回事。他虽然恐惧，但离死亡还很远，怕什么呢？这样一想，他觉得自己并不恐惧了。

狼的叫声更小了，最后彻底没有了声响。

他想，狼一定也被饥饿或寒冷困扰，在无奈地嗥叫。这么漆黑的夜晚，它一定和自己一样，没有任何解决饥饿或寒冷的办法。这样一想，他心里对这只狼生出一丝怜悯，觉得它也很可怜。

他背靠着树，一丝倦意又袭上身来。

他想睡觉。他已经非常累了，只想睡觉。夜很黑，他估计时间到了下半夜。他用大衣下角盖住膝盖，想好好睡一觉。他想，到了明天早上，也许会有奇迹发生，比如牧民或猎人经过这里。这样想着，他心里好受了一些，觉得天也不怎么冷了，他很快就睡着了。

他没有睡到天亮，在后半夜，他被冻醒了。

醒来后，他身上又落了一层雪，他想把雪抖掉，却发现自己的腿被冻坏了，不论他怎样使劲，都不能动一下。他向腿部望了望，那两条腿变得有些陌生，也有些模糊。他不解，两条腿还长在自己身上，还是自己的，为何却变得如此陌生和模糊呢？

他内心弥漫起一股凄凉。

他不甘，他的腰还能动，于是他腰部用力把身体翻过来。他趴了一会儿,然后用双肘撑地,爬到那根木棍跟前,把木棍抓在手里。他愣了愣神,自己的腿都不能动了,拿着木棍有什么用呢? 他发现自己仍怕狼,所以握着木棍防狼。狼在,恐惧就还在,无论他腿好或者腿坏,狼随时都有可能扑过来咬他。他侧耳听了听,只有风的声音,没有狼的嗥叫。狼不叫,至少说明它暂时不会出现,不用害怕。

他爬到树跟前,背靠树坐下。

夜仍然很黑,他感觉到雪花在落着,但看不清它们落向哪里。风呼呼刮着,在他脸上刺出痛感。那股凄凉弥漫了他,他觉得自己熬不到天亮,他绝望了。他无奈地笑了,几片雪落到他脸上,浸出一股凉意。他索性抬起头,让更多的雪落到脸上,他愿意让自己就这样被覆盖。但没有雪再落下来,他的脸,他整个人,只被黑暗深深包裹。他看不清任何东西,也没有什么能看清他。

他满心悲怆,眼泪流了出来。

绝望,无奈,苦涩,悲痛。他觉得自己没有了力气,只能像石头一样在这里挨时间,挨到不能再挨下去的时候,便真的会像石头一样一动不动,被大雪一层层覆盖。他的眼泪流到下巴上,他感觉到了眼泪欲滴不滴的痒痛,但他没有用手把泪水抹掉,一直等它悬垂了很久,最后掉进黑夜中的雪地里。他的下巴不再痒了,变得轻松,但他觉得自己的心掉进了看不清的深渊里。

这时,狼又叫了。

恐惧像电流一样,倏然传遍他全身。

他一个激灵站了起来,手握木棍,再次对着狼发出声音的方向,准备迎击狼。但狼叫了一声后,再也没有发出声响。树林外也在刮风,呼呼的风声在持续,但狼的叫声再也没有发出,似乎它仅仅叫出一声后,便被风声淹没了。风不仅淹没了它的声音,同时也淹没了它的身体。

他放下木棍。

这时,他才反应过来,发现自己的腿好了。他愣愣地看着自己的腿,许久才终于确信,自己的腿真的好了,不但站了起来,而且还可以走动。他走了几步,确信他仍然可以像以前一样走路。他的腿没有被冻坏,只是麻木了。他想大叫,也想大笑。这时候即使落下再大的雪也不是冷,不是覆盖,而是对他的抚摸。

他在树下走动,跺脚,身上慢慢热了。

他的心也热了。

天慢慢亮了,树林显出轮廓,积雪显出白色。他目光平和,向树林外望去。这一望之下才知道,其实他离树林边不远,用不了多长时间就可以走出树林。

他笑了,可怕的黑夜,差点困住我。

他决定走出树林,虽然他不知道那只狼是否还在,但他一定要走出这片树林。可怕的黑夜,让他在这片树林里无比恐惧,现在天亮了,一切都过去了,他要自己拯救自己,走出这个死亡地带。

他拄着木棍,一边探路一边往前走。很快,他总结出了一条经验,雪地上凡是有凸起的地方,下面必然是石头,踩下去不会让人栽跟头。这个办法很管用,他专拣有石头的地方行走,很快便走出了树林。一条紧挨着树林的河流出现在他面前,河面很宽,已经结冰,能听见河水在冰下面隐隐流淌。

突然,他看见了那只狼。

它站在冰面上,扬着头,长久都不动一下。有风把雪掠过去,它身上的毛随之翻动,但它仍然一动不动。

他颇为奇怪,这只狼为何不动呢?

许久,他才看明白,它死了。

它的眼睛睁着,但不动,更没有光彩。它的四只爪子插在冰中,冰很厚,不论它向前,还是向后,都动不了一步。

他明白了,这只狼昨天晚上从树林里出来后,因为口渴,便踩着冰进入河中。它很饥渴,低下头畅饮了一番。然而那正是河水结冰的时刻,等它喝足了水,才发现自己的四只爪子被冻在了冰中,它用力挣扎,但爪子却像长在冰中似的一动不动。它着急了,便大声嗥叫起来。但无论它怎样挣扎,怎样嗥叫,都无济于事,它的四只爪子仍然在冰中纹丝不动。它绝望了,断断续续叫了一夜。最后,一股冰凉在它身上游动,并逐渐变得巨大,把它彻底挟裹了进去。它被冻死了,最后的嗥叫变成固定的姿势。

他看着死去的狼,心里的恐惧感消失了。

在昨天晚上,这只狼才是最恐惧的。

他没有了力气,跌坐在雪地上。

陷　阱

　　热汗回过头，便看见了那三只狼。

　　早晨，热汗披着羊皮大衣刚走出毡房，一股清凉便裹住了他。库孜牧场的每个早晨都很清凉，热汗没走多远，靴子便被露水浸湿，他抬脚甩了甩靴子上的露水，低头去看草的长势。一夜之间，草又蹿高一截，在晨光中泛着湿漉漉的光。他无意一瞥，看见牧场边的几棵树在动。树林里弥漫着大雾，那几棵树像是被什么掀了一下，突然晃动起来。树林里有什么东西？热汗想起一句谚语，刀刃下的手会抖，悬崖边的腿会颤。一定有迅猛之物在树林里穿梭，否则那几棵树不会像受惊的羊羔一样抖动。

　　热汗不打算在这个早晨散步了，他将了将羊皮大衣里的袷袢衣袖，袖口上的绣花便舒展开来。

　　大雾用柔软的大嘴吞噬了那几棵树。热汗定了定神，想找到让那几棵树晃动的神秘之物。年长的牧民谈到让人费解的事情时，常常会说，狐狸哪怕有四十四个影子，也永远只有一条尾巴。热汗紧盯着那几棵树，等待大雾的嘴巴松开后，看清楚它们晃动的原因。

过了一会儿，大雾像被撕碎了一样，松松垮垮地散开。热汗看清了那几棵树，它们长得并不茂盛，但枝条却在剧烈晃动，每晃一下都像是要刺向天空。

一股风刮过来，清凉倏然消失，一股燥热压到了热汗身上。热汗愣了愣，才发现他因为那几棵树走神了。他看了一眼冒出灼红太阳的山冈，刚回过头，便看见树林里闪出了三团影子。

是三只狼。

它们转瞬便蹿出很远，把晃动的树枝甩在身后。

热汗很吃惊，原来晃动的那几棵树与这三只狼有关。他小时候听过一句谚语，洪水的声音先到，石头的影子后来。难道这三只狼身上有奇异的力量，还没有到树跟前，便让树枝晃动起来？不，如果狼厉害成那样，它们就不是狼而是神。

热汗愣怔的片刻，那三只狼不见了踪影。

热汗向四周张望，难道它们藏了起来，在等待扑向羊的机会？父亲达尔汗给热汗说起狼的凶狠时，曾说过这样一句话，吃肉的牙长在嘴里，吃人的牙长在心里。从此他知道藏起来的狼最可怕。这三只狼像风一样出现，又像风一样转瞬隐没，它们一定要干出像雪崩一样让人防不胜防的事情。

一连串咩咩声从热汗身后传来，他一惊，以为那三只狼在他身后，等转过身才发现，是一只羊在怪异地叫。他很疑惑，羊为什么这样怪叫呢？牧民们从来不让羊乱跑，他们认为羊乱跑会像被诅咒了一样倒霉，跑着跑着就会丧命于狼口。一位牧民说，旋涡里有十双手，也用不上劲；大河里有一百只脚，也躲不开激流。我们千方百计防止羊乱跑，但我们的想法钻不到羊脑袋里去，所以羊不会听人的话，一不留神就不见了影子。

热汗向四周看了看，不知那只羊的主人是谁，更不知和它天天在一起的羊群在哪里，而它却像被密集的蚂蚁咬了一样在乱跳。热汗摸了摸它的头，它才安静下来。但热汗却安静不下来，羊不会无缘无故怪叫，它一定感觉到了狼。

但是狼在哪里呢？

热汗仔细察看四周，仍找不到那三只狼。他一阵惶恐，像是有一匹马驹子窜进他身体里，用四蹄狠狠踢着他的心。

热汗摸了一下挂在腰上的刀子，紧张地吁了口气。狼转瞬间像风中的羊毛一样不见了，它们想干什么？他看不见狼，但他隐隐觉得那三只狼躲在隐蔽的角落，正用发绿的眼睛在看着他。他一阵紧张，额上便涌出一层汗水。

山冈上露出灼红的太阳，大雾像是受到驱赶似的很快便散尽。热汗向上掀了掀"土马克"帽子，擦去额头上的汗水。他担心那三只狼会潜到羊群附近，在转瞬间像沙尘暴一样扑向羊群。

一阵急促的脚步声逼近热汗，一位牧民大声对热汗说："狼来了！"

牧民们都已经听到消息，提着刀棍要去树林边打狼。

热汗劝他们不要过去，说："狼晃了一下就不见了，它们一定躲在什么地方，你们只要一过去，它们会看清了你们，你们却看不清它们，会有危险！"

牧民们在疑惑中停住。

晨风停了，牧场上寂静无声。那只羊紧紧依偎着热汗，似乎有可怕的深渊要把它拽进去。

牧民们着急了，还是要去打狼。

热汗拦住他们，说："别去了，去也见不着狼的影子。就算见着了，打死狼也不是啥好事。打死一只狼，十只狼会来报仇；打死十只狼，一百只狼会来报仇。打来打去，就打出了狼的仇恨。"

一位牧民很吃惊地说："你是阿勒泰最有名的猎人达尔汗的儿子，怎么能说出马迈不开蹄子、鸟儿动不了翅膀的话？"

热汗烦别人动不动就拿父亲说事，便不再理那些牧民。一个多月前，牧民们转场进入库孜牧场时被狼围困，牧民们无奈，便派人到托科村请达尔汗帮忙。达尔汗带着热汗赶到库孜牧道，扎了十余个"稻草羊"，给它们披上羊皮，在山坡上摆出吃草的样子，然后让牧民们趁着黑夜迅速进入库孜牧场。第二天早上,有人看见那些"稻草羊"被掀翻在地,山坡上布满被撕碎的羊皮。狼上当了,便拿那些"稻草羊"发泄了一番。达尔汗离开库孜牧场时,让热汗留了下来。达尔汗对热汗说:"你要劝牧民不要打春天的狼,春天的狼是宝,它们把春天病死的动物吃掉,就避免了病死的动物腐烂后传播瘟疫。给狼留一命就等于避免了瘟疫,避免了瘟疫就等于给牛羊留一命。"

这一个多月,热汗给牧民们讲过几次父亲留下的话,牧民们听得似懂非懂,他们对热汗说,这个事情正应了那句老话,开水泼不到脸上不烫,锤子砸不到骨头上不疼。没有发生的事,哪怕你说得像唱歌一样也不动人,像哭泣一样也不会让人流泪。牧民们的心思都在羊身上,他们不愿意为没有发生的事分心。但是现在狼出现了,牧民要打狼,热汗觉得父亲留下的话一下子变得重了。

牧民们看见热汗不说话,便要围向那片树林。

热汗阻拦他们的手纹丝不动,眼睛里亦一片镇定。他对牧民们说:"老话说得好,流淌的雪水不会回头,歪斜的树不会变直。人和狼之间有了仇,就会失去放牧的机会,再也没有平安的日子可过了。"

"那你说怎么办?"

"你们在阿尔泰山上经了几十年的风雪,翻了几十年的山冈,什么时候听说过人能打死狼?狼出现,一看二咬三离开,它们在出现时就想好了如何离去,人又怎能看见它们的影子?"

"那你说,怎么办?"

"打狼不如防狼,想办法防狼。"

"怎么防?还不如把狼打死,我们的羊就不会受到伤害,这是最好的办法。"

"不,那不是好办法。应该把羊看住,不要让它们乱跑,狼就没有机会扑向它们,这才是防狼的好办法。"

"但是现在狼躲在不露脑袋的地方,我们不可能让羊像树一样站着一动不动,羊要吃草,狼迟早会等到扑向羊的机会。"

"你们应该懂一个道理,一张嘴里伸不出两个舌头,一件事情不会有两个结果。现在最好的办法,就是不给狼等待的机会,大家一起喊叫,让狼受到惊扰离开。人听狼叫抖三抖,狼听人叫停三停。人喊叫几声,狼会离开的。"

牧民们张了张嘴,却没有喊出声。那三只狼早已不见踪迹,他们茫然地看着那片树林,不知如何是好。

太阳已经升起,明亮的阳光像一只大手,把牧场上的阴影抓起,扔得不见了踪影。牛羊在安静地吃草,没有一丝惊恐。老话说得好,牛羊隔一座山,狼也能闻见。明明狼已经出现,但为什么又不见了呢?

牧民们不甘心,握着刀棍向牧场边包抄过去。

热汗无法阻拦他们,他们倔强的背影迅速向前,把热汗扔在了身后。他们到了树林边,睁大眼睛向树林里张望,但不见狼的影子。有谚语说,衣缝是虱子的天堂,但藏不了一只羊羔。他们一眼就看到了树林尽头,狼能藏到哪儿去呢?

这时,一位牧民跑了过来。刚才,他在牧场边的草滩中闲逛,突然看见一只头狼带着两只狼,在观察牧场上的动静,他大喊一声,它们便不见了。他以为他的喊声吓跑了狼,但它们很快又出现了。他又喊了一声,想再次把它们吓走,但这次不灵,头狼带着两只狼向他走来,似乎他的喊叫招惹了麻烦,他必须承担后果。他低声嘀咕:"没有人会对着蝙蝠笑,没有人会对着天鹅哭。狼在大白天居然这样嚣张,不想活了吗?"他从腰间抽出刀子,指着狼大骂:"毛驴子下的狼,吓谁哩?有本事你来,我不把你们的狼头剁了才怪呢!"那三只狼看了那位牧民几眼,转身进入了树林。树枝一阵晃动,不见了它们的影子。他还想骂狼,但嘴张了张却变得哑然无声。狼走了,恐惧像山一样压在了他身上,他再也骂不出一句话。

牧民们进入树林搜寻,还是没有狼的影子。无奈之下,他们便骂狼:"有本事出来,你有吃人的胆,我们有砍你的刀、打你的猎枪,看谁收拾谁。"

少顷,他们往树林外走。狼的耳朵能听见隔山的风,眼睛能看见雾中的路。狼已被人发现,它们在短时间内不会露面。

树枝挡住了他们,他们用手把树枝拨开,树便晃了起来。他们一惊,觉得树枝要把他们甩出树林。他们迅速走出树林。树枝还在晃动,像是真的把他们甩出了树林。

他们耷拉着脑袋走到热汗跟前,事实都已被热汗言中,他们有些羞愧。但热汗既不喜也不忧,好像这样的事就像说话要张嘴,看东西要睁眼一样简单。

牧场上有人走动,很快,羊的咩咩声、牛的粗噪、马的蹄声汇集在一起,让牧场变得喧闹起来。

太阳已经升高,弥漫着刺眼的亮光,好像要从苍穹中把燃烧的火压下来。

热汗转身进入毡房,炉子上的奶茶已经煮好,毡房里弥漫着浓浓的奶茶香味。他倒了一碗奶茶,端在手里却没有喝。那三只狼虽然没有露面,但它们的影子留在了他心里,让他无端地紧张,他苦笑了一下。村里人常说,火堆里的石头会烫手,雪地里的木头有寒气。那三只狼的影子像钉子一样钉在他心上,他已无法摆脱它们的折磨。他端起奶茶喝了一口,不料被烫得叫了一声。他唏嘘着放下碗,走到窗户前向外眺望。

明亮的阳光刺过来,热汗眼前便一片模糊。他揉了揉眼睛,视野才变得清晰。他相信那三只狼没有离去,便去看牧场边的那片树林。树林在阳光中一动不动,只有明亮的光在游移。

树林这么安静,那三只狼一定不在附近。

热汗转过身,看见一个人骑马进了库孜牧场。

他是从列思河县城来的,到库孜牧场给牧民传递消息。这一个多月来,到处都是狼出没的消息,好像每一棵树的影子里,每一块石头背后都隐藏着狼。县上为了防止牧民的牛羊受损,要组织打狼队到各牧场打狼,但在打狼队未到达之前,只能靠大家防狼。

牧民们都紧张起来。

热汗脸上也涌出惊愕的神情。

来人说，十多天前，一只狼乘人不备冲进一位牧民的羊群，牧民看见狼的嘴大张着，獠牙在一只羊的脖子上就那样一划，那只羊便倒下去。狼厉害的地方有三个，一眼二牙三鼻子。它们只需看一眼就会作出冷静的判断，然后就把尖利的獠牙龇了过来。如果有异常情况，它们的鼻子会准确嗅到，并在瞬间作出决定。那只狼用獠牙把那只羊划死后，没有松口，用力把羊甩到背上，背起来便跑。牧民们从腰间抽出刀子追赶狼，狼跑到山坡下无力攀爬上去，回头看了一眼追赶它的牧民，扔下羊跑了。牧民们在事后分析，狼咬死羊后没有来得及喘气，否则一定能把羊背上山去。

来人唏嘘着说："我到库孜牧场来，总觉得有狼在后面追我，一路上我的心都快跳出胸膛了，头发上一摸就是一把汗水。"

天黑后，热汗躺在毡房里，看着炉子上的火焰发愣。库孜是牛羊每年最早进入的牧场，狼一定不会放过，也许很快就会有狼群出现。

热汗想琢磨狼，但一股疲惫袭上身，狼似乎只留下模糊的影子，慢慢被一团黑暗淹没。他的头越来越沉，狼的影子变得越来越模糊。很快，那团黑暗伸出柔软的触角，轻轻接住了他。在恍惚之际，他隐隐觉得有声响在耳边萦绕，似乎要钻入他的身体，但倏忽一飘又隐去。他想弄清楚那声响是狼的呼吸还是风声，但那片柔软的触角却铺展开来，他跌落下去，很快便沉沉睡去。

那隐隐的声音响了整整一夜。

天黑后，月光在库孜牧场铺展开来，但没过多久，黑暗从苍穹中压下来，月光便消失了。这时，黑夜像是被什么拧了一下，响起隐隐的声音。那声音很细小，却一直在持续，像是揪住黑夜后再也没有松开。终于，黑夜像是被拧散架了，瘫在那片声响中。

是牧民们在挖陷阱。

他们在天黑前围坐在牧场上，商量对付狼的办法。一位牧民说，聪明的人数得清星星，愚蠢的人数不清月亮。我们不能被三只狼把脑子吓坏，必须想办法把它们打死，免得它们弄得人白天不敢走动，晚上不敢睡觉。

另一位牧民说，我们阿勒泰的人能走过三百条河流，能翻过二百座山冈，还想不出打狼的办法吗？狼哪怕再厉害，还能把它们的心长在人身上，人想什么，难道它们一眼就能看明白？

大家都不甘心，既然狼厉害，那就想出比它们更厉害的办法收拾它们。很快，牧民们便想出挖陷阱的办法，只要在牧场边上挖出陷阱，诱惑它们掉进去，然后用石头砸，用猎枪打，它们还能往哪里躲？这个办法好，牧民们都很兴奋，浑身都有了力气。他们先挖出陷阱口，然后又向下挖。陷阱的深浅在人心里，挖掘的工具在人手里，只需向下挖便是。牧民们一整夜都在挖，热汗在入睡时听到的就是他们挖陷阱的声响。

陷阱越来越深。

黎明时，他们挖出了一个三米深的陷阱。

他们在陷阱口铺上树枝，再盖上青草，陷阱口便一片绿意，看上去和牧场一样。然后，他们在陷阱边拴了一只羊，在羊周围放了几堆草。羊吃完一堆草，会去吃另一堆草，羊一动，狼以为它是一只走散的羊，就会放松警惕。他们兴奋地说出一句谚语，眼前的花会乱神，嘴边的肉会乱心。他们相信，狼一定会被引诱走向陷阱。

一夜过去，晨风轻轻吹动，库孜牧场又迎来一个清爽的早晨。草似乎在一夜间又长高了，迎风荡出一层细密的波浪。有谚语说，风不吹草不动，话不说心不明。牧民们熬得眼睛里布满血丝，而此时摆动的青草，让他们紧张的心似乎要跳出来。

天快亮了，牧民们悄悄退去。

远处的苍穹像是被谁捅了一刀子，露出一丝白光，然后天就亮了。但牧场上没有动静，只有陷阱边的那只羊在吃草。

两个小时后，陷阱边的羊突然一跳，惊恐地叫起来。

几团影子从树林里闪出，起落着进入库孜牧场。牧场上有一条小河，那几团影子从小河中跳跃而过，溅起的水花闪出一片亮光。陷阱边的羊受到惊吓，发出粗哑的叫声。那几团影子到了那只羊跟前，却突然停了下来。

它们是昨天出现过的那三只狼。它们盯着那只羊，似乎要把目光变成爪子抓住那只羊。那只羊惊恐地大叫，四蹄把草踢得乱飞。

牧民们等待它们扑向那只羊。

阳光已照彻牧场，三只狼被照亮，牧民甚至看清了它们的尾巴。它们不再隐藏，就这样站在牧场上，也站在人们的注视中。有谚语说，人看狼时眼睛是抖的，狼看人时眼睛是冷的。三只狼的眼睛里有沉重的石头，要狠狠砸向那只羊。

羊的叫声变大，却挣脱不了脖子上的绳子。

终于，三只狼又变成三团影子，向那只羊扑了过去。羊向一边挣扎跳去，但很快又被那根绳子拽了回来。三只狼到了羊跟前，一跃而起扑向羊。就在羊发出一声声咩咩惊叫后，陷阱口像是腾起一股旋风，那层碎草倏然旋飞而起，淹没了那三团影子。等旋飞的碎草落下，那三团影子便不见了。三团飞一般的影子，只顾扑向那只羊，却不料爪子踩到陷阱口的树枝上，一一掉进了陷阱。

牧民们欢呼起来。

热汗在前半夜被那声响折磨，直到后半夜才睡踏实。人就是这样，口渴了离不了水，身体困了离不了床。他睡得很香，在天亮时梦见一只大鸟在叫，震得他耳朵疼。他被惊醒，意识逐渐清醒。他想起昨晚那隐隐的声响，便一阵紧张，难道那隐隐的声响持续了一夜，天亮时终于发出了脆响？

热汗走出毡房，才知道惊醒他的并不是大鸟，而是牧民们欢呼的声音。很快，他便知道了牧民们挖陷阱的事情。

晨风微微在吹，却好像刮进了陷阱。不，是人也像风一样，在急切地向陷阱边跑去，所有人都想看看狼掉进陷阱后是什么样子。

热汗走到陷阱边，看见三只狼在陷阱里乱跳。它们刚才飞奔时闪出的影子,此时已荡然无存。它们用力向上跳跃,想跳出陷阱,但陷阱太深,它们每跳一次都沉重地落下去,陷阱里便发出一连串闷响。它们不甘于落得如此下场,大声嗥叫着用爪子去抠陷阱,但它们的爪子起不到作用,挣扎几番后便趴在陷阱里粗喘。过了一会儿,它们又开始嗥叫。它们的声音充满绝望,就像悬崖边的手,明知抓不住什么却不放弃。

一片暗影在陷阱里游移,三只狼变成三团幻影。

热汗的嘴唇颤抖起来,他想说什么,但一句话也说不出来。

牧民们想用石头砸死陷阱里的狼。热汗拦住他们说:"狼现在很狂躁,千万不要去砸它们,否则会发生危险的事情。"

牧民们表情惊异,但还是放下了石头。

三只狼嗥叫了整整一天,到了傍晚,阳光像是再也受不了它们的嗥叫声,从明亮变成了昏暗。它们的声音变得嘶哑,又从嘶哑变得无力,到了黄昏,便只剩下呜呜的粗嗥。

第二天,牧民们又去陷阱边看狼。突然,一片白光从陷阱中刺出,刺得他们的眼睛生疼。他们后退几步,那片白光便弱了。他们用手护着眼睛向陷阱里看,才看清一只狼脖子上有一片白鬃毛,在晨光中发出瘆人的白光。它比另外两只狼高出一头,抬头仰望苍穹时,脖子上的白鬃毛闪闪发光,像是有刀子刺了出来。它嘴里的獠牙更像刀子,看一眼就让人发抖。

"脖子上有白毛的狼是白鬃狼。它是一只白鬃狼!"牧民们惊呼,陷阱里的狼受到惊扰,又用爪子去抠陷阱,抠下的尘土在陷阱里飘飞。

它就是白鬃狼。

去年冬天的第一场雪落下时,托科村人听说新疆出现了一大批脖子和四条腿上有白毛的狼,它们是很多年都没有露面的白鬃狼。还有人说,它们是从蒙古国越境进入巴里坤草原,然后沿北塔山向西,越过古尔班通古特沙漠进入阿尔泰山的。阿尔泰山有草原、丘陵、河流、湿地、湖泊、森林和牧场,是白鬃狼理想的生存地,它们到了阿尔泰山便留了下来。

去年冬天的雪一场比一场大,白鬃狼的传闻也越来越让人惊恐。人们听说白鬃狼很厉害,往往在狼群遭遇危险时,它仰起头对着苍穹嗥叫几声,就会招来其他狼群的帮助。一只白鬃狼都那么吓人,而新疆却出现了一大批白鬃狼,便更让人害怕。有谚语说,吹走树叶的是大风,刮倒大树的是风暴。人们越想越害怕,不知道聚集在一起的白鬃狼群,会把新疆祸害成什么样子。

整个冬天,雪越积越厚,托科村变成了白色世界,但白鬃狼却一直没有露面。有谚语说,星星在天不黑时不出来,狼在肚子不饿时不露头。村里上年纪的牧民说,凶恶的狼都是独狼,普通狼才会合成狼群。白鬃狼那么厉害,一定是独狼,不会有成群的白鬃狼,不用害怕。白鬃狼会不会来,要等到明年开春狼群接近牧场时才能知道,今年冬天是不会出现的。但白鬃狼不出现也不是好事,说不定它们怀着小狼崽呢,等明年开春它们会生下一大群小狼崽,以后就会有更多的白鬃狼,那才是要命的事情。

虽然白鬃狼在整个冬天都没有露面,但人们觉得白鬃狼一定会出现。牧民们每天到羊圈里去看好几次,担心白鬃狼会突然扑进羊圈,把他们的羊咬死。有谚语说,羊会往草多的地方走,狼会往羊多的地方跑。整整一个冬天,托科村人一直在谈论白鬃狼,好像它就在身边,一不小心就会遭到它的侵害。

谁也没有想到,白鬃狼就这样突然出现,还掉进了陷阱。

牧民们面面相觑。怎么办?陷阱里有一只白鬃狼,打还是不打?他们本来准备打死这三只狼,但它们中有一只是白鬃狼,他们觉得有一股阴森的气息扑面而来,心里涌出不祥的预感。打死白鬃狼,会不会惹来狼群的报复?他们犹豫了一会儿,便决定不打了,让它饿死。它被饿死是它自己死的,与他们无关。

牧民们表情怪异地离去。

热汗知道陷阱里有一只白鬃狼后,咬紧了嘴唇。他想起一句谚语,影子里的牙齿不咬人,火盆里的灰会烫手。白鬃狼出现了,今年的放牧还会像以往一样太平吗?

几天后,库孜牧场刮起一场大风,陷阱边的碎草被风刮起,陷阱里传出惶恐的叫声,是白鬃狼和那两只狼被吹进陷阱的碎草惊扰,在狂躁地乱叫。牧民们探头向陷阱里张望,白鬃狼和那两只狼低垂着脑袋,像是被什么东西捏紧了喉咙,随时都会断气。

　　狼快饿死了!

　　白鬃狼和那两只狼已发不出叫声,只剩下微弱的呼吸。前些天,只要陷阱边有人,它们就会惊恐嗥叫,但今天它们软软地趴在地上,身上的毛像被什么撕过,就连尾巴也拖在身后,好像再也没有力气动一下。

　　一股更大的风刮过来,牧场边的树林发出一阵喧响。牧民们缩着脖子,似乎风钻进他们的身体,把寒冷砸在他们身体里。三只狼也有了反应,它们挣扎着爬起来,抬头看着苍穹。它们在陷阱里只能看见苍穹一角,但它们却一直在看,似乎感觉不到大风的冷。

　　牧民们握紧刀棍,如果它们从陷阱里往外跳,他们就会动手。

　　它们望了一会儿苍穹,慢慢低下了头。但它们的眼睛仍然睁得很大,像是要用眼神覆盖整个世界。很快,牧民们发现,白鬃狼的眼睛里闪出一股锐利,那两只狼看着它,眼睛里的恐惧像洪水一样在翻滚。

　　风没有要停的意思,牧民们把袷袢扣子扣上,便不冷了。三只狼都站起来,在陷阱里走了几步,又停了下来。牧民们惊讶地发现,就在这几步之后,白鬃狼站到了一边,那两只狼站到了另一边。白鬃狼到了这种地步仍然威风凛凛,它朝两只狼扫视一番,它们便趴了下去。

　　白鬃狼眼神里闪出寒光,死死盯住了一只狼。

　　那只狼望着白鬃狼,目光迅速黯淡下去。

　　风并没有刮进陷阱,但白鬃狼脖子上的白毛在动,好像风藏在它身上,正在掀动每一根白鬃毛。少顷,白鬃狼把目光盯向那只狼,它脖子上的白鬃毛立了起来。牧民们常说,刀刃的寒光更吓人,心里的想法更有力。白鬃狼脖子上的白鬃毛不会无缘无故直立,一定要出什么事。另一只狼的目光也变得锐利起来,也像白鬃狼一样盯着那只狼。那只狼被它们的目光压得浑身颤抖着向后缩去。

白鬃狼仰头看了一眼苍穹,然后低下头看着那只狼,发出一声粗噪。陷阱外的风还在刮,随着白鬃狼的噪叫,风似乎落进了陷阱里,响起一阵呼啸。那只狼也对着苍穹噪叫,陷阱里好像有什么在滚动,传出一连串沉闷的回响。

牧民们很紧张,他们担心狼会随着噪叫跳出陷阱。

牧民们听老年人说过,狼被饥饿困扰或疲惫不堪时,会对着圆月或苍穹长噪,并会在噪叫中获得力量。现在,陷阱里的三只狼在对着苍穹长噪,一定是想让身心获得力量。

他们握紧了手中的刀棍。

但谁也没有想到,白鬃狼和另一只狼却向那只狼扑了过去。那只狼噪叫一声,身体颤抖着缩成一团。它们噪叫着扑向那只狼,声音里似乎有巨大的岩石,要狠狠砸向那只狼。

那只狼无力挣扎,迅速矮了下去。

它们扑到那只狼跟前,前爪倏然扬起,两团影子便闪烁着压到那只狼身上。很快,闪烁的影子散了,它们用前爪压着那只狼,嘴里发出嘶哑的呼啸声,并露出尖利的牙齿。那只狼绝望地叫起来,但它只叫了两声,然后喉咙像哑了似的没有了声息。

白鬃狼和另一只狼咬住了那只狼的喉咙。

它们将头向上一扬,那只狼的喉咙便被扯断,一股鲜血喷出,陷阱里便有了醒目的红色。那只狼的四只爪子抽搐起来,把那片红色蹬得乱糟糟的,像一朵凋零的花。它们看着那只狼如注的血喷在爪子上,头一扬又噪叫起来。在它们的噪叫声中,那只狼抽搐的爪子慢慢变软。

它们撕开那只狼的肚子,扯出了内脏。短短的一瞬,那只狼便被自己的鲜血浸染成了红色。它们撕扯着它囫囵吞咽,直至把它的一半身体吞噬完毕,才停了下来。

狼会吃狼！

牧民们兴奋的表情在脸上浮动，他们奔走相告，狼吃狼了，两只狼把一只狼咬死，像啃萝卜一样吃掉了它的一半身体。

风中弥漫着血腥味，也夹杂着隐痛，让人不禁颤抖。牧民们听说过，群狼若是处在快饿死的境地，会将其中一只狼咬死吃掉，但他们目睹了这样的事后仍无比惊骇，这是一场为逃避死亡的残酷选择。那只狼转眼间便只剩下血糊糊的一团肉，而白鬃狼和另一只狼却神情怡然，一副吃饱了的样子。

牧民们议论，两只狼吃了一只狼，可以挨过一些时日。它们并不因为吃了同类而痛苦，在这样的境地，它们吃掉同类，是亘古不变的生存法则。这样的命运摊到别的狼身上，它们也会毫不犹豫地扑上去；如果摊到自己身上，它们会用自己的生命，换取让同类活下去的机会。

一股难闻的味道从陷阱里弥漫出来，牧民们捂住鼻子，皱着眉头把脸扭向一边。

那只狼的毛掉了一地，被染上猩红的血，看上去又黑又红。

两只狼慢慢挨着时间。牧民们经常走到陷阱边看它们的动静，白鬃狼和那只狼看见他们的脑袋在陷阱边晃动，便盯着他们嗥叫。牧民们低声嘀咕：叫吧，往死里叫吧！有谚语说，带着泥巴的脚不能踏进草地，宰过牲畜的手不能抚摸花朵。虽然你们的嗥叫很吓人，但能变成獠牙咬人吗？你们到了这种地步，谁还怕你们？

它们嗥叫一番，只剩下粗重的呼吸，似乎喉咙里有风在呼啸。

牧民们不喜欢看它狼狈的样子，便一一离去。

接下来，每天的太阳从东边升起，在西边落下；每天的风从外面刮进牧场，又从牧场刮向别的地方。在陷阱里，两只狼每天都将那只狼吞噬一些，地上很快又多了一些骨头。它们吃饱后，神色自若地卧在陷阱里，一副从艰难处境中挣扎出来的样子。

一位牧民走过陷阱边，幸灾乐祸地对着它们喊叫："咬啊，继续咬，看谁最后咬死谁！"

陷阱里的两只狼没有反应,他觉得无趣,便南腔北调唱着歌走了。

大风一直在刮,天气也变得阴沉,似乎要下一场大雨。牧民们的脸被大风撕扯得生疼,但他们仍经常围在陷阱边向里张望。两只狼的面前是那只狼的残肉碎骨,它们已视而不见,只是冷冷地盯着陷阱。一位牧民说,它们自从掉入陷阱,便一直盯着陷阱,似乎迟早会用目光把陷阱戳出一条可以逃生的道路。另一位牧民说,怎么可能,老话说得好,悬崖会把道路阻断,黑夜会把大地覆盖。虽然陷阱里有一只白鬃狼,但它飞不出来,不用怕。

牧民们对它们指指点点,骂它们以前凶狠残忍,现在却这样狼狈。平时,牧民们很少近距离看到狼,现在想怎么看就怎么看,想怎么骂就怎么骂,而且还能看到狼的狼狈样子,他们很高兴。

陷阱里的两只狼一动不动,卧成了两团影子。

牧民们看见狼没有反应,便想,它们因为吃饱了才这样卧着,好像连风也听不见。但那只狼的残肉碎骨迟早会被它们吃完,它们将怎样忍受饥饿?到时候,白鬃狼和那只狼之间,必然有一只被另一只咬死,只有那样才可以渡过难关。

热汗站在陷阱边,看见几根断草被风吹进了陷阱里。陷阱边的青草不知不觉长高了,风一吹便摇曳起来。过不了多久,陷阱边就会青草如茵,还会开出漂亮的花朵,但不知陷阱里的一场囚禁,在最后会是什么结果。

风仍在呼啸,黑暗也迅速扩散开,天很快就黑了。刮了一天的大风,像是用呼啸声把白天拖进了黑夜。

自从牧民挖了陷阱,热汗便无力阻止他们。父亲说过,狼从不愿让自己暴露,一旦被人发现,就会迅速离开或神秘隐藏。现在,牧场上整天狼嚎声不断,不会再有狼接近牧场。

热汗向陷阱边看了一眼,陷阱口黑乎乎的一片,好像牧场上所有的昏暗,正在向陷阱里滑落。

时间过得很慢,似乎每一天都被狼嚎声紧紧抓着,直至黄昏才坠入寂静的黑暗。

两只狼趴在陷阱里,除了嗥叫,再也发不出任何声响。自从它们掉进陷阱后,再也没有狼扑进牧场祸害羊。这就对了。谚语说,往水里扔一块石头,整个水面会漾起涟漪;对着鸟群喊叫一声,所有的鸟儿都会飞走。也许其他狼都因为害怕去了别处,库孜牧场便安静了下来。牧民们在毡房里喝酒、唱歌,间或扭头朝陷阱边看上几眼。他们很少说话,看一眼陷阱就好像说出了最高兴的话。

每天的太阳升起时,人们便盼望它尽快落向西边的山冈,好让一天早一点结束。时间过得快一些,他们就能早一点看见两只狼的撕咬,不管是白鬃狼咬死那只狼,还是那只狼咬死白鬃狼,都是让他们解气的事情。

几天后的一个早晨,一位牧民在陷阱边大叫,狼又要吃狼了。

所有人的身影一晃,迅速向陷阱边跑去。昨天,白鬃狼向别处张望时,偶尔会看一眼那只狼。白鬃狼的目光很随意,但那只狼却极为害怕,似乎白鬃狼的目光是大山,只要落在它身上就会把它压垮。牧民们猜测,过不了多长时间,它将死于白鬃狼之口。

果然不出牧民们所料,今天,白鬃狼将锐利的目光盯在了它身上。

它明白了白鬃狼的意思,用怪异的目光盯着白鬃狼。它目睹了一只狼被白鬃狼咬死的过程,看见白鬃狼的目光,便知道自己的死期到了。这些天,它一定知道自己必死无疑,所以它紧张害怕地挨着时间。这种挨时间实际上是痛苦的等待,它在等待死亡。

它眼睛里透出屈服,头慢慢低了下去。

牧民的说话声让它受惊,它突然向上蹿起,像是要用爪子把人的声音抓住。但人的声音无形也无影,它徒劳地落下去,摔出一声闷响。它喘着粗气,无助地望着白鬃狼。

白鬃狼仰起头,对着苍穹嗥叫一声,然后把目光死死盯在它身上。它在白鬃狼的嗥叫声中一颤,突然把头仰起,也嗥叫了一声。

陷阱边的人都看出来了,那只狼想活下去,它嗥叫一声后,獠牙碰出一连串脆响。

白鬃狼把两条前腿收起，直立了起来。一团狼毛被白鬃狼踩得飞起，那只狼身子一扭，用爪子把那团狼毛抓了下去。

它不想死。

白鬃狼的目光变得更加锐利，死死盯着它大声嗥叫，令站在陷阱边的人毛骨悚然，觉得白鬃狼身上的每一根毛都变成了大手，要把那只狼死死抓住。那只狼在白鬃狼的叫声里浑身一抖，软软地垮了下去。

白鬃狼的叫声击垮了它。

白鬃狼一跃而起，四只爪子带起的狼毛旋飞出一片令人眩晕的光。很快，那片光又还原成狼毛，飘落了下去。白鬃狼扑到它跟前，用无奈的目光望着它。它抬起头望着白鬃狼，但白鬃狼眼里的无奈迅速消失，随即浮出一层冷漠，它绝望地低下了头。

白鬃狼又嗥叫一声。

陷阱里游移着一片暗色，四周变得有些模糊。白鬃狼的嗥叫似乎将那片暗色冲开，无比沉重地砸向那只狼。它低下头，身体蜷缩成一团。白鬃狼再次嗥叫着扑向它，几声沉闷的声响过后，它的脖子被咬破，肚子上出现一个口子，就连臀部也被撕掉一大块。它浑身抽搐，喉管里传出沉闷的声音。白鬃狼扭头看它，它喉管里的呜呜声不绝于耳，伤口上喷出如注的血，陷阱里又多了一片醒目的红色。

白鬃狼并不急于吃它，而是扑到它身上，头向下一探，它的一块肉便被扯了下来。它身子乱扭，喉管里仍传出呜呜的声音。白鬃狼看了一眼它的眼睛，扑过去再次咬住它的喉咙，用力一扯，它的头便被扯断。白鬃狼叼着它的头，有血珠滴滴答答向下落着。白鬃狼用力一甩，它的头飞到陷阱壁上，砸出一声闷响后落了下去。它倒在陷阱里，脖子断裂处一片模糊，让人疑惑它不是一只狼，而是被白鬃狼征服的一只猎物。

白鬃狼很快便撕下它身上的肉吞吃起来。

牧民们皱着眉头离去。两只狼都死了，这不是结束，而是可怕的开始，接下来白鬃狼还会饿的，它怎么办？难道吃自己吗？

天黑后,白鬃狼不停地嗥叫,声音里充满痛苦和绝望。牧民们被它的叫声搅扰得颇为烦躁,便到陷阱边骂它:"不要脸的狼,你连狼都吃,你还是狼吗?"

白鬃狼仰望苍穹中的月亮,月亮很圆,像一个银盘。白鬃狼突然对着月亮长嗥了一声,所有人都被吓了一跳,以为它看了一眼月亮,又要做出什么举动。白鬃狼的这声长嗥尖厉刺耳,似乎它要从陷阱里跳出来,一口咬在人的脖子上。牧民们害怕了,白鬃狼吃了狼肉,有了力气。老话说,能吃肉就能啃骨头,能驯服马就能骑马。他们担心白鬃狼从陷阱里跳出来,便骇然离去。

半夜,下起了大雨。

雨越下越大,不时传出白鬃狼的叫声。它似乎知道自己最终会被饿死,便不想熬了,要用嗥叫的方式死去。

第二天,雨下得更大。突然下起这样大的雨,牧民们都皱起了眉头。老话说,雪能冷出人心里的痛,雨能浇出人心里的愁。牧民们觉得白鬃狼一定会死在陷阱里。多年前,阿尔泰山的猎人就用陷阱捕猎,狼掉入陷阱后被困死,有老鼠爬上爬下啃食它们的尸体。

雨接连下了四天,陷阱里积了水,但天仍然阴得像一动不动的黑布,稠密的雨水仍往陷阱里灌着,传出一连串声响。

白鬃狼泡在积水里,脑袋向上仰着,像一片树叶。牧民们在陷阱边往里看了几眼,白鬃狼不停地在积水中移动着,但不论它怎样移动,都无法脱离积水的囚禁。狼有摇摆身体甩掉身上的水的习惯,但白鬃狼摇了几下身体后,身上的毛反而在积水中黏成一片。它恼怒地甩了一下头,不料身子一个趔趄歪倒下去。它用力站稳,嘴里发出粗哑的呜呜声。

雨水落入陷阱的声音连绵不断,白鬃狼的嗥叫声越来越小,变得"面目全非"。牧民们去看远处,但什么也看不清,大雨把他们的目光挡了回来。

第五天早上,雨终于停了。

陷阱里一片昏暗,像是黑暗也变成雨水落了下来,直至雨停后也没有散去。到了中午,牧场上飘移着雨后的湿气,陷阱里才变得明亮起来。牧民们走到陷阱边,看见白鬃狼已被寒冷击垮,身子像是被积水紧紧拽着,只剩下脑袋浮在水面上。陷阱里积了很深的水,如果大雨再下一两天,白鬃狼就会被积水淹没,连探出头的机会也没有。

热汗走出毡房,浑身软绵绵地没有力气,他总觉得有亮光在闪,他只要抓住那亮光,身体就不会再软。少顷,他终于明白那束亮光是一个想法,他想放走白鬃狼。他想,人心里有了想法,身体便也就有了力量。他握紧拳头,因为那个想法一经产生,便涌出一股让他全身鼓胀的力量。

热汗走到陷阱边,看见白鬃狼在积水中仰着脑袋,便打算用绳子做一个套子,扔进陷阱套住白鬃狼的脖子,把白鬃狼拉出陷阱。但他又想,我是在太阳底下有影子,在月亮底下敢睁眼睛的人,不能偷偷摸摸做事情。要放,也要当着大家的面放走白鬃狼,那样才光明正大。但是牧民们都恨白鬃狼,他们会允许我放走它吗?

热汗犹豫不决。

过了一会儿,热汗有了放走白鬃狼的理由:白鬃狼也是狼,会干任何一只狼都会干的事情,比如在开春时驱赶进入牧场的黄羊。我把白鬃狼放走,它在每年开春时驱赶黄羊,黄羊就不会成群出来,草场就不会被践踏得不像样子。这样想着,热汗发现白鬃狼抬头看了他一眼。他心里一热,觉得白鬃狼知道了他的心思。

放,还是不放?

大雾慢慢从雪山上散开,雪峰一点一点袒露出来。

雾散尽,太阳的光芒照射到雪峰上,反射出炫目的光芒。

雪峰的光芒拥抱了热汗,把一股热烈注入他心里,他的心热起来,身体有了力量。

他决定放走白鬃狼。

热汗很快便做了一个套子,陷阱边没人,他把套子扔向白鬃狼的脖子,白鬃狼惊恐地跳开,骇然看着绳子。绳子落入积水中,水面漾起一圈涟漪。热汗把绳子收起,再次扔下去套白鬃狼的脖子,它再次闪开,大张着嘴意欲一口咬断绳子。热汗不得不把绳子收起,茫然地看着它。陷阱很深,白鬃狼无论如何都跳不出来,只有用绳子才能把它拉出来,但是它不知道他要帮它,怎么办呢?

热汗咬咬牙,再次把绳子扔向白鬃狼。他本没有抱什么希望,但这次却意外套在了白鬃狼脖子上。他一阵欣喜,迅速向上拉绳子,白鬃狼身下的积水发出哗的一声响,白鬃狼便被热汗拉了起来。

热汗不敢松劲,一鼓作气把白鬃狼拉出了陷阱。

白鬃狼刚在陷阱边站稳,便一扭头咬断了绳子。它身上的水往下滴着,在扭头的一瞬甩出一连串水珠。它感觉到脖子上的那个套子还在,便用爪子去抓,却抓不下来。它很快便放弃套子,紧盯着热汗,前仰后蹲做好了攻击的准备。热汗想,马套上鞍子,会知道上路;羊走进牧场,会知道吃草。白鬃狼虽然被积水浸泡得浑身无力,但它的狼性还在,随时都会拼死一搏。

热汗看着白鬃狼恢复了凶恶的样子,心里一颤,浑身又变得软软的。热汗不知道放走白鬃狼是对还是错,如果白鬃狼对人感恩,以后不再袭击人和牛羊,那么他就做了一件好事。但他很快又否定了这一想法,不,白鬃狼会因为人折磨了它而心生仇恨,会在以后加倍报复人。

最后,热汗坚信放走白鬃狼是对的,牧民们背着他挖了陷阱,他们的诡计像一块黑布,蒙住了他的双眼,让他迷失了方向,所以,他要从迷失中挣扎出来,而挣扎的唯一办法就是放走白鬃狼。

一阵晨风吹来,远处的大雾向库孜牧场弥漫,但尚未进入牧场便消失了。大雾每天都向牧场弥漫,但最后都会消失不见,牧场便一直是原来的样子。

少顷,热汗发现,白鬃狼明白他对它并无恶意,而且明白是他救了它,便低低地叫了一声,摇摇晃晃地向牧场外走去。那个绳套留在了它脖子上,不知什么时候才能掉下。它在陷阱中被饥饿和积水摧残,看上去会随时倒地毙命,但它已经脱离危险,只想迅速离开牧场。

热汗看着白鬃狼离去,终于松了一口气。

一场大雨让草又长高不少,白鬃狼摇晃着四爪,把身体挪向绿草深处。偶尔间,它的头会在绿草间消失,但很快又会冒出来,像水面上浮动的树叶。

突然,一块石头后冒出一个人,是一位牧民。他握着自制猎枪,把枪口对准了白鬃狼。他带了猎枪转场,千防万防还是被狼咬死了三只羊,这几天他一直想打死白鬃狼,却苦于没有机会,现在,他终于把枪口逼到了白鬃狼面前。

热汗惊叫一声,劝他不要开枪,但他不理热汗,右手指扣住了扳机。

白鬃狼一动不动,两条后腿紧紧夹着尾巴,一副很害怕的样子。在他举枪向白鬃狼瞄准时,白鬃狼突然转身将尾巴甩过来,把一股难闻的东西甩进了他眼睛里,他准备扣扳机的手也随即慌乱地松开。白鬃狼嗥叫一声扑向他,他脸色煞白,看来今天要丧命狼口了。但白鬃狼只是用爪子把他的猎枪打飞,很快便跑了。

他从地上爬起来,闻出白鬃狼用尾巴甩进他眼睛里的东西是狼尿,他这才明白,狼在无路可逃时,会悄悄把尿液尿到尾巴上,然后迅速甩入对方的眼睛,趁人慌乱时逃跑。怪不得狼平时总是紧夹尾巴,原来是为了在危急时刻甩出狼尿脱险。

白鬃狼刚走出牧场,一只乌鸦在树林上空发现了它,在它头顶叫了一声。乌鸦是狼的好朋友,经常在天空中给狼传递信息。白鬃狼听到乌鸦的叫声后,沿一片荒滩迅速跑远。它脖子上的白鬃毛被阳光照亮,闪出一片刺眼的光芒。如果它转过身来,它的牙齿和眼睛将比白鬃毛更刺眼,但它没有停顿,一直向前跑去。

乌鸦又在白鬃狼头顶叫了一声。

白鬃狼看了一眼空中的乌鸦,向荒滩一侧望去。大雾已经散尽,荒滩一侧并不见任何东西,只有阳光把荒滩照得无比明亮,树叶和草丛泛着绿的生机。

白鬃狼快速向荒滩一侧跑过去。

很快,荒滩一侧有一团影子一闪,树枝和草丛一阵晃动,又安静下来。白鬃狼感觉到前方的动静,遂加快速度跑过去。

那团影子从草丛中露出头,是一只狼。

它看见白鬃狼,向白鬃狼叫了一声。狼与狼相见,会用声音给对方打招呼,那只狼也不例外。白鬃狼向那只狼跑过去。天空中的乌鸦又叫了一声,然后飞离而去。

太阳已经升起,白鬃狼的四条腿在明亮的阳光中迈得越来越快,整个身体似乎都有了透明感。它离那只狼越来越近,那只狼叫一声,像是在迎接它。白鬃狼跑到它跟前,盯着它看了一眼,那只狼又对它叫了一声。

突然,白鬃狼一跃扑过去,一口咬住那只狼的喉咙。那只狼没有防备,在疼痛中拼命挣扎,有几次差一点从白鬃狼嘴里挣脱,但白鬃狼死死咬住它不放,它们扭来扭去,腾起的灰土让它们变得模糊起来。

热汗吃惊地睁大了眼睛,那只狼被白鬃狼扯着脖子,像一片树叶似的甩来甩去。最后,那只狼没有了力气,白鬃狼用力将头向上一甩,那只狼的喉部飞溅出一股鲜血,慢慢倒了下去。白鬃狼扑到它身上,撕扯开它的肚子吞噬起来。

荒滩中安静了下来,只有白鬃狼的头在动。过了一会儿,白鬃狼站起,迅速向荒滩外跑去。它吃饱了,有了力气,要尽快离开库孜牧场。

荒野上的阳光变得刺眼,似乎太阳化成了光芒的河流,要从天上倾泻下来。

热汗走到那只狼跟前,看见它脖子上有一个像刀子割开似的伤口,正往外涌着血。它的胸腹已经不见了,只剩下扯断的骨头和凌乱的皮毛。它身上留有白鬃狼抓出的爪痕,旁边的草地上,布满白鬃狼带血的爪印。

热汗明白了,白鬃狼在陷阱里吃了两只狼后,味觉记忆留下了狼肉的味道,当它从那只狼身上闻到熟悉的味道后,便扑过去咬断那只狼的喉咙,疯狂吞噬了一顿。

热汗想,也许白鬃狼以后不再吃别的动物,只会吃狼。

阳光照彻

每天早晨,阿汗是村里起床最早的人。

阿汗起床后,便等待太阳出来。太阳出来后,他就笑。但阿汗不知道自己一直在笑,他对笑已经习以为常,笑着笑着便忘了自己在笑。

村里人很反感阿汗没心没肺地笑,如果不是他说话还算清楚,做事还算利索,他们会认为他是神经病。村里人不会关注太阳,反正天亮了太阳就升起,天黑了太阳就落下,谁会像阿汗一样盯着太阳傻乐呢?

今天的太阳又出来了。

阿汗又笑了。

村里人还没有出门,每家屋顶上都飘着炊烟,栅栏外弥漫着浓浓的奶茶味。这时候,村里人都在喝奶茶,他们吃饱喝足之后才会出门。阿勒泰的山又高又长,一天中不论干什么都很费力气,所以一定要吃好喝好。那些已经知道要被骑出去的马,在栅栏边东张西望,它们知道自己又要在外面奔跑一天,所以不停地踢着草地。草地上有露珠,在阳光中闪闪发光,像铺了一层星星。马似乎并不珍惜这些铺在地上的"星星",不停地踢着草地,让"星星"闪烁出斑驳的光芒。

阿汗笑着,看着闪光的露珠。山里潮湿,一夜间便让草地铺满露珠。村里人对露珠视而不见,天黑了,空气潮湿,草地上就会有露珠,没有什么奇怪的。但是阿汗像喜欢太阳一样喜欢露珠,太阳出来后,他觉得露珠像眼睛一样在眨动,在看着他。他很喜欢这个过程,便一直看着露珠,直到露珠像眼睛一样慢慢闭上,然后慢慢消失。

阿汗看了一眼脱离了山冈的太阳,笑了。他的笑容里充满欣慰,他每天都在等待这一时刻。

笑了一会儿,阿汗发现今天的露珠消失得很缓慢。太阳已经出来很长时间,但露珠却像长在地上似的,并没有要消失的意思。阳光从露珠上反射出明亮的光芒,似乎露珠并非露珠,而是刀子。露珠反射出的光芒非常明亮,以至于有一股寒气透了过来。但阿汗不在意,他喜欢阳光和露珠,所以他长久地看着露珠,长久地看着露珠反射出的明亮的光芒。

太阳升高了,阿汗转过头,去看远处的露珠。

远处有东西在动。

因为远,阿汗只能看见动的东西是两团影子。它们在阳光和露珠中动着,越来越接近村庄。阳光变得更加明亮,露珠反射出更为刺眼的光芒。这时候,村中没有人走动,也没有人看见有两团影子在动。

两团影子近了。

是两只狼。

阿汗很吃惊,它们已经走到了村庄边上,但仍在往前走着。阳光把露珠照亮,它们走进了村庄。阿汗想,早晨的阳光和露珠太漂亮了,这两只狼被迷惑,忘记了自己是狼。阿汗不笑了,他看着两只狼,觉得它们不但忘记了自己是狼,而且不知道危险,所以才神不守舍地走进村庄。

村里人不会在意太阳,村里人更不会在意太阳的变化,除了阿汗,没有谁会多看几眼这个早晨的阳光。

两只狼在走动中,显得很亲密。

阿汗明白了,它们是一只公狼和一只母狼。

很快，它们走进了村子中央的草地，但仍然没有因为走进村子而有所反应。这时阿汗发觉，露珠在阳光中更加明亮，它们看了一眼露珠，便走进了草地。阿汗想，露珠一定弄湿了它们的爪子，一定有一股凉意浸入了它们体内。阿汗看见它们用嘴去舔露珠，变得不再像狼。

阿汗想，它们很欢快，似乎变成了别的什么。

别的什么到底是什么呢？

阿汗一时想不明白，但阿汗不着急，他相信自己一定能想出答案。

村里其他人不在意露珠，所以没有谁会注意村中央的草地。两只狼走进草地，除了阿汗外，没有人发现它们。它们沉迷于露珠，一副陶醉的样子，以至于走到村子中间才有了反应。它们是狼，走进人居住的地方，会有危险的。阿汗想叫一声，让它们发现有人，赶快回去。

但阿汗还没有来得及喊叫，村里人已经看见了它们。村里人不会在意露珠，但是看见了两只狼，他们十分惊讶。狼的家在荒野里，人的家在村庄里，人可以去荒野，但狼不能进村庄，狼进了村庄就冒犯了人，人不容许发生这样的事情。人们叫喊着，村里顿时乱成一团。村里人的声音起初是惶恐的，因为狼来了，他们害怕。很快，村里人的声音变得兴奋起来，村里人多，他们不怕狼。于是，所有声音变成了一个声音——打狼。

阿汗也叫了一声，他为两只狼担心，他的声音里充满恐慌。但他的声音很小，很快被人们喊叫的声音淹没。

两只狼被村里人包围。

村里人举着木棒和刀，那是要打它们和砍它们的，他们要置它们于死地。它们想往前冲，但前面有人，冲上去就是冲向人手里的木棒和刀。死亡是一张大张的嘴，正等待着它们呢！它们蹲下身子，发出绝望的嗥叫。

阿汗急得乱叫，但是他没有办法阻挡人们。

阳光暗了下去。

露珠也顷刻间不见了。

阿汗看见两只狼在后退。前面没有路，它们便只好从后面选择路。在这一点上,狼和人是一样的。它们向后退一步,人们向前逼好几步。人举着木棒和刀,它们无力应对,只能后退。

阿汗想,它们很快就会无路可退。这个该死的早晨,是阳光和露珠发出迷幻的光彩,让它们丧失理智,走到了人们的包围中。以往,它们是多么谨慎,闻到人的气味,看到人的行踪,都会果断地离去。至于与人相遇,总是它们主动出击或离去。但是今天,它们却被太阳和露珠迷醉,完全丧失警觉,进入了人居住的村庄,被人们包围起来。阿汗这样想着,心疼了起来。

两只狼绝望地嗥叫着,声音越来越大。

阿汗知道,它们的叫声越大,说明它们越绝望。

阿汗希望它们冲出人们的包围圈,他知道狼是可以被激怒的,它们一旦愤怒,会爆发出惊人的力量。而人是怕狼的,只要狼嗥叫发怒,人的腿就软了,有时候甚至被狼轻而易举地咬死。但这两只狼只是惊恐地嗥叫着,并没有要冲出包围圈的意思。

人们冷冰冰地看着它们,木棒和刀就是死亡深渊,它们只要接近一步,就会坠入进去永不可复生。它们又痛苦地嗥叫几声,被人们逼到栅栏前。人们对狼恨之入骨,现在它们送上门来,岂有不打之理?他们一步步向它们逼近,木棒和刀挥舞得虎虎生风,眼看着就要落到它们头上。

它们惊恐嗥叫,退到栅栏前,再也无法后退。

人们一拥而上,大声喊叫着,手中的刀和木棒举了起来。

恐惧袭遍阿汗全身,他颤抖起来,似乎人们手中的刀和木棒会落到他身上。

阿汗听着两只狼发出嘶哑的叫声,看着它们东张西望。在慌乱中,它们的眼神与阿汗的目光相遇。阿汗看到了绝望,他觉得它们犹如站在死亡悬崖上,只要轻轻一推就会掉下去。

人们逼到两只狼跟前。它们仍在嗥叫,声音里充满恐慌。人们不管那么多,他们听多了狼凶残的嗥叫,忍受了很多被它们侵害的痛苦,怎么会在乎它们的嗥叫呢?他们已经看清它们的眼睛、它们的嘴巴,以及它们嘴巴里的獠牙,还有抠着地的四只爪子。以前看到这些,人会害怕,但今天人不怕。人不怕,胆子就大,就要把它们打死。

人们手中的刀和木棒落了下去。

他们盯准它们的头和腿,纷纷把刀和木棒击出,要把它们打倒,要把它们砍死。打狼这种事情,人们已经向往很久,所以每个人都很兴奋,恨不得一下子把两只狼打死。

两只狼在躲闪。它们虽然没有后路可退,但是却可以躲闪,人们的刀和木棒落下后,并没有将它们击中。

人们喊叫着,缩小包围圈。

阿汗张大了嘴,但没有叫出声。他太紧张,反而叫不出声。他知道这两只狼危险了,要不了多久,人们就会把它们打死。

阿汗看见它们哀号着左右冲突,但是人们的包围圈越来越小,刀和木棒落下的次数越来越多,它们躲闪的速度也越来越快。

刀和木棒最终落在了它们身上。

阿汗叫了起来。阿汗的叫声和人们的叫声不一样,他只是惊叫,人们的叫声却是击打时的兴奋喊叫。他们每叫一声都迅速让刀和木棒落下。人们盯得很准,击打得很稳,每一下都打在它们身上。沉闷的击打声接连响起,两只狼在惨叫。照这样下去,它们很快就会被打死。

慌乱中,公狼大声嗥叫着,爬到母狼前面,挡住人们的击打。所有的刀和木棒都落在公狼身上,它的嗥叫声越来越小,身体东倒西歪。人们挥出的刀和木棒,每次都不会落空,公狼的身上发出一连串沉闷的声响后,倒在地上一动不动。

公狼被打死了。

阿汗看着公狼倒下,他的身体在抽搐。他看见公狼用自己的身体保护母狼,即使自己被打死,也不挪开。这两只狼的遭遇让阿汗很紧张,他为它们担心,心里似乎被什么堵着,于是他大喊了一声。是公狼保护母狼的举动,让他心里一下畅通了,他终于喊出了声。

就在阿汗喊出一声后，母狼趁着混乱，冲出人群，跑上村后的山冈。

母狼逃走后，阿汗笑了。这正是他所希望的，他可以笑出声了。

人们把打死的公狼抬到一块空地上，像扔东西一样扔了下去。一声闷响，公狼的一条腿被压在肚子底下，歪斜着趴在地上。它是被击中头部后死的，嘴巴里往外冒着血，獠牙浸在血里，再也不那么吓人了。它的鼻孔也在往外冒血，让它的脸一片红色，像一朵突然绽开的红色花朵。

"把它的皮剥了吧。"有人提议。

于是，有几人抓住它的四条腿，把它拉直。它在刚才的挣扎中，身体紧缩在一起，被人一拉之后才舒展开来，才变成一只四肢伸展的狼。一人抽出腰间的刀子，轻轻剔开一个口子，开始剥它的皮。他们用的是剥羊皮的办法，很快便将它的皮剥了下来。这时候的一只狼和一只羊没有区别，所以剥皮的办法便也一样。剥下来的狼皮，头和四条腿的形状很完整，铺在地上，像一只狼趴在那里。

"把它的肉也剁了吧。"有人又提议。

于是，有人拿来一把斧头，又开始剁狼肉。它被剥掉皮后，露出血淋淋的躯体，已经没有了狼的样子，现在它又被剁成碎块，再也不见狼的影子了。人们很高兴，他们把一只狼打死，并剁成碎块，这是多么过瘾的事情。很久了，人们都渴望打狼，今天终于实现了愿望，每个人都在笑。这样的笑以前没有过，现在有了，感觉很不一样，他们忍不住想喊叫。

有很多人凑过去看热闹，阿汗只是远远看着，并未走近。一只狼转眼间就被剥了皮，很快又要被剁成碎块，阿汗用左手捏着右手，他感觉自己身上很疼。阿汗不知道自己为何疼，但似乎有什么东西刺在他身上，他开始颤抖。

狼肉很快被剁成碎块，一只狼变成了一堆肉。这只狼是大家打死的，所以每家每户都分有一份狼肉，他们要把狼肉拿回家去做抓饭。狼肉抓饭很好吃，而且热量大，吃一顿，身上好几天都热乎乎的。

一只狼转眼间只剩下了一张皮子，被搭在栅栏上。狼的皮子被剥下后，需要被风吹，被太阳晒，等干透了才能卖钱。这时候人们才想起狼髀石，刚才只顾着剁肉，没有想起从狼身上取狼髀石，现在它变成了碎块，不知狼髀石去了哪里。丢了狼髀石，只剩下狼皮可以卖钱。人们小心翼翼把狼皮搭在栅栏上，以防它变皱或被划破，这张狼皮一定能卖上好价钱。

阿汗看着那张狼皮，哭了。

有人发现阿汗一直在看他们打狼，叫他过去，他没有动。有人从阿汗身边经过，发现阿汗没有像往日一样在笑，再仔细一看，发现阿汗在哭，便问阿汗："你为什么哭？"

阿汗没有回答他，把脸转向一边。他不知道自己哭了，就像不知道自己每天看见太阳出来后会笑一样。阿汗没有去想自己哭的事情，他对笑没感觉，对哭更没感觉。他望着母狼逃走的方向想，公狼为了让母狼活命，迎向人们手中的刀和木棒，为母狼赢得逃跑的机会。母狼逃走了，公狼没有逃走；母狼活了下来，公狼死了。

阿汗远远地看着铺在栅栏上的狼皮，感觉公狼在栅栏上爬行。阳光仍像早晨那样，把狼皮裹在一层光亮中。阿汗一直看着那张狼皮，看着看着，便觉得它活了，在向自己爬来。但是过了一会儿，它仍在栅栏上一动不动。阿汗的眼睛里涌出泪水，慢慢地看不清那张皮子了。

阿汗不知道自己为何关心这两只狼。按说，他应该像村里人一样仇恨狼，去打狼才对。但是在今天早上，他看见它们为阳光和露珠沉醉时，心里有了一种很舒服的感觉，与每天看见太阳出来时的感觉一样。在那一刻，它们身上散发出令他着迷的光，他觉得它们不是狼，而变成了别的什么。但它们到底变成了什么呢？他想不出答案。从那一刻开始，他便一直觉得它们已经不是狼。这种感觉很好，每每涌上心头，他就忍不住笑。

阿汗抬起头看了看太阳，又低下头看了看地上的阳光。阳光比早晨更加明亮，但是却并无特别之处，只是阳光而已。为什么在早晨，阳光让母狼和公狼丧失理智进入村庄，进入人们的包围圈呢？他明白了，阳光只是阳光，并没有什么特别的，只因为母狼和公狼走在一起，一切便都变了样子，尤其是阳光和露珠，一下子变得那么美，让它们为之深深迷醉。

一股暖意在阿汗心里弥漫开来。

中午，阳光更加明亮，天热了起来。阿汗突然看见母狼从山冈上下来，悄悄进入了村庄。阿汗想，它必须悄悄行进，不发出一丝声响。母狼正如阿汗所想，没有发出任何声音，它低伏着身子，穿过村中的马路，贴着一家人的栅栏慢慢前行。

阿汗看见母狼，又笑了。

一阵风吹过，阿汗闻到了公狼皮子的味道。阿汗想，公狼皮子的味道这么浓地弥漫过来，他都闻到了，母狼一定能闻到。

很快，母狼走到公狼的皮子跟前，它卧在栅栏一侧，看着公狼的狼皮。

阿汗想，它没有任何目的，就想这样卧在公狼的皮子跟前，好像公狼的灵魂还没有消逝，它要陪公狼一会儿。又一阵风吹过，公狼的皮子微微在动，皮子上的毛被吹拂得更有动感。阿汗看见母狼眼里有了一丝欣喜，似乎公狼感觉到它来了，在用这种方式表示对它有了感知。

阿汗心里又温暖了一些。

母狼卧了一会儿，走到栅栏下，想用嘴把公狼的皮子扯下来，但栅栏太高，它努力了好几次，都没有够得着公狼的皮子。阿汗也很着急，但他没有办法帮它，只能就这样看着。过了一会儿，母狼看了一眼公狼的皮子，突然猛跑几步，一头撞向那道栅栏。栅栏被它撞得发出一声闷响，歪斜着倒了下去。栅栏是木头做的，一根倒了，便全部倒了。

在栅栏倒下的一瞬，母狼迅速钻进栅栏下面，伏在那张皮子底下。那张皮子落在了它身上。它抖了抖身上的公狼皮子，让它更稳妥一些，然后驮着皮子往回走。

阿汗明白了，它要把公狼的皮子驮走。

阿汗又笑了。

阿汗想，这样也好，以后它就这样和公狼在一起了。

但母狼的运气不好，它刚刚从栅栏边离开，便被一只狗看见了。狗很疑惑：这张狼皮为何在移动？它不是在栅栏上面吗，怎么跑下来了？狗为移动的一张狼皮而吃惊。待它仔细看过后才发现，这只狼要把狼皮驮走。

狗叫了起来。

狗一叫，村里人便知道出事了，他们从家中出来，循着狗的叫声赶了过来。他们看见栅栏倒了，那张狼皮不见了。奇怪，栅栏怎么会倒呢？更奇怪的是，栅栏上面的狼皮也不见了，难道它长腿跑了？狗还在叫。人们循着狗的叫声望去，便看见了那张狼皮，它在慢慢向前移动，再仔细一看，狼皮下面有一只狼。人们便明白是怎么回事，于是便又找来刀和木棒，喊叫着扑了过去。狼都已经被打死，狼皮也被剥了，还能让另一只狼驮走？不行，必须拦住，而且要把这只狼也打死。

母狼发觉人们追了过来，只好把狼皮从身上抖落下来，跑回山冈。

人们用难听的话咒骂狼，似乎可以把狼骂死。母狼跑得很快，转眼间就不见了影子。人们看不见它的影子，便又把栅栏弄好，又把狼皮铺在栅栏上。

这一切，都被阿汗看见了。他看见那只母狼的举动，突然笑了。太阳正在中天，阿汗不用抬头就知道太阳在，但他却突然笑了。有人看见他突然笑了，觉得很奇怪，便问他为什么突然笑呢？他没有回答，转身面对母狼离去的方向，仍在笑。没有谁能够看见那只母狼，但好像只有阿汗一个人能看见似的，他一直在笑着。

阿汗知道母狼并没有离去，它一定卧在山冈上，在看着栅栏上的狼皮。它身上还有公狼皮留下的味道，它闻一闻后，就会觉得公狼还没有死，还在栅栏上趴着，还等待着自己下去带它离开。阿汗心里的这种感觉太强烈了，以至于他觉得母狼变得很急切，马上就要起身下山。

母狼虽然没有成功，但让阿汗笑了，能让他笑的事情，总是好事情，别人都不理解，只有他知道是怎么回事。

傍晚，阿汗看见夕阳快要落下去了，晚霞无比浓馥，像是有血浆倾倒在了地上。公狼的皮子在夕光中变得金黄，似乎仅仅在太阳下晒了一天，就已经变了颜色。

阿汗想,母狼在此时一定看见了充满血腥味的夕光,就连公狼最后剩下的皮子,也要被猩红的夕阳吞没。他想,它的心在这一刻一定很疼。公狼已经死了,它的皮子不应该在太阳底下暴晒,它一定要把公狼的皮子带回山里去,埋在它喜欢的地方。

阿汗在等待母狼。

不久,母狼果然又潜进了村子。

阿汗在悄悄看着母狼的举动。它比上次谨慎,把身体伏得更低,悄悄向公狼的皮子接近。夕光渐散,公狼的皮子上面已没有金黄的颜色,仍是灰黑的毛色。阿汗看见母狼行进得很慢,防止被狗发现,同时也防备着人。阿汗想,这是最后一次机会,如果被人发现它的意图,即使它不被牧民打死,牧民也会把公狼的皮子拿走,那样的话,母狼就不再有任何机会。

那只狗还在,母狼要走到公狼的皮子下,必然会被发现。阿汗走到那只狗跟前,对着狗笑了。狗凑到他跟前,他突然不笑了,狗吓坏了,乖乖地卧在他身边,不再动一下。

村子里没有人,每家每户屋顶上都升起炊烟,人们都在做晚饭,没有谁注意到,母狼正在接近公狼的皮子。

慢慢地,母狼接近了公狼的皮子。

阿汗明白,母狼鼓足勇气,打算走到公狼的皮子下面,跳起来把公狼的皮子扯下来驮走。但是,在它快要到栅栏下面,准备用嘴扯下公狼的皮子时,它再次被人们发现。因为它中午已经出现过一次,所以人们便知道它要干什么,于是又挥舞着刀和木棒,向它包围了过来。

阿汗叹息一声,用拳头砸了一下身边的栅栏。

阿汗紧张地看着母狼。它听到人们的叫喊声后,扭头看了一眼,并不急于逃走,仍然准备用嘴去扯公狼的皮子。但它够不着,跌倒在地上。它抬头看了一眼公狼的皮子,悲怆地嗥叫一声,再次跳起,但栅栏太高,它依旧失败了。

此时,夕阳再次变得猩红,似乎天空一角被撕开,流出了血。

母狼如此折腾,反而给人们提供了包围它的机会,人们将它包围得严严实实。人们手里仍握着刀子和木棒,每个人的嘴巴都蠕动着,喊出很大的声音。它已经失去逃走的时机,再也无法突围出去。人们都很高兴,握着刀棒越走越近。上午打死了一只狼,下午又有一只狼来送死,今天的运气不错。

　　母狼前仰后蹲,没有要逃走的意思。人们不知它为何会这样,便犹豫不前,等待着它的反应。它没有任何反应,只是长时间停留在那儿,似乎视包围它的人们为乌有,视自己的危难为不存在。人们往前逼近几步,手中的刀子和木棒扬了起来。

　　母狼仍然没有反应,眼睛里的神情没有任何波动。

　　人们不再犹豫,逼到它跟前,手中的刀子和木棒落了下去,要击打和砍它的头。如果它不躲闪,它的结局将和公狼一样。它抬起头,看了一眼公狼的皮子。夕阳落下去了,太阳最后的光线一片模糊,既没有猩红,也没有明亮。公狼的皮子又变得干干净净,看上去仍像是趴在栅栏上,在等待着它走近。

　　母狼低下头,嗥叫了一声。

　　人们一慌,手中的刀子和木棒落空了。

　　母狼一跃而起,一头撞向栅栏的一根木头。

　　阿汗远远地看着,叫了一声。

　　那根木头是栅栏中最粗的,母狼的头撞上去,发出一声闷响。然后,它的身体软软地倒了下去。它撞向木头时用了很大的力气,以至于它的头被撞得流出了血,染红了那根木头。它的四只爪子在抽搐,疼痛正在它身体里游走,每到一处,都用力摇动着它。但这已经是它最后的抽搐,慢慢地,它的身体不再动了,四只爪子散瘫在了地上。

　　母狼的眼睛仍大睁着,似乎在望着公狼的皮子。

　　人们一直看着它,直到它纹丝不动,才慢慢走近它。人们担心它装死,会突然跳起来咬人。有人用木棒捅了捅它的头,它一动不动,人们这才相信,它确实已经咽气。

一只狼把自己撞死了。

人们不知该如何处理这只母狼。如果是他们用乱棒乱刀将它打死或砍死,谁也不会感到意外,但它却自己选择了死亡。人们终于明白,它两次潜入村庄,是想把公狼的皮子弄走,最后眼见无法弄走,便选择了死亡,让自己倒在了公狼的皮子底下。它就是死,也要死在曾经与自己朝夕相处的公狼身边。

它如愿了。

天慢慢黑了,夕光消失,村庄里安静了下来。

第二天,那道被母狼撞击过的栅栏倒了。村子里很少有倒栅栏的事情,人们一边收拾栅栏,一边气愤地骂狼。虽然昨天打死了两只狼,可谓收获颇丰,但栅栏却被狼撞倒了,人们对狼的恨又多了几分,在用最难听的话咒骂它们。

后来,在每天的太阳出来时,阿汗都会走近那道栅栏,很兴奋地叫几声。他的声音很大,周围的牛羊被惊得跑远,仍不安地回头张望。村里人都很奇怪,牛羊对狼最为敏感,它们因为狼而不安,是可以理解的,但阿汗是活生生的人,它们却对他惊恐,真是不可思议。后来,村里人不再关心牛羊,而是关注起了阿汗。人们都很疑惑,为何阿汗在狼出现过的栅栏边,会兴奋地大叫呢?他们悄悄观察阿汗,发现他看着被狼撞击过的栅栏,不仅会兴奋地大叫,而且还会笑,就像看见太阳出来时那样笑。

再后来,人们走过那道栅栏时,总是希望阿汗出现,最好兴奋地大叫,而且还笑。他们知道栅栏边没有狼,但有狼的影子在那里,阿汗也一定感觉到了狼的影子,所以他会兴奋地叫,而且还会笑。人们都觉得狼虽然死了,但狼的影子还活着,狼的影子比狼更厉害。

时间长了,阳光每天都很明亮,阿汗一直都在栅栏边又叫又笑。

为什么会这样?

谁也说不清楚。

奔跑而死

那几年,我总是梦见它。

它是一只狼。

最初见到它时,它孤独地蹲在路上,像一块石头,我们对它产生了兴趣,便将车子开了过去。它慢慢抬起脑袋,将尾巴软软地甩了几下,然后挪动着干瘦的身躯向远处走去。它起身的动作很慢,但走动却很快,几乎一闪而过,就变成旷野中的一个黑点,随后融入苍茫之中。很显然,一只狼不愿意让人走近它,稍有动静便迅速离去。我们怏怏然继续赶路,黄昏很快消逝,黑夜笼罩了一切。

一只狼在夜里会栖息何处?

它会不会永远奔走,永不停息,直至变得像黑夜的一部分?

当寒冷围裹它瘦小的身躯,它还将走向哪里?高原上人畜稀少,因此,狼显得善良、温和,充满善意。它们在高原上缓慢前行,奔走到最后,便只剩下一副干瘦的骨架。当风雪迎面劈来,它们周身战栗,但仍摇摇晃晃向前行走。这就是高原上的狼,走近了,你会发现它们是最为执着的远行者。

那天晚上,当我以为一只狼已经消融在了旷野中,在我们的车子加速往前行驶时,它的身影突然在车前出现了。

它没有走远,一直与我们在一起。

或许是车子的轰鸣激起了它的兴趣,它撒开四蹄奔跑,与我们的车子展开了一场比赛。我们的车速加到每小时180公里,而它在车外亦风驰电掣。车中的四个人都很高兴,这样的情形,就好像一只狼在高原上一直伴随着我们,让我们觉得自己并不孤单。我们从车窗望出去,它的身影犹如是一种飞翔,在轻盈敏捷地向前穿越。

车外,夜黑得像冲不破的网,而一只狼,像一团奔跑的黑色火焰,把我们的心吸引了过去。我们渴望能和狼友好相处,一起走向高原神秘不可知的深处。

在车中,我们说起别人讲过的狼奔跑时的情景。一群狼穿过平坦的雪地时,会突然加快速度,因为雪地上视野开阔,它们不愿意让他者看见自己。它们直至进入树林后才会放慢速度,因为树林对它们起到了遮掩作用。它们有时候会在树林里停下休息,但停下之前一定要寻找一个满意的隐蔽处,否则它们会继续往前走。一般情况下,其他动物都喜欢卧在石头下,而狼却截然相反,它们总喜欢在石头上站立,这样是为了观察下一步的行进方向——狼即使在休息时也不放松警惕。狼还会游泳,遇到河流,它们总是悄悄把身体潜入水中,只把头露在外面,悄无声息地游向对岸。很少有人能发现狼游泳过河,人们往往看见它们在河流的一边伫立,转眼间它们就到了河对岸。狼的这种保护意识对自身极为有利,不像野马野驴之类的动物,过河时弄出惊天动地的声响,刚一上岸便有死敌在等待着它们。狼不论走多远的路,奔跑得多么疲惫,最后的归宿一定是山冈,它们只有到达山冈后才会停下,等待月亮出来后发出长嗥。它们可以通过嗥叫缓解身体的疲惫,继而又开始新的远行。

现在,不知在我们车外的这只狼要奔跑向哪里?

天亮的时候,它不见了。

后半夜，我们以为它会一直跟着我们的车，但一夜困顿，便都打起了盹，待睁开眼一看，车窗外早已没有了它的影子。我们停车朝四下张望，没有一丝它的痕迹。在什么时候，它觉得自己的奔跑，或者说与我们汽车的比赛已经结束，它便停了下来，将瘦小的身躯闪进了路边的树林里。

大家议论纷纷，猜测它奔跑了一夜累了，躲到不为人知的角落去休息了。大家还猜测它只喜欢在黑夜奔跑，在白天不愿意让人看见它的行踪，所以在天亮后便躲了起来。

它将在何处卸落疲惫？

不论怎样议论，大家在最后都对它表示出赞赏。它奔跑了一晚上，变成了一种启示——在西藏这样的地方，灵魂像风，可以自由飞翔。

到了札达，当地朋友扎西听了我们的经历后，十分坚定地说，和你们的车子赛跑的一定是一只白狼。

我们问他，只有白狼才会那样跑吗？

他坚定地说，只有白狼才会那样。

当时天很黑，我们只看见车外的狼是一团影子，无法看清它是不是白狼。现在看扎西的口气如此坚定，便也肯定和我们的车子赛跑的，一定是一只白狼。

扎西说，这样的事情已经发生了，一定要肯定，肯定这样的事情对人有好处。

我们点头。

扎西笑了笑，给我们讲了札达土林的一只白狼的故事。札达县距神山冈仁布钦不远，以古格王国遗址和土林闻名于世，凡到札达的人，都必去这两个地方游玩。古格王国遗址在一座山上，寺庙密布，远远看上去犹如一个巨大的蜂巢。走近了细看，寺庙只占其中一部分，另有大量废墟分布山上。这些废墟大多是古格王朝所留，至今有四五百年历史。土林处于古格王国遗址一侧，因凸立的土堆很像树木，故得名"土林"。进入土林深处就会发现,因为土林的"树木"形状十分逼真,便真的犹如进入了树林之中。土林是风的杰作,时间长了,那些凸起的土堆被风吹得颇具树林之神韵,成为阿里一景。

扎西说,那一年很奇怪,天上经常飘过像莲花一样的白云,一只白狼从札达土林中走出来,径直向马路走来。马路上有很多人和车辆,都为看土林而来。但它却并不惧怕,只是高扬着头,离马路越来越近。土林中有狼并不奇怪,因为越往土林深处越闭塞,是一些动物的理想栖息地。但奇怪的是,这只狼为何敢走出土林,而且向马路上的人和车辆走来?

待它走近,进入人们视野后,大家才看清它是一只浑身泛白的白狼,在阳光下闪闪发光。通体纯白的狼是很少见的,大部分狼的毛色都很杂,有灰白相间的,也有黑灰、灰黄浑然一体的,其毛色看上去给人恐惧之感,而纯白的狼则显得高贵和优雅,让人觉得它是狼族中离群索居的独行者。当白狼走过山冈或草原时,四周一片清静,它和大自然似乎融合成了一幅极美的画。

人们并没有因为它美丽的外表而迷惑,仍警觉地防范着它。

它发现了马路上的人,愣怔片刻后走了过来。人们捡起地上的石头,等它接近后打它。它慢慢走近,人们才发现它嘴里叼着一个布袋,里面有三只小狼崽。那三只小狼崽可能刚出生不久,仅有拳头般大小,连眼睛也是闭着的。不知它从哪里找到一个破烂的布袋,巧妙地将三只小狼崽装入其中,然后便上路了。人们知道,土林中很少有可捕食的动物出没,这只白狼是想带它们到有水草的地方去,因为有水草的地方有兔子,狼可以将其捕食。

它离人们越来越近,眼中有凶残之光射出,似乎要一口将挡住它去路的人咬死。

人们喊叫着扑向它,手中的石头砸了过去。它躲闪着石头,嘴里的布袋掉了,三只小狼崽像皮球一样在地上滚动。

有人喊了一句:"大狼小狼都是狼,打!"

众人向小狼围过去。

白狼惊恐地发出一声嗥叫,扑过去用嘴将三只小狼收拢在一起,然后趴下身子护住它们。人们都很吃惊,这只白狼一副任由人怎样打击也要护住腹下小狼的样子,是多么令人感动的母爱啊!人们将手中的石头扔下,转身走了。

白狼看人们走远,站起身将三只小狼崽重新装入布袋,叼起返回土林。狼很机敏果断,只要意图被他者发现,就会马上放弃。它走到土林入口处,将布袋放在一块石头上,回头朝人们叫了一声,它的叫声中仿佛充满对人的感激。随后,它又将布袋叼起,进入了土林。

人们议论,其实不应该打小狼,它们那么小,真的很可怜。有人担心白狼会来报复,因为他们阻止了它的去路,而且还差一点把它的三只小狼打死。狼的报复心很强,它们不论克服怎样的困难,等待多么长的时间,都会报复伤害过它们的对象。也有人认为,他们没有打那只白狼和那三只小狼,它一定心存感激,不会来报复他们的。

第二天,白狼又出现了。

它将三只小狼安顿在土林中的隐蔽处,然后从土林中走出来,径直向人们走去。阳光很好,它身上的白色显得更加洁净。它似乎并不惧怕人,离人们越来越近,一副很坦然的样子。

人们断定,它因为经历了昨天的事情,已彻底放弃要去有水草的地方,而是要在土林中长期待下去。藏北高原人烟稀少,牧养的牲畜不是很多,活动在山谷和雪地上的往往是牦牛、黄羊、野驴、兔子和雪鸡等,狼通常把黄羊和兔子作为捕食对象,而黄羊和兔子经常活动在有水草的地方,狼便跟随它们而去,很少在有人的地方或马路附近出现。现在,这只白狼又将作何打算呢?

这是一只奇怪的白狼。

人们都很惊讶,这只狼为何会有如此大的胆子,昨天刚刚遇到过危险,仅仅过了一夜,似乎已全部忘记,居然又向人走来?老话说得好,狼敢走近人,一定有恶行。狼的固定形象是邪恶和令人恐惧的,所以人们断定它一定会攻击人。

人们又有些不解,狼只有一只,人却有十几个,狼将如何向人扑去呢?

疑惑归疑惑,但人还是警觉地盯着它,唯恐一不小心被它突然袭击。而它似乎对这些人视而不见,一直将头扬得很高,迈着稳健的四只爪子走到了马路边。人们以为它要停住了,而它却继续向人们走来。它越来越近,气氛变得紧张起来。有人想朝它喊叫一声,意欲把它吓走,但还没等他们开口,它却停下来望着人和车辆,神情复杂。

它到底想干什么?

人和狼之间,犹如隔着无法揭开的幕布,谁也猜不出。

马路另一边有一群马,其中一匹马也许不知道它是狼,朝它叫了几声,它也回应着嗥叫了一声,声音急躁而又不安。人们想,如果它流露出要冲向马群的意图,必须及时把它拦住,否则马群就会有危险。马是狼经常偷袭的对象,虽然马比狼高大数倍,四蹄是防备侵袭的有力"武器",但狼会避开马的优势,采取巧妙的攻击办法——只要能够接近马身,便一口咬住马的喉咙,要不了多长时间马便会轰然倒地,它们会扑上去撕扯开马的肉身吞噬一顿。现在,这只白狼又将如何对众目睽睽之下的马发起攻击呢?

但令人意外的是,它嗥叫几声后却突然转身跑了。它速度很快,顺着来路跑到土林谷口,身影一闪便彻底消失。人们想,它一定长期栖息于土林的避风处或土窝中,但那样的地方往往很神秘,人是无法发现的。

它的身影消失很长时间后,人们仍然一脸疑惑,一只狼就这样莫名其妙地出现,又莫名其妙地离去,让人们匪夷所思。但狼的行踪神秘难测,谁也猜测不出它为何如此反常地出现,最后又为何突然返回?正因为如此,多少年来人和狼之间的关系才一直这样紧张,人时时刻刻都在防狼,而狼则总是制造事端,甚至造成狼灾,让人痛恨狼,但又无可奈何。

就在所有人都对这只白狼的出现和离去感到费解时,一位牧民骑马从另一座山上奔驰而来,对人们说:"刚才太危险了,你们居然都不知道?"

人们惊异,忙问他:"出了什么危险?"

那人说:"刚才有一群狼从山坡上下来,利用平滩中的沟渠慢慢爬过来,都快接近你们的马了,但有一只白狼从土林中出来,朝着那群狼叫了几声,那群狼停下,过了一会儿就转身走了。当时你们的注意力都在白狼身上,所以不知道有一群狼已经接近你们的马。你们离马那么远,如果狼扑上去的话,至少会咬死一两匹。这件事太奇怪了,那只白狼叫了几声,那群狼就乖乖地走了。还有,那只白狼应该是在帮你们。它为什么会帮人呢?奇怪。"

人们很感动,这件事无不说明,它确实已经和这里的人有了感情,今天的这件事就是例证。如果它不及时让那群狼离去,真的会被狼群咬死一两匹马。这样的例子很多,新疆有一位牧民发现有狼出现在他的冬窝子(一般为向下挖掘,最后形成像房屋内室的地下居所,冬暖夏凉)周围,他看紧了自己的羊群,除了白天给它们喂马草(冬饲草料)外,不让它们出羊圈一步。晚上,他则将羊圈门紧锁,做到了万无一失。但不久后的一天,狼呼出的气息居然迷惑了一只羊,它翻出羊圈走到狼跟前,任由狼将它咬死吃掉了。那位牧民后来才从老年人口中得知,狼有时候在草原上奔跑时,会呼出一股特殊的味道,羊、牛和马等牲畜闻到这股味道后,会变得很兴奋。如果哪一年没有狼出现,羊、牛和马等牲畜闻不到狼呼出的那股味道,它们就会生病,至于野生野长的黄羊、野驴、鹿、兔子等,闻不到狼呼出的那股味道会成批死去。持这一说法的是新疆精河的蒙古族人,他们对此早有定论。那位牧民弄清楚这个说法后,心里好受了一些。

听他一说,人们才明白那只白狼这么做的原因。

天空中又飘过来像莲花一样的白云,那只狼已不见了踪影。

因为一只狼和我们的车子赛跑,在接下来的几天里,我们听到很多狼在路上的故事。有一群从那曲出发到冈仁布钦朝拜的藏族人,走到半路时发现一只狼在尾随他们。如果换了别人,也许会恐惧,会想办法打狼或者把狼吓走,但他们一心向佛,将狼视为神圣的生灵,所以他们没有害怕,仍向前叩首朝拜。

狼离他们越来越近,一直看着他们的举动,时间长了,他们熟悉了那只狼,那只狼也似乎熟悉了他们。

下大雪的时候,人的行进速度会慢下来,但狼的速度却不会减缓,它很快便走到了人的前面。人们很惊讶,它怎么会知道我们要去冈仁布钦,它像是在给我们带路。

到了晚上,人们停下搭起帐篷休息,那只狼在帐篷外蹲下,任大雪一层层落在身上。

第二天早上,它变得像一座冰雕。人们上路时,它突然一跃而起,抖落身上的积雪,又和人们走在一起。人们有时对它说几句话,它听懂了似的发出几声嗥叫。人们不知道它的目的地在哪里,但因为一路上有它,便觉得它是朝圣队伍中的一员。

快到冈仁布钦时,它却在一个地方停下不走了。它围着一个小土包转来转去,不停地发出嗥叫。一位当地的老人告诉人们原因:去年,这只狼也跟随一群朝圣者走到了这里,朝圣者中的一位老人在这里死了,就埋在这个小土包里面。人们瞬间对这只狼肃然起敬,觉得它不是狼,而是一个人。

要上路了,它却没有要继续前行的意思。

人们走了,它对着他们的背影嗥叫几声,转身走进山谷中。

在科加寺,我们还听到了一头牦牛和狼的故事。扎西把我们引到一具牦牛标本旁,他伸出手将落在牦牛身上的树叶轻轻取下,转身放到门后。他虔诚的样子,如同在轻轻掸去经书上的灰尘。他指着那具牦牛标本说:"这是寺里的活佛经历的一件事。"我仔细询问才知道"经历的事",是完成的一种仪式。扎西的眼睛里有几丝敬仰,他说:"他现在就在寺后面的房顶上,让他老人家给你们讲吧。"

我们跟随扎西找到他,他双目紧闭,似已入定。扎西向他说明我们的来意,他睁开眼睛看了看我们,开始讲述他的经历。

那一年,我从家乡向冈仁布钦行进。一天,我突然觉得空气变得透明起来,等我爬上一座小山,就看见冈仁布钦正处在蓝天之下,它的顶峰积满了雪,在阳光下闪闪发亮。我听到峰顶上有什么响动,像歌声一样弥漫了过来。

我下了山,准备上路。

但那天很奇怪,空气突然变得稀薄,我像是被无形的手掌推来推去,举步维艰。我以前从来没有遇到过这种事情,这一路走来氧气一直很足,可现在离冈仁布钦不远了,我却陷入高山反应之中。难道是我的修行不够,吃的苦还不多,没有资格走近冈仁布钦吗?

那天,我感到我已经没有希望了,稀薄的空气使我陷入绝境,我前面还有几座达坂,我可能爬不上去了。我的头剧烈疼痛,眼睛也变得模模糊糊。但我不甘心,把一阵阵疼痛强压在心头,一步步往前爬着,每向前爬一点,都有一种要跌入深谷的眩晕感。

后来下起了雪,我抓起雪吞下,心里稍微好受了一些。

我不敢回头,我的腿被磨破,我知道身后肯定是一条有血迹的路。

我爬进峡谷,头疼得更厉害了。

就在那时,我看到了让我惊心动魄的一幕:在我的前面,三只大小不一的动物紧紧靠在一起,在慢慢往山顶上爬。待我看仔细了,才发现那是由一头牦牛和两只狼组成的集体。我不敢相信,这些在平时一见面就你死我活的动物,今天居然互相靠拢在一起。我明白了,它们遭遇了与我同样的灾难,在这种情况下,它们知道生命已非常脆弱,只有团结在一起才可以爬上高高的山顶。我被它们感动了,翻过这座山将出现一片树林,那是它们的家园,而要走到那里,这种时候的互相依靠是多么重要。

然而那天,灾难还是降临了,更大的风雪袭击了我和那几只动物。

我挣扎几番后便什么也不知道了。

后来我醒了过来,发现走在我前面的那些动物无一幸免,全都倒毙在

风雪中。那时候雪已经停了,氧气也变得充足起来。我站起来,把它们的尸体一具具背出峡谷,埋在深雪中。我朝拜完神山返回时,将一具牦牛的尸体运了回来。

故事讲完了,我们的灵魂早已随着故事飞远。

我们在牦牛标本前默默伫立,似乎在聆听它正在述说着的话语。

离开科加寺,我们的车子继续前行。傍晚,我们希望那只狼再次出现,再次在车外奔跑。我们渴望它的身影重新填补空白了一天的车窗风景,那样的话,我们每个人都会再次聆听、再次感悟生命在高原的真实展现。但它像是已经完成了使命,再也没有出现。

夕阳将几缕余光挣扎着洒在高原上后,像是再也没有了力气一样,一头跌入山后。

扎西在后来告诉我们,那只札达土林中的白狼又走到了马路上。

扎西唏嘘不已,那一年真的很奇怪,天空中飘过一朵又一朵像莲花的白云,从不露面的白狼居然露面了,而且还走近了人。

扎西说,当时的情形很感人,也许因为那只白狼已经来过两次,加之人们对它心存感激,所以它轻松自如地在马路上走动,就像马路上的人或马路边的一匹马一样。有一位摄影家赶紧架好相机,他觉得人、马群和一只白狼,构成了一幅很难得的画面。他选好角度将其拍了下来。他很兴奋,觉得自己拍了一幅好作品,但事后打开相机翻看时,那张照片却是一片黑色,什么也看不见。以前有人拍一匹白马时就曾遇到过这样的情景,其怪异程度让摄影家无可名状,以至于这件事成了摄影界的忌讳,若无意间提及,人们马上就会把话题绕到别处去。

那只白狼走到马群跟前,卧下望着马群。因为马群已经熟悉它,并对它消除了敌意,所以它们之间并没有出现人们担心的撕咬场面。过了一会儿,它起身随意走动,离马越来越近,彼此之间显得颇为亲近。

有一位牧民赶着羊从土林入口前经过,他看见一只白狼卧在几匹马前面,惊吓得叫了起来:"白狼……白狼……狼里面最厉害的东西,马上当了,要被狼吃了。"

他边叫边赶着羊往回走,遇到了狼,无论如何都得返回,不然就会被狼咬死几只羊。在他的观念里,哪有狼不吃马和羊的,那些马太傻了,正往狼的圈套里钻呢!但因为太过于慌乱,他的羊群在土林前的大草滩上乱成了一团。他大声吆喝,意欲把羊群收拢在一起,但他的羊却一改以往老实听话的样子,任凭他怎样费劲喊叫,仍然向各个角落乱跑。

那位牧民绝望地叫着:"完了,完了。傻羊啊,你们傻死了,一只白狼就卧在不远的地方,你们就这样乱跑,不是往它的嘴里送吗?"

他正骂着,却出现了让他惊讶的一幕,那只白狼站了起来,一边叫着,一边走近羊。它的叫声对正在乱跑的羊来说犹如命令,它们都停了下来,极其温顺地望着白狼。

白狼从羊群边走过,它们像是迎送君王一样凝视着白狼,直至它进入土林。

"白狼不吃羊!羊很尊重狼!"那个人惊呼,似乎发现了一个天大的秘密。

从此,它每天都从土林里出来,到荒滩上走走,并不时地发出长嗥,那群马听到它的声音便遥相呼应,纷纷与它对鸣,山谷中响起一片热闹的叫声。

那位牧民感叹地说:"狼和马变成了朋友,以后要是和我的羊也变成朋友多好,我再也不用防狼了。"

但究竟是什么原因让白狼不吃羊,而且它的叫声让羊变得如此乖顺,没有人能说得清楚。从此,关于白狼被拍摄后会变成一片黑色,以及它不吃羊的事情,便长久地被人们谈论,人们猜测着种种可能,但都不能肯定。于是,这只白狼便像一个传说,在人们的讲述中变得越来越神奇。

有一天,有人在土林顶端看见了那只白狼,它抓了一只兔子,然后快速将身影闪进土林中。那人想窥探出它的藏身之所,但土林密布,沟谷交错,不见它的任何踪迹。因为它是一只白狼,加之它不吃羊,而且还在关键时刻帮助了人,所以人们对它的感情很复杂,觉得它是一个神物。

后来,一位在土林一带生活了三十多年的老人告诉了人们真相,这只白狼前不久生的三只狼崽长大后一定也是白狼,而白狼在狼群中地位高贵,会成为狼王或头狼,所以你们没有打三只小狼崽的举动感动了白狼,它在报答你们。

几天后,下起一场大雪,天空中飘落着密集的雪花,大地很快被覆盖成一片银白色。

那场雪持续下了三天,高原变得银装素裹,分外美丽。但在这样的雪天之中,所有生命的生存都变得艰难起来,那群马的主人早已将马赶往别处,牧民将羊群赶往避风的地方。

人们想起那只白狼,担心它会被冻坏,想帮它转移到暖和一点的地方去。但因为它隐藏于神秘不可知的角落,加之大雪所阻,所以人们只能这样想想,并不能采取实质性的行动。

第三天夜里,从土林内传来一阵叫声,人们被惊醒,纷纷出门去看。土林此时一片寂静,并没有动物走动。人们断定,是那只白狼在叫。在如此寒冷的夜晚,它将如何熬下去,尤其是它那刚出生不久的小狼崽,就更难熬了。

后半夜,从土林内传出的叫声变得激烈起来。

人们肯定是狼的嗥叫,因为以前狼的嗥叫和这种声音一模一样,而且是在饥饿或遇到危险时才发出这种声音。人们为那只白狼担心,它能发出这种声音,说明它已被冻得不行了,也许只能靠这种嗥叫挨时间。

慢慢地,它的叫声由激烈变得微弱,最后悄无声息地哑了下去。

这么冷的天,一只狼连声音都发不出,它和它的几只狼崽会怎样?人们心头掠过不安。刚才的黑夜之中,因为有狼的嗥叫,让人紧张担忧,在内心生出与它一起挣扎的感觉,期望它能够熬过这寒冷的雪夜。但现在,随着它的叫声停止,黑夜突然变得安静,似乎一只隐藏许久的大手终于伸了出来,将一切都握在掌心之中。同时,安静让人觉得是狼的挣扎戛然而止,它的生命在这种安静中已经结束。

第四天,雪停了,人们进入土林去寻找那只白狼和它的狼崽。

土林落雪后,虽然从外观上看极为美丽,但人们进入内部后却发现,土林中的路极其难走,积雪下面密布砾石和细沙,每走一步都会陷进去,拔出来颇费力气。不长的这段路,渐渐往里面延伸,慢慢变得逼仄起来,有多处仅为一人可通过的缝隙。土林内的雪更厚,有很多地方都不敢踩入。

寻找到一个山洼处,人们发现了一只冻死的狼,但它身上的毛色灰黄交杂,不是那只白狼。它瘦骨嶙峋,嘴唇裂出几道骇人的血口子。它一定因多日未进食而饥饿难耐,加之又遭遇这样寒冷的天气,所以便毙命了。

人们议论,如果昨天晚上发出激烈嗥叫,后又变得无声无息的是这只狼,那么那只白狼也许还活着。这样一议论,人们兴奋起来,加快向前搜寻的速度。不知从何时起,这只白狼在人们心目中有了地位,人们视它为一只好狼,它身上的白色似乎纯洁无比,影响着人们关心它,为它着想,这是一只有福气的狼。

但人们找遍土林的角角落落,都没有找到那只白狼。

不知它去了哪里。

人们心里充满复杂的情绪,觉得那只白狼像莲花状的白云,在一个很高的地方,他们看不见。要想看见它,也许还要走很远的路。

从此,白狼再也没有出现。

关于白狼,变成了一个传说。

扎西的故事讲完了。

但和我们的车子赛跑过的那只狼,却一直没有露面。我们渴望再次看到它,以便证实它是白狼。只有它出现,关于白狼的故事才不会结束。

直到几天后,我们才知道它已经死了。

"其实,藏北最厉害的动物是狼。当狼老了,跑不动了,它绝对不会在没有遮掩的地方倒毙。它往往会在黑夜里消失,没几天,在它消失的地方又会出现一只狼,你分不清它是原来的那只,还是另外一只。好像冥冥之中藏北是一个狼的永生地,狼有怎样的生死更迭,它们依存的是什么法则,谁也不知道。"一位老人后来这样告诉我。

在后来,我们得知藏北高原的狼和平原地区的狼截然不同:高原的积雪厚,狼走过雪地时会把头低下;而平原地区的狼走过雪地时则高扬着头,警觉地观察着四周。高原狼低头与环境有很大的关系,冬天的积雪使气息散布得较为缓慢,它们低着头把舌头吐在外面,是为了更好地获取雪地四周的信息,这就是狼的嗅觉灵敏程度强于一般动物的原因。有一位猎人在一个大雪天跟踪一只狼,雪地上留有狼的爪印,他心想,你就是再狡猾也逃不掉,我跟着你留在雪地上的爪印,看你还往哪里跑。但进入一个山谷后,狼的爪印却神秘地消失了,雪地上干干净净,无一丝痕迹。

他害怕了,便转身返回。

后来有人告诉他,你上狼的当了,狼一定是找了一个地方,用雪把自己遮盖起来了,你走了之后,它便从雪中出来走了。

听完故事,我们向讲故事的人询问狼跟着我们的车子奔跑的原因。他很吃惊,不相信我们会有这样好的运气,以前他曾听说过狼和骑马的人赛跑的事情,一直想看一看,但都未能如愿,没想到我们却遇上了,真是有福气。说到狼跟车子奔跑的原因,他劝我们不要去打听,这样的事情是没有原因的,因为狼在心里是怎样想的,人又怎能知道呢?他劝我们把这样的经历当成是上天的赐福,这样就会拥有美好的记忆。

第二天,我们沿原路返回,在半路才听到了确切的消息,追过我们车子的那只狼死了。

我们为它伤心,又为它的死充满好奇,在内心隐隐感觉到它的死应该是神圣的,它在死亡的一刻一定会有惊天动地的壮举,但具体的情形会如何,我们却猜不出。仔细打听之下,才知道了大概——我们的车子开过去后不久,人们便发现了它的尸体,它大概是在奔跑中撞石而死的,脑浆四溢。它最后的姿势仍在努力向前,似乎还要向前奔跑。

那令人伤心的一幕,是什么时候发生的呢?

当时的车里除了驾驶员,其他人都在打盹,谁也没有发现车窗外倏然发生的惨痛一幕。

我们爬上一个可以看见冈仁布钦的山冈,看着这座山,此时的我宁愿相信一只狼的灵魂还在与我共处。我的眼角有冰凉的东西在往外涌动,一只狼直到死都在做着振翅欲飞的努力,在死亡来临的那一刻,它一定还在心中伸展着笼罩大地的那一对如天的巨翅,那一刻,它成为天地间唯一的灵魂主宰。

发现它死亡的是几位到阿里拍照的摄影家,他们把它的尸体装入纸箱里准备埋入土中,但当地人劝他们说,不要用箱子装它,直接把它放进土里就可以了。于是,一只狼的埋葬便只是一道古老悲怆的程序:裸葬。人们将它布满血渍的皮肉直接埋入土中,让大地宽广的胸怀收纳了它灼烫的灵魂。

我们赶到的时候,那个简单的埋葬仪式已经完毕,高原上多出了一个毫不起眼的小土包,它在里面长眠。我们很想看一眼它,但觉得一只死了的狼和人一样,也应该入土为安,便打消了念头。

不远处的村庄里,人们在举行一个仪式,整个村庄一片肃穆。我们坐在石头上听着仪式的声音,仿佛那只狼还在我们身边,不停地在快速奔跑。

仪式进行了一个多小时后结束了,人们四散而去,但我们仍然不能平静。一位同行者唱起一首低沉的歌,他因为伤感,声音越来越小,但我们相信,此时他的歌声是对一只狼的赞颂。

一只狼的灵魂飘远了。飘远之后,在另一片更为宽广的土地上,另一个安详的夜晚,就潜入另一只狼的心灵。另一只狼,或者更多的狼,像赶赴一次生命的盛会,把天地的秉性在自己身上用奔跑展示出来。

我们向人们打听,它是不是一只白狼?

人们一句话也不说,只是摇头。我们找到扎西,想请他证实这件事。他说,答案不重要,但你们一定要肯定这样的事情。肯定了这样的事情,对人是有好处的。

几天后，我们回到狮泉河，这时候又传来一个和那只白狼有关的消息。埋它的当天晚上，有一群狼从山谷中涌出，它们在埋它的地方围成一团，然后呜呜嗥叫。很多人都被它们的嗥叫惊醒，出门一看，山坡上密集着一大团黑影，估计有四五十只狼。

它们嗥叫了一夜，在天快亮时才安静下来。

早上，人们到山坡上去察看，发现埋那只狼的土堆已被刨开，里面空空如也。

山坡的幻影

"可以出门了。"

叶赛尔拉着孙子的手,对妻子说。

"走吧。"妻子说完,把一束猫头鹰羽毛插在孙子头上,把孙子抱上马背。

叶赛尔牵着马出了院子。孙子骑在马上,头上的那束猫头鹰羽毛迎风飘摇,这是哈萨克族儿童举行上马礼的鲜明标志。今天是叶赛尔和妻子为孙子挑选的好日子,将由叶赛尔牵着马去拜访亲友。叶赛尔已通知亲友们今天要给孙子举行上马礼,按照常规,他牵着马到达后,亲友们会热情地向孙子撒酸奶酪,送给他马鞍子和马鞭子,并把他抱上配好马鞍子的马背。有一句老话说,借马容易,借鞍难,所以哈萨克族人都很重视儿童的上马礼,期待通过亲友们赠送马具的方式,让他得到祝福,顺利长大成人。

一路上,孙子骑在马上,高兴地笑着。

但叶赛尔没有笑,脸色一直不好看。他今天早上得知,前几天通知过的亲友都去打狼了,一个也没有回来,他就笑不出来了。他很生气:你们都去打狼,我孙子的上马礼怎么办?前几天我就骑马翻过三座山,蹚过两条河通知了你们,但一有狼的消息,你们的心就被吸引过去了,难道狼比我孙子的上马礼还重要？这样想着，他的脚步便慢了下来，想牵马回去。但他看见孙子骑在马上笑着，便又往前走去。

翻过一座山，叶赛尔发现，仅仅二十多天时间，这里就发生了很大变化：地上的草绿了，已经向上蹿出很高一截，将地面覆盖成一片绿色；所有的树都长出了树叶，远远望去，每一棵树都是一团绿色。他勒住马放眼望去，整个山野已经被绿色占领，显示出勃勃生机。他想，这样好的时机，这样好的地方，牛羊都忙着去吃草，狼出来也不为过，狼也是山里的一分子，需要走动，需要捕食。

叶赛尔听到亲友们去打狼的消息后不笑，是有苦衷的。去年开春，狼突然多了起来，他和村里人去打狼，打了好几天，虽然没有打死一只狼，但把狼挡在了牧场外围。牧场上的牛羊因此便安全了，暂时不会受到伤害。一天，叶赛尔发现了一个狼洞，里面有五只小狼崽，但母狼不在。打死小狼崽是举手之劳，他没有动手，他想把母狼也打死。但母狼是大狼，打死它并非易事。于是，他想到了投毒。他把毒药放在肉中，毒死了母狼，然后，他又把五只小狼崽也打死，拉着它们的尸体回村了。他打狼的过程很顺利，并没有让其他人受到惊吓。但这件事却引起村里人的指责：毒死母狼，打死五只小狼崽，你为何做这样的事呢？

叶赛尔后悔了，但母狼已经被毒死，五只小狼崽也已经被打死，他没有办法改变这一事实。

有人议论说，狼邪气，叶赛尔毒死了六只狼，会遭报应的。

叶赛尔听到这样的议论，心里害怕，便落下了恐惧症。

这一年多，叶赛尔很痛苦，每天晚上的梦中，都有一只狼跑来跑去，有时候是他追狼，有时候是狼追他，情形令他极为恐惧。他感到奇怪，如果狼有邪气，用梦来折磨自己，梦中应该是六只狼才对，为何只有一只狼呢？他没办法改变梦，人天黑后就得睡觉，睡觉就得做梦，而梦像失去理智的疯子，它要疯狂地把你拉入光怪陆离的场景中，你便无法逃脱，更无法与之抗衡，只能经历一场又一场痛苦的煎熬。

后来叶赛尔想,是因为自己下了毒,老天爷在惩罚自己。村里人反对投毒,他们经常会说一句话:把眼眶挖了,比把眼珠子挖了还阴险;把嘴唇割了,比把牙齿打掉还恶毒。但他投毒是出于无奈,今年的狼如此猖狂,不收拾狼,狼离人越来越近,到最后挨收拾的就是人。他当初投毒时就是这样想的,后来也经常这样想,再后来他心里产生了愧疚感,再加上噩梦折磨得他死去活来,他就不这样想了。

接连被噩梦折磨,叶赛尔的疑惑慢慢消失,开始理智考虑这件事情。他想,假如自己没有下毒,就不会做噩梦;假如那六只狼没有被毒死,现在自由自在地活着,该多好!

至此叶赛尔才发现,他原本不想打狼,那天是一时冲动,对狼投了毒。

打狼会让人的心不安。

以后,我再也不会打狼。

当叶赛尔想到狼窝中除了那只母狼和五只小狼崽,应该还有一只公狼时,才恍然大悟,一定是那只公狼要来报复自己,接连重复做的这个梦就是暗示。他浑身颤抖,觉得那个梦并非噩梦,而是马上要变成事实。打死那五只小狼崽时,他想起猎人说过,掏狼崽不能一锅端,必须留一只小狼崽拖住大狼,让它无法分身来追掏狼崽的人。当时,他曾犹豫了一下,想留一只小狼崽在狼窝中,但他又觉得把五只小狼崽全部打死解气,有利于威慑狼。但他忽略了公狼,它外出觅食回来,满目所见皆为惨状,仇恨便如洪水一般在内心奔涌,于是一路跟踪他而来,要找他报仇。

这样一想,叶赛尔犹如掉入冰窟窿中,浑身一阵阵寒冷。

叶赛尔又开始做噩梦。

叶赛尔接连做噩梦的消息像风一样传开,不少人很快知道了这件事。

人们对这件事议论纷纷,有人说:"叶赛尔老了,人老了胆子就小了,胆子小了就怕事了,人一怕事便什么事都来了。"

"人老了就应该胆子小,不然会出事的。"

"其实不是胆子小的问题,是叶赛尔到了信服一些事情的年龄。"

"信服什么事情呢?"

"老年人不是说,每个动物都有它的守护神吗?人年轻的时候火气旺,连动物的守护神也怕人哩,所以年轻人打猎的多,也容易打到猎物。"

"你的意思是,人老了火气就弱了,动物的守护神就不怕人了,所以年龄大的人不应该去打猎。"

"对。"

"你这个说法是从哪儿来的,好像没有人这样说过。"

"没有人说过没关系,你只要信了就可以了。"

"这是迷信吧?"

"这不是迷信,是一种告诫,目的是让我们懂得尊重生命,哪怕它是一只小动物。"

"是这样啊,我好像懂了。"

"你活到叶赛尔那个年龄,就全懂了,就能理解达尔汗。"

每个动物都有守护神!叶赛尔又被这一说法弄蒙了,他觉得自己陷入了一个怪圈,那死于自己之手的六只狼,变成各种说法,像阴森恐怖的蝙蝠飞入他的生活,让他坐立不安。他怕狼,这一年多他很少去牧场放牧,慢慢地与村里人生疏起来。他毒死了狼,在众人面前抬不起头,村里人觉得叶赛尔接连做噩梦,身上有邪气,便不与他来往。

叶赛尔很孤独。

但叶赛尔没有想到,就连他的亲友也好像在故意躲他,明明前几天已经接到他要给孙子办上马礼的通知,却一个个都去打狼,让他不知如何是好。

中午,叶赛尔到了卡哈尔家。卡哈尔和叶赛尔一起长大,一起娶媳妇,一起当爸爸,后来又一起当爷爷。卡哈尔曾对叶赛尔说:"这一辈子,我是你的影子,你是我的影子,谁也离不开谁。"但影子毕竟是影子,不是心,卡哈尔也去打狼了,只有他的小女儿古丽在家。叶赛尔想,既然已经来了,不管卡哈尔怎样对待自己,也要把上马礼的程序进行下去,哪怕下午空手回去,心里也无愧。

他牵着马在卡哈尔家栅栏外走了一圈,意即告诉卡哈尔家人,他带着孙子来了。

古丽在县中学当老师,放假了便回父亲家住一段时间。叶赛尔已经把意思表明,接下来就看古丽怎么办。他希望古丽去找卡哈尔,让他回家处理上马礼这件事,只有这样,他才不是我叶赛尔的影子,而是我的心。

但古丽不明白叶赛尔的意思,她对叶赛尔说:"爸爸去打狼了,打不到狼不会回来。你是等他呢,还是先回去?"

叶赛尔生气了,决定等。他在赌气,他要等。

古丽在看一本书,她和叶赛尔闲聊,说到了打狼,便给叶赛尔讲了三个有关狼的故事。

其一:

有个屠夫卖肉回来,天色已晚,突然出现一只狼。狼窥视着屠夫携带的肉,口水都快要流出来了,尾随着屠夫走了好几里路。屠夫很害怕,便将屠刀在狼面前晃了晃,想把狼吓跑。狼看见了屠刀,被吓得往后退了几步,可是等到屠夫转过身朝前走时,便又跟了上来。屠夫就想,狼并不是要伤害我,它想要的是这些肉,不如把肉挂在树上,这样狼就够不着了,等明天早上狼走了再来取肉。于是屠夫将肉挂在钩子上,踮起脚尖把带肉的钩子挂在树上,然后把空担子在狼面前晃了晃。就这样,狼不再跟着屠夫,屠夫就安全地回家了。第二天拂晓,屠夫去昨天挂肉的地方取肉,远远地看见树上挂着一个巨大的东西,好像一个吊死在树上的人,感到非常害怕,焦虑地在树四周徘徊着向树靠近,等走到近前一看,原来树上悬挂着的是一只死狼。屠夫抬起头来仔细观察发现,狼的嘴里含着肉,挂肉的钩子已经刺穿了狼的上颚,其形状就好像鱼儿咬住了鱼饵。当时市场上狼皮非常昂贵,一张狼皮价值十几两黄金呢。屠夫得到了这张狼皮,发了一笔小财。

其二：

有个屠户天晚回家，担中的肉已经卖完，只剩一些骨头。行之不远遇到两只狼，紧随着他走了很远。

屠户害怕，拿起一块骨头扔过去。一只狼得到骨头停下了，另一只狼仍然跟着。屠户又拿起一块骨头扔过去，后得到骨头的那只狼停下了，可是先得到骨头的那只狼又跟上来。骨头已经扔完了，两只狼像原来一样一起追赶。

屠户很窘迫，害怕前后受到狼的攻击。他看见野地里有一个打麦场，场主人把柴草堆在打麦场里，覆盖得像小山似的，于是奔过去躲在柴草堆下面，放下担子拿起屠刀。两只狼都不敢向前，瞪眼朝着屠户。过了一会儿，一只狼径直走开，另一只狼像狗似的蹲坐在前面。时间长了，那只狼的眼睛似乎闭上了，神情悠闲得很。屠户突然跳起来，用刀劈狼的脑袋，又连砍几刀把狼杀死。屠户正要上路，转到柴草堆后面一看，只见另一只狼正在柴草堆里打洞，想要钻过去从背后对他进行攻击。直到这时，屠户才明白，前面的那只狼假装睡觉，是用来麻痹他的。那只狼的身子已经钻进柴草堆一半，只有屁股和尾巴露在外面，屠户从后面砍断了狼的后腿，也把狼杀死了。

狼也太狡猾了，但是这两只狼都被一一砍死。禽兽的欺骗手段能有多少呢？只不过给人增加笑料罢了。

其三：

有一个屠夫，晚间走在路上，被狼紧紧地跟着。路旁有个农户留下了一个地窝棚，他就跑进去藏在里面。狼从苫房的草帘中伸进一只爪子。屠夫急忙抓住它，不让它抽回去。但是他只有一把不到一寸长的小刀子，没有办法杀死它。于是，他就用小刀子割破狼爪子下面的皮，用吹猪的方法往里吹气。他用力吹了一会儿，觉得狼不怎么动弹了，才用带子扎上了吹气口。出去一看，只见狼浑身膨胀得像一头牛，四条腿直挺挺地不能回弯儿，嘴大张着无法闭上，他便把它背回去了。

不是屠夫，谁有这个办法呢？

故事很精彩，叶赛尔听得津津有味。

叶赛尔想：看人家打狼多么有水平，不但把狼打了，还让人佩服，真是聪明；而自己却用投毒的方式打狼，多丢人。

古丽说，这三个故事是古代的一个叫蒲松龄的老人，在一本叫《聊斋志异》的书中写的。三个故事都发生在屠夫身上，屠夫在对付狼时，其"专业"技能帮了大忙。古往今来，狼与人始终形影不离，便留下了这些故事，而这些故事被蒲松龄老先生留在笔下，听起来颇有意味。

叶赛尔想起自己做过的那个噩梦，又想着自己用投毒的方式杀了狼，这样的事传出去，会有人像古丽讲《聊斋志异》一样讲自己的事吗？

不会。

自己投了毒，那样的事会让人憎恶，不会有人讲。

门外传来嘈杂声，卡哈尔回来了，他看见叶赛尔的孙子，明白了叶赛尔的来意。他苦笑一声，对叶赛尔说："我的老朋友，对不起了，我的马鞍子没有了，没办法送你了。"

叶赛尔问他："为什么，你的马鞍子为何没有了？"

卡哈尔说："和狼有关。"

原来，卡哈尔和村里人昨天出去打狼，把一只狼堵在悬崖边，它没有退路，便对着他们嗥叫，时刻准备着扑向他们。

人们手握刀子和木棍，它若扑过来，他们便刺它打它。

卡哈尔下马，抽出腰间的刀子，盯着狼的眼睛。狼的眼睛真吓人啊，里面有冷冰冰的光，似乎会喷射出彻骨的大雪。卡哈尔一阵颤抖，觉得所有人都不是这只狼的对手，它身上的煞气足以压倒一切。但它被堵在了悬崖边,已无任何活路,倒也不用怕它。为了把它堵到悬崖边,人们费了很大周折,他们在漫山遍野大声喊叫,逼诱它上了悬崖。它在悬崖边向下一望,便明白了自己的处境,它痛苦地嗥叫一声,愤怒地瞪着围上来的人们。人太多,它无法冲下去,便与人们对峙着。

山冈上安静了下来。

看着狼,所有人都感觉到冷。

狼大张着嘴,不停地嗥叫,似乎声音是刀子,可以把人们杀死。它的獠牙白晃晃的,颇为吓人,谁也不敢上前。但它叫归叫,终究不能逃出困境。时间长了,人便不怕它了,每个人都紧握刀棍,随时准备进攻。人与狼对峙,比的是耐心,耐心不足者会先进攻,那样就会让对方得到机会,趁他(它)分神之际,瞄准其致命处一击,让对方丧命。

人的耐心不如狼。

人们开始进攻,他们手里的刀子和木棍挥舞着,向狼逼了过去。

狼大叫一声,人们便不敢向前了。气氛紧张起来,人们如果再向前,必然会有人被狼咬死,谁愿意那样呢?但没有人愿意放弃,他们互相依靠,又向前逼近。狼再次嗥叫一声,向人们扑了过来。人们被吓坏了,乱成了一团。卡哈尔的马受到惊吓,很快便冲出人群,在山冈上狂奔起来。卡哈尔怕马掉下悬崖,意欲抓住它,但马已经快到悬崖边了,看它的架势,很有可能会一头栽下去。卡哈尔离它很远,无论如何都抓不住它,他惊愕得嘴巴张成了圆形。这时候,出现了令所有人惊奇的一幕:狼嗥叫一声,马听到后,像是听到命令似的站住了。

马为何会听从狼的叫声,突然站住不动?

谁也不知道。

山冈上出现了难耐的寂静,只有风在呜呜刮着。

马转过身,走到了卡哈尔身边。它被吓坏了,站在卡哈尔身边才安静下来。

人们看着狼,不知如何是好,他们是来打狼的,置狼于死地本无可厚非,但它让马在危险中停下的一声嗥叫,让他们感觉到温暖,觉得狼不再可怕,变得亲切起来。他们想退下山冈,放这只狼走。

人们互相对望,很快,他们脸上有了相同的神情。

他们决定放走它。

但这时又出现了令人惊奇的一幕,那只狼大声嗥叫着,快速奔跑起来,一头撞向崖壁。它奔跑得很快,用的力气很大,脑袋噗的一声被撞碎,歪斜着倒了下去。人们都惊呆了,它自己选择了死亡,把自己撞死了。人们围过去细看,它的脑袋撞碎了,被鲜血浸染得犹如一朵红色花朵。它的身体软软地瘫在地上,刚才还在它身体里咆哮的野性,此时已不见影子。

人们很懊悔,本来想放了它,但未及时退下山冈,让它以为自己已无生还之路,便撞死了自己。

人们觉得是他们害死了它。

人们决定将它埋葬。卡哈尔对大家说:"它救了我的马,我把我的马鞍子奉献出来,把它放在马鞍子里埋了吧。"

悬崖边多了一个坟堆,人们看了几眼,便下山了。

叶赛尔听完卡哈尔的讲述,心里涌出一股很热的东西。他想起老人们说过一句话,两个山坡上的狼,绝对有一只是好的;两条河里的水,绝对有一条会养活人。以前他不理解这句话,现在他突然理解了,觉得心里的那股很热的东西在升腾,让他的全身都热了。他把孙子抱上马背,与卡哈尔告别,踏上了回家的路。

孙子的上马礼,就这样被这件事改变了。孙子没有得到马鞍子和马鞭子,也没有得到祝福,但叶赛尔不后悔,他的孙子本该得到的马鞍子,陪伴一只狼长眠在大地深处,他觉得心里很踏实。

从此,叶赛尔没有再做噩梦。

别人问他,你为什么没有给孙子举行上马礼?

他说,备鞍容易,骑马难。我的孙子只要学会骑马,就不会没有马鞍子。

在村外的草滩上,他的孙子骑着马在奔跑。

觅　食

一只狼从达尔汗身边跑了过去。

它太快了,从达尔汗身边一闪便不见了踪影。达尔汗没有看见狼,只看见了那团影子。达尔汗不甘心,想找出那只狼。他向四周看了很久,仍然没有看见狼。他怀疑自己:难道没有狼？一闪而逝的不是狼的影子吗？

达尔汗疑惑不已。

直到第二天早上,这个问题还在困扰着他。早晨的山野里弥漫着大雾,大地一片宁静,空气中有一股湿漉漉的气息。阿尔泰山脉像是经过一夜沉睡,又焕发了活力。达尔汗坐在石头上抽烟,他一直在想,到底有没有狼？

一支烟抽完,仍没有想出结果。

达尔汗苦笑一声,烟真可惜,常常燃烧自己助人思考,却不能让人茅塞顿开,找到答案。

达尔汗准备返回,却闻到一股奇怪的味道。那股味道是从他身后传来的,他扭过头,便又看见了一只狼。它在快速奔跑,意欲越过荒滩进入山中。它显得很惶恐,边跑边扭头向后看,似乎有什么在追赶它。它身后确实有追赶者，一位猎人骑着马在追它，但它很快便跑上了山坡。猎人眼睁睁地看着它翻过山坡，进入山后的沟中，那沟就是有名的狼沟。它进入了狼沟，便如同回到了家，猎人无法再追，垂头丧气地坐在石头上抽烟。

达尔汗断定它是昨天晚上出现过的那只狼，他熟悉它的速度。但他不知道它是一只怎样的狼，是高是矮，是胖是瘦，他只看见它是一团灰色，不能确定它是黑还是灰。更重要的是，他不知道它为何如此惶恐地奔跑，它是狼，不应该如此，它应该杀气十足、威风凛凛才对。他想，它从昨天到现在都十分恐慌地在村庄附近躲躲藏藏，不安地奔跑，一定有什么在后面追赶着它。

达尔汗很渴望看清楚它。

达尔汗觉得奇怪，自己为什么对一只狼如此关心呢？

是因为它留下了恐惧。它出现得太快，消失得也太快，几乎只是一闪而过的一团影子，之后便不再出现，把恐惧留在了达尔汗心里。有谚语说，风吹过云知道，狼走过人恐惧。达尔汗虽然知道事情已经结束，但恐惧却没有结束，那只狼把恐惧留在了他心里，让他一直不安。

达尔汗也坐在石头上抽烟。他想，要想消除恐惧，只有看清它是一只怎样的狼。看清了它，心里就有了防备它的办法，就不再恐惧。

猎人抽完烟，要起身走了。

达尔汗问他："你去哪里？"

猎人说："我去狼沟，找刚才的那只狼，找到它就打死它。"

达尔汗说："那咱们一起去吧。"

猎人问他："你去狼沟干什么？"

达尔汗说："我去看狼，我想看清它是一只怎样的狼。"

猎人很奇怪："你这人真奇怪，狼有什么好看的？"

达尔汗说："看清了狼，心里就有了防备它的办法，就不会再恐惧。"

猎人明白了达尔汗的意思，点了点头。

达尔汗空着手，他只想看狼，所以他不需要任何东西。猎人把马留在了村子里,背着枪出发了。

他们慢慢进入狼沟。

狼沟里的狼极多,经常成群出现,经常伤人,就连那些哈萨克族猎人也谈狼色变。有一位猎人来这里打猎,一枪把一只狼打倒,以为打死了,刚走到它跟前,狼突然一跃而起,一爪子抓在他脸上,他的一只眼睛当时就瞎了。狼沟里除了狼之外,还有很多动物。一次,边防战士们在树林里巡逻,突然看见一个白花花的东西从马肚子底下钻了过去。马受惊,战士们忙着拉马,没看清是什么,后来才知道,那团白花花的东西可能是豺狗。那匹受惊的马回到连里后不吃不喝,过了几天,撒的尿居然全是血。马被那团快速闪动的影子吓坏了,以至于连内脏都出了问题。

达尔汗向四周张望,他在找狼。

终于,达尔汗发现草地上有狼踩出的爪印。他断定这是那只狼跑过去时留下的。他警觉起来,在这种情况下,狼一旦与人遭遇,会无比凶猛地扑向人。他提醒猎人,小心一点,这里危险。猎人把子弹推上膛,举着枪行走。他是来打狼的,人身受到威胁时,要以安全为重。

他们开始找狼。

狼沟颇为崎岖,沟中杂木丛生,十分难行,他们每迈出一步都小心翼翼。沟两旁的山坡上有树木,皆高大笔直,把山坡遮掩得阴森恐怖,让他疑惑那里随时会蹿出一群狼。

达尔汗和猎人向前走了不远,突然从草丛中冒出一个黑乎乎的脑袋,碰在一旁的小树上。小树发出一声闷响,那个脑袋迅速闪到了一边。

是狼!

达尔汗和猎人躲到路边的一块石头后面,防止它扑过来咬他们。

但狼还是发现了他们,呼的一声爬起来,发出嘶哑的嗥叫。达尔汗很吃惊,它并没有看见他们,为何却如此敏锐地发现了他们。狼走了几步,并没有向他们扑来,而是又蹲了下去。它蹲下后,又发出几声嘶哑的叫声,然后才安静下来。

猎人有些紧张,用枪口对着狼出没的方向,两眼盯着那片草丛。达尔汗悄悄对他说:"不要怕,它不过来,就不要开枪。"

　　其实达尔汗心里也很紧张。

　　过了一会儿,狼在草丛中仍然没有动静。达尔汗和猎人慢慢后退,退到一棵松树下,达尔汗示意猎人趴在地上观察。达尔汗爬上树,看见狼仍蹲在那儿一动不动,像是在等待什么。过了一会儿,狼向四周看了看,走到路上,站在那儿不动了。

　　猎人决定打狼。

　　达尔汗示意他耐心等待,没有合适的机会,开枪也是白打,不会伤到一根狼毛。

　　狼在慢慢移动,离他们越来越近。

　　达尔汗想看清它,但它一直低着头,他无法看清它的面孔,更看不清它眼睛里有怎样的神情。但他断定它是那只惊慌逃跑的狼,它脖子上有一团黑鬃,他在今天早上看见过,现在他一眼就认出了它。它仍然不安地走来走去,似乎在躲着什么,又似乎想急于寻找到什么。

　　达尔汗很疑惑:它到底是一只怎样的狼?

　　猎人急了,对达尔汗说:"可以开枪打它了吧,如果它冲进牧民的羊群就完了,至少会被它咬死一只羊!"

　　但达尔汗觉得射程太远,便示意他不要急,等狼靠近后再打。

　　等待的过程颇为郁闷,达尔汗觉得空气凝固,狼的呼吸已经喷到了他脸上。但他仍在等待,他知道这时候人若慌忙逃跑,只能被狼按倒在地,后果不堪设想。

　　狼向他们这边走了过来。

　　狼越来越近,但达尔汗仍看不清它。

　　猎人沉不住气了,举起猎枪对准它开了一枪,但由于慌乱,没有打中狼。

　　狼并没有转身跑回山坡,而是向他们这边跑了过来。他们很吃惊,这只狼的胆子真大,它竟然敢迎着人跑过来。它迎着人,实际上是迎着枪口,迎着死亡。但它一点也不害怕,它离人越来越近。

又一声枪响。

仍没有打中它,它从他们面前跑过去,快速蹿入河道。猎人举着枪,但没有扣动扳机,他吓坏了,打不死它,它扑上来,死的就是人。但它并未进攻他们,而是从他们面前跑了过去,一直跑向河道。它跳跃着准备过河,河对岸有一片树林,它过河后就会进入树林。

猎人不甘心,又向它开了一枪。

它差点被打中,但是它仍在向前奔跑,好像舍了命也要过河。猎人不知道它为何要这样,但它拼命的样子让他气愤,于是又向它开枪。这一次又差点打中,但它最终仍跑到了河边。它嗥叫一声跳进河中,很快便过了河。它抖了抖身体,把身上的水甩干净,然后进入那片树林。少顷之后,树林里传出一声狼嗥——是它在叫,它脱离了危险,可以轻松地嗥叫一声了。

达尔汗和猎人很纳闷,这只狼为何冒着被打死的危险,一定要过河进入那片树林呢?

达尔汗想起昨天晚上的情景,他可以断定,当时确实有一只狼从身边跑了过去。他虽然在当时没有看见狼,但他看见了一团影子,那就是这只狼的影子。当时,就是这只狼从他身边跑了过去。

猎人看了一眼达尔汗,说:"追?"

达尔汗点了点头。

他们过了河,不一会儿便追上了狼。它回头看了他们一眼,加快了速度。他们也加快了速度,很快便缩短了和它的距离。但他们没有想到,就在他们快要追上它时,它突然像影子一般穿梭向前,很快便把他们甩在了后面。

慢慢地,它在山谷中变成了一个黑点。

达尔汗和猎人无奈地停下,决定放弃。

山谷中又起雾了,树木被大雾掩映得只剩下轮廓,影影绰绰间似乎有什么在动。达尔汗觉得雾中有东西,但他不能断定是什么,所以便没有近前去看。从昨天晚上到现在,这只狼一直很奇怪,出现时是一团快速闪动的影子,出现后仓皇逃命、嘶哑嗥叫,都与他以往见过的狼不一样。它身上有一种亡命天涯、垂死挣扎的样子,让他既恐惧又困惑,越来越觉得它不是狼,而是别的什么。

它为何是这样?

他突然愧疚起来,虽然自己只想看清它,但却和猎人一起追它,是在给它的生命制造危险。这只狼现在的处境,犹如站在死亡边缘,他只要伸出手一推,它就会掉下去。他不忍心这样做,死亡是残酷的,死亡会让制造死亡的人愧疚。他不想再追了,不想让自己变成罪人。他对猎人说:"别追了,回吧。"

猎人说:"再追一下,说不定就追上了。"

他果断地说:"追不上,它已经不见了。"

猎人无法断定能否追上,便听从他的意见,决定随他返回。

但树林里却传出一声狼嗥。树林在大雾中一团模糊,无法看清形状,但传出一声狼嗥后,似乎一下子变得清晰了。狼的嗥叫是从树林里发出的,狼在树林里。肯定树林里有狼后,大雾似乎一下子便散了,人似乎一下子看清了树林。

达尔汗长时间看着树林。

猎人举着枪。

狼在树林里,他们不能返回。达尔汗想去看看,他想看清它是一只怎样的狼。猎人的想法很简单,他只想打死它。

他们走向树林。雾没有散,但因为他们走近了,树林显露了出来,他们看见了树木的枝干,还看清了树林中的石头。有一句谚语说,有人就有贼,有山就有狼。狼都在山上,因为山上有树木,它们可以隐藏得更好。他们离树林近了,仔细向树林里观察,却看不见狼。他们停下,仔细观察树林里的动静。他们知道,这种时候不能贸然进入树林,如果狼躲起来袭击他们,他们就会吃亏。

雾变得阴冷起来。

达尔汗看了一眼猎人,猎人马上把子弹推上了膛。

达尔汗又看了一眼猎人,意思是进不进树林?

猎人一脸茫然,不知该如何是好。

树林里又传出一声狼的嗥叫。达尔汗和猎人不再恐惧,它发出声音的地方在树林深处,离他们还有一段距离。狼的这一声嗥叫对他们太有利了,一则让他们不再恐惧,二则让他们知道了它具体的位置。有一句谚语说,风刮过树叶会晃动,狼叫过声音会弥漫。他们都有丰富的经验,只要狼嗥叫一声,他们就会抓住机会,判断出它是一只怎样的狼。

达尔汗断定,它仍然惶恐不安。

猎人笑了,他有把握打死它。

达尔汗和猎人互相对视了一眼,他们决定进入树林寻狼。它嗥叫得很恐慌,犹如在一团黑暗中挣扎,他们不再怕它了。

进入树林后,达尔汗心里又浮出一丝愧疚。他苦笑一下,心想,我不害它,只要看清楚它是一只怎样的狼就可以了。

树林里湿漉漉的,雾留下了湿气和水,从树叶上滴下,啪的一声掉到地上。达尔汗走在前面,仔细寻找着狼有可能出现的地方。猎人走在后面,他随时准备开枪,他有打死狼的信心,但是他不知道狼在哪里。

又传来一声狼的嗥叫。

它离他们还有一段距离。

一只乌鸦发现了达尔汗和猎人,盘旋着飞来飞去,然后飞向狼发出嗥叫的地方。乌鸦是狼的好朋友,地面如有异常情况,它们会及时飞到狼的头顶传递信息,让狼及时作出防范。经验丰富的猎人和牧民,看见乌鸦在空中急速飞动,便知道附近一定有狼。现在,达尔汗知道这只乌鸦去给狼报信了,狼很快就会知道有人来了。

他们加快了脚步。

达尔汗看见乌鸦盘旋几圈后,落在了一棵树上。它已经将信息准确传递给了狼,接下来它要看看会发生什么。它蹲在树枝上,黑乎乎的一团,像是那棵树长出了脑袋。达尔汗心里生出一股暖意:多么好啊,乌鸦和狼之间没有恐惧,没有伤害,没有隔阂,有的只是信任和关怀,人和狼什么时候才可以这样呢?

他们离那棵树不远时,乌鸦叫了一声,飞走了。

树下,狼又叫了一声。

达尔汗和猎人在一块石头后俯下身子,然后慢慢探出头张望。狼一定就在附近,他只想看它,只要能看清它,他就可以返回。但除了树木外,仍没有狼的影子。猎人的头和枪口一起在往外伸,他害怕狼,只要看见狼,他就可以开枪。达尔汗对猎人说:"不要害怕,狼不在这里。"

猎人问:"那它在哪里?"

达尔汗说:"应该在稍远一点的地方。"

猎人说:"没关系,只要它露头,我保证一枪放倒它。"

达尔汗心里又生出愧疚,对猎人说:"这只狼的叫声很奇怪,好像对什么事都很害怕,显得很可怜,你能不能不打它?"

猎人说:"狼可恶得很,我是猎人,我不打狼,我跑这么远的路来干什么?"

达尔汗说:"你如果放过它,就等于原谅了它,做这样一件事,对你是有好处的,你以后遇上麻烦,会宽恕自己的良心。"

猎人被感动了,点了点头。

这时,又传来一声狼的嗥叫。狼的声音在山下,它已经出了树林。

他们向狼发出嗥叫的地方走去。他们没有了杀心,只想看看发出叫声的是一只怎样的狼。

他们出了树林,看见了那只狼,它旁边有两只小狼,围着它在叫。大狼用嘴蹭蹭它们,一副无可奈何的样子。他们明白了,它是一只母狼,外出没有弄到食物,怕小狼挨饿,所以便急忙赶了回来。但它还是回来晚了,有一只小狼已经被饿死,另外两只小狼也已经有气无力,快要毙命。

他们很惊讶,狼的生存居然如此艰难。

母狼一直用嘴蹭着两只小狼，这是它唯一能够给小狼的温暖。它没有带回食物，只能给小狼爱。小狼低叫几声，软软地趴在它身边。它们感觉到了母狼的爱，但它们已经没有了力气，母狼温暖的爱很快就会变得冰凉，它们很快会被死亡的大嘴吞没。母狼用无助的眼神看着它们，它没有任何办法改变它们的饥饿，只能眼睁睁地看着它们死去。

　　达尔汗和猎人看着大狼和小狼，觉得有什么像刀子一样刺在了他们心上。

　　达尔汗看见猎人脸上有了一丝愧疚，便对猎人说："放过它们吧！做这样一件事，对你是有好处的。"

　　猎人的眼睛里有了亮光，把枪背在了背上。

　　母狼抬起头嗥叫一声，在两只小狼旁趴下身子，将脖子伸直，在等待着什么。雾仍在弥漫，它在雾中变得飘忽不定，似乎要随着大雾隐匿起来。但雾很快飘散开来，它仍在原地。

　　达尔汗和猎人不知道母狼要做什么，便紧张地盯着它，等待它下一步的动作。因为远，达尔汗和猎人看不清它的表情，但它一动不动的样子，让他们觉得它像一座雕塑。

　　母狼一直将脖子伸直，似乎等待着什么。两只小狼努力抬了抬软软的脑袋，看着母狼，它们也不知道它要做什么。母狼将脖子伸直是很费劲的，它这样做一定有它的目的。过了一会儿，母狼有反应了，它头一扬，便有东西从它嘴里喷出，落在了小狼身边。原来，母狼将腹内的残余食物呕吐出来，让两只小狼吃下。

　　吐完，母狼软软地倒了下去。

　　一只小狼爬过去，将母狼吐出的食物吞进了嘴里。

　　但另一只小狼已经不行了，食物近在眼前，它却没有力气吃到嘴里。它望着母狼，眼睛里的悲哀在慢慢扩散，最后变成了对死亡的屈服。它才出生两三个月，还不知道自己的生命已经走到了终点。

　　母狼痛苦地嗥叫了一声。

　　达尔汗和猎人也在叹息。

母狼慢慢爬到那只小狼跟前,仍然用嘴蹭它,希望它能够缓过劲来。小狼的眼睛已经闭上,无法再感知母狼的温暖。母狼抬起头,突然嗥叫了一声。它的嗥叫声很大,附近的鸟儿受到惊吓,纷纷飞离而去。嗥叫完,母狼低下头,用两只前爪按住那只小狼,然后一口咬住它的身体,头一扬,便将小狼撕成了两半。它把一半扔给在一旁的另外一只小狼,自己开始吞噬它的另一半。很快,小狼的肉身便不见了,只有母狼和那只小狼嘴巴上留有的红色血迹。

达尔汗和猎人惊讶不已,他们没有想到,狼会吃掉死去的幼崽。

过了一会儿,母狼和小狼起身离去。它们吃了一只小狼,有了力气,要去寻找安全的地方藏身。

达尔汗和猎人望着它们远去,觉得有什么仍在刺着他们,他们的身体不疼,但心里疼。

一只乌鸦叫着,飞向远方。乌鸦再次出现,也许是又要给狼传递信息。会出什么事呢?即使前面有危险,它们也将毫不畏惧,因为它们有了力气。

达尔汗和猎人心里的疼痛减轻了一些。

他们想再看一眼母狼和小狼,但它们已经不见了。

返回途中,达尔汗问猎人:"如果有一天你没有打到猎物,面临着被饿死的危险,你会怎么办?"

猎人回答:"心甘情愿地把自己交给死亡。"

达尔汗陷入了沉思。

猎人笑了。

狼狗、狼或者狗

同一件事,被不同的人讲述,会变成不同的版本。

下面的这个故事,我在新疆的一个兵团连队听三个人讲过,三个人讲得都不一样,分别把同一故事的主角讲成了狼狗、狼和狗。

起初,我认为一个故事在民间流传时,自然会被篡改,因为民间对故事有自身要求,也就是说,一个故事之所以能够在民间流传,它必须符合民间模式,即使它在流传过程中已与原事实相悖,但满足了人们的情感需求,所以它便被合理地篡改。

后来我发现,这三个故事都很感人,一听便让人着迷。我想,不论故事内容被如何篡改,只要能让人感动其实就是一种真实。

听故事,看你怎么听了,有时候听的是故事内容,有时候听的又是隐藏在故事中的世界。基于此,这个故事被篡改,其实就是小说的虚构需要。

第一个人的讲述:狼狗

在第一个人的讲述中,它是一只狼狗。有一句谚语说,狼狗走了单,两头都为难,意思是说,狼狗的身份如果没有被界定为狼,也没有被界定为狗,那么它就会遇到麻烦。至于它会遇到什么麻烦,在这个故事中可以得到答案。

那只狼狗在那个连队颇为有名,只要人们一说起那个连队,就必然要说起那只狼狗。有那么多的狗,有那么多的人,在这个地处沙漠边缘的团场悄无声息地活一二十年,然后狗老死,人慢慢变老,能留下故事者寥寥无几,能被人记住的更是少之又少。但它却是人们长久议论的一个话题,说起它时会忍不住把它所有的故事讲出来,似乎它并没有死去,仍然活在那个连队中。

它的来历颇为神秘。团场连队的一只狗丢失了很多天,人们都以为被狼吃了,但在一天早晨,那只狗又回到了主人院中。那只狗可真是吃尽了苦头,浑身瘦得皮包骨头,毛又脏又乱,还有几片树叶贴在身上。

两个多月后,人们发现那只狗的肚子大了起来——呵,它怀孕了,是跑出去和别的狗怀上了小狗。

后来那只狗产下三只小狗,两只夭折,只有一只活了下来。

再后来那只狗老死,小狗慢慢长大,人们发现它的长相有一点像狼,而且性格和行为也与正常的狗颇为不同,经常对着月亮长嗥。人们惊异,难道它的妈妈和狼交配了,要不然它为何这么像狼?

惊异归惊异,但因为没有确凿证据,谁也无法对其作出准确判断。

后来的事情逐渐变得离奇。有一天晚上酷热难当,连队的一位农工坐在树林边乘凉,那只狗卧在他脚下喘着粗气,旁边有另一只"狗"亦热得气喘吁吁。因为无聊,他摸着这只"狗"的头说:"狗啊,这天能把人热死哩。人难受,你们狗也不好受啊!"

过了一会儿,他旁边的"狗"起身离去,他仔细一看,妈呀,原来它是一只狼!那只狼走到树林边回头对着狗温柔地叫了几声,狗亦对狼表示出亲昵。那位农工被吓坏了,自己刚才是在摸狼的头,如果它张嘴就可以把自己的手咬断,好在它并无恶意,真是万幸。

　　但谜底由此被揭开,那只狗是一只狼狗的事实得以确定。

　　狼狗——狼的邪恶和狗的忠诚在同一生命中并存,相比较而言,人们还是惧怕它身体里的狼性多一些,因为狼性一旦爆发,就会对人构成威胁。但人们又希望它已经经过神秘改良,像所有的狗一样乖巧听话,并能融入人的生活。但它是反常的,尤其是当人们得知它是一只狼狗后,便觉得它的行为更反常了。它看人时目光诡异,吃东西时速度很快,追赶猎物时比所有的狗都凶猛,只有卧在人们身边一动不动时才变得像狗。

　　不确定因素会引发更多的猜测,人们觉得它身上亦正亦邪的幻影忽隐忽现,让人始终不放心。

　　一天晚上,有人偷偷向它开了一枪,意欲将它打死。

　　但它似乎有感应似的躲过了子弹,扭过头愤怒地盯着向它开枪的人。因为愤怒,它的眼睛在黑夜里发出绿光,开枪者吓得抱头鼠窜。狼性潜藏在它身体的隐秘角落,在那一刻被激发了出来,它变得像一只真正的狼。

　　因为受太多目光的关注,它似乎变成了一个表演者,每一个举动的背后都隐藏着什么。表演者的舞台是用被关注的目光搭建起来的,其表演的好坏取决于受关注程度的大小。也就是说,一只狼狗的举动暗含着人们的愿望,人们希望从它身上看到自己所希望看到的,证实人的判断是正确的。

　　基于此,人其实和它在同台表演,只不过人在隐秘的角落始终不肯露面,而它一直在前台。但所有的表演都出自世界的神秘布道,这只狼狗亦不例外。它让所有的人失望了,它既不像狼那样凶残,又不像狗那样温顺,而是顽皮得像孩子,不时制造出闹剧。连队养了不少牛,几乎所有牛的尾巴都被它咬过,于是乎所有的牛都乖乖听它的,下午从外面吃草回来经过马路时,它像一位指挥者站在那里,牛老老实实排成一队经过。旁边的羊也似乎受其威慑，自觉排成一队跟在牛后面。秩序维持者一定是有权力的，而权力又是建立在力量之上的。狼狗自身所具备的威慑性，让牛羊甘愿俯首称臣，听从它的指挥。

在连队有一只人人皆知的鸭子，也有很多故事。那只鸭子会飞，它之所以会飞，是因为被很多小孩恶作剧弄断了双蹼，所以被逼得学会了飞翔。当它意识到有危险时，可以从院子里飞到树上，从小河的一边飞到另一边，有时候甚至能从人头顶飞过去。残缺让它身体的某些功能丧失，但却催生出另一些功能。飞翔对于它而言是挣扎和无奈，对于人而言却是惊喜，人们觉得这样的鸭子不可能从处于沙漠边缘的团场培育出来，应该是从大地方或很远的地方来的，但到底是从哪里来的呢？人们想来想去，觉得它应该是从北京来的，于是便叫它"北京鸭子"。

一天，几个小孩又追着"北京鸭子"在飞，狼狗像是打抱不平似的扑过去冲着孩子们大叫，吓得他们转身就跑。令人惊奇的一幕发生了，"北京鸭子"从树上飞落到狼狗身上，像亲人又像老朋友似的亲昵。

从此，鸭子和狼狗成了好朋友，孩子们因为怕狼狗，再也不敢赶着那只鸭子乱飞。

它和连队的狗不合群，见了狗便大叫，似乎有扑过去撕扯一番的意图。"它在骨子里就是狼嘛！"有人发出感叹。身份或血缘的确定，将直接导致命运变化。它的血缘一直没有得到确定，所以它的行为便让人觉得怪异，似乎它随时都会撕咬人。它平时的沉默更让人紧张，似乎在等待最佳出击时机，一旦出击，人必丧命于它的利齿。

但它又会极尽狗的职责，发挥出不可替代的作用。有刺猬潜入菜地啃食蔬菜，它便派上了用场。刺猬是潜行高手，进入菜地后很快会弄出一片狼藉。农工们毫无办法，这时候狼狗闪亮登场，凭着灵敏的嗅觉把刺猬一个个从菜地中赶出来。刺猬是浑身带刺的小圆球，但狼狗却并不惧怕它们的刺，在被刺了几下后，仍毫无惧色地向刺猬扑去，最后刺猬们终因无计可施而失败撤出。

有一个小伙子愿意收养它,给它吃的东西,并弄来药涂在它的伤口上。过了一段时间,它好了起来,又像以往一样在连队走动,牛羊下午回来时仍去维持秩序,并在不听话的牛的尾巴上咬一口,让它老老实实。行为转变让它身上的狼的影子褪去,又恢复了狗的形象。

慢慢地,连队的人对这只狼狗有了好感,觉得它是通人性的,再说它从一出生就和人在一起,很熟悉人的生活,所以它不会害人。

但很快发生了一件让所有人吃惊的事情。一天晚上,一群狼偷袭连队的羊,所有人都出去打狼,所有狗跳跃的影子像刀子一样向狼刺去,连月光也似乎在乱晃。但那只狼狗没有出击,反而对着狼群兴奋地大叫,似乎见到了久违的亲人。

最后,狼群退去,它站在一块石头上朝着狼群呜呜低鸣,声音既凄楚又伤感。

美好的游戏拉上了幕布,恶作剧者的面目暴露了出来。"它就是一只狼嘛……"有人骂了它一句,它扭过头狠狠地盯着骂它的人,似乎要扑过去咬他几口。连队的羊被狼咬死了好几只,但却没有打死一只狼。人们把死羊堆在一起,间或把仇恨的目光投在它身上。同类犯下了不可饶恕的罪行,但它们都逃走了,只留下它在背负罪名。

这件事在连队影响很大,人们在潜意识里已经把它当成一只狼,它的存在就是危险,说不定哪天就会暴露出狼的面目,祸害连队的人和牲畜。

一天晚上,有人朝它偷偷开了一枪。

因为事先经过充分准备,它被准确击中,但因为那把枪的杀伤力很小,它没有被打死,而是一扭一扭在连队周围走动。从此,它看人的目光更加诡异,似乎满含仇恨和怨怒。更让人不解的是,它从此不再走近连队的任何一家人,只是在外围转来转去,似乎随时准备离开,又似乎随时准备扑向连队进行复仇。

到了这种地步,它身上的狼性正在一点一点被激发出来,它与连队、与人的关系也正在形成对峙。连队的人希望它快一点变成狼,那样的话就有理由把它打死,让连队从此安宁。但奇怪的是,这之后它又开始走近连队和人了,它因为伤痛难忍,趴在好几户人家门口痛苦地哼哼,好像希望有人能够帮助它疗伤。

一天,连队的人发现它的肚子微微隆起,才知道它已经怀孕。

有人说,它是在连队怀孕的,一定怀的是狗,它生下几只小狗后,身上的狼的东西就没有了,会变成狗。于是人们便耐心等待它经由怀孕和生产变成真正的狗。几个月后,它生下三只小狗。那三只小家伙彻头彻尾是狗的样子,它也表现出强烈的母性意识,小心呵护着它们。

那个小伙子在年底当兵走了,它又变得孤苦伶仃,整天在连队乱转。

一场大雪后,狼群频繁活动,团场的牛羊不停地受到它们的侵袭,更可怕的是它们居然开始打人的主意,悄悄踩着人留在雪地里的脚印,想潜入房屋内攻击人。团场组织了一支打狼队,一旦发现狼在哪个连队出没便迅速围歼,并把打死的狼挂在树上,让别的狼知道这就是它们害人的下场。

受到威慑,狼群不再出现,但这只狼狗却变得反常,围着挂在树上的狼发出一连串嗥叫,并不停地跳跃而起,要把那只狼扯下来。它的这一举动很反常,让人们觉得它的狼性复苏了:它会不会像狼一样咬我们? 恐惧和疑虑让人们本能地与它对立,再次产生了将它杀死的想法。

一天晚上,它在墙角闻到一块骨头的香味,便叼起啃了起来。

第二天早上,人们发现它趴在树林边一动不动,仔细一看,它口吐白沫死了。

不知是谁投毒,毒死了它。

第二个人的讲述:狼

第二个人给我讲述这个故事时,故事主角变成了狼。

它的来历和第一个故事中的不一样,一只狗从外面回来,后面就跟来了它。因为它很小,人们以为它是一只小狗,待它慢慢长大,才发现它是狼。它一张嘴便露出吓人的獠牙,在月圆之夜发出令人毛骨悚然的嗥叫,尤其是一对眼睛,经常发出蓝幽幽的光,把连队的小孩吓得哭成一片。这件事在那个连队引起轩然大波,因为狼在人们心中就是危险的存在,人和牲畜都是它们伤害的对象,现在连队养了一只狼,怎能让人放心?

连队的三才喜欢它,提出由他来养它,并保证不伤害连队一人一畜。实际上,连队每家都有狗,有的人家甚至养有两三条狗,这只和狗一起长大的狼已经没有了狼性,和连队的狗别无二致。兵团生活艰苦寂寞,人们觉得养一只狼倒也好玩,便都同意让三才来养它。

三才家养了七只狗,他每年夏天去放牧时,那七只狗把他家的羊群看护得很严,狼无法靠近。三才年轻气盛,想把这只狼也训练成狗。他心里有时候会隐隐产生一个念头:它原本就是一只狼,再加上狗的习性,把它训练好的话,以后一定很厉害。

它经过三才的驯养和调教后,没有了狼性,变成了一只地地道道的狗。时间长了,人们便忘记它是一只狼,就连连里的小孩子也敢伸出手去抚摸它。

但三才没想到它见过一只狼后,便不安分了。

那时候因为狼多,县上每年都要组织牧民打一次狼,每人至少要打死十只狼。有一天,三才带着它去打狼,很快便围住一只很凶恶的狼,狼嗥叫着往人身上扑,但实际上它还是怕人,虽然看起来像是要咬人,其实是在寻找机会逃跑。大家让三才放他的狗出去咬狼。这时候,出现了让大家颇为诧异的一幕,三才放它出去,它一听到狼的嗥叫便无比兴奋,也跟着嗥叫起来。那只狼一听它发出和自己同样的嗥叫,显得很惊讶。但狼的反应十分灵敏,很快便断定眼前的这只"狗"是自己的同类,便也发出急切的嗥叫。

大家这才想起三才的这只"狗"并不是狗,它原本就是一只狼,现在见到了同类,转眼之间从一只狗变成了狼。

这是多么可怕的事情。

它跑到那只狼跟前,不但嗥叫,还伸出舌头去舔那只狼。人们无奈,只好散开让那只狼逃走。它看着那只狼逃走,流露出一股眷恋之情。大家本以为它会跟着那只狼跑掉,但它仍然回到三才身边,不停地用身子去蹭三才。三才的脸气得乌青,但因为它是经过他训练的,所以他说不出一句话,怏怏地转身往回走。

他的那只狼跟在他身后,从总体上看,它还是形似狗,面长耳直,毛呈灰褐色,尾巴下垂,如果没有人知道它的来历,或在刚才目睹它对一只狼表示出亲昵,谁会认为它是一只狼呢?

人养狼其实是很危险的,阿勒泰的一个人养了一只狼,一不小心被咬掉了一只手,他叫来打猎的朋友,用没有手的胳膊指着关狼的铁笼子说:"你去,用你的枪把它打死。"他的朋友提着猎枪走到铁笼子跟前才发现,狼早已咬断铁链逃跑了。刚才他背着猎枪进院时被狼看见,它知道自己有危险了,情急之下便咬断了铁链。很多人都不相信这件事,但就像狗急了会跳墙一样,狼急了也是会咬断铁链的。那个人气得大骂:"毛驴子下哈的狼吃了我的手,我以后咋骑马、咋喝酒?你吃我别的地方不行吗,非要吃我的手?"旁边的人听了忍不住皱眉头,他这才反应过来,尴尬地说:"吃我的什么地方都不行。"

三才还想把那只狼训练成狗。

但它见了一只狼后,似乎复苏了狼性,经常发出尖厉的嗥叫,而且明显与狗不合群,有时候狗走到它跟前,它会突然扑过去把狗压倒在地。当然,因为它尚未咬过牲畜,所以它只是把它们压倒在地,并未去咬它们。

后来,它还是慢慢变成了狼,昼伏夜出,性情贪婪,起初偷吃兔子,后来便去咬鹿等野物。一次,它看见一个人坐在树下乘凉,突然扑上去咬他的胳膊,那人躲得及时才幸免于难。它的狼性已彻底复苏,不久,它在牧羊人睡觉后翻入羊圈把羊赶出来,然后咬死、吞食或拖走。不仅如此,它还像狼一样袭击野生动物,一旦咬死便像狼一样先喝血,然后才吃肉。

连里的人生气地对三才说:"你打个屁的狼哩,把狼都打到自己家里去了,你赶紧把你们家的那祸害收拾了,不然的话你就不要在连里混了。"

以前，人们从哈萨克族那里学到很多防狼的办法，比如用捕兽器、铁夹、陷阱、圈索、标枪、软夹、石夹等，但因为狼聪明，仍然防不胜防，现在倒好，三才把一只狼养在连里，让人们觉得它随时都会张开嘴扑到人身上。

　　三才很委屈，当初自己提出养它是大家认可的，现在倒成了自己一个人的错。不过三才仍坚持一点，当初自己曾保证不让它伤连队的一人一畜，现在发生了这样的事情，三才决定把它打死。它已经从狗变成了狼，他对它已没有了感情。

　　入冬后的一个夜晚，他在地窝子里睡觉，半夜被羊圈里的声音惊醒，是那只狼进了羊圈。他返身拿起一根棍子冲进去打它。它看见三才后怪叫几声，仍然不停地往羊身上扑。三才冲过去打它，羊圈里的羊很拥挤，狼跑不掉，他一棍子打在它身上，它便趴在地上不动。可过了一会儿，它突然扑上来咬住他的手臂，于是他用另一只手去卡它的脖子，它挣脱后跑了。

　　三才的一只羊被狼咬死，从此它再也没有回来。

　　连里的人觉得三才有私心，狼是钢筋腿麻秆腰，他既然有棍子，为什么不打它的腰？如果打得准的话，一棍子就可以让它趴在地上再也起不来。

　　三才说，他知道狼的腰不经打，他还想把它的头一下子打开花，但当时羊圈里乱成了一团，羊把他的棍子挡住了，所以才没有打准。

　　人们于是又开始骂羊："羊真是傻啊，挡什么棍子嘛，不知道那是去吃你们的狼吗？"

　　三才有时候也会气愤地骂它几句，但一想到它已经走了，心里便踏实了。三才说："那只狼还是很可爱的，有时还挺想它的。"

　　有人问三才："如果再给你一只狼，你能不能把它训练成一只狗？"

　　三才答非所问地说："那只狼毕竟是自己喂养大的，它变坏了，就像家长没有把孩子教育好一样，我是有责任的。"但自此之后，三才再也没有养过狼，他没有机会再弥补这个遗憾。

　　几年后的一个秋天，三才和公社的牧业干事一起去看草场。吉普车翻过一个小山包，往下一看，一只牛犊般大小的公狼领着另一只狼正在山洼

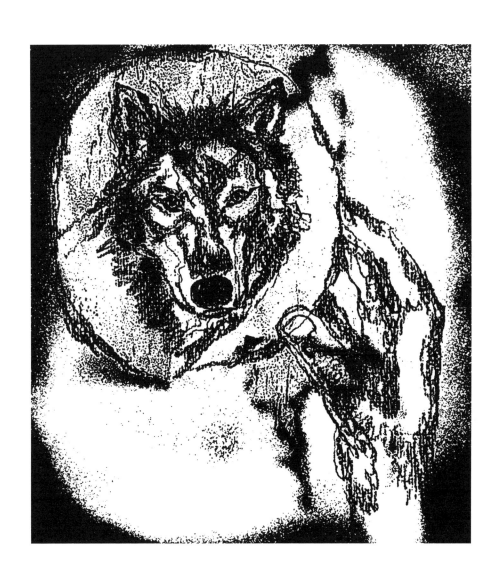

里追赶一只黄羊。那只黄羊左冲右突，仍摆脱不了两只狼的围攻。黄羊是最容易暴露的动物，猎人们为它们总结出一句话：黄羊晚上死在眼睛上，白天死在屁股上。这个说法的意思是，猎人们在晚上打黄羊时，会突然对着它们打开手电，黄羊的眼睛不适强光，便傻傻地站在原地不动，任猎人射击。而在白天，因为它们屁股上有一片白毛，走到哪里都容易被发现，猎人可从容射击。现在，两只狼把黄羊屁股上的白毛作为攻击目标，小狼趁机扑上去咬一口，黄羊便开始摇晃起来。平时，黄羊对草场践踏得很厉害，狼咬死黄羊可以平衡生态，但现在狼太多，而且每个人都有打狼任务，所以必须打死这两只狼。

他们开着车朝两只狼冲了过去。两只狼一看出现了吉普车，转身便逃。吉普车是机械物，狼是害怕它的。三才二人边追边打，追了十几公里，两只狼跑不动了，他们把车停下，准备下车开枪射杀狼。

还没等他们打开车门，那只大狼突然转身冲向吉普车，用两只前爪疯狂去抓车头，牧业干事一脚油门踩下去，吉普车呜的一声从狼身上压了过去。

他们下车一看，这只大狼被车轮轧个正着，嘴里呜呜着，一边喘着粗气一边流血。它的后背有一簇竖毛，是牧民通常所说的狼鬃。长这种毛的狼，是狼群里的统治者——狼王。狼鬃可给狼王平添几分威严，所有狼见了长狼鬃的狼都会低下头去。不一会儿，狼王死了，但它的嘴仍张得很大，把舌头和阴森森的牙齿露在外面。

二人仔细观察狼王，发现它在临死前将前爪死死扣进了沙土中，他们用力拽它的腿，听见前爪传出吱的一声响，才把它的爪子从沙土中拉了出来。

两人唏嘘不已，这家伙的爪子要是抓到人身上，那还了得。但它已经被打死便不用再担心了。多少年了，人们打死的狼不计其数，但打死狼王却还是第一次，三才和牧业干事很高兴。

他们把狼王装上车，又开车去追那只小狼。它实际上没有跑多远，追了不到二十分钟，便在戈壁上看见了它。逃跑中的狼是很狼狈的，它一边跑一边回头,看是否已把追击者甩掉。但吉普车的速度比它快了很多倍,很快,他们便追到它的身后。它突然转身逃向一片沙丘,意欲甩开吉普车。

牧业干事的经验很丰富,他知道如果再追的话,它会选择一条不平坦的路,那样就可以把他们甩开,于是他掉转方向把车开到沙丘前面,堵住了它的去路。它发现人识破了它的意图,便围着沙丘转圈。牧业干事紧追不舍,向它开枪射击,它身上中了五枪后仍在奔跑,后来因流血过多才倒了下去。

三才下车一看,它居然是自己养过的那只狼。

它也认出了三才,满含恐惧的双眸,突然浮出一丝哀婉。

它想爬到三才身边,但它已经没有力气,挣扎了几下,便不再动了。

第三个人的讲述:狗

第三个人给我讲述这个故事时,故事主角变成了狗。

它的出生和第一个故事中的狼狗的出生一样,也是它的母亲一次外出后怀上了它,过了几个月它便出生了。因为它母亲是一条狗,所以它顺理成章也是狗,这一点谁也没有怀疑。

那个连队养狗成风,每家都有狗,有的人家甚至养有两三条狗。有人随便给这只狗起了个名字,叫黑子。其实它长有灰白色的毛,并非黑色,但这个名字一经叫开便无法更改,从此它便被叫成了"黑子"。

黑子在三个月大的时候,丢失过一次。那天,大狗带着它在老杨家门口玩,玩着玩着就走进了不远处的树林,从树林里出去,又走进了戈壁中。下午,大狗回来了,黑子却不见了。有一个小伙子自告奋勇骑马去找它,天黑了也没有找见它,只好怏怏而回。

过了几天,一位牧民从山里返回,见黑子趴在一块石头上发抖,便把它抱回连队。连队的人都觉得奇怪,狗的记性是动物中最好的,不论走多远,或者把它丢在多么陌生的地方,它都能回来。但黑子为什么丢了呢?如果不是牧民把它抱回,说不定它在夜里会被冻死。

从此,大家对它都格外关心,经常把自己的馒头省下来给它吃。黑子通人性,农工们出去种地,它跟在后面,像是连队的一员。有人骑马去放羊,它跟在后面奔跑,边跑边叫,逗得大家非常开心。有时候马的速度很快,但人刚到地方不久它就到了。田地一侧经常有牧民的牛羊临近,农工们对黑子说,黑子,上!它就跑上去大声叫着,像是指责似的把牛羊赶回。

黑子长大后比连队所有的狗都高大,所有的狗都听它的,黑子俨然是它们的首领。晚上,黑子待在院子里,其他狗像分工好了一样各自卧在仓库、马厩和羊圈等地方,只要一有动静,黑子就发出一声吠叫,所有的狗像是听到命令迅速向它靠拢,然后,黑子带着它们向发出声响的地方跑过去。

大家觉得黑子机灵,便有意训练它。他们对黑子说,黑子,坐,它就坐在地上;说,卧下,它便马上卧在地上。

后来,黑子将学会的冲、跑、扑、抓、拉、撕、扯等动作传授给其他狗,很快,连队的狗都变成了一群身怀绝技的"特殊士兵"。再后来,人与狗之间的关系更亲密了,有一阵子连队集体劳动集体吃饭,每天开饭时大家在饭堂前唱歌,黑子扬起头也随声附和着唱。

有一年,黑子得了病,身上的毛大把大把地掉下,被风吹着到处飞扬。大家看着心疼,把它抱到一个小库房里给它敷药,过了十多天才好了起来。它走出那个小库房,在连队院子里走了一圈,对着人们叫个不停。

与黑子一起长大的一条黑狗,与黑子相处得很好,后来黑子到了发情期,它们就形影不离了。大家都觉得它们应该成为一对夫妻,便有意识地把它们俩往一块儿撮合,下地劳动时把它们一起带上,让它们在山野和丛林里玩耍。

后来,黑子的肚子一天天大起来,大家都为自己做了成功的月下老人而高兴。

黑子很快产下一窝小狗,它每天汪汪汪地叫,提醒人们给它们投喂。

一天,它的一条后腿被牧民安在山林里夹狐狸的夹子夹断,它忍着痛把夹子拖回了连里。大家把夹子取下,在它的腿上敷上药,它瘸着腿过了一年多才长好。长好后,黑子每天晚上仍履行着"特殊哨兵"的职责。

后来,让它怀孕的那条黑狗突然得病,不停地嗥叫乱咬,不仅把院子里的树皮啃去不少,见了人也往上扑。大家断定它得了狂犬病,而且十分严重,决定把它除掉。

后来的一天,当它疯狂啃咬大树时,有人开枪打死了它。

黑子听到枪响后飞速扑到它跟前,用舌头舔着它伤口上的血。过了一会儿,它发现黑狗已经断气,蹲在一边呜呜地叫了起来。

从此,黑子变了。

它不再温柔,性格变得凶恶,经常不声不响地独自外出,回到连队也不再与人们亲昵。还没等大家弄清楚它经常独自外出干什么,牧民便来找连队的麻烦。原来,它每天躲在隐蔽的山坡上,等到牧民的羊群过来,就一口咬住羊的脖子拖着往远处跑。羊被连咬带拖,不一会儿就咽气了。它饱餐一顿后,把羊腿叼回来给其他狗吃。这时如果发现连队有人,它就在山坡上躲着,等到人走了才回来。连长给牧民道歉,表示一定会把它看管好,不再让它闯祸。

它发现大家情绪有所转变,从此再也不回来了。

牧民接二连三到连队来告状,它闯祸的次数越来越多,罪名越来越大。这段时间,它只走到连队旁的山坡上便停下脚步,从不接近连队的任何人。人们有时候发现它用复杂的神情在望着连队,就叫它的名字,意欲将它唤回,但它转身就跑,唯恐大家要害它。有时候,它趴在山坡上睡觉,连队的狗像哨兵似的为它放哨,只要发现有人企图接近它就大叫起来。它听见它们的叫声便起身向山上跑去。

黑子吃羊的次数越来越多,牧民找到连队,强烈要求把它除掉。连队考虑到要和牧民搞好关系,便决定让一位擅长打猎的农工把它打死。但自从连队有了这个想法后,黑子变得更精明,只要与那位农工一打照面,还没等他把藏在身后的枪拿出便撒腿就跑。那位农工对以前的它很有感情,对它的背影说:"黑子啊,你难道就不能变好,好好做狗吗?"

过了几天，他又看见它趴在山坡上向连队张望，一抬头与他的目光碰在一起。这次，他没有拿枪，它也没有跑。它盯着他看了很久，它眼中既有惊恐，又有无奈，还有戒备。他看着它这副样子，心里突然涌起难受的滋味。他心想，给它一点时间吧，说不定它能变好。

后来，大家对它没有了原来的那种仇视，只要它一出现，大家便都亲切地喊它的名字。它听到后本来要转身离去，但又突然停下看着大家。但它还是怕连里的人，没等大家走近便迅速离去。不久，它改掉了叼羊的恶习。大家对它越来越热情，经常对着它喊它的名字。大家觉得用这种办法可以把它挽救回来。

慢慢地，它不再害怕，每次听到大家叫它都亲切地摇摇头，用愧疚的目光望着喊它的人。再后来，它慢慢向连队接近，每天早晚有意识地在院子里走走，把自己和人的距离缩短。它的变化被负责打它的那位农工看在眼里，他动员大家要对它报以热情，不停地吸引它向连队靠近。

一天下大雪，天寒地冻，大家坐在饭桌前刚准备吃饭，突然听见外面有呜呜呜的叫声，大家向外一看，是黑子蹲在院子里扬着头正在叫呢！

它叫得神情专注，与原来一模一样。

大家望着卧在大雪中的它，顷刻间觉得这个寒冷的冬天变得温暖起来。等它叫完，大家都跑到门口，对它说，回来吧，我们欢迎你。只要你改好，你仍是我们连的一员。

第二天早上，大家起床后，看见黑子站在连部门口，扬着头望着大家。大家走过去，它没跑。有人伸手去抚摸它，它好像惭愧似的低下了头。它在外漂泊了一段时间，身上的骨头都凸了出来，有人给它喂了点东西，谁都为它变好而高兴。

黑子又担负起原先的责任，巡逻、唱歌，每天晚上主动和那些狗一起站哨。它的一群儿女都已经长大，一个个都变成了小黑子。

去年，抱黑子回来的那位牧民来连队，黑子认出了他，在他返回时追着他的马跑到了山里，晚上趴在他家院子里叫了一夜。那位牧民被它叫得难受,出来抚摸着它的头说:"黑子,回去吧,我有空会去看你。"

黑子听了他的话才止住哭声,转身跑回连队。

从此,黑子经常跑到连队后面的山坡上,朝山谷方向张望。

冬天很快就来了,雪花落了下来,黑子蹲在山坡上,一动不动地凝望着山谷的方向。后来的一个大雪之夜,黑子被冻死了,但直到第二天早上,它仍保持着眺望的姿势。

远远地看上去,积雪使黑子变得像一座白色雕塑。

残缺与挣扎

饿晕了!

饿晕了的是一只狼。

在牧区目睹过那只狼的人,一致认为它当时一定是被饿晕了,否则不会变得那么狼狈,以至于弄断了一条腿。

有一句哈萨克族谚语说,狼靠腿,鹰靠嘴。狼少了一条腿,就不能正常行走,更不能奔跑,这对它来说是要命的事情。见过很多狼的老人说,三条腿的狼不少,它们失去一条腿的故事很凄惨,听这样的故事让人忍不住掉泪。

这个故事中的狼,和饥饿有关。

狼一直被饥饿困扰,总是在不停地解决"吃"的问题。跟踪、隐藏和偷袭,是狼一贯为解决"吃"而使用的方式。狼别无选择,只能在饥饿中把孤苦和坚忍练到极致,久而久之,狼的内心亦变得孤苦冷漠,成为动物界最冷漠的"杀手",而且仅为吃食出击。狼如此辛苦捕食,却并不能轻易达到目的。狼攻击的很多动物体形和狼差不多高大,比如黄羊,奔跑速度虽然不及狼,但逃跑技巧却比狼要高超很多,所以狼能捕获到的猎物并不多,很多时候都只能用发绿的眼睛,愤恨地瞪着那些猎物。

狼的主要攻击目标是羊,牧民养的家羊,山野里的野黄羊、羚羊和盘羊等,都会让狼把贪婪的目光像钉子一样钉在它们身上。牧民养的家羊受到保护,狼轻易不敢靠近,而黄羊是山野里的跳跃高手,尤其善于攀岩爬山,狼更是无法接近。拥有技巧者,是得到造物主宠爱的幸运者,狼得不到这份宠爱,便只能挖掘自身优势,把隐匿和突袭的技巧练到极致。它们在羊群放松警惕的一瞬突然出击,一招(封喉)致命。

但在更多时候,它们却不能得逞。由来已久的对立关系让羊对狼保持着高度警惕,往往狼尚未接近,羊已发出叫声,牧民和牧羊犬马上就会赶过来。狼不得不转身逃离,再次开始等待,并期待能够遇到出击的机会。孤独的命运犹如沉缓蔓延的冰河,狼从一开始就陷入其中,所以它们只能苦苦泅渡,才有希望爬上岸去。

这个故事中的这只狼,也是择食苦役大军中的一员。它已经对今年进入牧场的牧民和羊群观察了很久,并已忍耐半个多月的饥饿。它的目标只是羊群中的一只羊,如能偷袭成功,饱餐一顿后可管一个月。

狼的捕食境况千篇一律,往往在饱餐后的一个月内随意游荡,直到饥饿再次袭来,它们才会意识到又该去觅食了。也许在饥饿中建立的愿望是最难实现的,这只狼等待了很多天,都没有得到出击的机会。它躲在树林里长久盯着羊群,内心已经上演无数遍吞噬羊肉的场景。这是狼在隐藏过程中常有的事,幻想产生的错觉,会让它们的胃稍微好受一点。但美妙享受最终被虚无覆盖,饥饿再次将狼拉回现实,有细微的星星在眼前旋转出一个深渊,它禁不住要一头栽进去。

那天下午,羊在山坡上吃草,牧民们聚在一起吹牛。他们说到一个有趣的话题,发出哈哈哈的笑声。一匹被拴了好几天的马,受到他们的笑声感染,想挣脱脖子上的那根绳子,结果差一点被绊倒。主人走过去抽它一鞭子,它却欢快地嘶鸣起来,引得周围的羊都不解地望着它。

那只狼就是在牧民们谈兴正浓时,悄悄接近羊群的。

事实证明,它在当时的情况下那样做是极不明智的,但谁也不知道狼有怎样的思维,所以在人们后来的谈论中,始终没有得出狼那样做的原因。

那只狼从中午就开始行动了。

天上的太阳慢慢从东向西移,树木的影子也随之向一侧移动。它让树木的影子遮住自己,然后一点一点往前爬,一点一点从一棵树的影子里,移到另一棵树的影子里。

它必须忍受饥饿对肠胃的撕扯,必须保持冷静,才能不动声色地实施偷袭。

好在狼有超于所有动物的坚忍性格,并且越是艰难越能保持冷静,所以它高度集中精力,让自己瘦弱的身体变成一枚棋子,在计划中的棋盘上慢慢推向目标。在最后,它将集中所有力量完成一次出击。

应该说,这只狼懂得利用地形,太阳光照的角度、树以及树的影子,都被它巧妙利用。它让自己和树的影子融为一体,不论是谁从远处看都只能看见黑乎乎的一团,不能轻易发现它的潜伏。为此,它认为自己的策略万无一失,只需循序渐进即可。它也许还揣摩出牧民的心理,人都是大意的,司空见惯的事物会让他们忽略细节。比如现在,没有人会留意树木的影子,更不会去怀疑树木的影子里隐藏着什么。这样的想法多少带有自我安慰的成分,但对于一只长久潜行的狼来说,却可以减轻心理压力,不啻一件好事。

整整一个下午,这只狼在进行隐忍的努力,无比缓慢地实施着一次偷袭。

有一句哈萨克族谚语说,刮过的风没有影子,经过村庄的狼不会走空。狼的偷袭办法很多,常常让人防不胜防。有三只狼去偷袭一家人的羊群,它们知道难以得逞,其中的两只从正面接近羊圈,故意弄出声响,引得那家人出来追打它们,被它们引诱到很远的地方,另一只狼则悄悄潜入羊圈咬死一只羊拖走。等那家人返回看见地上的血,才知道上当了。他们气得大骂:"毛驴子下哈的狼,会骗人呢,比贼娃子还贼!"

现在,这只狼也在悄悄实施它的偷袭计划。

终于,它移动到了最佳偷袭羊的位置。

它突然蹿出,大张着嘴向一只羊扑过去。

最佳位置使它如离弦之箭,而它尖利的牙齿无疑是刺向羊的刀子。那只羊没有防备,嫩草的清香正在它的口腔里回荡,而牧场上多日来的平安无事又让它放松了警惕。它一口咬住羊的脖子,这是狼攻击目标的惯用方法,只要一口咬住用力一扯,羊的脖子就会被撕开,喉管就会断裂,羊倒地而亡时连低鸣声也不会发出。但正如牧民们在后来的议论中一再强调"那只狼当时一定是饿晕了"一样,它不但没能一下子将羊的脖子扯断,反而被羊用力一甩之后,像皮球一样滚到了一边。

它对自己的力量预估不足,不知道饥饿已经把它的身体掏空,它已丧失原有的进攻力度。

它变得颇为惊恐,意欲爬起来逃走,但它被摔得不轻,连爬几次居然没有爬起来。冲锋陷阵者因为突然没有了进攻的力量,就会变成被打击者。它意识到了麻烦,挣扎着好不容易爬起来,但又一头栽倒。平时,狼身上总携带着邪恶之气,接近人或羊时,会给对方一种威慑之感,似乎它们的眼睛和叫声中随时会刺出刀子。但现在它软软的身体让它的形象迅速褪色,迅速萎缩,似乎要变成一只可怜的小动物。

狼的意外遭遇让牧民们高兴得大喊大叫。狼一向都是令人恐惧的存在,今天终于看到了狼出丑,简直就像一个吃不动羊肉、骑不了马的人,一点本事都没有。

他们操起手边的东西扑过去打狼。

他们正寂寞着呢,加之狼似乎在迅速褪色和萎缩,他们要把打狼干成今天最有意思的事情。狼受到惊吓,挣扎着爬起来,摇摇晃晃向远处跑去。但它跑得实在太慢,以至于好几次都险些被人追上。惊恐或许能激发狼的力量,它叫了几声,奔跑的速度明显加快。

不一会儿,它爬上了山坡。

但狼却再次出丑了。

它从一块石头向另一块石头跳去，因力气不足，像树叶一样掉进两块石头之间的缝隙。慌乱挣扎中，它的一条后腿被卡在石缝里面。它恐惧极了，用尽全身力气向外挣扎，但那条后腿却纹丝不动。

好在牧民们都已转身离去，所以这一幕没有人看见，它因此便赢得了逃生时间。意外的灾难让它的形象再次褪色和萎缩，它喘着粗气，似乎在向遥远的母亲求助，但刮过的风很快便把一切淹没。

它用力往石头上爬，意欲将那条后腿扯出。

因为用力太猛，咔嚓一声，那条后腿被折断。

它疼得大声嗥叫，周围的草叶都似乎随之在战栗。牧民们听到狼的嗥叫回头一看，好家伙，狼被卡在了石缝里。他们从地上捡起石头和木棍，这些都是可致狼于死地的"武器"。他们本来以为狼已经逃跑，但现在石头却帮了忙，把它死死卡在那里，它还能往哪里跑？这是一只倒霉的狼，是一只来送死的狼，是一只彻底丧失本事的狼，是一只让所有狼都颜面扫地的狼，是一只让人在今天终于可以出一口恶气的狼。牧民们再次兴奋起来，再次想把打狼干成今天最有意思的事情。

狼看见人们扑了过来，等于看见了死亡，看见了自己的末日。

它在惊慌中一用力，那条后腿再次咔嚓一声，被硬生生地扯断。

那截断腿插在石缝里，像一根模糊不清的树桩。

付出一条腿的代价，它才趔趔趄趄向远处跑去。

牧民们看见它又逃跑了，但它断了的半截腿却留下了，白森森的骨头、猩红的血，让他们内心产生一丝胜利的感觉。他们用脚踢了几下插在石缝里的那截断腿，嘟囔了几句听不清的话回去了。

有人曾见过一只三条腿的狼，它并没有因为少一条腿而行动不便，反而激发出另一种本领。有一次它偷袭羊群时被牧民发现，牧民很生气，四条腿的狼欺负人倒也罢了，你只有三条腿也欺负人吗？他们要追上去把它打死。它向一片树林跑去，在逃跑的过程中跌倒了好几次，但不等人们扑过去又爬起来继续往前跑。它跑进树林后，情形便不一样了，在它失去平衡要跌倒时,它将屁股往一棵树上一靠,便巧妙掌握重心,复又向前跑去。它就那样利用树跑了。牧民们望着它远去,无可奈何地说:"三条腿的狼也聪明得很啊,所有的树都是它的腿!"

而这只断了一条后腿的狼,在逃跑过程中也数次跌倒。但它很聪明,加之天生身体灵活,很快便学会用三条腿掌握重心的要领。

慢慢地,它摇摇晃晃地跑远了。

饥饿一定仍在撕扯着它的肠胃,但疼痛和恐惧交织在一起的滋味,却更令它难受,直到跑到它认为安全的地方,才停下歇息。

那条后腿的断裂处在汩汩流血,它扭过头去用舌头舔干净,眼里弥漫出一股悲哀。

"冷面杀手"丧失了进攻能力,所以只能从高地上撤退下来。但当它平静下来,将如何面对抱残之身?

没有把打狼干成今天最有意思的事情,牧民们有些遗憾。平时,他们很少近距离看到狼,有时候只能看见远处的山冈上有一个黑点,那是狼远远地在观察人和羊的活动,它们从不走近人。有时候狼偷袭了羊,等他们赶到时,只能看到躺在地上汩汩流血的羊。狼何时而来又何时而去,他们连个影子也没有看到。今天,用他们的话说,是这只丢人的狼自己送上门的,而且浑身软得没有一点力气,说不定一石头砸下去就要了它的命。但它还是跑了,虽然把一条腿都弄断了,但它的命没有丢,以后它还会拖着残缺之身来吃羊,而且还会因为是在这里被弄断腿的前来报复人。想到这里,牧民们有一点失落,亦对狼产生了恨意。

晚上,树林里有一只狼叫了一晚上。

牧民们断定是那只狼在叫,因为它的一条腿断了,疼痛难忍。

有人想进树林里打它,但又觉得天太黑,万一有狼群在树林里,打它不成反而会被狼吃掉。归根结底,人还是怕狼。

半夜,有人被它的叫声吵得睡不着,便爬起来走出毡房看了一下,此时叫声停了下来,四周寂静无声,只有稀疏的雪在落着。他想起曾有一位哈萨克族老人告诉过他,下大雪的夜晚寂静无声,看来,今夜将不会下大雪。回到毡房躺下,倦意很快袭上身来,想着明天还要去更远的地方牧羊,便在心里对自己说,早点睡吧。一两分钟后,他已入梦。

这时,外面又传来几声狼的叫声。

他想爬起来去看看,但困倦让他向一个甜蜜的深渊沉入进去,他打一个哈欠便沉沉睡去。不知过了多长时间,狼的叫声再次响起,所有人都被吵醒,大家心里都隐隐有了某种担忧。它就这样不停地叫着,它的叫声似乎是慢慢向人迈动过来的脚步。有一位牧民吃完晚饭睡觉前,将马偷偷拴在了毡房旁。他这样做是为了防止狼突然来袭时,能及时骑马逃跑。过了一会儿,狼又叫起来,它的叫声长久持续着,丝毫没有要停下的意思。他想,如果它是因为一条腿断了在叫,那它该有多痛啊?

狼的叫声持续了两个多小时才停止。

它停住的一刻极其突然,四周像是一下子被置入另一个世界,归入了寂静之中。他屏住呼吸凝神倾听。这突然出现的寂静使他有些愣怔,但又担心它会再次嗥叫,一下子让人毛骨悚然。但过了很长时间,狼都没有再发出声音。他静静等着,突然又有一种迫切的期待,希望它能再次长嗥。他甚至觉得那是一种非常美、极具动感的嗥叫,就好像一座大山突然被劈开,更美的另一面一下子耸立于世。凌晨四点多的时候,狼又开始叫了,但这次的叫声却不是他希望的那种。它的嗓音很低,叫得很缓慢,像是已经将身子伏在雪地上,在慢慢向前爬行。后来它的叫声由缓而快,由粗而细,好像因为不能再向前爬行,便站起身眺望远方,望着望着,忍不住对辽远的天际发出了这样的叫声。

他就这样感受着一只狼,一直到了天亮。

他静静地躺着,感到它一次次冲到悬崖边,想飞跃而去,又一次次不得不无望地返回。它内心变得焦灼不已。它甚至不能安静下来,只能任由内心的激情一次次推动着身躯。它已经不是一只狼,而是一团燃烧的火焰。他钻出毡房,顿时为眼前的情景惊骇不已。昨夜的一场大雪,在地上积了一米多厚。一场大雪落在黑夜,所有的人都无知无觉,只有站在雪中的一只狼看到了。他想,在这样的一场大雪中,一只狼如果不那样叫,也许早就被冻死了。

几天后的一个夜晚,有一位牧民因为想老婆,坐在牧场的一块石头上抽烟,他在无意一瞥间,看见有一团黑影正慢慢向牧场靠近。

有狼!

他扔下烟头,从腰里抽出刀子,防止它扑过来咬自己。那团黑影移动得很慢,而且每移动一步都摇晃不定。是那只断了一条腿的狼。那位牧民防范它的紧张感消除了,他在心里恨恨地说:"上次让你跑了,现在你只剩下三条腿,还敢来偷袭我们的羊,不把你打死你便不知道人有多厉害。"

他悄悄返回,叫醒三个人,手握木棍和刀子,只等它靠近便围攻。

但奇怪的是,那团黑影却突然不见了。他们是紧紧盯着它的,但它只是摇晃了一下便不见了踪影。

奇怪,难道是鬼吗?

他们虽然打不成狼,但耽于狼诡计多端,有可能潜藏在什么地方等待时机,所以他们不得不点起火,大声喊叫一番,意欲把狼吓走。狼就是这样折腾人,你不但不能把它们打死,反而还得小心防范它们的偷袭。

后来,有一个人看见那只三条腿的狼,在河滩上艰难地挪动着身体行走。他胆小,便转身往回跑。这件事在牧区传开后,大家都笑话他,他生气地说:"难道就我一个人害怕狼吗?你们就是嘴巴上的劲大,真正遇上狼,谁不怕狼?"

有一个人说:"它只有三条腿,连站都站不稳,你还怕它吗?"

他说:"它只有三条腿,又不是只有三颗牙,你有本事你去打!"

几个月后,牧民们发现了那只狼,它死在一棵树下,皮肉腐烂,有苍蝇在身上嘤嘤嗡嗡乱飞成一团。它的另一条后腿也断了,在它的后腰下面,两条裸露出白骨的断腿,看上去似乎是身体多余的部分。也许它的另一条后腿,也是被卡在石头中弄断的,那一刻它的身体一定失去重心,一下子摔倒在地,疼痛的大网顷刻间覆盖了它。但它在疼痛之余又发现,自己丧失了行走的能力,平时还算灵活的身躯在这时候变得笨重无比,只能用两条前腿用力爬才能将身躯挪动。它悲痛欲绝,但又有什么能够帮助它呢?它失去生命的方向,亦失去生命的光明。命运让它进入无以突破的死谷,前行无望,且退路已绝,它只能屈服于绝望和无奈。

狼的第一条腿断了会让人感到意外,而第二条腿又断了,就不会让人觉得惊讶,它每少一条腿,人的快乐就多一些,人喜欢看狼出丑。不知它用两条前腿爬了多远,爬了多少时日,最后终于被饥饿大手死死按住,在一棵树下死去。

从它的姿势看,它在最后仍想向前爬,也许在前方不远处,便有使它活命的食物,但它已经没有力气,死亡犹如巨大的黑暗,它被吞了进去。

"我们没把它打死,它自己倒死了!"牧民们感叹几声,转身离去。

被谁看见

一只狼在吃另一只狼。

吃吧。

吃了它,就给了它另一种活的方式。

在牧区流传的故事里,有一个恒定的主题,狼在关键时刻,可以咬死自己亲生的小狼。人无法理解狼的这一行为,因为弑子太残忍,人不会那样做。

狼是动物中的"冷面杀手",它们身躯瘦削,但四条腿稳健有力,双眸沉凝冷峻。它们出现时,如同是在进行一场蓄谋已久的劫掠,浑身散发出惊人的力量。它们的四肢向前迈出时,像刺出的利器,将周围的野草碰撞得乱晃。它们的自信和骄傲是建立在领地意识上的,某一地一旦被它们占有,同类便不能再进入。

游牧民族对狼有明显的赞美情节,与人们的精神取向有很大关系。狼聪明果敢,即使苦难降临也从不放弃,并且总会想出办法将其克服,所以人们都希望自己有狼的精神,即使成不了狼,也在内心拥有狼的信仰。狼是绝美的参照,人在心灵中不知不觉成为狼的模仿者,并渴望在精神舞台上完成涅槃。

其实狼离我们并不遥远,能一睹狼全貌的机会也很多。人们谈论狼时,其依据往往来自草原故事或某个人的亲身经历。狼的天堂在草原,那里并非人迹罕至,所以狼在很多时候与人发生瓜葛,狼的世界因此变得清晰,生活细节也被展示出来。其实,一直以来人们错误地认为,所有狼都一样,有着冷漠的面孔和隐忍的性情,甚至还认为,所有动物都不敢与狼相处。实际上,狼并非动物界的杀戮主宰者,缺少好朋友的乌鸦在天空为其传递信息,狼就会知道前方有猎物。

我见过狼,所以写了很多关于狼的文章。但我没有见过狼群,也没有见过狼的死亡。陌生场地中一定发生过激烈的生死大戏,但我想象不出狼之生死到底是怎样的。

后来我在一家动物园看到了狼,铁笼中的狼瘦得皮包骨头,因打不起精神而麻木昏睡。它们眼中的烈焰熄灭,只剩下冷冰冰的屈服。

它们本来是荒野中的"冷面杀手",但离开荒野后便威风扫地,晕头转向。有一位医生朋友去动物园为生病的狼治病,他后来说狼病了后还不如猫,浑身软软地没有一点力气,他给它诊断时真担心它从那个平台上摔下去变成一堆肉泥。他无意间窥视到了狼最无力、最孱弱的一面,从此不再对狼抱有敬仰之心。

但偶尔从牧民处听到一只母狼咬死小狼的故事,让我很震惊。那位牧民讲述得很有镜头感,以至于让我觉得自己并不是在听故事,而是在观看一部专题片。他用旁白一样的语气说:"那片森林前的草地是狼的生存地……"他并不急于让狼"登场",而是不厌其烦地讲述四周的风景,想给我灌输狼的生存地是多么美丽,由此慢慢展开狼非同一般的生活。

他是那个故事的见证者。当时他躲在一棵树后,看见那只狼突然出现了。它咆哮、发怒,不安地奔跑,似乎有什么激怒了它,它正在调动体内的"武器",要把对方杀死……许久之后,他终于进入故事主题了。我想起小时候大人们突然想起对我的承诺,给了我一件曾让我心仪很久的东西。那种突然间如愿以偿、得到渴盼之物实在是令人喜悦万分。狼的突然"登场"让我惊喜，内心滋味一如小时候的体验。

他说，那只狼不安地跑动几圈后，他才看明白它是为了躲避另一只狼。

它是一只母狼，接收到一只公狼的求爱信号后，不知是因为兴奋还是不喜欢，它开始逃避。他的讲述再次显得沉闷。追逐——逃避——追逐，如此重复十余次后才告诉我，母狼终于接受了那只公狼，但它们的交配并不顺利。

他解释说，即使它们交配成功，能孕育出狼崽的概率也很低。那一幕看得他颇为郁闷，觉得狼是繁衍能力弱的动物。也许正因为如此，所有母狼看上去和公狼才没什么区别，它们性别模糊，浑身上下都散发着雄性味道。

公狼最终未能如愿，沮丧地从母狼身上离去。

母狼终于解脱，把身上的草屑晃动干净，快速跑过一片草地，在三只幼狼跟前停了下来。他这才发现，这里有它的三只小狼崽。

他看见另外两只幼狼仅仅闪了一下便不见了影子，只剩下最小的一只晃呀晃，打算像母狼一样走动，但它没有力气，好几次栽倒在地。那位牧民没有想到，接下来会在母狼和这只小狼身上突然发生血淋淋的惨剧。

小狼刚出生，只能勉强挪动身体，大狼守在它身边形影不离。

在牧区，人们对狼的行踪一清二楚。生存在低海拔或荒野、湿地的狼在每年一月份交配，而生存在高海拔地区的狼因为受气温影响，则在每年四月才开始交配。狼群中有严格的等级制度，地位高的雄狼和雌狼拥有交配权，且能成功繁衍后代，而地位低下的狼则被剥夺交配权。母狼怀孕期大概为两个月，一次至少能生两只狼崽，最多可生十余只。狼崽在出生后十天左右睁眼，一个月左右开始断奶。这时候，因为狼崽没有自卫能力，母狼便让它们待在洞穴里，五六个月之后，小狼被母狼带入狼群。很快，小狼便学会如何捕获猎物。狼群对小狼呵护备至，每只狼都将其视为自己亲生的。大狼捕获到猎物后，将其撕咬成碎片吞入腹内，然后再吐出让小狼吃下。

现在被一位牧民偷窥的这只有着强健身躯的母狼，身上散发着母性的温柔，它不时用嘴拱拱幼子。它的周围还有别的动物，正忙于追逐嬉戏，把野草冲撞得漾开一层细浪。

突然，一只雪豹向它们冲了过来。

熟知狼的人都知道，狼和雪豹是死敌，二者力气并不均衡，但狼不服输的个性让它们只要见到雪豹就会凶猛地扑过去，展开一场凶残的撕咬。为了争夺猎物，雪豹凶悍的性格会成为有力的"武器"，不拼个你死我活便不会罢休。

母狼看见有雪豹来犯，一口咬住小狼的脖子，意欲躲开这个麻烦。用嘴衔子是很多动物都会采取的方法，虽然不少动物有锋利的牙齿，却不会伤到亲子。平时，它们撕咬死敌的牙齿长在嘴里，而在用嘴衔子时，那锋利的牙齿似乎悄悄隐藏了起来。关于牙齿蕴含的杀伤力，成吉思汗曾总结出两句话，用于激励他的士兵：吃肉的牙长在嘴里，吃人的牙长在心里。

雪豹很聪明，舍弃其他动物而专攻这只母狼，因为它已发现这只母狼在保护幼狼，所以它数次欲扑过去咬住母狼嘴里的幼狼。阳光从雪豹的两颗獠牙反射出刺眼的光芒，它只闪出一团影子便已接近母狼。母狼无法躲开，索性回头与雪豹拼命。气氛变得紧张起来，狼和雪豹都恨不得让自己变成刀子指向对方。

"它们开始打架了。"牧民在这个紧张情节处加了一句旁白。牧民们习惯把动物之间的撕咬说成"打架"，把咬死并拖走的动物说成"拿走"。

很快，雪豹便占据优势，有几次差一点咬住母狼的脖子。

慢慢地，母狼没有了进攻的力气，只能闪躲。它一边躲闪一边寻找着可以放置幼狼的地方，那样的话，它就可以用尖利的牙齿进攻雪豹。但雪豹已经识破它的意图，紧盯着它嘴里的幼狼一次次猛扑。

母狼发出一声嘶哑的低嗥，不再躲闪，转过身正面迎向雪豹。

那位牧民以为它要向雪豹发起进攻，但却发生了令人惊讶的一幕，母狼因为嘴里衔着幼崽，无法逃脱雪豹的进攻，于是用力咔嚓一声，咬断了幼狼的脖子。狼的嘴里长着四十二颗牙，分别是门牙、犬齿、前臼齿、裂齿和臼齿，所以它一口便咬死了狼崽。它不再有顾虑，掉过头一门心思对付雪豹。

在短短一瞬间，它作出了理智的判断，如果自己再坚持下去，幼狼必被雪豹咬死，最后连自己也会死在雪豹的利牙之下，所以它先咬死幼狼，然后再和雪豹周旋。两个死亡变成了一个死亡，它赢得了生的希望。狼的牙齿愤怒咬下时，身体里的杀戮欲望对着雪豹，愤怒像大火一样让它燃烧起一股热流。

雪豹再次发起进攻，慌乱中，幼狼从母亲口里掉了出来，但它忙于应对死敌，无暇顾及已死亡的幼崽。也许在狼的天性中，与死敌对决比什么都重要，愤怒如同一双大手将它们拽走，无论身后发生什么，它们都不会回头。

雪豹发起的进攻势不可挡，最后，母狼因无力抵挡，不得不落荒而逃。风吹得野草乱晃，它的幼崽永远留在了草丛里。

这个短暂的过程把故事推向了高潮，且因为情节突变把那位牧民看得心惊胆战。本来，他是恨狼的，但突然出现的雪豹和随即发生的血战让他对狼产生了怜悯，尤其是狼咬死幼崽这一举动，让他对狼的决绝心生敬意。在动物界发生的这一幕，有一种极度残忍但又取舍决绝的真实。

所有动物都被吓跑了，雪豹站在山冈上东张西望，粗喘声似乎传出很远。从气势而言，雪豹是胜利者，但雪豹并没有意识到，因为它的进攻，已经让狼咬死了狼崽。

少顷，雪豹失望地转身离去。

"没有对手的遭遇让它感到孤独。"牧民又用旁白在解释。但一只雪豹内心在想什么，人又怎么能知道？

在牧区有很多关于狼会咬死狼崽的故事。狼崽们出生后，母狼会竭尽全力捕食喂养它们。但正如人常说，十个指头有长短，有个别狼崽会因营养不良或自身抵抗力弱，被母狼咬死，然后扔到其他狼崽嘴边，让它们吞噬。牧民们为此总结出一句话：一只狼如果狼性不足，只能被别的狼吃掉。

那只母狼咬死亲子的当天晚上，有一团黑影从树林里缓慢移动过来，

走到白天发生过血战的地方停住,像是在寻找什么。

那位牧民断定那团黑影是那只母狼,但因为天太黑,他无法看清它的面容。白天的意外遭遇让它失去幼崽,而且是迫不得已亲口咬死的,这对它来说是非常痛苦的事。现在,天敌已不在,它回来想看看自己的孩子。但是天太黑,它又能看见什么呢? 它在那儿停留了一会儿,慢慢移动进树林里。

第二天,血淋淋的一幕再次上演。

那只母狼回到了昨天丧子的地方,它似乎已忘记昨天的一幕。雪豹没有出现,这里变得很安全。

狼开始散步,仍像以往一样谨慎。过了一会儿,它走到幼崽旁,用嘴去拱它,似乎想看看它是否还活着。

所有人听到这里大概都会心生痛感,但事实却让所有人吃惊,它一口咬住幼崽,一爪按住另一端,撕扯开皮肉吞噬起来。因为小狼的身体太小,母狼仅仅撕扯一下便使其一分为二,很快,它便将小狼吃完。它抬头向四周看了看,用爪子在地上刨出一个坑,将幼狼的皮毛和骨头埋了起来。这样的事情颇让人震撼,听故事的人也许像我一样,习惯从人的角度去看问题。

应该说,这个故事有很大的偶然因素,狼的行为超出人的想象,并且把血淋淋的事实推到了人面前,让人一时无法找到答案。这个世界太大了,再多没有答案的事情都足以装得下。最后,那只母狼走向远方。在阔大混沌的天地中,万物生存到底有怎样的秩序?

讲述者又用旁白一样的解说词在这时发出感叹:"它忘了这是它的孩子。"他在无意中成为见证者,所以他的解说是一种疑惑,明显带有人的情感色彩。

它真的忘了吗?

寻找或者不期而遇

今年的雪下得早,提前很多天就在牧场降下。

草被雪埋住了,雪地里没有一丝绿色。

羊没有草吃,便咩咩乱叫,让人听着焦心。大家准备提前转场,趁着大雪尚未到来返回村子,但羊分散在四野里,要一一收拢起来,加之还要拆毡房,所以真正返回的日子还得等待数日。

就在那几天,雪下得越来越大。

大雪改变了人,改变了牛羊,改变了牧场。

于是,便出现了在牧场上从未出现过的情景:几只羊饿得实在忍不住,便选一个陡坡向下奔跑,快到树跟前时猛地腾起,用嘴咬住一根树枝,啪的一声,折断的树枝和羊一起摔到地上,羊便迫不及待地去啃树叶,旁边的羊也扑过来抢着吃。它们的头碰在一起,地上的雪被踩得乱飞。即使这样,仍然是好景不长,能折断的树枝都被折断后,羊便茫然地望着那些高高在上的树枝,许久才失望地低下头去。

后来,便有羊饿晕,身子一歪倒在了地上。

牧民们很伤心,却无力挽救,只能眼睁睁地看着羊倒下。倒下的羊也许已意识到自己将死亡,发出悲哀的叫声,而那些发不出声的羊已经死去。羊是牧民的命,羊死去让他们心如刀割。

人们决定把饿死的羊埋掉,而那些尚有气息却不能返回村子的羊将在转场前一天被宰杀。牧民不吃死了的东西,但他们又不能将这些羊留在牧场,那样会把狼吸引过来。今年已有好几只羊被狼咬死,羊落在狼的嘴里,是羊的灾难,也是人的耻辱,牧民不能让那样的事情发生,所以他们只好把羊宰杀掉。

但当他们举起刀子的时候却无比心酸,出来的时候,他们祈求上天保佑今年的放牧平平安安,能一直有个好天气,能让羊吃上好草,现在要回去了,却有一些羊要永远留在这冰天雪地里。作为牧人,今年是失败的放牧,人人都沉着脸。

他们将那些只剩一丝气息的羊弄到一起,生起一堆火烤它们的身体。

过了一会儿,羊暖和了,慢慢抬起头。牧民扶它们站起,一一将它们宰杀。多少年了,在这样的时候,它们都不让羊躺着,而是让它们站着死。羊有四条腿,支撑着的是坚强的身躯。它们在一生中爬过那么多的高山,走过那么远的路,腿,是它们身上最重要的东西,宁可断也不可软。

杀到他养的那只羊时,它突然迈开虚晃不已的步子向他走来,走到他跟前,用复杂的眼神望着他。他心一软,对大家说:"留下它吧,我把它背回去。"

大家不同意,如此冰天雪地,如何能将一只羊背回去?不行,得把它杀死。

他又向众人请求:"可否让它再多烤一会儿火,然后再杀行不行?"

众人答应了他,用奇怪的眼神看着他将那只羊抱到火堆前,扶着它让它烤火。慢慢地,羊站稳当了,众人提醒他不要再等了,动手吧。他从腰间抽出刀子,却犹豫着,没有进一步行动的意思。羊抬起头望了一眼他,突然向他手中的刀子冲去。刀子刺入它的喉咙,它倒了下去。

他大惊,众人亦大惊。

牧场上出现了难挨的沉寂,只有无声的雪密集地落下,然后被羊血浸红,那片红很快又被落下的雪覆盖。

一只羊冲向刀子,把自己杀了。

所有人都不明白,一只羊为何冲向刀子,自己把自己杀了。

第二天早上,人们启程。

他突然发现,那只羊不见了。昨天,它冲向刀子后,当时就倒了下去。他把它放在一块石头上,打算今天把它埋掉,但一夜过后石头上空空如也,它不见了。它明明死了,但在一夜之间,却突然不见了?

难道它没有死?

这件事让大家的神情变得严肃,像是神经被什么揪着,长久不能清醒过来。他更是迷迷糊糊,脚迈得高一下低一下,有几次差点摔倒。他感到浑身很热,像是被什么刚刚烧过,不能冷却下来。

他想去找那只羊。

它已经死了,应该倒在死去的地方一动不动,但是它却不见了。他觉得它没有死,他想去找它。但是他不想把这个想法告诉大家,于是,他对大家说,他决定放慢速度转场回去。

大家不明白他为何要这样,但他一再坚持,便只好答应他。

牧场距村庄十余公里,用一天时间即可抵达,按说,一年放牧已结束,离别家人,尤其是离别心爱的妻子数日,他应该归心似箭,急急赶回才对,但他此时却没有一点急切之意,只想去找那只羊,所以这十余公里路,他走得很慢。

他觉得自己每往前走一步,就有什么把他往后扯,似乎不想让他离去。他抓起一把雪使劲在额上搓着,一股凉意浸入皮肤,他慢慢冷静下来。他站在雪地里茫然四顾,人们都已离去,雪地上留下人们和羊群杂乱的足迹。他愣了愣,便继续向前走去。经由刚才用雪搓额,他已清醒很多。但他发现清醒对他来说,是一件痛苦的事情,那种像是被什么烧过的火热感消失后,取而代之的是一种不知所措的感觉。

他很失落。

他知道自己在往前走,正走在回村子的路上。但他又觉得自己不是在往回走,而是走在一条陌生的路上。本来,他的心里很热,那只羊冲向刀子时的情景,在他心里像火一样在燃烧,但现在却什么感觉也没有了。他加快速度,想尽快找到那只羊,只有那只羊,可以说明一切。

突然,他看到雪地上有一串清晰的爪印。

是狼的爪印。

本来,他只是一心赶路,并没有闲散的心情留意周围,但随意一瞥,就发现了在人的脚印和羊蹄印交会的那条路之外,还有一串清晰的狼爪印向前延伸而去。狼爪印始终在这条路上,说明狼始终在这条路上前行。

他越走越慢,仔细看着雪地上羊群留下的蹄印,想象着一群羊昂首挺进的样子和神态。羊群留下的蹄印前面还有一串蹄印,那是一只头羊留下的。有了头羊在前面引领,后面的羊一定走得镇定自若,哪怕走得再累,也不会乱叫乱跑。牧民非常敬重头羊,等到休息,就从袋子里掏出备好的干草,递到头羊嘴边去。

羊的蹄印和狼的爪印一直向前延伸而去。

他想,无论是头羊还是其他羊,都没有发现它们身后有一只狼。

他想了一下,确定有七只羊,但他不能确定哪一只是头羊。头羊并不总是固定的,一群羊在雪野中跋涉,走在前面的羊走不动,落在后面,这时候,体力好的羊会及时赶上,带领羊群继续前行。所以牧民们说,只要有羊群,就不怕没有领头的羊,不管哪只羊做头羊,都会带领羊群向目的地走去。到了目的地,羊群便散开各自去吃草,这时候便很难分辨哪只是刚才的头羊。

他突然觉得,自己的那只羊没有死,而在这群羊中间当头羊。

他又觉得,跟在羊群后面的狼,一定想咬死头羊。

他加快了脚步。

他的那只羊经历了那么多坎坷,都没有死,怎么能被狼咬死呢? 他踏在头羊留下的那串蹄印上,跟着向前走去。他的心里又出现了那种火热的感觉,恍惚之间,他觉得自己的那只羊在前面走着,他只要走得快一些,就可以救它。他越走越快,感觉自己的脚步正被那只羊牵引着,越走越轻松。

雪又下了起来,也有风在刮,扬起的雪浪一团一团向他扑来,他觉得自己在云端。

中午的时候,他走到一家牧民的门口。牧民已经很少单独居住,这家牧民之所以住在牧场和村庄之间,是因为开了家小商店,卖些日用小百货,供牧民们生活所用。他刚走到门口,一位漂亮姑娘就迎了出来。她十七八岁的样子,少女的美在她身上体现得淋漓尽致。他被迎进屋内,安排坐到了炕毡上。姑娘已听前面的人说过他的事,在端上奶茶的时候偷偷看他。他迎住姑娘的目光,想说什么,但又咽了回去。姑娘又端来馕,他便与她搭话。他说:"你们家的其他人呢? 都去放羊了吗?"

姑娘回答:"没有。我爸爸去打猎了,有一只狼最近在树林里出没,他已经等了它好几天了,今天可能会等到。"

他想到了跟在羊群后面的那只狼,他断定就是那只狼。他问姑娘:"你们家人见过那只狼吗?"

"我妈妈见过。"

"你妈妈在吗?"

"不在。"

"你妈妈去哪里了?"

"我妈妈去见她以前的朋友了。他们年轻时相爱过,要不是那个男人有一次去放羊的时间太长,我爸爸把我妈妈骗走,我妈妈就会和他结婚。那样的话,我妈妈生下的就不是我了。"

他喝了一口奶茶,又问:"那个人为什么放羊用了那么长时间? 他难道不想你妈妈吗?"

姑娘对他的问话似乎很感兴趣,凑近他说:"他爱自己的羊嘛。他是放羊的能人,第一次进牧场,就为羊群选好了一夏天要吃的草。说起来你也知道,不会为羊选草的人就放不好羊。那次他耽误的时间长,是因为那场大雪下起来后,他不忍心让羊走,让它们多吃了一天草,结果雪越下越大,返回路程变得艰难起来。等回来后,我妈妈已经在我爸爸的毡房里住了好几天了……"

他听到这儿,有些愣怔。

姑娘催他喝奶茶,温热的奶茶都已经凉了。他伸手准备去端奶茶,但又突然停住问:"那个人没有再找你妈妈?"

"没有。他一看事情已经那样了,啥话没说,赶着羊就走了,再也没有回来。"

一个人为了羊,丢了自己的女人。他想,如果自己哪天碰上那个人,一定要和他喝一顿酒。他这么想着的时候,恍惚觉得自己的那只羊又在眼前晃动,它似乎被隐隐约约的光环围裹着,始终尾随在自己身边。如果自己一直处于恍惚之中,说不定它就会越来越清晰。刚才自己用雪搓额,也许它生气了,躲开了。这会儿,它又来到了自己身边。

这样一想,他一口气喝完那碗奶茶,对姑娘说:"我要告诉你一件事,我的一只羊冲向刀子,自己把自己杀了。但是今天早上它却不见了,到处都没有它的影子。我觉得它没有死,一定还活着。就在刚才,我发现雪地上有一串头羊留下的蹄印,我觉得是我的那只羊留下的。从蹄印上看,它似乎一直走得很从容。我的那只羊走路就是这样的,我放牧这么多年了,在这一点上毫不含糊。"

姑娘问他:"你想找到那只羊?"

"对。"

"你找了吗?"

"找了。"

"找到了吗?"

"还没有找到。但是在找的过程中,我发现有一只狼跟在羊的后面。"

"你又找狼了？"

"找了。"

"你到底想找羊，还是想找狼？"

是啊，我到底想找羊还是想找狼呢？他喃喃自问。

姑娘看见他若有所思，便不再说话。

他向姑娘告别，准备上路。姑娘把他送到路口，对他说："我刚才给你说的我妈妈的事，你不要给别人说，我爸爸知道了会不高兴。"

他答应了她，转身要走，但突然又问她："如果你是你妈妈，也遇到那样一个因放羊耽误时间的人，你会怎么办？"

姑娘一笑说："嫁给他。"

他激动地对她说："你是一个好姑娘，以后一定会过上好日子。"

姑娘经他这么一夸很高兴，却不好意思再说什么，只是对他微笑。

他又想起那只狼，便问姑娘："你爸爸能打死那只狼吗？"

姑娘说："也许能，也许不能。"

他问："为什么这样说？"

姑娘回答："我爸爸已经和这只狼周旋了一年多，几乎每天都出去打它。所以说，打死狼，或者打不死狼，其实都一样。那只狼已经变成爸爸的影子，每天都在他身边。"

他若有所思。

姑娘一笑说："和羊相比，狼不重要，羊重要。羊把路藏在心里，羊只有走在路上，你才会觉得你看到的不是一只羊，而是一只羊的心。"

"羊的心？"

"对。你看到的是一只羊的心。"

他惊诧地望着面前的这位姑娘，她在不经意间说出了如此深刻的话语。他知道，有些牧民经常会有这种表现，于轻松和幽默之间说出一些很深刻的话语。这些话语并不是因为苦思冥想或靠知识所得，而是整天就这样生活着，一些深刻的事情在他们身上发生，他们便自然而然说出一些深刻

156

的话。

姑娘说:"我也给你说一个关于头羊的故事。有一次,一个人骑马去放羊。下午的时候,他赶着羊返回,看见夕阳很美,便纵马奔驰。其实,他只是想奔跑着玩一会儿,然后返回去赶羊。这时,他突然听见身后传来一阵密集的响动声,就像有许多细小的石头正在碰撞着飞动。他赶紧勒住马回头一看,原来羊也跑了起来,在羊群的前面,有一只头羊正撒开四蹄在奔跑,后面的羊像整齐的队伍紧紧跟着。羊群跑到马跟前,马受惊了,不顾勒紧的马嚼子,撒开四蹄也跑了起来。马和羊共同向前跑去,慢慢地,马和羊便开始了不分上下的赛跑,他索性放开缰绳,让马自由奔驰。马跑得很快,他身后的羊蹄声越来越密集。跑到村子边上,他想,羊可能会比不过马而早已停住,但转瞬间,细密的羊蹄声又在身后响了起来,羊群没有停,而是一直追了上来。他勒住马,看见羊一个个都低着头,像是大地有什么东西牵着它们,使它们不能停下来。"

"真是好羊啊!"他感叹一声。

"爱羊的人都会有一群好羊的。"姑娘说。

"是,我相信。"他浑身很热,感觉又置身于那只羊冲向刀子的那一时刻。

"前面走过的人,已经对我说了你的那只羊的事。我相信你一定会有一群好羊。"姑娘说。

他笑了笑,向姑娘挥手作别。

雪地上的羊蹄印还在,羊蹄印后面的狼爪印也在。他往前走,他觉得自己仍跟在羊群和狼后面。他想起那位姑娘的话,又喃喃自语:自己到底是在找羊还是在找狼?

他没走多远,便看见一个人从林子里走了出来。是姑娘的父亲,他上去打招呼。姑娘的父亲告诉他,今天预计那只狼会出来,所以一大早就等在这里,但刚才有一些人赶着羊路过这里,人和羊都乱叫,估计那只狼被吓跑了,所以只好从树丛中爬出来,提着枪准备回去。

他指着雪地上的狼爪印,对姑娘的父亲说:"你看,狼在这里呢。"

"怪了,这里怎么走过去了一只狼呢?"姑娘的父亲颇为疑惑。

他说:"你没有看见一只狼跟在一群羊后面,从这里经过吗?"

"没有看见。这不是我要打的那只狼,我要打的狼在树林里,不会在这里出现。"说完,姑娘的父亲不再说什么,用很复杂的眼光望着他,少顷,似乎不解,没有再理他。他也想离去,他觉得这个人还没有他女儿有意思。但他又突然觉得,那只羊恍惚又出现在这里。他一阵冲动,对姑娘的父亲说:"在牧场发生了一件事。一只羊要被杀死时,它的主人有些舍不得,想把它背回村子,但它却向刀子撞去,自己把自己刺死了。它为什么要那样做呢?"

姑娘的父亲愣住了,他没想到这个人会对自己说这些。慢慢地,姑娘的父亲脸上升起一种很复杂的神情。他对这种神情很熟悉,在牧民的脸上经常可以看到。这种复杂的神情不是人面对事情时的为难神情,而是在表达一种慎重的态度。

他站在那儿不动,等待姑娘的父亲开口说话。

过了一会儿,姑娘的父亲说:"我也告诉你一件羊的事情。有一只羊,每天出去后不吃草地上的草,偏偏要吃悬崖上的草。主人怎么唤,怎么打,它都不改。主人倒不是要改变它什么,主要是怕它摔死,少了一只羊,秋后就会少剪一些羊毛。有一天,主人用一块黑布蒙住它的眼,不让它再上悬崖。它等到主人走开后,撒开四蹄向悬崖跑去。主人很惊讶:一只羊被蒙住双眼后,怎么还认得路呢? 不一会儿,它就上了悬崖。主人喊了一声,它一愣停住了。主人过去,将蒙在它头上的黑布解开,要赶它回去,它似乎很气愤,从悬崖边上跳了下去。"

听到这里,他觉得心在随着那只羊一起下沉,要落到无底的深渊中。姑娘的父亲叫他一声,他才有了反应。沉默了一会儿,他问姑娘的父亲:"你就是那只羊的主人吧?"

"是。"姑娘的父亲点了点头。

他又想起自己的那只羊,想起被这个人抢走女人的那个放羊人,以及牧羊人为了让羊多吃一天草而耽误的时间。他竭力使自己不要颤抖,他感觉眼睛里有泪水要冲涌出来。

姑娘的父亲要回去。

他对姑娘的父亲说:"你快回去吧,你女儿已经给你烧好了奶茶。你女儿是个好姑娘。"

但姑娘的父亲却说:"我现在还不能回去。我老婆今天去见她以前的男人了,我得等到她回家后才能回去。如果回去得早,她会觉得我发现了她和她以前的男人之间的事情。她以前的男人是个放羊的好手。"

他不再说什么,与姑娘的父亲握了握手,便离去。

雪一直没有停,大地寂静无声,似乎悄悄承受着上天的持久拥抱。他又变得恍惚,但没有停止脚步,而是加快速度往前走着。他想念自己的那些活着的羊,他想赶快回去抚摸它们、拥抱它们。

脚下的路被大雪掩埋,只显露出隐隐约约的痕迹。刚才从这里走过大批羊群,留下了杂乱的蹄印,他一直跟踪的那群羊的蹄印和那只狼的爪印却不见了。他想,羊的蹄印和那只狼的爪印,也许被大雪掩盖,也许它们一起消失了。大雪像一双神奇的大手,它可以把一群羊走过的路淹没,可以把大地变成另外一副面孔。他想到这里回头一看,身后的脚印已经被淹没,似乎自己不是走在大地上,而是漂浮在半空中。

他用力将脚踩入雪地,雪地上又留下他的脚印。

走到一个山坡顶,他停了下来。前面是一片开阔地,可以看得很远。那些从牧场出发的人,此时已经走到这片开阔地,如果不是那些马在雪地中显得像几个黑点,几乎看不出有什么东西在雪地上移动。白色的羊群已与雪地融为一体,远远地,只能看见有一团雪浪在向前涌动。

在大雪天,羊走过的是一条怎样的路啊?

他带着疑问从山坡上下来,又向前走去。走到村边时,太阳已有些西斜,夕光泛出的一丝淡黄把雪地照得有些迷幻,似乎有什么东西正在雪地中翻滚。人们都已将羊赶入羊圈,村子里显得有些沉寂。

他走到村边,碰到一对青年男女,小伙子正在把玩着姑娘的辫子。他认识这个小伙子，他也是一个放羊的人，拥有的羊已经不少。他走到他们跟前，说："我给你们说一些发生在牧场的事情，而且就发生在昨天。一只羊要被杀死时，它的主人有些舍不得，想把它背回村子，但它却向刀子撞去，自己把自己刺死了……"

姑娘接住了他的话题："我们已经听说了，那只羊是你的。"

他很激动，说："对，是我的。"

姑娘突然又问："听说它并没有死，跑到别的地方去了。"

他说："对，它当了一群羊的头羊，就在我走来的这条路上走着，它们身后还有一只狼。"

姑娘问："狼为什么跟在羊群后面？"

他说："不知道。"

姑娘问："狼现在还在吗？"

他说："狼不在了，那群羊也不在了。"

姑娘说："奇怪。"

他说："我这一路走来，碰上的都是奇怪的事情。我告诉你们，我是走回来的，在路上遇到了一个姑娘，她知道了这件事后，告诉我她妈妈去会以前的男人了。她妈妈以前的男人为了让羊多吃一天草，被大雪耽误了返回的时间，等回到村子里时，他的女人已经在别的男人帐篷里住了好几天了。今天她去会那个男人了，但丈夫却不阻挡。她丈夫觉得那个男人为了让羊多吃一天草，不惜失去那么多，是一个好男人。我在路上碰到她丈夫了，我将我的那只羊的事情给他说了，他听后又给我讲了他的羊的事情。他的一只羊不吃草地上的草，专吃悬崖上的草，他怎么唤怎么打都改不过来，后来有一天用黑布将它的眼睛蒙住，但它仍能走上悬崖。他很吃惊：一只羊被蒙住双眼后，怎么还认得路呢？羊走上悬崖时，他唤了它一声，羊站住了，他过去将蒙在它头上的布取下，要赶它回去。它似乎很生气，从悬崖上跳了下去。那位姑娘后来又给我讲了一个关于头羊的故事。她说，有一个人一次去骑马放羊，羊和马赛跑，马跑得很快，羊在后面也整齐地向前奔跑，不因赶不上马而气馁,当马跑到终点时,羊不一会儿也赶到了。羊的蹄声密集如许多小石头碰撞在一起。"说完,像在那个姑娘父亲跟前一样,竭力使自己不要颤抖,而眼睛里似乎有泪水又要冲涌出来。

姑娘听得入迷,半天才有了反应。她问:"这些都是真事?"

他回答:"是真事。"

姑娘说:"看来,在下大雪的日子里,总会发生很多事情。"

"是。"他回答。

姑娘突然说:"你的那只羊没有死。"

他一愣,喃喃地问:"没有死?"

姑娘说:"你看山坡上,有一串羊的蹄印,羊的蹄印后面有一串狼的爪印。它们一直走向一个地方去了。"

听她这么一说,他看见山坡上确实有一串羊的蹄印,羊的蹄印后面有一串狼的爪印。

他很激动:我的那只羊还活着,那只狼也还在。

他的意识突然变得清晰起来。

他发现自己已经回到了村子里,但他却想不起自己是怎样回来的。

飘浮的目光

如果你想说话，一定要声音大一点。

声音大了，就会让很多人听见。

你讲的事情也会传播到很多地方。

这是一个在新疆北部地区广为流传的关于狼的故事。这个故事发生时被布尔津县冲乎尔乡的一位牧民看见，他说，那个年代冲乎尔的狼很多，经常在大平滩上看见它们，所以在冲乎尔便有很多关于狼的故事。这个故事中的幼狼在出生的第一天就经历了一次危险，差点被人抓走。当时，那位牧民在山坡上看到了这一幕，回到村里后告诉了大家。上了年纪的老人说，有很多狼崽在刚出生时都会经历那样的遭遇，只不过这只狼崽的全过程被人看见了，所以，这是一只留下故事的狼崽。

那只狼崽在母狼肚子里一天天长大，让母狼不再像以往那样快速奔跑。临近分娩的日子，母狼的肚子已经很大，以至于走动都不方便，经常会被树枝和石头撞疼。本来，它会像所有的母狼一样在怀孕后早早挖一个秘密洞穴，在公狼的陪伴下，卧在洞穴里面等待分娩，但今年这一带有人在开矿,每天都有炸矿的炮声传来,它和公狼便不得不到处转移,期望找到一个理想的栖身之处。

但哪里还有理想的栖身之处啊！它们走了两天到达了一个牧场,但牧场后面在修路,有很多人在那里活动。更让它们受不了的是,有很多拖拉机开来开去,空气中弥漫着一股难闻的味道,使它们想呕吐,于是它们又返回这片树林里。这里尽管每天炮声轰鸣,但茂密的树木不失为理想的藏身之地。它们只要忍耐到狼崽出生,就可以另觅好的去处。

安顿好母狼后,公狼出去觅食,兔子、野鸡、旱獭等,都是狼的捕食对象,只要能捕捉到一只,就可以让母狼在两三天时间里不饿肚子。但炮声让所有动物都逃离了这片树林,公狼接连好几天都一无所获,母狼已经饿得浑身发抖,连爬起来的力气都快没有了。

公狼狠下心,决定去抓矿场里的鸡,它前几天在山顶上看见他们买来十几只鸡,每天都杀一只吃,现在那个铁笼子里还有好几只呢！公狼悄悄接近那个铁笼子,趁他们不注意将一只鸡扯出铁笼子,叼在嘴里往山上跑。

开矿的人发现了它,在后面紧追,用最难听的话骂它,但它飞快地跑上了山,让那些人再也看不见它的影子。

母狼吞噬了那只鸡后,度过了几天日子,但时间久了,饥饿再次袭来,不得已,公狼再次去偷鸡。但这次开矿的人早有防备,而且还设下陷阱,将它引诱进一个洼地,然后引爆了炸药,它被炸得粉身碎骨。

此处已不宜再待,母狼决定转移。但这一转移,便耽误了挖洞穴的时机。最要命的是,随着肚子越来越大,它的行动已极不便利。以往它的行走是多么随意啊,没有爬不过去的山,没有蹚不过去的河,即使是穿越荒漠,它也迅疾如飞。但现在,它的刚烈像一对收拢的翅膀,为腹中的狼崽缓缓落下——它必须让自己缓慢下来,以免危险发生。它的骨骼为此隐隐作痛,那是一种压制奔跑的急切之痛。

后来,它发现了一种缓解急切之痛的办法——嗥叫。一番酣畅淋漓的嗥叫之后,它感觉身体舒服了一些。

除了嗥叫之外，它还用走动来缓解骨骼的隐痛。但为了保护腹中的狼崽，它每走一步都小心翼翼，尤其在穿过树林和河滩时，则更加小心，生怕一不小心被树枝刮伤身体，或在石头上摔倒。它已经感觉到了腹中幼子的柔弱。这个世界有那么多坚硬的东西，尚未出生的它们又怎能经得起碰撞？等它们出生并长大后，它们会用尖利的牙齿和锋利的爪子去和这个世界较量。在这方面，所有的狼都很自信，有很多看似坚硬的东西，在最后都一一被狼攻克或征服，因为狼体内的力量会源源不断地被激发出来。

　　但现在母狼必须让自己慢下来，它和腹中的狼崽需要与这个世界保持一定的距离。对幼子的期待，让母性的爱和柔情慢慢变得更为宽泛，世界缩小到它想要的范围。

　　这时候如果有其他的狼经过，它们会停下来陪伴一会儿母狼，还会为它捕取一些小动物供它食用。狼对母狼的关爱之心和人是一样的，也许在狼的内心，母狼也被视为伟大的母亲。以前在阿尔泰山，一群边防军人巡逻时，与两只狼相遇，一名战士用刺刀去刺一只黑狼，一只灰狼扑过来护住黑狼，刺刀便刺在了灰狼身上。他又一刺刀刺下去，灰狼仍护着黑狼。等它们挣扎着逃走后，那名战士才发现那只黑狼的肚子鼓鼓的，原来它是一只怀孕的狼。而那只灰狼之所以奋不顾身地保护它，是因为它肚子里有狼崽，如果它死了，就等于死了三四只狼。狼对爱情的忠贞在这个故事中体现得淋漓尽致。

　　这只母狼分娩前的阵痛是在一个黄昏开始的，它想去河边喝水，刚爬起身便感到肚子疼了起来。阵痛一阵紧接一阵，但肚子里的狼崽却始终不出来，它痛得在地上打滚，渴望能让狼崽快一点来到这个世界。但一两个小时过去了，仍没有动静。

　　又一阵疼痛自腹部剧烈涌起，它体内的狼性复苏，本能地从地上一跃而起，向一道山冈跑去。在它的潜意识里，跑动可以减少疼痛，它要用这个办法让自己从疼痛的深渊中挣扎出来。

　　它跑得很快，边跑边嗥叫，等到了山冈，却发现这个办法并不能减少疼痛,腹部反而像是有刀子在不停地划动。它绝望了,疼痛像一只巨手将它死死按倒在山冈上。

它没有一点力气,只觉得浑身发抖,生命似乎幻化成了一团影子,正在离这具肉体而去。就在它的双眼就要闭上时,它看见了月亮。夜空中的月亮又圆又明亮,洒下晶莹的月辉。

它突然爬起来,对着月亮长嗥一声,奇迹出现了,腹中的四只狼崽在它的长嗥声中出生了。

痛苦的分娩耗尽了全身力气,它软软地趴在地上起不来了。四个小家伙趴在它腹下不停地哼哼,似乎在表示它们很饥饿,要母亲给它们喂食。母狼明白它们的意思,但它没有力气爬起来,只是任由它们乱叫。

一阵风刮过来,树叶发出一阵闷响,四个小家伙的叫声随即被淹没。公狼活着时,它是公狼的妻子,对如何当母亲毫无概念,而现在四个小家伙饿得乱叫,它才意识到母亲的责任。它挣扎着爬起来,看到不远处有一个树洞,便将它们用嘴叼进那个树洞中。

看着四个小家伙慢慢爬动,它的内心很欣慰,第一次体会到做母亲的幸福。整整一夜,外面大风呼啸,而它内心甜蜜,无一丝困意。

这时候的母狼和人一样,会全身心保护狼崽。有一句哈萨克族谚语说,公狼和人抢羊,母狼和人拼命。北塔山(天山支脉)的一位牧民带着狗去打猎,刚好走到狼窝跟前,狼窝里有一只母狼和四只狼崽。狗一见狼便狂叫着扑了上去,牧民想拦都来不及。狗直扑母狼,母狼发出一声长嗥,闪出一团光影从狼窝中蹿出,和狗撕咬在了一起。母狼因为护子心切,对狗的撕咬凶猛无比,很快狗便只有招架而无进攻之力。

最后,狗的一只耳朵被母狼咬掉,呜呜地惨叫着跑了。那位牧民跟在狗后面跑,看见狗满脸是血,大叫一声:"我的狗!"

继而他又看见狗被狼咬掉了耳朵,又大叫一声:"我的狗耳朵!"

那只狗从此便只有一只耳朵,既不敢跟人去打猎,也不敢在人跟前走动,别的狗看见它只有一只耳朵,朝它怪叫,它便转身跑向别处。

这只母狼是幸运的,它产下狼崽后暂时没有遇到任何危险。

几天后的一个早上,母狼外出觅食,四只狼崽在树洞中蜷缩成一团。母狼必须尽快为狼崽找到食物,否则它们就会饿死。狼是哺乳动物,母狼可以用乳汁喂养狼崽,但因为母狼的乳汁一般要在一个月以后才有,所以,狼崽必须依靠食物才能熬过这一困难时期。

其实,狼的生存环境很恶劣,从出生到死亡的大部分时间都处于饥饿之中。有一只母狼产下几只狼崽后外出没有觅到食物,回来后发现那几只狼崽已经饿死了,它痛苦地长嗥一声,将那几只狼崽吃掉,然后转身消失在茫茫黑夜中。之后,它每次走过那个地方,都要痛苦地长嗥几声。没有狼知道它为什么要那样长嗥。

不幸的是,这样的事很快便也发生在了这只母狼身上。它隔几天便出去为狼崽觅食,并没有使它们挨饿,但它发现一只狼崽吃了东西后仍无比虚弱,风一吹便浑身发抖。一股阴影掠过它心头,它长久地看着那只狼崽,眼睛里充满怜悯和不安。

它为那只狼崽多备了一些吃食,期望它吃了后能够好起来,但狼崽却连啃食的力气也没有,咬了咬肉,头便无力地垂了下去。

它用舌头舔了舔狼崽的脸,用嘴叼起它走到悬崖边,头一扬将它甩下了悬崖。狼对生存能力的要求无比苛刻,像那只风一吹便发抖的狼崽,长大后一定会被饿死,所以,母狼便坚决地将它淘汰。

过了几天,母狼外出觅食,附近村庄的人发现了这些狼崽,他们便悄悄地接近那个树洞。最近有人收购狼崽,一只可以卖到200元,所以此时卧在狼窝里的狼崽在他们眼里就是钱。他们仔细观察一番后,决定将三只狼崽中的两只掏走,留下一只给母狼。他们这样做并不是出于仁慈,而是为了防止母狼回来后报复自己。

曾有人将一窝狼崽全部掏走,返回途中到一位朋友家中喝了一壶奶茶,聊了一会儿天,然后才离去。但他不知道,因为他的这一停留,让狼崽气息留在了他朋友家里,母狼跟踪而至,将他朋友家的羊咬死了好几只,差

一点还伤了人。

这件事让人们警醒，如果在狼窝中留下一只狼崽，母狼因为无法分身，便不会去寻找被掏走的狼崽。只要过一天一夜，或者下一场雨，狼崽的气息就会散尽，母狼便无法实施报复行为。

那几个人看清树洞中有三只狼崽，便将手伸进了树洞里。三只狼崽尽管才出生一天，但在本能的驱使下，都开始挣扎着向外逃。

本来，在接下来要成为这个故事主角的这只狼崽，在狼窝的最边上，按理说极有可能被人抓走，但因为狼窝里光线昏暗，那几个人伸进去的手只能乱摸，另外两只运气不佳的狼崽被摸个正着，用力一扯便被拉了出去，而这只狼崽安然无恙地留在了树洞中。

那几个人得逞后快速离去，这只狼崽因为惊恐，在狼窝中发出低低的呜咽声。至此，它才明白发生了什么事，那种被夺去生命的恐惧让它浑身发抖。与另两只狼崽相比，它是幸运者，它们已被人掏走，不知命运将如何？

母狼捕回一只野鸡，可供三只狼崽啃食两三天，但两只狼崽却被人掏走，它愤怒地长嗥，声音穿过树林，传出很远。无奈之下，母狼只好带着狼崽离开那个树洞，重新去寻找栖身之处。这是人们所希望看到的。

这只母狼叼着小狼崽开始流浪。树林里很少能碰到可捕食的动物，它只好忍着饥饿往前走，小狼崽饿得实在不行了，母狼只好从腹内运起一股力量，呕吐出腹中尚未消化的食物来喂养狼崽。

就这样，它走出了树林，但树林外的沙漠让它不得不停住脚步。沙漠中没有水，沙漠狼和丘陵狼的生存方式截然不同，它如果走进去，无异于投入死亡大张着的嘴。无奈，它们再次忍受着饥饿向树林一侧的峡谷走去，那里有水，渴了可饮用，同时母狼判断河岸边的山坡上有旱獭，旱獭喜欢穴居生活，如捕到一只可解决饥饿问题。

哈萨克族有一句谚语，母狼带着狼崽走，一步抖三抖。对于母狼来说，怀孕和分娩都不怎么困难，最难的是狼崽出生后的喂养。由于母狼一胎生下的狼崽较多，哺育它们需要大量食物。如果它们幸运，没有受到别的动物或人的侵袭,则可以在洞穴中安然度过几个月;如果有危险,母狼就不得不带着狼崽迁移别处。

在阿勒泰牧区,有一位名叫阿帕卡木的牧民,曾亲眼目睹过母狼带着狼崽迁移的情景。那天,他在克兰河岸边的一块黑得发亮的石头边饮马,突然看见河中有什么在动。他仔细一看,是一只狼正从对岸往这边游,嘴里叼着一个什么东西。为了防止嘴里的东西掉落,它将头高高扬起,用力往前游着。阿帕卡木觉得它已经看见自己,但它却毫无惧色。

上了岸,它抖落掉身上的水,从阿帕卡木身边走了过去。阿帕卡木看见它眼睛里有一股母性的柔情,再仔细一看,原来它叼着一个羊肚子,里面有五只毛茸茸的小狼崽,它们还睁不开眼睛。阿帕卡木本来想打那只狼,但一看到那几只小狼崽心便软了,目送它叼着羊肚子消失在山谷中。

这只母狼与那个故事中的母狼有着相同的遭遇,它用嘴叼着小狼崽走了几天几夜,在它几乎没有力气、快要被饥饿的大手压倒在地上时,终于走到了一条小河边。它艰难地向河岸边挪动,距离一点一点缩短,希望一点一点变大,最后终于到达河岸边。

母狼将狼崽推到河边,待狼崽喝足了水,它才把嘴伸进了水中。腹腔内有了一丝舒适感,它信心倍增。本来,狼不喝河水,因为流淌的河水会暴露它们的气息,但现在这只母狼已别无选择。

其实,饥饿感在狼的一生中普遍存在。有一句谚语说,狼七天吃肉,七天吃草,七天喝水,七天喝风。由此可见,作为肉食动物的狼,在一个月内只能吃上一次肉,其他时间则勉强维持。但狼的忍耐力极强,在饥肠辘辘时也不会停止奔跑,如果遇到天敌,它们仍然能够一如既往地进行攻击。

也许,饥饿更易激发出仇恨,也更易激发出对他者的杀戮;同时,饥饿还可以让狼保持清醒。但狼也有被饿得没有力气去捕食、身心陷入绝望的时候。这时候,它们便会从狼群中选出一只狼供狼群吞噬。这种舍小我维护集体的办法,在不得已时才会采用。在阿勒泰的那仁牧场上,就流传着这样一个故事。有一年蝗虫肆虐,所有的食草动物都没有草吃,不得不向别处迁移。食草动物走了，肉食动物便没有了捕食对象，尤其是狼就更艰难了，本来可供它们捕获的食草动物就少，现在整片草场空荡荡的，它们又将如何填饱肚子？狼是不会轻易迁移的，因为狼遵守着各狼群划分领地的原则。有一群狼饿得实在不行了，眼看就要倒下再也起不来，这时候，它们开始实施一种古老的办法——从狼群中选出一只狼，派它出去寻找食物，找到目标后回来报信。

一只狼被选中，它与众狼相觑而望。这一趟出去极有可能会被饿死，死亡的恐惧让它变得惊慌，亦让众狼不安。

这时候，一只老狼走到群狼中间长嗥一声，它之意，自己已经老了，留下也活不了多久，还不如代替那只狼去完成任务。众狼发出哀号，之后送它出发。那只老狼在外发现了一群黄羊，在返回途中不巧遭遇几位猎人，猎人放出牧羊犬追它，它终因多日挨饿而体衰，被牧羊犬扑倒在地咬死。那群狼等了它两天，知道它回不来了，便向别处迁移。经过它被咬死的地方，群狼发现了它的遗骨和皮肉，那只被它替换的狼呜呜长嗥，声音里既有对它的感激，也有难以掩饰的伤感。

这只母狼喝足水，去寻找旱獭的洞穴。每天上午的阳光铺满大地时，旱獭会走出洞来晒太阳。出洞之前，它们会先派出一名"探子"。这只旱獭会探出头向外小心张望，直到断定没有危险后才爬出半个身子，并向洞中的同类发出叫声。洞中的同类听到叫声后会立即响应，一边叫一边走出洞口。

在整整一天中，旱獭除了在遇到危险时会发出叫声外，其他时候都会保持沉默。母狼计划在旱獭出洞后，堵死它们的后路，然后实施攻击。

但旱獭似乎在洞穴中睡大觉，到中午了仍不见它们的踪影。没关系，母狼有超乎寻常的耐心，它一动不动地趴在石头后面等待，即使时间再长，哪怕自己也变成一块石头，也要等旱獭出来。

然而一场灾难却在悄悄降临。狼崽因为饥饿，趴在河边一动不动，远远地看上去似乎已经命绝。一只鹰在半空中发现了狼崽，便盘旋着观察它。是母狼没有坚守不喝河水的原则，导致了这场灾难。它的气息被河水带到下游，被这只鹰敏锐地嗅到，便寻找而来。

鹰是动物中速度较快的"杀手"，但它们出击前却极为冷静，直到断定目标可以准确捕获，才向其攻击。那些可以轻而易举获得并且可拖走的动物是鹰的捕杀对象，如老鼠、兔子、雪鸡，以及防范危险意识较差的鸟儿等。鹰往往不动声色地接近它们，迅速将它们的眼睛啄瞎，然后拖入一个隐秘的地方。杀害和吞噬将在那里进行，完毕之后，鹰会把猎物的皮毛埋掉，把吃剩的肉储存起来。它们的食量不大，之后的很多天里，鹰仅靠储存的肉食度日。这就是鹰经常在固定的地方飞动的原因。经验丰富的牧民只要一看见鹰在同一地方经常出现，便知道附近一定有鹰储存的肉食。现在，这只天空中的"闪电杀手"盯上了狼崽，它盘旋了几圈后，突然以迅猛之势扑下来，用尖利的双爪将狼崽紧紧抓住。

鹰想抓瞎小狼的眼睛，然后再去叨它的喉咙。固有的方式之所以被重复使用，是因为其杀伤效果明显。但这只经历了生死和饥饿折磨的狼崽，在危险来临时爆发出的力量，足以使它防范鹰的侵害。它意识到自己的生命受到了威胁，一下子变得凶恶起来，一口咬住了鹰的一只翅膀。

鹰用力要把狼崽甩开，但狼崽死死咬住它不放。慢慢地，鹰被狼崽扯得乱晃，不但失去了抓瞎它眼睛和去啄它喉咙的机会，反而有被狼崽拖走的危险。

鹰害怕自己被狼崽拖入树丛中无法飞起，便挣扎着跑了起来，但狼崽死死咬住它不松口。鹰因为挣扎，身上的羽毛划出几条颤抖的弧线飘落。意外的遭遇让一场预谋被移位，进攻者变成了被打击者，此时鹰唯有挣扎，才能让自己脱离险境。但它碰到的是狼，咬住它翅膀的是狼牙，它又怎能轻易逃脱呢？

如果这只小狼再大一点，就不会被鹰抓住了，它就可以一口把鹰的爪子咬断，只可惜它现在还太小，没有能力咬死鹰。其实，鹰是天空中的王者，在地上没有优势。有一只鹰抓兔子时，被兔子引诱上当丧了命。鹰抓兔子时都是先让其惊慌逃窜,然后扑上去用爪子抓住兔子的屁股,待它们因为疼痛难忍回头时,抓瞎它们的眼睛,然后扭断它们的腰,便将其稳稳地捕获了。但那只兔子的速度很快,再有十几米就跑进一片矮树丛中了,鹰必须在它进入矮树丛之前,抓住兔子。它俯飞向下扑向兔子,兔子被它抓住,地上升起一股尘土。但就在这时,鹰却发出了一声痛苦的鸣叫,紧接着就看见兔子飞快地跑进了那片矮树丛。原来,鹰在扑向兔子时因为用力过猛,一根干红柳枝扎进了它的胸膛。那根红柳枝无比尖利,一下子穿透了它的身子,把它悬挂在了上面。它发出鸣鸣的粗喘声,不一会儿便死了。

现在,这只鹰很无奈,便拖着小狼崽跑到了悬崖边,想把小狼崽甩下悬崖。白热化的拼斗让死神的面孔变得无比清晰,必须把对方置于死地,才可让自己安全。但无论鹰怎样扭怎样甩,狼崽始终都不松口。狼崽明白,它一松口就会掉下去摔死,所以它便死死咬住鹰的翅膀不放。

鹰渐渐没有了力气,身体开始发软。这样下去这只鹰会心理崩溃,继而失去战斗力。但鹰却不服输,它用最后的力气将一只利爪抓入狼崽的身体,狼崽一声惨叫。但鹰再次失算,它没有想到疼痛会激发出凶猛的狼性,狼崽不顾疼痛,更用力地咬住了老鹰的翅膀。它们翻滚在一起,惨叫声让周围的鸟儿纷纷飞离。因为谁也不愿让自己跨入死亡的大门,所以谁也不放过谁。此时,挨时间和拼力气是最后的较量。

鹰从狼崽身体里拔出利爪,抓向狼崽的眼睛,一股鲜血飞溅出来,狼崽的一只眼睛被鹰抓瞎。但鹰在这一击之后,似乎用尽了力气,再也无力继续进攻。

狼崽发出一声惨叫后,突然一改一直想挣脱的做法,反而拖着鹰向着悬崖跳了下去。它已经没有力气,如果鹰缓过劲,会抓瞎它的另一只眼睛,所以要和鹰同归于尽。

一团黑影一闪,它们一起掉到崖底,摔成了两朵骇人的血色花朵。

当晚,山谷中传出一声声母狼的哀号。

发疯后的呼吸

一只狼疯了!

狼疯了是意外。

它疯了后,便不停地走动,丧失狼平时的谨慎,摇摇晃晃走过草地,并喝河里的水,而且还不停地怪叫。乌鸦是狼的好朋友,总是在天空中为狼侦察前方情况,并及时传递信息给它们。这只疯狼的头顶有一只乌鸦,它发现前方不远处有村庄,便用鸣叫向狼传递信息,但狼却没有任何反应,一直走向村庄。乌鸦在空中扇动了几下翅膀,急切地鸣叫着飞走。

它前方的村庄是禾木。

禾木村有一条河叫禾木河,从村中流过,蒙古族人、哈萨克族人,还有一些汉族人依河两岸而居。与白哈巴村颇为相似的是,这里的人们也居住在有尖顶的木头房子里,房前屋后围着木栅栏,颇为漂亮。"禾木"一名的来历很有意思,据说当年这里有很多哈熊出没,人们将其猎取当作食物,因为哈熊太多,以至于猎人们猎取的哈熊无法运回,便将其砍卸成大块挂在树上风干,以待时日取回。哈熊除了熊掌、熊胆外,身上的油也很珍贵,所以人们后来就将那个地方叫"哈熊身上的肥油",翻译成哈萨克语即"禾木"。再后来,来这里居住的人越来越多,哈熊越来越少,但禾木一名却被叫了开来。

一位老人说,哈熊离开这里后,留下一个和它们有关的名字,不知道以后人们离开时,会留下什么。周围的人对他的话不感兴趣,所以没有人接他的话茬。那位老人家门前的一棵大树不知何故被连根拔起,远远地看上去,黑乎乎的树根像一头蹲着的哈熊。老人也承认它像哈熊。他笑着说,它一动不动,是一头在睡觉的哈熊。它睡着了,整个阿勒泰都和它没有了关系。人们觉得那位老人喜欢哈熊,于是就说他想吃哈熊身上的肥油呢!但也有人心存恶意,说他想哈熊的掌呢,哈熊一掌拍到他身上,他的老命就没有了。这话传到他耳朵里,他佯装生气地说:"你知道什么,哈熊咬人时能用牙时只用牙,是不会用掌的,你娃娃遇上一次就知道了。"

这只疯了的狼接近禾木村后,带来一件怪事。一天夜里,那位老人正在酣睡,突然从屋后的山坡上传来一连串怪叫声。他被惊醒,顺手摸出床头的刀子,跑出门察看情况。附近的人都被惊醒,不知什么怪物要冲进村子里。少顷,那怪叫声又传了过来,阴森、恐怖,让人不寒而栗。人们判断,是一头哈熊在叫,而且边叫边接近村庄。那位老人觉得不应该是哈熊,已经很多年不见哈熊出没,更别说它敢接近村庄。

人们觉得他在维护哈熊,生气地对他说:"就因为你家门前的那个烂树根太像哈熊,而且一动不动,让山上的哈熊误以为有它的同类被困在这儿,便要进入村庄把它救走。你赶紧把你那个烂树根烧了,啥事情就都没有了。"

他很生气:"是不是哈熊都不能肯定,就在这儿乱说。"

气氛变得沉闷起来,谁也不再说话。那怪叫声仍在持续,却没有进入村庄的意思,人们的心情因此放松下来,各自回家去。有人回到家仍在嘟囔,叫,叫,叫什么,害得人睡不着觉。也有人觉得发出怪叫的这个不明物挺可怜的,这么黑的天,这样大声地叫,把肚子叫饿了就麻烦了。如果它不这样费力地叫,也许还可以多撑两天。

他回到屋中倒头便睡,那怪叫声虽然让他觉得不可思议,但他断定不会有什么危险。再说了,动物不高兴时叫几声又有什么呢?人还经常吵架、发脾气呢!村里有一个女人发脾气时用脚踢树,嘴里发出的吼声让鸟儿都惊飞而去。说实话,人发脾气时的叫声比动物的叫声难听多了,听一次让人好几个晚上都睡不踏实。

第二天早上,那怪叫声仍在持续。经过一夜,它的叫声已变得嘶哑,但它怪叫的频率却并无变化,一声接一声,犹如石头从山坡上向下滚动。它叫了一夜都不肯离去,不仅村里人觉得奇怪,连那位老人也颇为诧异:这是个什么怪东西,为什么一直如此怪叫?疑惑让他和村里人都变得谨慎起来,似乎有一把刀子正在逼近,目标就是村里人。

他们手提木棍和刀子上山,向发出怪叫声的地方搜寻过去。那怪叫声一直在持续,所以他们很快便准确无误地找到了发出怪叫声的地方。他们握紧手中武器围了过去。

是一只狼。

不知它出于何故,陷入荆棘丛无力挣扎,便就这样怪叫着。这片荆棘丛十分密集,每一根荆条都长着长长的刺,它已经被刺得浑身流血,如若再动,荆棘刺还会刺入它身体里去。

人们诧异,这么密集的荆棘丛,它是怎么进去的?它只要接近荆棘丛就会被扎得生疼,难道它不知道疼钻了进去?人们对狼没有好感,现在它身处如此处境,他们都很高兴,说它是一只傻狼,把自己稀里糊涂弄进了荆棘丛中。也有人冷静分析,说它可能是从高处跳下来掉进荆棘丛的。当时,有一只它追逐的猎物从这里逃窜,它利用地势一跃而下想将其抓住,不料却掉入荆棘丛中,几番挣扎后变得浑身血淋淋的,加之内心恐惧,便开始怪叫。

一群人一时不知该怎么办。

如果将它打死的话,就要钻进荆棘丛中去,荆棘丛可以把狼刺得浑身流血,人自然也不例外。但如果放过它,就如同放过仇家,他们又不甘心。

几经犹豫,他们捡起地上的石头砸它,但石头被荆棘丛所阻,打不到它的身上。这时候,他们发现这只狼很奇怪,它虽然浑身受伤,但像不知道荆棘有刺似的仍在乱扭乱动,这样一来它便不停地被荆棘刺扎中,更多的血流了出来。

"这只狼疯了!"有人感叹道。

没想到他的话很快变成事实。狼在乱扭乱动之中,身上又被划出几道血痕,怪叫几声后冲出了荆棘丛。人们以为它要扑向人,纷纷举起刀棍准备打它,但它却在地上转圈、打滚,好像身处无人之境。有人向它喊了一声,它没有任何反应。有人扔去一块石头打在它身上,它还是没有反应。怪了,这只狼怎么了,一点正常反应都没有?人们很惊讶,不知该如何对待它。

"它是一只疯狼。"那位老人这时冷静地说。

"对,是疯狼!"所有的人都坚信这一点。因为有了这个判断,大家都觉得它的反应一点也不奇怪,一只狼疯了就应该是这样,要不才奇怪呢!

有人突然喊出一句:"疯狼也要打。"

"对,打疯狼。"

"打。正常的狼都那么可怕,疯了就更可怕,必须把它打死。"

"不要打,它都疯了,多可怜。"那位老人想制止人们,但他又怎能拗得过众人,于是乎,人们手握刀棍向狼扑去。狼被击得又发出怪叫,从地上一跃而起开始乱窜,人们害怕它嘴里的牙,纷纷往一边躲闪。它慌不择路,一头又撞进荆棘丛。荆棘丛又像大网似的将它裹在里面,人们无法再下手。

毛驴子下哈的狼,自己找死!人们辱骂它一番,觉得无趣便下山了。它在荆棘丛中仍被刺得怪叫,但人们似乎听不见,不再回头。

它叫了整整一天。所有人都知道,它被困在荆棘丛中出不来,如果它再被困几天就会饿死。狼的处境让他们很高兴,饿死它也挺好,免得再动手。

当晚,那位老人悄悄摸上山,用刀把荆棘丛一根根砍断,将它放出。它不再怪叫,却仍不离去,在地上转来转去。它的意识被一个神秘的恶魔掌控,它变成了一枚棋子,在恶魔的牵引下完成着一场不为人知的生命博弈。

于它而言,这时候的一切都不存在,包括它自己的生命,以及它的生命所面临的危险。

老人用怜悯的目光看了它一会儿,转身下山。他可以将它从荆棘丛中救出,但无法帮助它恢复意识,只好任它自生自灭。

他回到家中想:狼啊,你可千万不要走到村子里来,不然人们会把你打死,你们的存在就是人的麻烦。他想了很久,也没有弄明白这只狼是因为什么疯掉的。如果狼像人一样受刺激会疯的话,又是什么样的刺激让它丧失了神志?他知道狼会得病,而且大部分狼就是得瘟疫死掉的,但疯了的狼还是第一次看见,真是让人匪夷所思。他感叹一声,疯了的狼和疯了的人一样可怜,慢慢地,生命似乎就从其身上褪色,只剩下一个空虚的躯体。

村里人也在议论这只疯了的狼,大家一致认为它吃了得瘟疫的老鼠,所以才疯了。以前村里有一只狗吃了得瘟疫的老鼠后疯了,只要看见人就往上扑,后来被关在一个院子里,不料它一夜间居然把几棵树啃得白花花的,树身上布满令人骇然的牙印。有人扔去一块石头打它,它一口将石头叼起用力去咬,一副丧失神志的样子。后来,它用头撞树,院子里传出一阵阵沉闷声响。有人担心它会把自己撞死,但因为它已经疯了,所以谁也没有办法挽救它。一天早晨,人们发现它把自己撞死了,脑袋上都是血。自从它疯了的第一天开始,人们便期望它死去,它一死,人就安全了。

现在,人们也希望这只疯了的狼尽快死去,它虽然因为疯了不知道吃羊,但它却会对人构成威胁。平时,狼就很厉害,现在它疯了,一定会像恶魔一样可怕。人们设想着它死去的种种可能——掉入悬崖、被哈熊吃掉、饿死、被别的狼咬死等,反正在人们的感觉中,它疯了,也就离死亡不远了。

但它却丝毫没有要死去的迹象,反而离村庄越来越近。它从山上走下来,左摇右晃地来到村庄,然后卧在那里打滚和怪叫。在它眼里,村庄似乎并不存在,村庄里的人也不存在,存在的只有它错乱意识中的另一个世界。它看到的一定是重新组合的秩序,它按照其组合发出自己的声音,行走自己的道路,然后把那个虚幻的身影当作一种舞蹈,而它的真实肉身却仍在这个世界上,做着一种匪夷所思的运动。

疯了,一个生命一分为二,一半在这个真实的世界,另一半在另一个虚幻的世界。二者之间隐隐约约的关系,似乎只维系于生命肉身。

这只狼在村庄附近走来走去,每家人都紧闭门窗,不让小孩子外出,防止它突然扑过来。它走到一条小溪边,不知道跳跃过去,而是把两只前爪伸了进去。溪水中有淤泥,它一下子便陷进去,浑身沾满黑乎乎的淤泥。它从淤泥中爬出后,用舌头舔爪子上的淤泥。它一定不知道淤泥的味道,所以舔得十分专注,似乎淤泥的味道好极了。

还有一次,它用身体蹭树。不知道它的身体是痒还是不舒服,它就那样不停地蹭着树,整整蹭了一个上午。那棵树被它蹭去了皮,它的毛也被蹭下了不少。看见这一幕的人骂它,蹭来蹭去蹭个啥,把你的狼毛蹭得到处乱飞,不知道丢人吗?

一天晚上,一群狼偷袭村中的羊群,被人发现,便纷纷提着刀棍出来打狼,村中顿时乱成一团。狼群因为没有得逞,站在山坡上不停地嗥叫。村中的狗狂吠着向狼扑去,但到了狼跟前,却因为狼群气势凶猛而不敢扑上去撕咬。这时候,这只疯狼突然怪叫着从草丛中冲出,像狗一样扑向狼群。狼群认出它是一只狼,于是便停止嗥叫,奇怪地看着它。它已经认不出同类,怪叫着扑上去咬它们。一只狼猝不及防,被它咬住脖子,便倒在了地上。众狼这才明白它的反常,嗥叫几声迅速离去。

人们很高兴,疯了的狼可以当狗用呢,而且还把一只狼咬死了,真好!人们把它咬死的那只狼开膛破肚,准备用狼肉做饭吃。有人因为好奇,给它扔过去一块狼肉,它一口叼住便吃了起来。它不仅不知道自己是狼,就连同类的肉也吃,看来它疯得已无药可救。

因为这件事,村里人转变了对它的态度,认为它在村庄附近待了这么长时间,已经熟悉了人的生活,所以慢慢和人亲近起来。但人们还是防备着它,怕它突然从某个隐蔽的角落蹿出咬人。

一天,村里的一只鸡正在草地上觅食,它突然从一棵树后蹿出,一爪子将鸡抓住,迅速咬断了鸡脖子。它虽然疯了,但捕食本能却没有丧失,所以它仍然能够迅速将一只鸡抓住。但它抓住鸡后并不急着吞噬,而是叼在嘴里在村庄周围走来走去,似乎要让每一个人都看见它嘴里叼着一只鸡。村里人都看见了这一幕,生气地诅咒它,并下决心要把它打死。它今天嘴里可以叼鸡,明天说不定就会叼人身上的东西,所以必须把它打死。

村中的那位老人一直在冷静观察着事态的发展,现在人们要将这只狼打死,他觉到了自己该出面的时候。这些天,他一直在内心可怜着这只狼,觉得它既然已经疯了,就不应该把它当作正常的狼对待,但村里的大部分人不这样想。他想,唯一能救它的办法就是将它从这里赶走。

但用什么办法驱赶呢?

他想到了火。狼怕火,只有火可以把它赶走。

入夜,他点起一个火把,在村庄周围的树林、草丛、河滩中找狼。狼躲在草丛中,看见他手中的火把后,呼的一声蹿出,往村后的山坡上跑去。他举着火把在后面追,并大声喊叫,这样便可以把狼赶得更远。村里人看见他举着火把又喊又叫,以为他也疯了,便跑过来看热闹,看了一会儿才发现他在赶狼。

他将狼赶到山坡后,用力将手中的火把甩出,树木上火星四溅,狼再次加快上山的速度。

"去吧,不要再回来了,回来就是个死。"他对着狼的背影说了这样一句话,如释重负地返回。

第二天,村里人问他:"狼还会不会回来?"

他说:"不好说,它疯了,昨天我用火把吓跑了它,今天它可能已经忘了,说不定又会回来。"

村里人觉得他用火把吓狼的这个办法很管用,如果它再回来的话,就用火把吓它,它就会离去。于是,每家每户都准备了几个火把放在门口,以防疯狼进入村庄。但那只疯狼再也没有出现,每家每户的火把都闲置在那儿。

一天，那位老人上山砍柴，突然看见了那只疯狼，它已饿得奄奄一息，更要命的是，它居然一头撞入一棵大松树下的红蚂蚁窝中，身上爬满红蚂蚁。他知道，山上的红蚂蚁很厉害，它们可以把松树的松针一根根咬断，在树根部垒起圆圆的蚂蚁窝。不知情的人觉得松针垒在一起好看，会伸出手去抚摸，红蚂蚁马上便会爬满他的手臂。如果他反应慢，不把那些红蚂蚁抖落干净，他的手就会被咬得一阵生疼。林中百兽都知道红蚂蚁的厉害，所以遇到红蚂蚁窝便都绕开，从不轻易接近。曾有一头鹿被狼围攻很久都不能得逞，因为鹿的蹄子很厉害。狼觉得强攻不行，便改用巧攻。狼王派出几只狼佯攻，分散鹿的注意力，这时，另一只狼迅速扑过去一口咬住鹿的睾丸，然后用力一扯便将睾丸扯了下来。鹿疼得大声嘶叫，转身向树林中跑去。那头鹿跑进树林后便昏厥过去，跌倒在一个红蚂蚁窝中。顷刻之间，它身上便爬满红蚂蚁。狼群追踪而来，看见鹿身上爬满红蚂蚁，嗥叫几声便走了。狼知道红蚂蚁的厉害，所以它们果断放弃了猎物。而现在的这只疯狼，它的记忆和判断已被改写，所以它不知道躲避红蚂蚁窝，一头撞进去没有出来。

　　老人想把它从蚂蚁窝中拽出，但看到它奄奄一息、快要毙命的样子，便觉得把它救出来，就又让它延续了苦难，还不如就让它这样死去，一了百了，不再受罪。下了这个决心后，他很难受，前些天村里人嚷着要把这只疯了的狼打死，他一直在维护它，不承想在最后却是自己放弃了它。

　　几天后，他再次上山，那只疯狼已被红蚂蚁吃得露出森森白骨，但仍有很多红蚂蚁在它的皮肉之间爬行。他不忍心看下去，便转身走了。他想，狼啊，自从你疯了后，你实际上已经不是狼了，你不懂得如何去找吃的，更不懂得如何生存，最后不是被饿死，就是掉下悬崖摔死，那样的话，你不知还要受多少罪，吃多少苦，现在你就这样死了，不用再受罪，其实也挺好。但他知道，这只是他站在人的角度的想法，狼会不会这样想，他不得而知。

　　当晚，他正在酣睡，突然被一种奇怪的叫声惊醒。他坐起来仔细听，却再也没有任何动静。他觉得是那只疯狼的怪叫声又传了过来，但它明明已经死了,为何还会发出叫声?他再也睡不着,愣愣地坐到了天亮。

早晨,他上山来到狼的身旁,它的身上仍有很多红蚂蚁在不停地爬来爬去,正在进行细微而密集的吞噬。他突然觉得昨晚的叫声是在提醒自己,它已经死了,应该有一个归宿。他将狼尸从红蚂蚁窝中扯出来,垒起一堆木柴点燃,将它烧为灰烬后,他的内心踏实了很多。用这样的方式将一只疯狼送走,它便在这个世上没有留下任何痕迹,从此,这只疯狼的故事便只存在于人们的记忆中。

下山时,他恍惚听见身后又传来声响。他一惊,疑是那只疯狼又发出了怪叫。

逃 跑

两群狼隔河而对,怒视着对方。

两群狼所站立的位置,是它们各自的领地,而中间的那条河则为河界,双方都不能轻易越过那条河,否则,就是侵犯。

狼族有严格的领地划分,一群狼占据一块地方,会用驱赶鸟儿、向远处嗥叫、在显眼位置留下粪便和食物残渣等方式,让别的狼知道此处已被它们占领,不容许他者进入。狼群都遵守领地规则,在严格保护自己领地的同时,从不涉足别的狼群领地。在狼如此严守领地规则的背后,实际上是对自我生存的保护,在这片领地中的动物,都只能由该狼群捕获,别的狼群即使饿得快要毙命,也不能冲进去。有一群狼追逐一头鹿,眼看就要得逞,但那头鹿却越过一块石头,逃进一片树林中。那块石头是另一群狼的领地标志,它们不能进去,只好对着树林发出一长串嗥叫,然后无奈地离去。那头鹿觉得很奇怪:为何狼群突然放弃对自己的追逐并很快返回?然而还没等它想明白,另一群狼却突然从树林里蹿出,嗥叫着向它扑了过来。它没来得及做出任何反抗,那群狼的利牙便咬住它身体的多个部位,它只觉得浑身剧痛、天旋地转，很快便被咬死。一群狼将它追逐到另一群狼的领地，它在劫难逃，最终仍被狼吞进肚中。

现在，这两群狼为何对峙？

原因与一只狼有关。

河左岸的狼群中，有一只狼不知何故，突然离开狼群独自走了。狼群中很少出现这样的事，因为狼群不允许任何一只狼弃狼群而去。狼的集体意识很强，保护意识则更强，在平时，如果某一只狼受伤，它们一定会为它捕食，帮助它恢复身体；如果某一只狼落入猎人的陷阱，或被牧羊犬围攻，它们一定会集体出去救它。它们之所以这样做，是为了保持狼群的实力，同时也维护狼群的尊严。

但偶尔也会出现狼离开狼群的事情，其原因大概有两种：其一，离去的狼在狼群中受到屈辱，所以便背叛狼群逃走；其二，离去的狼已年迈得接近死亡，所以要离开狼群找到一个隐蔽的地方，像所有在最后坦然接受死亡的老狼一样，让自己安安静静地死去。但这两种情况在离去的这只狼身上都不存在，它既未受到屈辱，也并不年迈，却为何突然离开了呢？

狼群派出几只狼打探消息。望着那几只狼的背影，群狼发出阵阵痛苦的嗥叫，似乎有什么可怕的事情就要发生。如果打探到它的消息，狼群就会出动，把它撕得粉身碎骨。狼群既不愿干这样的事，又不得不干，所以它们忍不住痛苦地嗥叫。

很快，出走的狼带回确切的消息——那只狼投靠了河对面的另一群狼。

这是叛变，也是耻辱。它自小长大的狼群在这里，它却投靠了另一群狼，真不知它是怎样想的。这时候，群狼已不再疑惑它离去的原因，而是愤怒地要将它置于死地。以前在一个狼群中曾出过这样的事，一只狼叛离狼群去了另一个狼群中，一天，它趴在一块石头上等待捕猎机会，突然觉得有什么碰到了自己身上，它回头一看，是它原先狼群中的四只狼，它们的爪子已按在它身上，张开的嘴里露出尖利的牙。它嗥叫一声想逃走，但那四只狼将它死死扑倒在地，咬断了它的喉咙，它很快便咽了气。叛离狼群的结果就是死亡,狼群无论追寻多久,都不会放弃叛离者。

但现在,一个难题摆在这群狼面前:如何解决那只叛逃的狼?它已投靠了另一个狼群,成了它们中的一员。如果要把它弄回来,就必须进入河对面的狼群领地,那样的话,必然会与它们起冲突,后果不堪设想。但如果不把它弄回来,这样的耻辱是狼群无法忍受的,以后也会被别的狼笑话。

最后,它们决定去找那群狼,想办法把那只狼要回来。

它们嗥叫着冲出树林,越过一片草滩,很快便到了河边。领地意识让它们不敢贸然向前,及时停了下来。河对岸的树林与它们领地的树林别无二致,但这条河却在无形之中像竖立的一道高墙,其威严和不可侵犯的气势,让它们变得谨慎,仔细观看着树林里的动静。

少顷,它们开始嗥叫起来。

对面树林里的狼马上有了反应,它们快速向山下跑来,将树木碰撞得一阵晃动。出了树林,它们很快跑到河边,与对面的狼群怒目对峙。

那只叛逃的狼就在它们中间,看见河对岸的狼群,它知道它们是为了自己而来,便惊恐地叫了一声,往狼群后面躲去。这边狼群中,与它一起长大的几只狼看见它,也惊恐地叫了一声,似乎它随时会倒地而亡。

但双方都明白,在这种情况下仍要坚守领地规则,不能轻易打破。否则,自己就会变成草原上的罪狼,以后会被耻辱的巨大阴影笼罩,不论走到哪里都抬不起头。曾经有一只狼误入别的狼群领地,虽因及时退出未受到那群狼的惩罚,但它从此被所有狼瞧不起,走路低着头,将尾巴夹得紧紧的。那只狼之所以如此,一是表示赎罪,二是想以此态度博得狼群对自己的同情,不要置自己于死地。但时间长了,它还是被巨大的精神压力压垮,在一个月圆之夜一头撞死在了一块石头上。

这样的事说明,狼群将领地看得比自己的生命还重要。

两群狼隔河而对,嗥叫声越来越高。虽然河并不宽,水也不深,它们都可以一跃而过,但它们却不轻易迈出这一步。

慢慢地,它们的叫声小了下来,气氛变得紧张起来,双方开始僵持。

在刚才的"交谈"中,追逐而来的狼群在叫声里强调,它们是为叛逃狼群的一只狼而来的,那只狼就在你们中间,希望把它交出来,由它们带回处置。

对面的狼群对它们的要求予以回绝,认为那只狼既然已经投靠它们,那么它就是它们中的一员,它们有义务保护它,让它像狼群中的任何一只狼一样有安全感,所以它们是不会把它交出来的。

对峙了一会儿,两群狼决定各派出一只狼决斗,分出胜负后,输方必须服从胜方的意见,从此不再向对方提出任何要求。两群狼都安静下来,共同认可将河中央的一块沙地作为决斗场,这样的话,两群狼都不算侵犯对方的领地。

两群狼开始选狼。这将是一场极为残酷的决斗,所以派出的狼必须身体强壮,反应灵敏,并且要明白自己去维护的是狼群的至高荣誉和尊严,无论如何都要战胜对方派出的狼。

很快,追逐而来的狼群选出一只高大的狼,它骨骼粗壮,四腿稳健有力,比别的狼明显高出一截。

对面的狼群也很快选出一只狼,它的眼神像刀子一样锐利,走出狼群时大声嗥叫一声。它比所有的狼都威武,而且身上有很多伤痕,那是它屡次为狼群决斗时留下的。狼群今天将它派出来,抱着必胜的信心。

两只狼走到河中央的沙地上,盯着对方不动。它们杀气十足地盯着对方,似乎对方不是狼,而是要彻底征服的另一种动物,或者自己已不是狼,而是狼的死敌。狼性需要激发,当狼性一旦被激发后,一只狼就变成了好几只狼,扑向目标时将更加凶残。所以,狼在很多时候是为残忍活着的,没有任何一只狼的残忍会受到压制。狼往往会把自己推向绝境,做出决绝之事,甚至不惜搭上性命。

这两只狼身体里的狼性,很快便被激发了出来。

两边狼群中的头狼各自跃上石头,并同时嗥叫一声。两只狼听到了号令,大声叫着向对方扑去。它们起步时用力太猛,四周顿时尘土飞扬。

186

接下来的战斗想必每个人都能想象得到,它们或用爪子猛击对方,或腾空而下猛咬对方。这两只狼有一个共同点,扑向对方时都想一口致其丧命,所以在它们一跃而起还没有落地时,就开始了"空中作战"——将嘴伸向对方脖子,想一口将其喉咙咬断。当其中的一只狼咬住另一只狼死死不放时,还能够发出咕咕的叫声,显然有胜利的喜悦。

这样的撕咬是残酷的。不一会儿,它们浑身鲜血淋淋,身上的毛落于一地。这样的决斗没有和局,两个多小时后,两只狼同时倒了下去。最后的一刻颇为惊险,两只狼都抓瞎了对方的双目,并狠狠咬住了对方。它们用尽最后的力气奋力一搏,把对方身上的一块肉撕了下来。

两声惨叫一并响起,然后,它们趴在地上再也起不来。

两群狼都乱叫起来,这样的结果让它们无法平静,想扑过去把对方的那只狼咬死,但两只头狼及时制止了它们。两只头狼的尾巴高扬着,表现出懊丧与愤怒。群狼不再发出乱叫,不一会儿,那两只狼均因流血过多而死亡。

它们用死亡完成了自己的使命。

但它们的死亡并未换回事情的终结,所以两群狼还得继续派出狼进行决斗,一次不行,便接着再来一次,直至得出最终的结果。

很快,第二场决斗开始了。

追逐而来的狼群派出一只黑狼,河对岸的狼群派出一只灰狼。它们从狼群中冲出,一跃跳到河中央的沙地上,将前两只狼的尸体用嘴拱入河中,腾出足够撕咬对方的战场。那两只狼的尸体顺河水漂流而下,在远处变得像两片树叶,倏忽间便不见了。它们在刚才还像两把出鞘的剑、两团燃烧的火,而此刻一切都已消失,替代它们的是两只奋不顾身的狼。

两只即将开始一场生死撕咬的狼,它们冷静地怒视着对方,并不像前两只狼那样大声嗥叫,它们一边观察着对方,一边等头狼发出号令。它们的爪子死死地抠进沙土,四条腿看上去像长进了土中。从这个动作上可以看出,它们的外表虽然平静,内心却无比激动,会在一瞬间像刀子一样刺向对方。

终于，头狼发出了号令。

两只狼的身影一闪，便扑到了一起。它们发出急促的粗喘声，前爪不停地扑击，嘴死死咬着对方。与前两只狼不同的是，从一开始，这两只狼就咬着对方没有松口，它们在用力撕扯对方身体时，自己身上一定也在阵阵疼痛。

这样的决斗更残酷，它们互相撕咬并紧贴在一起，让河两边的两群狼看不清它们到底是哪一只，更不知道是哪一只占了上风。它们像一团影子，在沙地上忽闪来忽闪去，彼此都不轻易松口。

慢慢地，灰狼占了上风，黑狼已无力向它发起进攻，只能勉强招架。但灰狼怎能轻易放过它呢？它死死咬住黑狼用力一甩，黑狼发出一声惨叫，身上的一块肉便留在了灰狼嘴里，而它则像气球一样被甩出，一头栽倒在地。

灰狼立刻扑上去，用两只前爪按住它，并快速在它脸上撕咬，意欲将它的眼睛咬瞎，或将它的喉咙咬断。只有那样，黑狼才会丧失最后的反抗力，灰狼才可以取得最后的胜利。其实灰狼身上也有多处被黑狼撕咬受伤，并流着血，但它不顾疼痛，它的双目中像在喷火，要把黑狼像干柴一样烧掉。

它不停地咬着黑狼，嘴上沾满猩红的血。

渐渐地，黑狼四肢软软地摊开，像是在灰狼的撕咬中彻底丧失了知觉。它不仅没有了进攻的力量，就连招架也显得力不从心，最后只能被灰狼咬倒。让两群狼都感到奇怪的是，黑狼到了最后，居然没有发出一声痛苦的呻吟。从一上场，它就没有发出叫声，倒是那只灰狼一直嗥叫个不停。在激烈的撕咬中，黑狼只是那样挨着灰狼的撕咬，好像只要被派出来决斗，就难免落得这样的下场。它如此的表现，实际上是对自己的放弃。

终于，黑狼趴在地上起不来了。最后，它死于灰狼的牙齿之下。灰狼把它的喉咙扯断，它的脖子便出现了一个口子，不但汩汩往外流着血，还发出呜呜的低鸣声，似乎它的胸膛里藏着风，此时正在往外冒。灰狼慢慢走到它身边,俯下身用嘴去舔它脸上的血,同时用两只前爪努力推它。推了几番后,发现它已不能再动,才转身返回狼群。

狼群将灰狼迎住,发出欢快的嗥叫声。

一场决斗结束了。按照规定,追那只狼而来的狼群必须放弃要求,回到它们的领地去,从此不再为这件事挑起事端。那群狼垂头丧气,甚至有些不服输,但狼族中的规定让它们不敢有任何造次,便悄无声息地返回了。

而灰狼所在的狼群中,这时却出现了奇怪的一幕。灰狼走到叛逃而来的那只狼跟前,低下头与它对视,双眼中充满柔情。少顷,那只狼趴在灰狼身边,用舌头舔灰狼的伤口。它舔得很仔细,伤口上的血被它一一舔干净,看上去就像灰狼并未受伤。

狼群安静下来,无声地望着它们。叛逃而来的那只狼,目睹两场惊心动魄的撕咬时,身上的毛一直在紧张地竖立着。它知道这两场血腥撕咬,以及三只狼的死是因自己而起,它有几分难过,所以,它要给为了自己而受伤的灰狼舔伤口。狼的唾液有消毒作用,它将伤口舔过后,灰狼就会好得快一些。

它终于把灰狼全部的伤口舔完,灰狼摇摇晃晃地随狼群向树林里走去。

它跟在灰狼身边,一副随时要给灰狼报恩的样子。

"其实灰狼是它的母亲……"一位经验丰富的牧民在后来揭开了事情的真相。那只狼之所以从那群狼中逃离,是因为生它的母狼在这群狼中,它想回到母亲身边。

谜底由此揭开。

这个故事因此变得复杂和感人。这就对了,有三只狼在这个故事中都丧生了,其缘由怎么能那么简单呢?

几年后发生的一件事,又一次对这件事做了证明。那只逃跑的狼被猎人一枪击中,它挣扎着跑回狼群,直至躺在那只灰狼身边,才闭上眼睛。

灰狼痛嚎,声音在黑夜的树林里久久回荡。

走散之后

雪下疯了。

平时,对狼来说,一场大雪并无大碍,它们会在雪地上追逐玩耍,享受难得的快乐。但对于被牛驮着奔跑,趴在牛背上无法跳下的一只狼来说,雪地则变得像刺眼的镜子,让它不敢往下看,只能死死趴在牛背上,任凭牛奔跑。

狼是动物中凶猛的"杀手",似乎没有什么动物是它们的对手。它们制造无数杀戮事件,将很多动物置于血腥死亡之中。一次,有几只兔子发觉一群狼正向它们跑来,便仓皇向一片草丛逃奔。一只兔子因为太过慌乱,在越过一块石头时,落入荆棘丛中。它拼命挣扎,不料荆棘在它身上越缠越紧,使它无法挣脱。它恐惧得乱蹦,狼群跑过来后,一只狼将它咬住用力一扯,便将它扯出了荆棘丛,然后又一扬头将它甩给另两只狼。那两只狼将它撕成两块,边跑边吞噬。它们是在跑动之中做完这些的,狼群没有为此停顿,转眼间便跑出很远。

这是狼凶残的一个典型例子。

如果换一个角度看狼，会不会看到狼身上软弱的一面呢？另一件事同样也与兔子有关。有一只兔子被狼追得无路可逃，眼看就要丧命，于是转身逃向一片枯树林。狼向它扑下去，它巧妙一躲，一根竖立的枯枝便一下子刺入了狼的肚子里。狼发出粗哑的嗥叫，但无法挣脱。几天后，一位牧民经过那儿，看见一只狼挂在枯树上，有几只老鼠在它身上跑上跑下。他颇为惊奇地上前一看，才看清狼被一根枯树枝刺穿，伤口的血已结为黑块。他断定它已经死亡，便将它从枯树枝上抽了出来。牧民们平时恨狼，但此时他觉得这只狼挺可怜的，便挖出一个坑埋了它。

这件事让我们知道，狼有时候并不是弱小动物的对手，一只兔子可以通过智慧置狼于死地，一窝蚂蚁也可以把狼咬得千疮百孔，甚至让它轰然倒地。

现在，被奔跑的牛驮着的这只狼就是这种情况，因为牛跑得太快，雪地变得像闪烁白光的深渊，它无法跳下，便只好在牛背上死死地趴着。

这只狼在这场大雪下起时，不慎与狼群走散。当时，狼群要翻过一道山冈，去一个山谷中避雪。这场雪下得太大了，所有的树上都积了雪，看上去像是每一棵树都在举着一个大雪球，如果举不住了，掉下去会把雪地砸出大坑。而荒野上的树、草、小河、石头、沟壑，都已被大雪覆盖，只露出隐隐约约凸凹的形状。

狼不喜欢这样的天气，往往会迁移到风小和雪薄的地方。这只狼走在狼群的最后，它隐隐听见身后有什么声响，便警觉地回头张望，以防有什么东西袭击它们。但身后什么也没有，除了密集飘落的雪花外，四周所有的东西都像在沉睡似的无声无息。它觉得这种安静有些反常，便又向远处观察，但远处同样也没有任何能动的东西。

它有些纳闷，转身继续上路。但狼群却早已翻过山冈不知去向，雪地上只留下它们杂乱的爪印。它追不上它们，急躁地嗥叫几声。它的声音很大，树上的积雪颤动着落下，随后便又恢复平静。

无奈，它独自上路，向山后的峡谷走去。与狼群走散让它有些失落，但它明白,必须尽快找到避风且少雪的地方,才可以熬过寒冷的夜晚。但它的运气不好,走了一天都没有找到避风且少雪的地方,而且因为迷失方向离山谷和树林越来越远,最后居然走到了一个村庄边上。村子里有狗,发现它后汪汪大叫着扑了过来,它赶紧转身往回跑,地上的积雪被它的爪子踩得飘起了一层雪浪。它跑了两个多小时后才停了下来,狗因为它的速度太快早已放弃追逐,但它不敢停留,少顷之后又向前跑去。

天黑后,它在一条河边停了下来。现在已没有危险,它可以喝水、休息一下。如此紧张地折腾了一番,它确实很饥饿,但眼前只有河水而没有食物,它只能先用水来解决饥渴。它将头伸入河水中畅饮一通,才感觉舒服了一些。喝完水,它打算去河对岸的树林中碰运气。以前在这样的天气中,它曾遇到过树洞,钻进去后发现里面居然无比暖和。河对岸既然有树林,就一定有树洞。这样想着,它内心升起一股温暖,四肢似乎也有了很多力气。

当它涉水走到河中央时,突然想起明天早上山羊会来到河边喝水,那可是好机会,何不在此潜藏?按它目前的饥饿程度,再过一两天便无法再撑下去,所以尽早捕获食物才是上策。它返回到喝水的地方,判断出山羊明天早上必然会经过,便挖出一个雪坑,悄悄卧下身子,任大雪一层又一层将自己覆盖。它必须让大雪掩盖住自己,才能出其不意袭击山羊。

它为此熬过一个漫长的夜晚,大雪将它掩盖得不露一丝痕迹。早晨,山羊纷纷向山下走来。山羊有洁癖,在一场大雪后必须找到干净的水才肯饮用。狼对山羊的习惯烂熟于心,所以要利用这一机遇达到它的目的。山羊从狼身边走过,狼看中一只肥硕的山羊,一跃而出将它按倒在地。其他山羊惊吓得四散而逃,雪地上留下凌乱的蹄印。很快,就有飞溅的鲜血洒到这些蹄印上,绽开成几朵骇目的红花。狼咬死了那只山羊,撕扯开它臀部的肉吞噬掉,然后拖着山羊向远处走去,它深知在这样的天气必须储存食物。

它躲进一片树林里,那只山羊让它饱食了几顿之后,又开始了漫无目的流浪。

因为没有明确方向，它无意间走进了一个冬牧场。冬牧场与夏牧场不同的是，在冬牧场，牧民会将牛羊都赶回来，用草料喂它们过冬，人则住进冬窝子，整整一个冬天都不再迁移。这只狼发现了牛和羊，它动心了，决定偷袭一次再走。狼往往在夏牧场偷偷扑向牛羊，在冬天则很少能碰到牧民和牛羊。意外的发现让它内心涌起冲动，想通过这次偷袭在狼群中建立威信。为此，它潜藏在牧场边的树林里苦苦等待。挨过一阵艰难之后，终于等到一个机会，有人赶着牛去河边喝水。那条河离人居住的冬窝子很远，它在河边刚好有机会捕猎。

人和牛慢慢向河边走去，这只狼则绕开牧民的视线，快速到达河边，隐藏在一块石头后面。牧民不会想到，有一只狼正等待时机要扑向他的牛，因为在冬天，尤其是在下大雪的冬天，他们觉得狼是不会来的。牧民因此对冬天的狼不屑一顾，他们说，狼在冬天都变懒了，在挨饿，等待着开春找吃食呢！狼在开春乃至夏、秋两季为啥那么凶，就是在冬天饿的嘛。所以说，狼也没有什么可怕的，就是一些狼嘛，就那么个事情，简单得很嘛！有时候，牧民甚至会蔑视狼，他们说，都说人怕狼，其实呢，狼也怕人，狼即使成功咬死了羊，吃的时候也小心翼翼，害怕人投毒。至于人和狼的关系，则有一些较为人性的说法。有一位牧民曾说，在阿勒泰牧区有不少人能听懂狼语，狼嗥叫几声，他们就能听明白是什么意思。在放牧的时候，如果看见狼在对面山脊上出现，他们就朝狼喊出一种声音，狼听到后就会离开。人懂狼语，可能与游牧生活长期的观察有关。但人却不懂狼的眼神，有一次，一位牧民正在走路，突然发现一只狼蹲在一块石头上专注地看着自己。他慌了，转身便跑。他不明白一只狼为何那样看人，恐惧让他在第一时间内逃跑。这件事的答案在狼心里，人永远都不会知道。后来，他又遇上那只狼，在看见它的一瞬，他想起它上次注视自己时的神情，觉得它会认出自己，会像上次一样投来专注的眼神。那一刻，他有些紧张，但因为他背着枪，所以打算等它走近后便开枪。但那只狼却毫无惧色地扬着头从他身边走了过去,他一下子失落到了极点。紧张的期待和意外的失落,让他如坠云雾,愣怔半天回不过神来。

现在,这只狼将为牧民制造一次意外事件。它趴在石头后面耐心等待,它断定牧民一定会放松警惕,自己会得到一个好机会。

牛群来到河边开始喝水。牛需要喝很多水才能解渴,所以它们长久都不会将头抬起,边喝边从鼻孔里喷出气息。那位牧民因难挨寒冷,在河岸边不停地跺脚。狼觉得他在这么冷的天气里挨不了多长时间,过一会儿就会跑回去烤火,只要他一离开,它的机会就来了。

牛喝完水后,在河岸边用嘴拱开积雪,寻找着里面的东西。原来,牛发现了冻土中的草根,它们用嘴哈出热气,扯出土中的草根咀嚼。这是一种无比艰难的觅食,它们往往要费很大的劲才能从土中扯出一截草根。大雪覆盖了大地上的一切,对牛这样的食草动物来说,从土中扯出一截草根来咀嚼,不失为难得的享受。

牧民觉得牛可以在这儿吃半天草根,便急匆匆地返回冬窝子去烤火了。他一边跑一边嘴里嘟囔个不停:"早知道你们要吃草根,我就不等你们了,在刚才等你们喝水时把我冻坏了。"这样的天气很少有人出来,整个冬牧场空荡荡的,似乎所有的生命都穴居了起来。那位牧民之所以独自返回,放心地把牛群留下,是因为河岸边的冻土中有不少草根,牛群可以吃到傍晚。牛是记忆力很好的家畜,不论走多远,都能准确无误地返回主人身边,那位牧民对此颇为放心。

人走了,狼的机会来了。

它盯准一头高大健硕的牛,因为它的肚子圆鼓鼓的,内脏一定很丰富。它准备趁那头牛不备,扑过去一口咬掉它的睾丸。牛的睾丸是致命所在,曾有狼将一头牛的睾丸一口咬掉,那头牛顿时血流如注,疼得在原地打转,不一会儿便倒地而亡。狼对付牛这样的体形较大的动物时,无力与它们拼斗,所以便使用攻其致命处的办法,使它们丧命。

等待许久,那头牛慢慢寻觅着草根,终于走到了这只狼一跃可扑到它身旁的位置。

不能再犹豫,出击!

它从石头后迅速蹿出,一跃而起向那头牛扑去。但牛很灵敏,它发觉狼的动静,抬起头并转身向狼发出声音的地方张望。它这一转身,狼便无法咬到它的睾丸,因为它的双腿恰巧挡住了狼的视线。

狼马上改变策略,一跃跳上牛背,准备去咬它的喉咙。狼的思维异常灵敏,如果它在地上去咬牛的喉咙,牛一扬头便会让它落空,所以它跳到牛背上,自上而下攻击牛的要害处。

牛群因为突然出现的狼而慌乱,而背上趴着狼的这只牛则更加惊慌,它发出嘶哑的叫声,在雪地上跑来跑去,想把狼甩下来。狼死死趴在它背上不动,任凭它在雪地上快速奔跑,都不能把狼甩到地上。

实际上,狼跳上牛背后就后悔了,牛的身躯高大,加之又很灵活,所以它无法咬到牛的喉咙。更要命的是,牛跳动和奔跑后,它很容易掉下来被踩死,所以它便死死趴在牛背上。

牛无法把背上的狼甩下来,便向冬窝子方向跑去。牛的意识很清醒,既然你趴在我背上不下来,那我就把你驮到主人跟前,让他们来收拾你。狼不知道牛已经产生这样的想法,仍死死趴着不动,任由牛驮着它往冬窝子方向跑去。牛跑得太快了,狼只觉得雪地在牛的四蹄下闪着白光向后移去,它不敢向下跳,在呼呼的大风中闭上了眼睛。

这时候,那位牧民正要去找牛群。天又开始下大雪,而且还刮起了风,这样的天气极易引起暴风雪,必须把牛群赶回来才稳妥。他刚走出冬窝子,便看见他的一头牛飞奔着跑了回来。它跑进牧场后,并没有回到牛群中去,而是直接跑到了他面前。

他看见它跑得气喘吁吁,再往它背上一看,有一双绿眼睛——啊,狼!它背上驮着一只狼。

狼惊恐地嗥叫一声,从牛背上跳下,试图逃出牧场。刚才因为牛跑得太快,它不敢跳下,现在牛停下了,它才发觉情况变得更糟糕,原来牛把自己驮到了有人的地方,意欲借人之手把自己打死。它内心生出对牛的恨意,亦生出已身陷险境的屈辱之感。它隐隐约约感到不安,但它心性刚烈,不甘心如此上当、如此丧命,它要冲出去。

冬牧场的人很多,很快就把它围住,并用木棍将它击倒在地,然后用铁丝把它拴了起来。它不停地大声嗥叫,其心之烈性和被禁锢的屈辱都化作悲愤从喉咙里冲涌而出,在飞雪弥漫的冬牧场久久回荡。

牧民们一直都想打狼,却苦于没有机会。今天的这只狼送上门来了,岂有不打之理?但他们觉得它已被铁丝拴死,倒不用急着把它打死,看看它会如何熬过被拴住的日子,它身上的凶残之气会怎样一点一点丧失,最后绝望而死。

入夜,雪下得更大,风也开始呼啸。牧民们因为这只送上门来的狼而高兴,聚在一个冬窝子里喝酒。一位牧民说:"这样的天气会不会把狼冻死?"

另一位经验丰富的牧民说:"不会,狼是耐寒的动物,你没看这么冷的天别的动物从不见影子,狼却照样在外面跑吗?"

大家都认为他说得有道理。议论一番后,他们又把话题转向今天的这头牛。牧民们觉得这头牛真是聪明,把一只狼驮到有人的地方,让它无法逃脱,只能等着被人打死。就在下这场雪的前一天,有一群狼进入一个冬牧场,对羊群侵害了一番。那群狼很厉害,它们围住羊群嗥叫,羊群听到它们的叫声惊慌失措,四散而逃,这样便正中狼的下怀,它们扑上去将早已瞅准的羊咬死。入冬了,牛羊转场走了,动物也大多去了河谷一带的温暖之地,所以狼在这时候像疯了一样到处寻找猎物,碰到冬牧场的羊后,便无论如何也要咬死几只拖走。

这个冬牧场的牧民想了不少办法,以预防狼侵害牛羊,但他们没有想到,唯独这头牛聪明。这只狼落得如此下场,让他们觉得颇为解气,似乎以前因为狼遭受的损失,可以在这只狼身上抵消了。

半夜,风刮得更大,地上的雪被成团刮起,像石头一样砸向远处。被拴住的这只狼无力摆脱铁丝,便连连嗥叫,声音既凄楚又急躁。牧民们知道它不能接受这样的命运,更不能忍受这样的屈辱,但那根冰冷的铁丝犹如一根死亡绳索,已将它牢牢捆绑于无助境地,它无力挣脱而去,只能嗥叫。

牧民们在冬窝子听着它的叫声,很高兴地骂它:"毛驴子下哈的狼,平时尽害人哩,现在被铁丝拴死了,你就丢人现眼吧,嗥死也不放你走。"

到了后半夜,一群狼悄悄接近了它,是和它走散的那群狼。它们其实一直在寻找它,无奈风雪太大,找不到它的任何踪迹。现在听到它的嗥叫,便迅速向这个冬牧场跑了过来。它的嗥叫起了作用。狼的嗥叫在很多时候是在向同类传递信息,据经验丰富的牧民讲,狼的听觉在动物中独一无二,它们隔几座山都可以听到同类的叫声,并能够准确判断出同类所传达的信息内容。所以,这只狼在被囚禁后便不停地嗥叫,期待同类能够来解救它。它的运气不错,它走散的那群狼听到它的叫声,并判断出它处境危险,便来解救它。

很快,它们便找到了它。但它被铁丝拴死了,它们无法弄断那根铁丝,只能用哀怨的目光望着它。

它至此才明白,拴它的铁丝就是死亡绳索,一头在它身上,另一头在黑暗的死亡深渊中,而且很快就要将它拉进去。狼群中有它的兄妹,它们都没有办法,它又能如何?

它绝望了。

这群狼也绝望了。

天快亮了,狼群必须尽快离去,否则会被牧民看见,也会发现狼群是来救它的,会马上把它打死,那样的话,就再没有救它的机会。

群狼向它低低地叫着,一一转身离去。

群狼没走出几步,它却朝着狼群叫了一声。群狼听到它的叫声后身体一颤,转身返回它身边。它用无奈的眼神看了看狼群,又重复了一遍刚才的叫声,闭上了眼睛。

群狼不再犹豫,扑到它身上将它咬死,然后悄悄离去。

天亮后,牧民们发现它死了,谁也没有猜到,它是被狼咬死的。

梦

有一句谚语说,没走过的道路先估量,没见过的事情先想象。

现在,让我们想象这样一个场景:在一个隐蔽的地方,白狼正在享用狼群给它进贡的肉食,它看上去无比威严,也无比幸福。最好的语言叙述,往往是为完成想象服务的,所以这只白狼便是想象的产物。其实,在现实中是有白狼的,但因为白狼一直躲在不为人知的角落里,不要说人见不到它,就连狼群或其他动物也不一定能见到它。

没有人见过白狼,所以便猜测和想象着白狼,把自己的猜测和想象讲述出来,似乎白狼就应该是他们讲述的样子。时间长了,关于白狼便有了很多种说法,归纳起来无外乎就是它会飞,会隐身,会变成别的动物,会在千里之外给狼群传达命令,等等。这些说法使白狼变得更像传说。

那么,到底有没有白狼呢?

一位常年在阿勒泰北湾一带打猎的人说:"有,绝对有白狼。"

人们问他有何依据。

他说:"在很早的时候,北湾一带就有一只白狼。它是狼王,很少露面,享用着狼群捕获的食物,并且指挥狼群偷袭羊群。"

他还告诉人们,他梦见过白狼,它浑身白得像雪一样,从树林里走出时,把那些阴暗的角落都照亮了。在梦中,他也是猎人,趴在一块石头上举着枪等它靠近。它慢慢靠近了他,他开枪,却并未击中,白狼一跃从他头顶跳了过去。他觉得这个梦会变成现实,所以就来北湾等白狼,他一定要把它打死。

北湾地处额尔齐斯河边,被称为"蚊虫王国",这里的蚊子多,以至于人伸手一抓,就能抓住一大把蚊子。蚊子严重影响了人的生活,人们平时无事不出门,但凡外出便头戴防蚊帽,身穿防蚊衣,而且还要戴上手套。这样的装束让人在酷热的夏天走不了几步便大汗淋漓。但流汗总比被蚊子叮咬要好得多,所以人们愿意这样穿。北湾的蚊子大致有三种:小咬、小黑点和小硬壳。小咬身体透明,飞行接近于隐没,常常让人防不胜防;小黑点奇小,近于针尖大小,其隐秘程度甚于小咬;小硬壳躯体坚硬,俘获后以为把它按死了,放开却能在顷刻间飞走。蚊子在每年六七八三个月最为猖狂,人们白天不开门,晚上不开灯;人吃饭,蚊子吃人,绝无躲避之法。在生活中,皆有戏剧性的情节,人很少有站着的,好像经常处于动态之中,因为那样可以少招蚊子叮咬;人上厕所时,手抓一张旧报纸,一边解决问题,一边用力扇,以防蚊子下口。有时用这种方法仍不顶用,便在身后点燃一堆废纸,就着烟火草草了事。北湾附近有一位农工下地干活,将两岁多的小孩放在地头睡觉。她用纱巾盖住孩子的脸和手脚,一个多小时后过来一看,小孩因为乱动将纱巾掀掉,已经被叮咬得浑身青肿。

本来,人们谈论北湾时都要谈蚊子,但现在经这位猎人一说,似乎那只白狼真的快来了,人们谈论的话题也便转向了白狼。任何事情被谈论得多了,便会变得像真的一样。人们觉得北湾一带树木茂密,是狼适宜生存的地方。加之这里的团场农工多养牛羊,所以狼便必然会在这一带出现。

不久,便传来确切的消息,北湾真的出现了一只白狼,有人看见过它,浑身白得像雪似的,就在额尔齐斯河边的树林里。

人们便问，是谁在树林里看见了它？

回答者是那位猎人，他在额尔齐斯河边的树林里与那只白狼相遇，并对峙了很长时间。

后来，这件事终于被人打听清楚，是他到额尔齐斯河边的树林里潜伏了很久，遭遇了那只白狼。好几天晚上，他趴在草丛中潜伏，等待白狼出现。他潜伏的地方与他梦到的地方一模一样，所以他坚信白狼一定会出现。当时正值蚊子猖獗的时节，没过多久，他就被蚊子咬得疼痛难忍，但欲望压制着疼痛，因此，他没有动一下。

突然，树林里出现一道白光，并逐渐向他移动过来。等到了跟前，他终于看清，是一只白狼。白狼在疾驰之中似乎也看见了他，倏然停住向前察看。他虽然在潜伏，但在只有十来米的距离之间，还是完全暴露在白狼的视野里。白狼也许很多天都没有进食，肚子像一个布袋似的甩来甩去，后腿显得很细，像是有些支撑不住躯体。

白狼和他开始对峙。白狼的眼里放着凶光，它前爪抠地，高扬着头，目光里透露出像刀子一样的光，死死盯着他。过了一会儿，它蹲下，把两只前腿立于胸前，目光变得更加可怕。

这是狼进攻前惯用的动作。

他把子弹推上膛，准备向白狼射击。但他突然想起在边界附近任何人都不能开枪，这是有法律规定的。气氛一下子变得紧张起来。虽然是一只狼，但它满目凶光的样子，让他如临大敌。

白狼嘴里发出粗重的喘息声，两眼直盯着他。

它进攻的时候到了。

突然，它头一低，脑袋乱摇起来，并用一只前爪挠来挠去。它越挠越快，最后整个身子都乱转起来。是蚊子开始咬它了。蚊子咬得太及时了，让白狼无法再向他发起攻击，只顾抓耳挠腮扑打蚊子。其实他早就在忍受蚊子，它们先是一层一层地落下来，然后从衣服上往里咬。也许这些蚊子长有很长的嘴，很快，他就感到身上像火烧似的疼了起来。但潜伏时隐蔽和保持安静是第一要求,所以,他仍静静地趴在地上。

蚊子越来越多,在他身上来回爬动,他感到如同置身于蚊子的窝里,没有一点躲避的办法。他看着白狼乱跳乱晃,心想,人被蚊子咬可以忍受,但狼未必能行,说不定会马上离开。夜色很黑,他无法看清蚊子到底有多少,但从白狼顾头不顾尾的情形来看,它似乎被裹在了由蚊子组成的大网里。

白狼挠了一会儿,拿蚊子没办法,便转身跑了。

直到白狼消失在树林深处,他才松了一口气。

本来,他是为打白狼而来的,但当白狼突然出现在离他只有十余米的地方时,他却乱了阵脚。如果白狼并未受到蚊子的叮咬,一跃向他扑过来,他没有任何逃跑的机会。

之后的几天,白狼没有再出现。有人说,白狼一旦被人看见,就会心生耻辱,找一个地方躲起来,好几年都不会出现。它掌控的狼群一旦捕到肉食,会首先孝敬给它,所以白狼不会为生存发愁。

人们很想看到白狼,如果它出现在众人眼里,那么它就是实实在在的一只白狼,关于它的种种传说就会消失,人们便不会再为它猜测和想象,人和狼的关系也会变得像以前一样自然。但它始终不肯露面,加之声称见过白狼的猎人又把它说得神乎其神,所以人们便觉得白狼身上有几分邪恶之气,在心里蒙上了一层阴影。

但很快,北湾一带的狼突然多了起来。人们惊异狼为何会汇集在北湾一带出现,而且它们都非常厉害,团场农工的羊和鸡鸭经常不翼而飞,其数量之多不说,而且消失得无影无踪。

一天,一位农工种地回来,发现锁着的大门下面居然有一个坑,他打开大门往院子里一看,到处都是鸡毛,地上还有猩红的血迹。他一惊,难道有狼?他赶紧去查看鸡圈,发现鸡圈里空空荡荡,所有的鸡都不知去向。他在四周巡视一遍,在地上发现了狼的爪印,便断定这是狼干的。他一屁股坐在地上,气得用最难听的话诅咒狼。这件事确实是一只狼干的,它偷偷摸摸潜到他家附近,发现无人在家,便在大门底下挖了一个坑,然后钻了进去。巧的是,他家的四只鸡居然都关在鸡圈中,它爬进去把它们一一咬死,拖到院子里将三只吃掉,把剩下的一只叼起悄悄离去。

这件事在北湾传开后,有人惊讶地说,以前狼冲进羊圈把羊咬死,像强盗一样,而现在狼又偷偷摸摸溜进院子里吃鸡,像小偷一样。狼的变化令人防不胜防,它们已经琢磨出人的生活规律,知道在什么时候行动最容易得逞。狼到了这种地步,人便再也没有办法防备它们。

至于狼群,就更可怕了。一天,一个人牵着一只奶羊去另一人家中挤奶,走到半路,突然听到身后有异样的响动,回头一看,居然是一群狼向他和羊扑了过来。他惊叫一声扔掉牵羊的绳子,跳到了路边的石头上。那群狼如同飓风一般向那只奶羊飞掠而去,他只听见那只羊叫了一声,接着又看见狼群向远处奔去,而马路上空空如也,连那只奶羊的影子也没有留下。狼群在快速奔跑中把那只奶羊裹挟而去,这一幕把他吓坏了,许久都回不过神来。

北湾为什么会突然出现如此多的狼呢?

人们猜测,这都是白狼指挥狼群干的。

有人说,白狼会报复人,谁看见过它,谁就会遭到它的报复。前几天那位猎人看见了白狼,它在一个隐蔽处躲了几天,现在它又出来了,而它出来要干的第一件事,就是报复曾看见过它的人。

但又有人说,白狼只指挥狼群害人,它是不会出现的,不用害怕。

但白狼出现了。那位猎人在上次未得手后,经过精心准备,又在树林里埋伏,终于等到了一只灰狼。他想等白狼出现,但又不想放弃狼皮,便瞄准灰狼的头部扣动了扳机。灰狼被打中,一头倒在地上。他把那只灰狼扛回家,给农工们传话:明天到我家来吃狼肉抓饭、喝"伊犁特",好好招待一下你们。

当天晚上,一只白色影子射出两束绿莹莹的光,由远至近闪烁而来,到了距他家十来米处倏然熄灭。人们都已熟睡,丝毫不知有一个神秘东西已接近连队。

月亮这时候从云隙中洒下一丝光亮,那团白色影子被照亮,是那只白狼。它通体洁白,犹如冰雕一般,身长足有两米,一看就知道善于奔跑,也善于突袭。

它趴在地上望着猎人的房子,不多一会儿,突然长嗥起来。

突然响起的惊天动地般的长嗥,把连队的人都吓醒了。那长嗥是他们听到过的狼嗥中最凄惨的一种,让人觉得它的喉腔里传出的不是声音,而是怒火。他们起床点起火把,朝它发出嗥叫的地方找去。他们觉得狼怕火,用火可以把它吓走。虽然这样做很危险,随时都有可能被白狼咬死,但他们实在无法再听下去,它的每一声嗥叫都令人毛骨悚然,让人觉得它可以用声音把这个世界变成地狱,让人遭受魔鬼的摧残和折磨。

人们慢慢接近它,才看清它果真是一只白狼。它也看见了人,也看见了人手中的火把,但它并不害怕,只是用愤怒的目光看着人们。这就是白狼与普通狼的不同,它不但不怕火,而且还可以怒视拿着火把的人。它身上的白毛泛出一种令人眩晕的光,令人生出阴森森的恐惧。

白狼出现了!

有人惊呼一声,扔下火把便跑。其他人受他的影响,不敢再和白狼对峙,也扔掉火把跑回连队。白狼给人们内心造成的压力太大,以至于人们觉得它不是一只狼,而是一个模糊不清的怪物,正在抖落裹在身上的白色外衣,要露出令人胆战心惊的躯体和血红大嘴,把人一口吞噬掉。

人跑了,白狼仍在原地停留,并很快又发出嗥叫声。人们从它的嗥叫声中听出,它为被打死的那只灰狼伤心。打死那只灰狼的猎人从听到白狼的第一声嗥叫,就明白是怎么回事。但他害怕白狼找他算账,便躲在家中不敢出来。

白狼嗥叫了整整一晚上,直至天亮才停止,然后白色身影在树林里一闪,不见了踪迹。

第二天早上,那位猎人把那只灰狼背回树林,放在一块石头上。

下午,他到树林里一看,灰狼不见了。他暗暗祈祷,希望白狼能看在他把灰狼背回的份上,不要再来找他的麻烦。他打死一只灰狼,要做一个狼皮褥子实际上都是借口,他的本意是在连队里炫耀,以此证明他胆子大,别人不敢干的事他敢干,从此让自己在连队有地位。但把一只白狼引来,担惊受怕的滋味真是不好受,当白狼发出令人毛骨悚然的嗥叫,他觉得白狼的爪子已经搭在自己肩上,那阴森森的牙也马上要咬到自己脖子上。从树林里出来后,他告诫自己再也不要出风头,尤其不要干打狼这样的傻事。他后悔了,也赎罪了,那只白狼应该不会再出现了吧?

然而,第二天上午,那只白狼又出现了。它绕过边防连,大摇大摆地向连队走来,一副不把连队的人放在眼里的样子。

白狼又来了!

人们乱叫成一团,纷纷进屋关门。看来,打死了一只灰狼,它便不会轻易放过罪魁祸首,一定要报复一番才解气。人们都恨那位猎人,希望白狼找他单独算账,至于别人,都与此事无关,最好把大家放过。

那位猎人自从把那只灰狼背到树林后,仍心有余悸,而且还有一种不祥的预感,他打算今天躲到哈巴河县城去。他心想,白狼再厉害也不至于找到哈巴河县城去吧,自己在那里躲几天,也许事情就过去了。但他尚未动身,白狼又来了,他一时便无法动身。

白狼走到连队边,开始大声嗥叫。它的嗥叫和之前的嗥叫一模一样,仍流露出失去同类的伤心和愤怒。连队的人都很害怕,看来它这次非得报复连队的人不可。谁也没有办法把它赶走,连队的人一时陷入恐惧之中。

那位猎人反而变得很冷静,就在白狼向连队走来时,他立即跑向边防连去报告消息——连队的人是没办法收拾这只狼的,只有边防连的人可以用枪把它打死。但因为边防连距连队有一段距离,他还没有跑到边防连,白狼已经开始行动。

它很聪明,冲进马圈后,在一匹马跟前乱窜嗥叫,马受惊,从马圈中挣脱而出,往连队后的荒野里跑去。马本来想甩掉白狼的,但白狼的速度比它还快,不停地追在它屁股后面嗥叫,并不时做出要扑上去咬它的架势。

马越跑越快,离连队越来越远。

"马上当了。"一位老人看到这一幕,痛心疾首地发出感叹。

原来,白狼借用恐吓之势将马赶离连队,让它跑出人们可救援的范围,然后才伺机撕咬。果然,白狼觉得已没有什么危险,一跃而起咬住了马的后腿。马本能地一扬后腿,但白狼早有防备,巧妙地躲到了一边。

很快,白狼又咬了一口马的另一条后腿。马的力量全在腿上,受伤后开始摇晃,奔跑速度也慢了下来。白狼瞅准机会咬住马的脖子,马无法再奔跑,开始在原地打转。一马一狼扭打在一起,沙土被它们踩得扬起一团灰尘。最后,因为白狼用力扯断了马的喉管,马倒在地上。白狼俯身扑下,荒野复又平静下来。

等边防连的人赶过来,白狼早已不知去向。那匹马的肚子被撕开,肠子被扯断,沙土上有一条骇目的血痕。马的内脏是狼最喜欢吃的东西,它将其扯走,可尽情吞噬一顿。

第二天,那位猎人才回到连队。他与人们聊起关于白狼的这件事,人们听他讲得神乎其神,很惊讶地问他:"连队这几天很平静,根本没有出现过白狼!"

他说:"怎么可能,我和你们都参与了这件事,我们一直在一起啊!"

人们更惊讶,对他说:"你前几天生病发高烧,在床上昏迷不醒,躺了三天,今天早上才醒来的,怎么会发生你说的那些事情呢?"

他诧异:难道这几天什么事也没有发生吗?

抉　择

狼也会被咬死,而且是死在同类——狼的嘴里。

与前面的那个在陷阱里狼吃狼的情形不同的是,这是一只老狼甘愿被别的狼吃掉的故事。狼在关键时刻是会吃狼的,这一点早有定论。据有人调查研究,狼的一半死亡原因在于狼群之间争夺领地,狼与狼之间争夺地位、争夺食物,等等。这种时候,就会发生血腥撕咬,甚至把对方咬死。

故事的发生地在新疆阿勒泰。一群狼对黄羊跟踪已久,穿过河流、草滩和峡谷,最后到了这座山上。山上怪石林立,多处有深不见底的悬崖。狼在这样的地方无法攻击黄羊,因为黄羊善于在山上跳跃奔跑,从一块石头跳到另一块石头,往往几近于飞跃。黄羊的跳跃本领在动物中首屈一指,差点成了飞翔的动物。

山冈是黄羊的天堂,这里的地形对它们的生存非常有利,狼为此需要付出更多时间,但它们并不放弃,仍等待着机会。

没想到,一夜大雪改变了一切,不但所有的路都被积雪掩盖,就连黄羊也不知去向,整座山冈安静得没有一丝声响。黄羊、鹿、哈熊、兔子等动物都对天气变化异常敏感，它们在天空转暗刮起风时，互相传递要下大雪的信息，早已转移到了河谷地带。河谷地带有枯草，像黄羊、鹿和兔子这样的食草动物，即使下再大的雪，也可以从雪中找到草叶啃食。而哈熊则可以找一个隐蔽的地方，呼呼大睡把冬天熬过去。这群狼因为坚信可以在大雪天捕获到黄羊，所以死死守在山上，错过了最佳的转移时机。

按照狼的习性，它们应该发觉黄羊离开时的动静，但因为当时的风刮得太大，而且气温也骤然降低，狼群互相依偎在一起取暖，没有听到黄羊下山的声音。这是一场奇怪的大雪，风不停地刮着，雪越下越大，仅一夜时间，地上的雪便积有一米多厚，所有的路都被封死，而天气仍阴沉得像裹了一块黑布，雪没有任何要停的迹象。

第二天，雪下得更大，地上的雪积得更厚。这样的天气，如果再持续下去，就会变成雪灾。

狼群终于明白不但捕获已无望，而且还身陷绝境，必须马上放弃计划，想办法转移到山下去。但它们颇为谨慎，很快发现地上的积雪充满危险，一不小心就会跌进雪窝子里丧生。它们将一块石头推下去，山坡上溅起几层雪雾后，石头便悄无声息地不见了。

狼并不惧怕雪，在平日里甚至是喜欢雪的，雪可以帮助它们隐藏，以便获得更好的捕猎时机。即使不为隐藏和出击，它们也很喜欢在雪地上奔跑，在奔跑中将雪踩得飞起一层细浪。但现在的积雪变得像无形的刀子，每一处似乎都有死亡气息扑面而来，它们用爪子死死抠住石头，痛苦地长嗥几声。

忍受了一天，一个严峻的事实摆在了它们面前，饥饿使它们的腹腔空荡荡，如果再吃不上东西，它们就会饿死在山上。有一只鸟儿从它们头顶飞过，发现它们被困于一场雪灾，便发出怜悯的叫声。它们实在太饿，以至于把这只鸟儿当成捕猎对象，对着它在石头上蹦跳，并发出刺耳的嗥叫。鸟儿被吓坏了，鸣叫几声惊恐地飞走了。

也难怪，一场大雪让狼与世隔绝，而且死亡像无形的刀子密布于四周，它们不慎迈出一步，就会有生命危险。所以，一只鸟儿，尤其是拥有自由生命的一只鸟儿，便让狼变得有些急躁，以至于失去理智想把它抓下来吞噬。

鸟儿飞走了，山上又变得寂静。因为饥饿，狼感到此时的寂静犹如正在拉紧的绳子，让它们的头越来越疼。一只狼想了一个办法，可以爬到一棵树上，然后跳到另一棵树上，依此办法，从山上下到山谷去。众狼觉得这个办法可行，它便自告奋勇向一棵树爬去。但它因为浑身无力，两只前爪抓住树身后，犹如抓在冰面上一样滑了下来。

没有力气，它无法爬上树去。

群狼失望了。

头狼想了一个办法，它吐出腹内残存的食物，让那只狼吃下去。为了让它有足够的力气爬上树去，另两只狼也吐出食物，它吃下后有了力气。头狼的这个办法不错，在这样的处境下，必须集中所有狼的力气到一只狼身上。

那只狼吃完东西后有了力气，很快爬上一棵松树。它在树枝上停留了一会儿，断定自己可以跳到另一棵松树上后，才跳了出去。但它毕竟已经饿了很多天，没有足够的力气支撑跳跃，咣的一声掉入积雪中，然后像石头一样向山下滚去，摔死在崖底的石滩中。

群狼发出一阵乱叫，这样的遭遇让它们几近绝望，一时再也想不出下山的办法。

少顷，头狼向狼群嗥叫一声，狼群马上安静下来。这只头狼在狼群中显得最为高大，尤其是头颅，比所有狼都要大一些。它的双眼因为饥饿而布满血丝，但此时看着狼群的眼神却充满柔情。作为头狼，它知道到了自己该负起头狼使命的时候。它从那块石头上走下来，开始慢慢走出去探路。

群狼紧张地望着它，一片粗喘声在它身后回荡。

雪仍然在落着，对于这群被困在山上的狼来说，飘落的大雪就是死亡的符号。它们稠密地堆积在一起，垒成高大的死亡之墙，要把每只狼都困死。

头狼小心翼翼地挪动着脚步。一只乌鸦从狼群头顶飞过，发出一声嘶哑的鸣叫。这只乌鸦的叫声中充满了警觉和不安，头狼听到后，心中产生不祥之感，但它已无法回头。作为头狼，在这种时刻哪怕有生命危险，也必须向前，也许只有它的死才可以换取狼群的生。

但正如所有狼担心的那样，头狼没走几步，突然身子一歪，使得地上的雪腾起一团雪浪，然后，它便不见了。原来这里有一个陡坡，陡坡下是峭壁。

很快，山下传来头狼沉闷的嗥叫，继而又复归平静。它和那只从树下掉下的狼一样，摔到崖底后，其身躯在乱石中变成了一朵血肉之花。刚才在它头顶鸣叫的乌鸦发出一声惨叫，飘忽着身子飞远。这件事从头至尾都被它看在眼里，也许结局也早已在它的预料之中。

狼群一阵骚乱，头狼死了，下山没有任何希望，恐惧像冰冷的大手一样紧紧抓住了它们。在狼的生命中，除了瘟疫和所遭遇的雪灾，还没有什么让它们如此无可奈何。有一年，在阿勒泰草原上的狼群中发生瘟疫，狼不明白，为何一只又一只狼莫名其妙地倒下，而且很快腐烂，让一团团苍蝇飞上飞下。它们为此飞奔逃离那片草原，钻入一片树林。但瘟疫却像看不见的魔鬼，很快，又有一些狼倒在了树林里。无奈，它们又向古尔班通古特沙漠迁移，但额尔齐斯河横在面前，如果不涉河而过，它们就得留在河南岸，而河南岸的空气中似乎充满瘟疫气息，要不了多长时间，它们就会全部倒下。没有犹豫，它们拼命游过河，去了古尔班通古特沙漠。涉河而过时，河水几乎淹没它们的头顶，但河水也冲去了它们身上的瘟疫，它们居然全都好了。狼不知道这里面的原因，担心了很多天之后才放心下来。

天黑了，它们挤在石头上挨着时间，变得也像石头一样。自从被困在这里，它们就这样熬过一个又一个夜晚，但因为没有进食，茫茫黑夜越来越难熬，饥饿像一团在体内窜来窜去的火，灼烧着它们的身体。饥饿让它们想大声嗥叫，但当它们张开嘴，却发不出任何声音，只是喉咙一阵阵裂痛。饥饿还让它们产生幻觉，觉得有兔子跑到了嘴边，等它们略微清醒后才发现，是同类的头靠在自己身上。

好不容易熬到天亮，它们将身上的雪抖落干净，发现一夜之间山上的

雪更厚了,那些矮小的树在前几天还在积雪中露出半截,现在只露出树顶的枝条,变得像小草一样。至于那些石头,早已在积雪掩盖下不见形状。

群狼探路的愿望彻底破灭,那块石头是它们唯一活下去的依靠,它们必须死死坚守在石头上。雪仍然下得很大,石头上很快便落了一层雪。它们摇动身躯,将雪抖落下去,然后用爪子将石头上的雪一点一点推下去,这样就可以保持石头的干净,也可保证它们不被冻得倒下。

一天,两天,三天……很多天过去了,雪一直没有停。山冈上的雪越积越厚,它们已经饿得饥肠辘辘,两眼不停地冒着金光。虽然它们用不踏入雪地的方式躲避了死亡,但饥饿却是死亡的另一副面容,正虎视眈眈地盯着它们。

怎么办?

又熬了一天,有三只狼已经趴在石头上起不来了,其他的狼虽然可以勉强站立,但双眼中充满了无奈和绝望。如果再吃不上东西,它们最多熬到明天就会全部倒下,大雪会把它们淹没,变成几个雪包。

被困在山上的这群狼,如果找不到下山的路,或者吃不上东西,最后会变成积雪中的一个固定姿势。

熬到下午,一只老狼爬到狼群中间,发出几声嗥叫,然后趴下了身子。它的意思是,自己已经老了,为了让群狼活下去,它甘愿被吃掉。这样的事在别处也发生过,一群狼面临集体被饿死的关头,一只老狼为狼群奉献了自己,让群狼饱食一顿,渡过了生死难关。

狼群一阵骚乱,围着那只老狼乱嗥,继而走到它跟前,咬断它的喉咙,撕扯开它的皮肉吃了起来。

几天后,雪停了,山上的积雪在太阳照射下逐渐消融,山冈又显露出原来的模样。

狼群顺利下山。

守护或者凝望

草原不大,发生一件小事,也会迅速传开。

这两天传开的一件事,说狼对羊有好处,羊若离开狼会生病,甚至会死掉。

这件事是牧民别克说的。

有人问别克:"你说的这件事,有根据吗?老话说,果子落下,离树不远。你现在这样胡说八道,就像把松鼠的儿子说成是蚂蚁,把牛的父亲说成是骆驼,一点也不像草原上的人在说话。"

别克笑而不答,似乎不把这件事传遍天下,他就不会说出答案。

人们疑惑,狼那么可怕,怎么会对羊有好处?

别克说:"狼对羊绝对有好处,只不过你们不知道罢了。"

人们很愤怒,让别克讲出原因,否则就是对大家不尊重。有人想起别克的羊曾经被狼祸害过,便嘲笑他的脑子坏了,不但不恨狼,反而给狼说好话。

说起来,别克曾被狼祸害得挺惨。那年三月,一只狼进入他的羊圈,将一只羊咬死,但别克却不敢冲进去打狼。别克之所以害怕是有原因的,曾有一只狼咬死他的羊后,转过来差点一口咬到他脸上。他眼睁睁地看着狼把羊拖走,没有做出任何举动。一位牧民骑马追上去,用缰绳将马镫子绑住,甩出去打到狼身上,狼才扔下羊逃走。经历过那样的事情,别克应该恨狼,但别克却对狼没有恨意,反而一再说狼的好处。人们起初说别克脑子坏了是在挖苦他,后来便觉得他的脑子真的坏了,否则不会如此反常。人们找到别克的父亲告状:"您老人家一世英名,快管管你的儿子吧,否则他会让您的家族受辱。"别克的父亲知道事情的缘由,而且觉得再不公布原因,就会引起误会,所以,他劝别克把真相告诉大家。

别克这才说出事情的缘由。

去年,别克在草原放牧时,弄清楚了一件事,狼在草原上奔跑时,嘴里会呼出一股味道,那股味道散布到草原上,牛羊和马闻到后会精神振奋,提高免疫力。如果草原上没有狼,牛羊闻不到那股味道,就会莫名其妙地生病,甚至会大批死亡。狼进入牧场时,体格强壮的牛羊都跑了,只有那些体弱和患病的牛羊跑不动,会被它们吃掉。这样一来,不但可以优胜劣汰,还可避免瘟疫传播。

这就是狼对牛羊有好处的原因。

这个说法很有意思,也符合事实,人们都信了。

其实,人和狼多年来恩怨难分的原因,也正在别克的这个发现中。一位老人说,察哈尔人的祖先非常尊敬狼,认为狼是长生天派来的天狗,专门来保护草原,调节草原上的动物生存。有时候,狼对着天空长嗥几声,不属于草原的动物就会自觉离去。没有了狼,草原上的生态系统会被破坏。

因为人们都相信了别克的话,从此别克在草原上有了地位,人们都很尊重他,碰到他会给他行礼。

入春后,别克和弟弟赶着羊群去了草原深处。弟弟一脸阴沉,哥哥把事情说得太不着边际,他担心那是一个谎言,更不愿意被哥哥带到被众人嘲笑的旋涡中去。

很快,又传出一个让人们震惊的消息,不少牧民的羊被狼咬死,草原上发生了狼灾。

这就奇怪了,别克说狼只会吃生病的羊,现在的事实不是把他的说法否定了吗?人们怀疑别克,觉得那些说法是他编的,他是一个骗子。

弟弟的脸色更不好看了。

人们去质问别克:"你的那些说法是听来的还是你编的?"

"我们一代又一代人在草原上放牧,怎么能被你的谎言欺骗?"

"你这是让我们受辱!"

别克说:"说法是从草原上得来的,不会错。现在的问题是,今年的狼不知为什么突然变了。"

为了弄清真相,别克去牧区寻找狼的踪迹。很快,便传回一个消息,去年有牧民进入草原后,投毒将几只狼毒死,那群狼在之后的数月之中,经常在那几只狼命殁的地方长嗥,不知详情的人以为它们是为失去同类而伤痛,实际上它们是用嗥叫的方法在牢记那几位牧民的面孔,以备他们在来年进入草原后复仇。狼记仇,如果受到人或其他动物的伤害,它们会想尽一切办法复仇,如若在它们有限的生命中无法实现愿望,它们会告知同伴或下一代,直至达到复仇目的才肯作罢。那几位牧民在今年春天进入草原时,狼群已经苦苦等待一个冬天,它们对周围的环境和地形早已烂熟于心,也早已预谋好了报复他们的办法。在他们进入牧场的第二天,羊群就被狼冲撞而散,然后被狼一一咬死。咬死羊并非狼的复仇计划,它们很快又扑向那几位牧民,要把他们咬死。他们吓坏了,这才想起去年做过的事。他们躲在毡房中不敢出来,狼无奈,便将挂在毡房外的几件衣服撕碎,然后嗥叫着离去。狼知道衣服是人穿在身上的,将衣服撕碎便等于把人撕碎。

狼走了,那几位牧民不敢再待在草原上,便匆匆去了别处。

这件事也让别克的弟弟恐惧,他劝别克还是要防狼,千万不要把狼说得那么好,说不定你刚对狼唱了赞歌,它反而一口把你咬死。

别克说:"我们要有耐心,狼里面分好狼和坏狼,就像人,也有好人和坏人,不能一棍子打倒一大片。"

弟弟阴着脸,没有说话。

人们不再相信别克,赶着牛羊去了别的地方,只有别克和弟弟留在了草原上。

弟弟很担心:"草原上刚刚发生过狼灾,我们留在这里,难道要把羊往狼嘴里送吗?"

别克对弟弟说:"咱们走自己的路,不要因为别人的话迷失方向。"

弟弟一脸无可奈何,勉勉强强听了别克的话。

走在路上,别克给弟弟讲了一个发生在阿勒泰的人和狼的故事。有一位牧民在一次转场途中,捡到一只快要饿死的狼崽。别人要把它打死,但他心生善意,给它喂了吃的东西,然后把它放了。第二年在那仁牧场,他的一群羊在一场大雪中丢失,他骑马找了一夜都不见踪影,他绝望了,决定放弃。但奇怪的事情却发生了,在大雪中,他看见他的羊群拼命往这边跑,后面有一只狼在追赶它们。是他救过的那只狼,一年过后已长成了大狼。狼的记性很好,在羊迷失方向后,它利用追赶的方式把它们赶回来。

讲完故事,别克对弟弟说:"我知道你现在很纠结,也很迷茫,但你不能怀疑自己,要放心大胆地往前走,把你认定要做的事情做好。有一句谚语可能对你有帮助,你一定要牢记,如果你不知道要往哪里去,任何一条道路都会带领你到达。"

听了别克的话,弟弟还是有顾虑,他不相信狼会像人一样思考问题,会分得清他们没有害过它们,它们就不会伤害他们。即使他们家的羊在草原上安然无恙,也不能证明狼恩怨分明,只报复伤害过它们的人。弟弟说:"这件事是个例外,但是不要把狼当成人,更不要幻想狼会像人一样想问题,有时候在草原上,人不伤害动物,动物也会伤害人。"

别克摇头。弟弟无奈,只好跟着别克进了草原。

到了草原上,他们遇到一位老牧民,与他们聊起最近发生的事。老牧民说:"我的祖辈都在草原上游牧,好几代人都靠放牧和狩猎生活,所以草原上的动物是人的依靠,狼也不例外。以前很少发生狼吃羊的事情,狼群由一只狼王统领,除了自己的领地,它们不轻易去别处捕食。它们犹如保护神一般,让领地范围内的生态保持平衡。大自然的表面看似平静,但各种动植物之间却相互关联,如果少了其中一类,草原生态就会失去平衡。比如狼少了,黄羊就会突然增多,草场就会被践踏退化。"

别克听了很高兴,弟弟好像也懂了一些。然后,他们将羊群赶进水草丰美的地方,让它们自由吃草。

天气很快暖和起来,正是母羊产羔的季节,每天都有母羊产下小羊,而此前不久,狼也刚刚结束产崽。别克想,狼被产后的事牵扯,无暇光顾草原。

一天,别克把一群羊赶到草原东边去放牧,他弟弟则把另一群羊赶到草原西边去。他们家的羊很多,必须分开去放。晚上回来,弟弟说:"我在草原西边的山坡上发现了一个狼洞,大狼外出觅食了,里面只有几只狼崽。可能是因为刚出生不久,它们连眼睛也睁不开,躺在洞穴里睡觉哩。"

别克问弟弟:"你喜欢小狼崽吗?"

弟弟回答:"喜欢。"

"那你的意思是……?"

"如果可以,抱一两只小狼崽回来养,挺好玩的。"

"那怎么能行? 大狼回来发现自己的孩子不见了,不找你拼命才怪呢!"

"噢,那就算了。"

但过了一会儿,弟弟又不甘心了,劝别克说:"不如我们悄悄把狼崽抓来,大狼回来发现狼崽不见了,就会追过来,我们做好准备,把大狼引过来打死。"

别克很生气,教训弟弟说:"你千万不要这样干,本来狼对人并无恶意,你要是动了它的狼崽,你和狼的关系就僵了。"

别克的这番话让弟弟说不出什么,只好打消打狼的念头。

别克想,有很多人都像弟弟一样,不懂得去发现狼的好处,见了狼就想把它们打死,结果人和狼的关系越来越紧张,以至于结下仇恨,多少年都不能化解。

晚上，草原上传来一声狼嚎。

别克对弟弟说："有一只出生不久的小狼崽死了，母狼叫几声后会把它吃掉。"

弟弟还没有说话，他们的羊群已因狼嚎而骚动起来。羊好像也感觉到母狼失去了幼子，便向狼发出声音的地方张望，一副悲伤的样子。

别克对弟弟说："看到了吧，狼并非羊的敌人，狼受难了，羊能感觉到，明显在同情狼。狼和羊之间的关系很复杂，不能简单地用狼咬死了几只羊就下定论。"他见弟弟听得很认真，便给他讲了一个故事。在一个牧场上，曾发生过母狼喂养小羊的事情。有一位牧民在转场中不慎将一只小羊羔丢失，后来被一群狼叼回领地，意欲吞吃。但一只母狼拦住了它们，它刚生下几只小狼，母爱让它对那只小羊产生了怜悯之心。它将小羊和小狼崽们一起喂养。慢慢地，小羊和小狼崽们熟悉了，彼此像亲兄弟一样亲昵。时间长了，小羊熟悉了狼群中的生活，在狼对着天空嗥叫时，它也模仿它们发出叫声。但它的叫声并不像狼那样高亢，只是极其低缓的咩咩声。狼为它的叫声而怪叫，它则迅速跑到那只母狼身边。那只小羊没有想到，正是它模仿狼发出的叫声，日后救了它的命。三个多月后，母狼将它领到距牧民不远的地方，扔下它转身跑走。它已经对母狼有了感情，所以对着母狼的背影大声咩咩叫，但母狼没有回头，很快便消失在旷野里。一年后，那只小羊已长成大羊。有一天，它被几只狼围住，马上就要被它们扑倒在地。它无法逃脱，便像小时候那样对着天空嗥叫起来。因为身处绝境，所以它的声音比平时大了很多。很快，与它一起被母狼喂养过并已长大的几只狼冲到它面前，挡住了想要咬死它的那几只狼。双方怒目相视，不停地发出咆哮声。那几只狼很愤怒，马上到嘴的一只羊，却被这几只狼保护了起来，这不符合狼族的规则。对峙了一会儿，那几只狼的气焰被羊的保护者压了下去，愤怒地嗥叫着走了。

弟弟好像听明白了，又好像没有听明白。

第二天放牧时，弟弟赶着羊群绕过狼穴，到了离狼穴很远的地方放牧，

这样狼穴中的小狼就可以不受干扰。今年进入草原的人不多,而且这一带仅他们一家,所以狼穴中的大狼和小狼都是安全的。

他们的羊产下的羊羔中,有部分因先天体弱而死,他们便悄悄将其送到狼穴旁边,让大狼及时吃掉,以便有足够的奶水哺育小狼崽。他们做了几次这样的事后,大狼知道了他们的善意,遇到他们家的羊便远远避开,从不侵扰它们。在黑夜,大狼向他们居住的地方发出几声嗥叫,别克对弟弟说:"狼在感谢咱们呢!"

弟弟一脸懵懂。

就这样,他们一家和狼在草原上相处了几个月,小狼已经长大,大狼便教它们学习捕捉猎物的技巧。狼的一生只需学习这样一种本事,其他方面仅凭血性就可以应付。

一天,弟弟赶着羊群出去,不经意间经过狼穴附近,几只小狼并未见过羊,也不知羊为何物,便将羊作为练习目标,尝试怎样才能将它们抓住。大狼去河边喝水归来,眼前的情景令它大为惊骇,想用嗥叫制止小狼,但已经晚了,小狼已将一只小羊扑倒在地,很快便咬死了。

弟弟被吓坏了,赶紧赶着羊群回来说:"狼会装,它们的表现都是假的,就在刚才,小狼咬死了我们家的一只小羊。"

但别克并不为失去一只小羊而生气。

弟弟哭了。

别克对弟弟说:"没关系,小羊是被不懂事的小狼咬死的,大狼一定会教训它们的。你沉住气,千万不要干傻事,就当这件事没有发生。"

当晚,大狼在他家对面的山冈上嗥叫,声音里充满了愧疚和不安。别克对弟弟说:"你去给狼说说,我们知道它的意思了,让它回去吧。"

弟弟不动。

别克只好走出帐篷,对着山冈喊叫:"狼啊,你回去吧。小狼不懂事,我们不怪它们。"

对面山冈上的叫声停了,黑夜安静下来。

第二天早上,弟弟清点羊圈中的羊时,发现数量居然和原来一样多。他无比诧异:难道那只小羊并未被咬死,又回到了羊群中?

弟弟又将羊仔细数了一遍,还是多了一只。为查出原因,弟弟又检查了每一只羊耳朵上的记号。一查之下,发现有一只小羊的耳朵上没有任何记号,而在它的尾巴上,却有一个记号。

可以断定,这只小羊不是他们家的,但为何在一夜间进了他家羊圈?

看着弟弟一头雾水,别克笑着说出了原因:"这只小羊一定是大狼在昨天夜里送过来的。这是大狼在补偿我们。"

弟弟听明白了,但仍然不信。

别克说:"狼不光懂得报恩,而且还会赎罪。"

很快,到了秋末转场的时候,别克和弟弟准备赶着羊群离开草原,回到冬窝子里去。上路的前一天晚上,他们的羊群受到狼的侵害,被咬死了三只。

弟弟阴沉了一个夏天的脸,终于像决堤的大坝一样,涌出了眼泪。

第二天早上,别克对弟弟说:"我们赶着羊群回去,又要给人们一个说法了。"

弟弟问:"我们已经打脸多次,你还要弄出什么说法?"

别克一脸凝重,把弟弟拉到被狼咬死的那三只羊跟前,扳开它们的嘴让弟弟看。弟弟看见羊的舌头是黑色的,牙齿上满是蛆虫。

别克问弟弟:"明白了吗?"

弟弟回答:"明白了。"

别克转过身望着草原说:"羊群中有羊得病,呼出的气息会被狼闻到,狼认为得病的羊容易征服,就会想办法把它们咬死吃掉。我们家的这三只羊得病了,一定会在转场中传染给其他羊,但是狼已经帮助我们解决了麻烦。狼是草原的守护神,这句话终于得到了验证。"

弟弟笑了。

整整一个夏天,这是弟弟第一次笑。

独　探

有时候,羊刚刚啃食了草,却很快被狼啃食。

羊吃草天经地义,狼吃羊让人愤恨。

牧民每年五月进入夏牧场后,狼也会尾随而至,因为牧民在冬窝子里闷了一个冬天,羊吃干草熬了一个冬天,狼同样也苦苦等待了一个冬天。夏牧场上看似平静,但当羊把那些鲜嫩的草吃进嘴里时,危险就在不远处,狼也许正在向它们扑来。

这群狼为了等待牛羊进入牧场,在树林里潜伏了很久。今年的天气暖和得晚了一些,所以羊群进入牧场的时间也推后了很多天。这群狼在等待中已饥肠辘辘,但它们仍趴在树林中一动不动。这片树林处于一条峡谷之上,牛羊进入牧场必经这条峡谷,它们必须等待牛羊经过这里才可跟随而去。

过了两天,峡谷中没有任何动静,看来今年牛羊进入牧场的时间又向后推了。狼互相打量着,发现狼群中的每一只狼都已浑身发软,但眼神依旧犀利,似乎随时可将内心的信念像火焰一样喷射出来。狼的遭遇越是艰难,便越可以激发出狼性,在瞬间向目标扑去。但它们在潜藏时,哪怕被饿得随时会倒下去,也会不动声色。有时候为了等待机会,即使刮风下雨,寒冷难挨,它们仍一动不动。也许人类战场上的狙击手受了狼的启发,在潜伏时也像狼一样一动不动,直至目标出现。

又过了一天,峡谷中仍没有任何动静。一只兔子没有嗅到这里有狼,便向这边跑了过来。当它发现情况不对时,已经跑到了狼群中。兔子是狼最喜欢捕食的小动物,它们逃跑的速度虽然很快,但在狼面前却是小儿科,逃不了多远就会被狼的爪子死死按住。兔子肉很好吃,狼吃上一只兔子,其甘美的滋味会在口腔里存留多日。现在,这只兔子是送到狼嘴边的肉。一只狼忍耐不住饥饿,本能地叫了一声,意欲向兔子扑过去。但其他狼都很冷静,用愤怒的眼神盯着它,它便不动了。兔子惊魂未定,但判断出这群狼并不想吃自己,于是起身便跑,很快就不见了踪影。

狼群又安静下来。它们不能吃这只兔子,如果它们起身扑向兔子,刮过的风会把它们的气味吹向远处,嗅觉灵敏的动物会闻到它们的气息,树林中的鸟儿也会看见它们,会引起一片混乱。所有的这些,都会将它们暴露,使多日来的努力付诸东流。

但林中有百兽,狼群的潜伏还是受到了威胁。离它们不远的一个树洞里,有一头冬眠的哈熊(狗熊)醒了过来。沉睡了一个冬天,它身上的脂肪已消耗得差不多了,而温暖的天气和清新的空气,使它感到饥饿难耐。它爬出树洞,活动了一下身躯,开始向四周寻找食物。但四周除了刚发出绿芽的树木外,并没有什么可吃的东西。它决定下山到村庄附近去碰运气,它记得人们在这个季节开始种土豆,虽然埋入田地中的土豆仅为小块,但刨出后却可以充饥。

它也像那只兔子一样无意识地闯入了狼群中,但它不怕狼,张开嘴嘶哑地叫了一声,怒目瞪着狼。遇到狼,哈熊迅速改变了下山找食的计划,决定弄死一只狼充饥。

意外出现的哈熊让狼觉得很麻烦,因为它们不能暴露自己,所以不能和哈熊起冲突,只盼它尽快离去。但哈熊却无端生出愤怒,要和狼群较量一番。群狼不得不聚在一起,防止它那又厚又大的掌拍打过来。

　　哈熊看见群狼聚成一团,一时没有了进攻的办法,怒视着狼,开始与狼对峙。

　　哈熊的性格比较粗鲁,是急性子。过了一会儿,它忍受不了沉闷的气氛,一掌击向一棵树,将其咔嚓一声击断。它咆哮着,将断裂的树又一掌击飞,树林里响起一片哗啦声。

　　群狼显得不安起来,哈熊如此暴躁,下一步就要用大掌来拍打它们了,它们必须尽快想办法对付它。狼互相对视沟通,很快便有了一个办法——派一只狼将哈熊引开,让其他狼实施原计划。但因为已挨饿多日,引哈熊离开的狼很有可能会丧命于哈熊的大掌之下,所以,派出的狼实际上是去完成一次死亡任务,用它的死为狼群赢得机会。

　　一只狼低低地叫了一声,它愿意去完成这一死亡任务。所有的狼都用复杂的眼神望着它,一种生死离别之情在它们的双眼中像水一样涌动。

　　但它却毫无惧色,对着狼群叫了一声,像是在告别,然后,它从狼群中一跃而出,跳到了距哈熊不远的一块石头上,也用愤怒的目光盯着哈熊。

　　哈熊被激怒,大叫一声扑了过来。它从石头上跳下,向山下跑去。哈熊怎能放过它,转身追去。这正是这只狼以及狼群所希望的。

　　它跑得很快,不一会儿便穿出了树林,进入了峡谷之中。

　　但它身后的哈熊跑得很快,它刚进入峡谷,哈熊便像一块石头一样咣的一声跳了过来,并迅速向它扑去。峡谷较为宽阔,它撒开腿向前奔跑,很快便跑出峡谷,进入了一片开阔地。但它没有想到,在这片开阔地上,它遭受了致命的打击。这时,哈熊追赶的速度陡然加快,很快便像一座大山向它压了下去,它躲闪不及,被哈熊一掌拍打在了身上。一阵剧痛让它眼冒金花,它无力地倒在了地上。很快,哈熊又一掌击在它身上,它的腰发出一声脆响。它趴在地上哀号,天空和大地在它双眼中变得越来越黑,并很快变成一个黑色深渊将它吞没了进去。

　　狼群听到了它的哀号,知道它已丧命于哈熊的大掌之下,它们互相对视了一下,继而又无声地趴下了身子。

第二天,牛羊进入了峡谷之中。上路的那天,牧民们将牛羊归拢到一起,沿山道缓缓行进。不一会儿,灰尘便被牛羊踩起,在山谷中一团团弥漫,峡谷变得热闹起来。平时,人们没有感觉到村子里有那么多羊,此时,让它们一起在峡谷里行进,才显现出羊群的强大阵容。

狼群等羊群穿过峡谷后,悄悄跟在了后面。这是狼惯用的方法,先弄清楚牛羊所要到达的确切方位,然后找机会偷袭。有一年,几位牧民赶着牛羊进入一个牧场,一群狼悄悄跟随在后面。那个牧场的草不如去年,牧民很快便分开去寻找新的牧场,那正是狼群偷袭羊的好时机。它们对几位牧民逐个击破,将他们的羊一一咬死。后来,那几位牧民各自寻找到了牧场,狼群将其中一位牧民的羊在一夜之间咬死,拖入树林中饱食了一顿。过了些天,它们饿了,便又去偷袭另一位牧民的羊。如此一次次偷袭,居然让那几位牧民的羊无一幸免,全部被咬死。到了秋天转场回去时,那几位牧民愁眉苦脸地说:"我们出来的时候有羊,回去的时候却没有一只羊,我们这一趟出来等于给狼送羊来了。"他们总结惨痛的教训,才知道在他们进入牧场的半路上,就已经被狼盯上了。从此,人们在进入牧场时格外小心,防止被狼跟踪。时间长了,狼知道牧民有防范之心,便采取潜伏隐蔽的办法观察牧民要去的牧场,这群苦苦等待数日的狼群就是此例。

但今年的牧民分外警惕,他们一路观察着树林、河谷、沟壑和草丛,这些地方易于让狼藏身,往往在人放松警惕时,会冲出几只狼扑向羊群,待人反应过来,羊已被狼咬死。牧民们只能用最难听的话骂狼,但狼却早已将咬死的羊拖走。这样的事在每年的转场过程中都会发生,所以牧民们谈及此事时脸色骤变,难以掩饰痛苦经历留下的伤感。

让牧民们感到奇怪的是,这一路太过于安静,无论是树林、河谷、沟壑还是草丛,都没有任何动静。牧民们反而对此起了疑心,觉得狼一定改变了以往的做法,在更隐蔽的地方观察着他们和牛羊的行踪。

为了彻底摆脱狼,牧民们一改以往的做法,白天不赶路,让牛羊啃食地上刚冒出的草芽,让狼以为他们到了这儿就不再往前走了,迷惑它们放松警惕。天黑之后,他们悄悄赶着牛羊出发,去一个让狼无法找到的地方。

第二天早上,狼才发现自己上当了,牧民们和牛羊早已不知去向,它们只能绝望地嗥叫几声,转身钻入河边的一片矮树丛中。跟丢了牛羊,它们将面临饥饿,更为严重的是,它们将在别的狼群面前抬不起头,成为一群背负耻辱的狼。

矮树丛对它们起到了遮掩作用,它们躲在这里是安全的,但它们不甘心,琢磨着用什么办法找到牧民和牛羊,雪洗此次遭受的耻辱。很快,它们想出了一个办法,派一只独狼去探寻消息,狼群在此等候。这是狼惯用的一种方法,派出打探消息的只能是一只独狼,它必须勇敢睿智,找到目标后把嘴插入地缝,发出一声嘶哑的嗥叫,狼群听到后便会马上聚集过来。而如果独狼在外遇到危险,便只能独自解决;解决了危险,它便能归队,若解决不了,它便命殁荒野。所以说,独狼是狼群里的"敢死队员"。

所有的狼都将目光投到了一只狼的身上,它健壮,是去完成任务的首选。它有些不乐意,但所有狼的目光像刀子一样刺在它身上,它慢慢低下头,以沉默的方式接受了任务。头狼朝它低低地叫了几声,它回应了一声,便上路了。

它离开狼群后,独自穿过一片树林,沿一条河流开始向上搜寻。它很聪明,知道牧民们每年放牧时有两种地方必选:一是河水,二是草场。二者相比,水更重要,往往是首选。这只狼断定牧民们一定在有水的地方,所以它便逆流而上,去寻找他们的落脚处。

走到一潭积水边,它嗅到一股怪异的味道。它将身子藏在一块石头后,悄悄观察四周的动静。它无法断定那股味道是什么东西散发出的,但它断定一定有什么东西躲在积水处。

因为肩负使命,它观察了一会儿,便决定绕过这潭积水。但就在它刚从石头后探出身子时,从积水一侧的树后钻出一个黑乎乎的家伙,一边嘶吼一边向它扑了过来。是一头野猪,它以这散发出怪味的积水潭为家,长期居于此,今天被一只狼打扰,便恼怒地要扑过来发泄不快。野猪的牙很厉害,一些动物被它咬住后,咔嚓一声便皮开肉绽、血流如注。

这只狼没有料到会遇到一头野猪,所以在野猪扑过来时,它并未迎击,而是迅速躲向了一边。平时,狼会攻击野猪,因为野猪不如它们灵活,它们往往会利用野猪的这一致命弱点,对其喉咙和睾丸等处突然下口,致使野猪倒地而亡。但现在它不想和这头野猪纠缠,所以它在躲过野猪的一次进攻后,突然蹿向河对岸,将野猪甩在身后,继续去寻找牧民们的足迹。

但它直至走到河水的发源地,都没有发现牧民的足迹。于是,它改变方向,又向一座山后走去。这座山很高,它判断牧民不会将牛羊赶到山上,而山后有草滩,牛羊极有可能正躲在那儿吃草。它用了半天时间才从山脚下绕过去,进入了那片大草滩。果然不出所料,有牧民停留在了这儿,牛羊正在吃草,长久都不将头抬起。这儿的草长得不错,可供这些牛羊吃一个夏天。它慢慢爬入草滩边的树林中,对牧民人数、牛羊的数量,以及周围的地形等都详细观察了一遍,直至一一将其牢记在心后,才转身返回。

它要回去给狼群报告这一好消息。

狼群为它带来的消息而兴奋,立刻整队出发,像射出的箭一样向它所指的方向飞奔而去。

它们的速度很快,恍如一团团黑影掠过荒滩和草丛,迅速向大草滩行进。有人曾仔细观察过狼的行进速度,它们在捕食时速度最快,要比迁徙时快三至四倍,因为在这种时候,捕捉目标也在奔跑,如果已发现有狼跟在身后,则会加快速度逃命。所以,狼一旦追赶目标,一定会在短时间内扑到其身上撕咬,让它们得不到逃跑的机会。

三个多小时后,它们接近了大草滩,但它们没有马上展开捕杀,而是悄悄潜伏在一片沙丘后,仔细观察着大草滩上的动静。狼的冷静在动物中首屈一指,它们不论遇到什么情况,都不轻易暴露自己。为此,它们每到一处首先要做的,就是把自己隐藏起来,然后才开始打量四周。

这片草滩很大,绿草几乎从低处一直长到了远处的山坡上。草滩中有一条河,河水在夕光中反射出明亮的光。这样的地方是理想的放牧点,牧民们已经在草滩中搭起了帐篷,有蓝色炊烟从帐篷顶升起,在寂静的草滩上飘散。

狼群断定,牧民并未预料到它们会跟踪而来,所以没有任何防备。

这时候,那只出去打探过消息的独狼在树林另一侧发现了一只正在吃草的羊。独狼的使命让它格外警惕,同时也为找到了这个大草滩而心生骄傲。所以,在其他狼都冷静观察大草滩上的动静时,它已离开狼群,迫不及待地在大草滩四周悄悄张望,寻找着可以在短时间内咬死的羊。牧民的牛羊都在大草滩中心吃草,如果狼冲进去,其宽阔的地形很容易将它们暴露。它有些沮丧,但无意一瞥间却发现了树林另一侧的这只羊。它激动起来,这意外的发现让它激动不已。

它仔细观察了一会儿,发现那只羊始终在低头吃草,像是没有任何防备之心。是啊,这儿的草是如此嫩绿,羊正吃得津津有味,又怎会往别处想呢?

这样的机会多好啊,它立功心切,立即回到树林中向狼群传递了这一消息。狼群正为无法冲进大草滩而着急,它的这一好消息让它们很兴奋,觉得那是牧民防范的盲区,咬死它没有任何问题。

对一次盛宴的渴望带来了更大的刺激,它们马上向那只羊悄悄围拢过去。那只独狼显得很兴奋,整整一天的辛苦奔波和艰难寻找,终于要在现在有结果了,而这一切无不是它的功劳,以后它一定会在狼群中有地位,受到众狼的尊重。

但事情并非它们预想的那么简单,这只看似平静的羊,其实是牧民投下的诱饵。他们已被狼侵害得苦不堪言,所以时时刻刻都不敢忘记防狼,并一再琢磨出收拾狼的办法,要给狼以致命的打击。比如现在,他们断定狼会跟踪而来,所以在树林边拴了一只羊,诱惑狼向其猛扑过去,从而上当。

狼对此毫无察觉,所以它们便上当了。就在它们猛扑过去,快要接近那只羊时,有一只狼踩在了暗藏于土中的狼夹机关上,啪的一声,它的一条腿被夹住,疼得它呜呜乱叫,在原地打转却不能挣脱狼夹。

另外两只狼在奔跑中踩到软绵绵的草上面，身子一歪掉进了陷阱。陷阱内有尖利的木戳子，它们一下子被刺穿，很快便死了。

狼夹子和陷阱，这是牧民到了这儿后迅速布置的防狼机关，他们知道，如果没有过硬的收拾狼的办法，一两天后狼跟踪而来，就只能眼睁睁地看着羊被咬死。而有了这两种办法后，他们才放心地把牛羊赶入大草滩中，然后在帐篷里烧水煮奶茶喝。

这两个办法很管用，在短短时间内，让两只狼命殁，另一只狼也命在旦夕，群狼吓得转身便跑。这样的情景在以前从未遇到过，以至于让它们觉得大草滩上到处布满陷阱，所以还是赶快离开为好。

牧民从隐藏的地方冲出来，用石头把那只被夹住的狼的脑袋砸开了花。为了解气，也为了让别的牧场的人知道他们收拾了三只狼，更为了让狼害怕，他们将狼头割下，挂在牧场边的树上。将狼的头或尸身挂在树上，这是牧民打死狼后常干的事情，也是最为解气的方法。

这群狼从大草滩跑出后，所有狼都愤怒起来，它们认为那只报信的狼观察不够仔细，犯下了不可饶恕的错误，按照狼群中的规则，它的死期到了。

那只狼痛苦哀号，但狼群一拥而上，将它围了起来，很快，它便变成地上的一堆碎骨烂肉。

报　恩

两个人,一群羊。羊一头挨一头,汇集成羊群。

两个人一前一后,谁也不理谁。

走在前面的是达尔汗,走在后面的是别克。

别克跟随达尔汗来放羊不到十天,又开始为前些天掏狼崽没挣上钱而懊悔了,他觉得要想挣钱,要想去外面的大世界,唯一的办法就是离开这该死的牧场,不再天天跟在羊屁股后面转。前几天一名打狼队队员无意间说起现在狼髀石很贵,一个可以卖50块钱时,别克又动心了。他想,狼髀石都是从牧区出去的,自己在这方面有优势,为何不做狼髀石的生意呢?一只狼身上有两块狼髀石,可以卖100块钱,如果把每年死去的狼的髀石都收到自己手里,要不了多长时间,自己就成了村里最有钱的人。有了这样的想法,他便再也没有心思放羊了。

这里的草很好,羊一进来便低头吃草,但别克却并不在意羊能否吃上好草,他的心思在别处,他已经开始讨厌羊了。

达尔汗说:"今年就在这儿了。这片草场好,一眼望不到边,羊可以好好地吃一个夏天。"

别克问："那咱们不去别的地方了？"

达尔汗很奇怪地看着他说："还需要去别的地方吗？"

别克扭头向远处张望了一会儿，自言自语说："别的地方一定有更好的草。"

达尔汗皱起了眉。别克已经十八岁了，不久就要娶妻成家了，但他仍不成熟，似乎从一个少年到真正的男人还有很遥远的距离。尤其是这次出来后，他发现别克心气太高，加之又好冲动，经常像一匹小马驹一样不安分。昨天傍晚到达这里时，达尔汗一眼就发现这是一片好草场，决定在此驻扎，但别克却说："这里没有树，小河在山后面，不好看也不方便。"

达尔汗对他说："出来放牧为了啥，不就是让羊吃上好草吗？"

别克感觉到了达尔汗的不悦，便不再说话。

晚上躺在帐篷里，别克又不安分了，他说："有人去了山后的草场，那里的水草比这里好，人也多，热闹得很。"

达尔汗躺着没动，只说了一句话："人热闹了，羊吃不好草。羊吃不好草，人还算合格的牧民吗？"说完，便不再理别克。

早上起来，达尔汗的脸色阴沉沉的。别克觉得达尔汗生气了，但他并未对自己的言行反悔，也将脸拉下来，把一只走得缓慢的羊踢了一脚。羊惊叫一声乱窜，羊群随之骚动起来。

达尔汗大喊一声，羊群才安静下来。

别克站在原地不知所措，只是用手紧紧抓着羊鞭。他没想到自己无意间的一脚便使羊群大乱，更没想到达尔汗的一声大喊，就能使羊群乖乖站在原地不动。看来，已经放牧几十年的达尔汗还是厉害，以后不能再在他面前发脾气了。

羊群进入草场，四周安静下来，只有羊吃草的声音。羊吃草的时候，人便闲下来，可以做别的事了。达尔汗把别克叫到身边，问他："心里不畅快？"

别克回答："没有。"

"真没有？"

"没有。"

"那你为啥像没调教过的小马驹一样乱跳？"

"没有。"

"还敢说没有！"达尔汗的嗓门一下子大了起来。

别克不敢吭声了，他看见达尔汗十分愤怒，双眼中像是真的要喷出刀子来。别克以前领教过达尔汗的脾气，他平时似乎总是眯着眼睛，但发脾气时却像变了一个人。别克承受不了达尔汗的目光，他还没有迎接刀子的勇气和力量。

达尔汗盯着别克看了好一会儿，叹了口气，把别克叫到身边说："我知道你想去大地方，也喜欢人多的地方，但你不知道，人不能老往大地方跑。"

别克用不解的目光望着达尔汗，达尔汗看上去心平气和，一副很关心自己的样子。他心里一阵激动，觉得达尔汗亲切了很多，但他仍不理解达尔汗的意思。

达尔汗说："大地方真的很大，人是到不了的。"

别克说："有很多人都去了。"

达尔汗叹了口气说："他们最终将一无所获。"

"为什么？"

"他们只看见了大地方，没有看见小地方。"

"小地方也需要看见吗？"

"需要。"

"那怎么看呢？"

"看见了大地方，是眼睛让心飞，人的心可以无止境地飞，但最后一定要飞回来，落在脚下，人才可以变得踏实。人的脚下就是小地方，人一定要在看见大地方后再看见小地方。"

别克似懂非懂。

达尔汗不再说什么，别克的态度有所好转，他为此欣慰。他知道别克想去打狼,但别克并不明说,他因此便不好揭穿,只能生闷气。如果换了别的事,他一定会指着别克的鼻子训斥他一顿,说不定还会扇他几个耳光,但因为和狼有关,他便只能沉默。三年前,他们家的羊在牧场上被狼吃了,别人都对狼愤恨不已,唯独他不但不生气,反而说出了一番让众人觉得莫名其妙的话。他说:"想开一点吧,本来草场上有黄羊,狼可以吃黄羊,我们来了后,把黄羊赶跑了,狼没吃的,便只好吃羊了。所以说,我们是有责任的。"他的话让大家如坠云雾:这是什么道理,自己的羊被狼吃了,难道还要给狼说好话?其实,他家是受灾最严重的,有一半羊被狼咬死。他原本打算在秋后把羊卖掉给叶赛尔娶媳妇的。无奈之下,他便四处借钱,最后仍没有借够能把叶赛尔的媳妇娶回家的钱。人们因为不能接受达尔汗说的那番话,便嘲笑他,说他儿媳妇的一半被狼吃了,另一半要靠借钱才能娶进家门。达尔汗听到后很生气,但忍住怒火没有发作。他始终坚持自己的观点,狼吃羊是出于无奈,否则它们不会动羊。有人找他理论了一番,结果被他说服。他说:"原因很简单,黄羊又笨又傻,狼很容易把它们咬死,但黄羊被人赶出了草场,所以狼只有吃羊了。相比之下,羊被人看着,狼是不能轻易得逞的,但狼费尽心机,甚至冒着生命危险来吃羊,是出于无奈啊。"

达尔汗始终坚持这一观点,但他没想到这件事给别克心头蒙上了阴影。别克的性格刚烈,容不得别人说达尔汗儿媳妇的一半被狼吃了,另一半要靠借钱才能娶进家门。从此他便一直想打狼,只有打死几只狼,才可以解他心头之恨,洗刷蒙受的耻辱。他这次出来,一直想去人多的地方,其原因也正在于此,他觉得人多了才好打狼。再说,以达尔汗对狼的态度,如果和他在一起,恐怕狼还没打死,笑话早传出去了。

达尔汗知道别克对自己有戒备之心,从来都没有打消过打狼的念头,但他有信心说服别克,他在等待更合适的机会。

中午,羊群已进入草场深处,有的甚至已经钻入了草丛中,只露出半截身子。去年冬天连降大雪,加之开春又下了几场雨,草场上的草长得很好。别克以为羊会吃那些长高的草,因为它们的叶片显然要比地上的草大得多,但他仔细观察后才发现,羊只吃地上的草,而且还是刚长出的细嫩的草,这就是羊进入牧场后长久低头的原因了。

同样是在放牧,同样是在看羊,达尔汗却和别克不一样,他看见羊钻入草丛后,便对别克说:"你去把羊赶出来,在那样的地方吃草有危险。"

别克很吃惊:"有什么危险,难道有狼?"

"不好说……"

"有狼好!"

"好什么?"

"我打它!"

"你能打死狼吗? 你的本事有多大?"

"狼吃了我们家的羊,害得我们家的事被别人议论来议论去,我不打它毛驴子下哈的,打什么?"

达尔汗不再说话。至此,别克想打狼的心思已很明了,不用再遮掩了。

此时,别克很兴奋,经由达尔汗刚才的提醒,似乎狼真的就在附近,似乎他马上就可以把狼打死,可一洗三年多以来的耻辱。达尔汗看着别克一脸兴奋,皱起了眉头。但别克仍急切地向牧场上张望,想赶快找出狼来。牧场上很安静,绿草一动不动,羊始终低着头吃草,偶尔刮过的风会让草漾起一层绿色波浪。但牧场是一片沉寂的海,这些细微的波浪很快便销声匿迹。如果有狼,它们在牧场上是藏不住的,它们和羊一般大,羊在最高的草中也只能藏半个身子,它们是无法躲开人的眼睛的。

达尔汗让别克进牧场去看看,把那些钻进草丛中的羊赶出来。别克很高兴,快速跑进牧场,喊叫着把钻进草丛中的羊赶了出来。他仔细观察了那些草丛后吃了一惊,如果狼趴在草丛中,人是看不见的。狼很聪明,它们如果进入牧场,一定会把自己藏得严严实实。而这些草丛,无疑是它们理想的藏身之地。

别克的心悬了起来。

但很快,别克又变得高兴起来,有狼,才有打狼的希望。只要发现狼的行踪,他就会去把打狼队队员带过来,让他们用枪把狼打死,然后趁打狼队队员不注意,悄悄挖出狼髀石。打死了狼,打狼队队员得了名,他得了利。

回到达尔汗身边,别克说:"没有狼。"别克想稳住达尔汗,等待狼出现。就眼下的境况而言,达尔汗是自己打狼的最大障碍,如果狼真的出现,他一定会阻止自己,所以不能让他知道自己的意图。

下午,别克盼着狼出现。狼没有出现。黄昏,别克仍盼着狼出现。他想,天快黑了,狼的肚子一定饿了,不出来寻找一点吃的东西,它们将如何度过黑夜?

但狼仍没有出现。

天快黑了,别克想,狼不会出现了,它们一定在别处寻找到了吃的东西,吃饱之后,现在正睡觉哩。不过他又想,狼晚上不睡觉,所以才对每晚都睡觉的人的事情烂熟于心,总是能够瞅准机会把牛羊咬死。狼喜欢在凌晨三四点活动,这时候人睡得正香,做的梦很美,等到天亮睁开眼一看,牛羊早已被狼咬死吃掉了一半,另一半血肉模糊,有苍蝇嗡嗡叫着飞来飞去。人为此气得大骂,同时也责怪自己为何睡得那么沉,居然连一点动静都没有听到。那些在黑夜里遭受过狼侵害的人从此警惕性很高,时刻留意着四周的动静,以防它们故技重施。

别克没有经历过狼的夜袭,他们家在三年前遭狼侵害是在白天。那天,他和达尔汗受一位同来放牧的牧民邀请,去他帐篷中吃羊肉。那位牧民宰了一只羊,炖了一上午,然后站在山包上喊达尔汗和别克去做客。他喊的声音很奇怪,听上去好像是在半喊半唱。别克忍不住说了一句调皮的话,他这样喊叫,让狼听到了,弄不好把他的羊全吃了。达尔汗瞪了他一眼,他不再吭声。那位牧民宰的羊很健壮,炖熟的大块羊肉很让人解馋。吃毕,别克想和那位牧民聊天,但达尔汗用眼神制止了他,他便随达尔汗返回。走到距他们家帐篷不远的地方,他们闻到了一股奇怪的味道。达尔汗一惊,难道有狼?他们加快步子赶过去,出现在眼前的情景令他们大吃一惊——草场旁的斜坡上,躺着一大片死了的羊,而剩下的羊则咩咩惊叫,在草场上不安地跑来跑去。他们跑过去一数，死了三十多只羊。这一顿羊肉吃得真不划算，在那个年代，一只羊按100元计算，3000多元没有了。一群狼在他们离开后，悄悄接近了牧场。狼群中的大部分藏在斜坡上，只派出几只狼冲进牧场将羊群冲散。羊和人一样，遇到危险总往高处跑，等它们跑到斜坡上时，埋伏的狼群一跃而出，将它们一一咬死。因为被咬死的羊不少，所以狼便匆忙扯出羊的肠子吃掉，然后迅速离去。达尔汗和别克看着横七竖八倒在地上的羊，一时不知该说什么好。到了下午，传来的消息说，不光达尔汗家遭受了狼袭，还有别的几家也被咬死了羊，据估计是同一群狼干的。原来，那位牧民喊达尔汗和别克去吃羊肉时，有其他人也听见了，但因为不在受邀之列，所以不好意思前往，后因忍不住馋劲儿，便也宰了一只羊炖熟，叫要好的朋友去吃。谁也没有想到，他们吃手抓羊肉时，狼正在吃他们的羊，等他们回去，结局便落得和达尔汗家一样。从此，人们再也不敢离开羊群半步，唯恐狼在大白天出来祸害羊群。

这次进草场时，达尔汗叮嘱别克，白天把眼睛睁大，晚上把耳朵竖起，狼贼得很，人一不小心就上当了。

但别克坚信晚上没狼。现在的放牧与以往大有不同，有人转场时用汽车拉东西，马达的轰鸣声响彻旷野，汽油味也浓浓地弥散开来，狼早就跑得没影子了。

达尔汗对别克的态度很不满，但他只冷冷地说了一句话："晚上把耳朵竖起。"

"好，把耳朵竖起。"别克不情愿地应了一声。

天慢慢黑了。起初别克确实把耳朵竖起，听着四周的动静，但时间久了便忍不住犯困，渐渐进入了梦乡。后半夜，草场上起风了。这场风刮得有些奇怪，之前没有任何迹象，到了后半夜，天地间突然响起大风的呼啸声，似乎有很多鬼怪从黑暗深处蹿了出来，肆无忌惮地怪叫。羊群受到惊扰，发出一阵乱叫。

达尔汗推了一把熟睡的别克："出去看看。"

别克迷迷糊糊嘟囔了一句:"没狼,睡吧。"

过了一会儿,风小了下来,达尔汗也睡着了。没想到,就在他们睡着后,一群狼接近了他们的羊群。狼是在天慢慢黑下来后潜藏进那些长高的草中间的,它们趴着一动不动,直至黑夜把它们和周围的一切融为一体。后半夜刮大风的时候,它们迅速向羊群靠近。大风给它们提供了机会,以至于它们扑到羊群跟前时,羊群都毫无察觉。

狼将一只只羊咬死,或吃掉羊的臀部,或扯出肠子,有的狼甚至钻到羊肚子底下,将羊顶起背走。这群狼已经在这儿等了很久,达尔汗家的羊进入草场后,它们按捺住急切的心情,盼着天黑后行动。一场大风给它们帮了忙,把它们行动时的声响淹没,让它们顺利接近了羊群。狼很喜欢风,因为它们懂得利用风,达到自己的目的。有一次,一群狼追赶一群鹿,鹿的集体意识强,只要狼扑上去,它们便依靠在一起用蹄子踢狼。鹿群的蹄子像雨点一样密集,一旦被踢中,狼身上就会出现血洞,所以狼群长时间无法得逞。后来一场风刮起,狼马上有了好主意,它们用爪子把沙子扬起,让风把沙子吹向鹿的眼睛。鹿怕沙子钻入眼睛,便转过了身去,这正中狼的下怀,它们扑上去咬住鹿的臀部用力撕扯,鹿便倒在了地上。

这群狼也巧妙地利用风掩护了它们,以至于它们得逞离去后,仍没有被人发觉。随着它们走出草场,一场偷袭就要悄悄画上句号了。但事情却出现了意外,走在最后的一只狼突然嗥叫了一声,并一头栽倒,浑身抽搐了起来。它的叫声太突然也太大,一定会把人惊醒,而且还会让狼群暴露,群狼愣怔片刻,果断地扔下它走了。

它的叫声确实把好几个人惊醒了。达尔汗在它叫出第二声时,就已经冲出了帐篷。狼的叫声不会说明什么,一定已经有羊遭到侵害了,所以他要赶快到羊跟前去,以防更多的羊被咬死。

别克随后也冲出了帐篷。附近的几位牧民也被惊醒,正往这边赶来。

羊横七竖八倒了一地,有的已经死了,有的还在抽搐,但被撕开的肚子无外乎说明,它们要不了多久就会断气。剩下的羊乱叫成一片,似乎黑夜中有无数只可怕的狼,随时都会把它们扑倒在地,一一咬死。

达尔汗对着别克大喊一声:"别克,从两边圈羊。"

别克回应:"好。"

他们俩跑到两边,大声喊叫着将慌乱的羊赶到了一起。很快,剩下的羊便又组成了羊群。牧民最怕羊落单,那样的话就会被狼死死盯住,追不了多久便会被咬死。而羊群因为密集,狼无法攻击其中的一只,即使狼冲进羊群,也会因为羊乱跑成一片而无法轻易得逞。

羊汇成了群,达尔汗将双手平伸着上下抖动,嘴里发出低低的呜呜声,想让羊安静下来。羊见到了主人,加之狼已离去,所以很快便不再乱跑了。但达尔汗仍抖动着双手,嘴里呜呜地叫着,直至把羊群慢慢赶到了一个小山包上,才停了下来。小山包才是真正安全的地方,狼不但不易于进攻,而且人还可以居高临下打狼。那群羊在小山包上卧下,不再发出乱叫,达尔汗也安静了下来。

别克很为达尔汗的镇定惊讶,在危急时刻,他是一位很有经验的牧民,很从容地处理着一切,让别克不光从中看出了他丰富的经验,更觉得他的形象高大了很多。

喘了口气,达尔汗开始清点羊的数量,被狼咬死了十三只羊,又损失1300元。别克气得大骂:"毛驴子下哈的狼,不得好死。"

达尔汗什么也没说,转过身看着远处。天很黑,不知他在看什么。

这时候,有人发现那只狼还在原地趴着,便大叫一声:"有一只狼还没有跑。"

于是人们向那只狼扑了过去。

又有人大叫:"它跑不了了,在地上挣扎呢!"

原来,这是一只有孕在身的母狼,刚才准备逃离时肚子突然剧痛,以至于趴在地上无法起身。它的肚子很大,要不了多久就会分娩。它看见人围了过来,意识到自己陷入了险境,想挣扎起来逃走,但疼痛已让它没有多少力气,只能在地上发抖。人们围着它细看,这就是狼,这就是祸害了很多牛羊的狼。狼被人围在中央，已经不叫了，只是用一双发着绿光的眼睛盯着人。狼眼中的绿光阴森森的，让人们禁不住想往后退，似乎它只要一跃而起，人就会丧命于它的利牙之下。但它没有力气跃起，它的肚子一阵疼过一阵，浑身剧烈颤抖，眼中的绿光也渐渐黯淡了下去。

"狼快要疼死了！"有人发出一句感叹。

"不行，疼死它就便宜它了，把它打死。"

"对，打死它。"

"它吃了我们的羊，就该挨打。"

"它肚子里还有小狼崽，打，让它们没出生便和大狼一起挨打。"

"让达尔汗和别克打，他家损失的羊最多，他们把狼打死最合适。"

众人把目光都投在了达尔汗和别克身上。别克变得兴奋起来，他盼望这一时刻已经很久了，今天终于可以出口气了。他从地上捡起一块石头，走到狼身边，准备打它的头。他要报三年前他家的羊受狼侵害的仇，要雪耻人们对他们家借钱娶媳妇的议论，更要为今晚被狼咬死的羊报仇。如此之多的仇恨，让他觉得打死一只狼并不足以泄愤，但眼下只有一只狼，所以只能先把它打死。再说了，打死这只狼还可以得到两块狼髀石，能卖100元呢！

他刚把石头举起，达尔汗便大喊一声："不要打。"

他将那块石头举在半空，扭头不解地望着达尔汗，说："狼都到了这种地步，不打它，留着它干什么？"

达尔汗沉静地说："不要打，它快要生小狼了。"

别克着急地说："它生下的也是狼，干脆打死算了。"

达尔汗摇摇头说："你忘了我以前说过的不要打怀孕的狼的话了？"

"没忘，但是放了它，它认下了我们，回头还会害我们呢！"

"不会的。"

别克把石头扔下，母狼低叫了一声，抬起头望着别克。很显然，它清楚自己在刚才经历了命运的变化，并对别克充满了感激之情，它的这声低叫，

是对别克的感激。别克看见它的眼睛闪动了几下,浮出一片晶亮的光。他心想,狼也会被感动呢!如果人和狼之间没有那么多的恩恩怨怨,彼此之间多一些这样的感动,牧场上一定就不会有危险,人不会打狼,狼也不会再害人。

达尔汗说:"天亮后大家把它抬进树林里去,也许狼群会把它弄走。如果狼群不管它,它也好在树林里安静地生下小狼崽。"

众人都同意。别克尽管有些不开心,但还是听从了达尔汗的话。他这些天一门心思想着打狼,差一点忘了父亲多次给他说过的话:千万不能打死怀孕的狼,如果一只母狼怀十只小狼崽,就会有三四十只狼来找你报仇。刚才经达尔汗提醒,他才想起了这些,并对这只母狼产生了同情。他在心里想,不打这只狼了,图个吉利吧。

天很快就亮了,大家把母狼抬进树林,在它身下铺下一层草,然后离去。折腾了半夜,大家都困倦了,本来想就发生的事说一点什么,但打着哈欠说了上半句,下半句便变得模模糊糊,不知是什么意思。狼有个习惯,不会在短时间内重复光顾同一地方,因为它们知道人会防备,稍有不慎会遭受报复,所以现在是安全的。

几乎所有的人都倒头呼呼大睡了,唯独达尔汗坐在一块石头上抽着莫合烟。别克劝他也睡一会儿,他没有任何反应。别克便不再管他,躺下后很快便睡着了。

其实,达尔汗在这时才开始心疼起他的羊,十三只羊啊,就这样在眼皮底下被狼咬死了,自己作为放牧几十年的牧民,犯了不该犯的错误。本来,他打算在今天动员大家轮流值班,防止狼偷袭,不料狼来得这么快,他仅仅慢了一步,便遭受了如此大的损失,这是他放牧生涯中的耻辱。在别克叫嚷着要打死母狼的那一刻,他甚至动心了,想让他把那只母狼打死,但理智还是战胜了心中杂念,他及时制止了别克。他想,千万不能把怀孕的母狼打死,否则老天爷也不会放过自己,在临死时灵魂都会不安。

一根莫合烟抽完,他的心情平静了下来。他想,没有什么事情是过不去的,让自己平静和心安才最重要。

然而这里很快便发生了一件让人们再也无法平静的事。达尔汗进入帐篷睡了三个多小时后醒了,走出帐篷一看,别克躺在地上,浑身血肉模糊。他大叫一声扑过去把别克抱起,发现他身上有多处伤,有血在汩汩往外流。再看他的眼睛,里面有凝固的惊骇,显然是突然遭受了袭击。他不相信别克已经死了,不停地摇动着别克的身体。他的喊叫惊醒了附近的人们,大家跑过来一看,大为吃惊。少顷,他们把达尔汗拉开,用一块布盖住了别克的身体。

达尔汗至此才确信别克已经死了。

大家发现地上有狼爪印,便断定别克是被狼咬死的。从他身上的伤可看出,咬死他的是一群狼。大家都感慨,达尔汗总是为狼说好话,但他的儿子却被狼咬死了,狼真不是东西,所谓“狼心狗肺”,在这件事上可得到充分验证。

发生了这样的事,大家便只好提前转场,赶着牛羊返回那仁牧场。出发前,达尔汗提着一把刀冲进那片树林,他想把那只母狼杀死,但树林里空空如也,那只母狼早已不知去向。他一刀砍断一根树枝,用脚将其踢飞后返回。

回到那仁牧场后,人们仍心有余悸,说今年的狼如此疯狂,真是让人害怕。

达尔汗黯然神伤,当天中午便备好马准备出门去打狼。十三只羊没了,儿子死了,这残酷的事实迅速把仇恨放大,让他觉得狼罪该万死,遂下了要打狼的决心。他认定是那只母狼引来狼群咬死了儿子,所以他一定要找到那群狼,把它们一一杀死。

牧民们劝他:“把你儿子的后事办了再去吧。”

“不行,时间一长,狼群会迁徙到别处去,就再也找不到它们报仇了。”

“那你儿子的后事咋办?”

“等三天。”

"如果三天后你没回来怎么办?"

"如果三天后我没回来,那就说明我被狼吃了,麻烦你们把我儿子随便埋了。"

大家劝不住他,便想用他的羊挽留住他,说:"你走了,你的羊怎么办?"

达尔汗对大家说:"放心,我三天后一定回来。"

"那这三天你的羊怎么办?"

"用草喂。"

"要是狼突然来了怎么办?"

"不要打狼,躲。"

"要是躲不了怎么办?"

"用我的羊喂狼。"

大家无言以对。

达尔汗牵着马,带着两只羊上路了。大家颇为不解:他去打狼,为何还带两只羊呢?但达尔汗很镇定,似乎对一切都胸有成竹。有一位牧民忍不住问他:"带两只羊干什么?"

"喂狼。"

"啊,狼吃咱们的羊还少吗,你还要往它们嘴里送?"

"再送两只,换它毛驴子下哈的命。"

大家明白了,达尔汗是要用这两只羊去当诱饵,把狼引到他跟前才动手。大家有些担心,他孤身一人去打狼,遇到危险怎么办呢?达尔汗已经走出那仁牧场了,有人追上去再次叮嘱他:"千万小心,要不了狼的命没关系,一定要把你的命带回来。"

达尔汗心头一热,别克死了,自己在这时候应该留下,但对狼的仇恨很快便像刀子一般将他的犹豫割掉了,他横下心,还是要去打狼。

他带了两把刀、几包毒药、两只狼夹子,还有绳子、火柴等。实际上他知道打狼都要根据临时情况而定,事先做的准备未必能用得上,但他内心的仇恨翻滚,他坚信只要找到狼,就一定能把它们打死。他相信那群狼还会出现,只要自己有足够的耐心,就一定能等到它们。

达尔汗骑着马很快就到了那片草场上,附近放牧的人都知道他是专门来打狼的,纷纷给他出主意,但达尔汗却将他们的意见一一否定,他只有一个字——等,他要等咬死别克的那群狼。冤有头债有主,他要打的就是它们,只有把它们打死才能报仇雪恨。牧民们觉得这样也好,不管是哪一群狼,其实都是狼,打死几只会对所有的狼起到威慑作用,对大家都有好处。

达尔汗开始等狼。

第一天,草场上没有动静。

第二天,达尔汗把那两只羊放开,让它们在草场上自由自在地吃草。孤单的羊很容易吸引狼,狼只要扑过去就可以把它们咬死。达尔汗不心疼这两只羊,只要能把咬死别克的狼打死,搭上两只羊不算什么。但整整一天过去了,草场上仍然没有动静。太阳快要落山了,草场上的光线越来越暗,有不少地方已变得模糊。达尔汗突然产生一种强烈的预感,狼在这个时候会出现。因为此时的光线很适合狼捕猎,它们会蹿出来扑向那两只羊。达尔汗拍拍马的脖子,让马卧下,他则紧握着刀子,只等狼出来便冲上去。实际上,达尔汗的这种方法欠妥,仅凭他一人一马一把刀,是不能把狼杀死的,但他报仇心切,已不能冷静下来作更好的选择了。

天慢慢黑了,草场变得模糊起来,风呜呜地刮着,让达尔汗觉得狼已经很近了,随时会扑向那两只羊。他在心里为那两只羊祈祷,祝愿它们死后能上天,在下辈子不要再当羊。哈萨克族在宰羊时都要为羊祈祷,他们认为羊无罪,是有罪的人让羊去替他们赎罪。在达尔汗的内心,这次狼犯下了最大的罪,且不可饶恕,必杀之才可解恨。

达尔汗习惯性地向远处望去,虽然天已经黑了,但雪山在月光下仍无比明亮,他甚至看清了它的峰顶和雪水流下的痕迹。他看了几眼雪山,突然觉得自己心里有一种东西,既鼓胀又灼热,让他坐卧不安。"我心里的力量太多了,快把我的心撑破了。"达尔汗喃喃自语。以前,他心里需要的是走出去,走向远处的力量。而现在,因为儿子别克被狼咬死了,愤怒和仇恨都变成了力量,一下子把他的心塞满了,他必须寻找一种方式把这些力量化解掉,否则他的心会被撑坏。而唯一能化解这些力量的,就是杀死狼。狼把他儿子别克咬死了,他必须让狼也死。

风刮了一会儿停了,草场上安静了下来。

突然,从树林里传出一声嘶哑的嗥叫,蹿出了两只狼。令达尔汗感到奇怪的是,它们并没有扑向羊,而是扑向自己。狼疯了,吃过一次人后,它们上瘾了,又要扑过来吃自己。他举着刀,只等它们靠近便刺出去。他甚至已经想好了,刺出的首要目标是狼的心脏,如果刺不中心脏,最好割断它们的喉咙,让它们倒地毙命。

两只狼扑到距达尔汗四五米的地方,突然掉头向另一个方向跑去。达尔汗知道它们看见了自己手里的刀子,因为害怕便想逃跑。哪有这么便宜的事情?他将马拉起,跳上马背一抖缰绳,便向狼追去。那两只狼跑得很快,转眼间便跑进草场边的树林里,一晃不见了踪影。

"毛驴子下哈的跑得倒挺快,慢一点看我不要你的命。"达尔汗怒骂一声,掉转马头返回。但身后的情景让他大吃一惊——上当了。原来,那两只狼是专门引诱他的,当他骑马追它们时,另几只狼扑向一只羊,迅速把它咬死拖走了。在短短的时间内,狼有条不紊地实施了一场阴谋,让达尔汗损失了一只羊。达尔汗从马背上跳下来,把剩下的那只羊抱在怀里,内心止不住涌起一股耻辱。很快,那股耻辱便变成更强烈的仇恨,他再次下决心要把狼打死。

附近牧民都看到了刚才的一幕,为狼如此狡猾而震惊。他们安慰达尔汗:"不要紧,损失一只羊没啥,只要你还好好地活着就好。"

有人建议达尔汗放弃,狼太狡猾了,人根本不是它们的对手,再这样斗下去,弄不好会出人命的。达尔汗生气了,大叫一声:"已经出人命了。"

众人面面相觑,不再说什么。

达尔汗自言自语:"人的命必须让狼的命来抵。"

晚上,狼在远处嗥叫,达尔汗坐在一块石头上一动不动。他此时已冷静下来,根据狼的叫声判断出了狼群所在的大致位置,但他并不去找狼,他在等机会。夜深了,他仍坐在那儿一动不动,像是变成了一块石头。马在他身边不停地喷出响鼻声,似乎对白天发生的事仍心有余悸。他站起身抚摸着马头,喃喃地说:"放心吧,不论怎样,我都不会让狼伤害到你。"马似乎听懂了他的话,便不再出声了。

天还没亮,达尔汗上路了。他将狼夹和毒药全部带上,那只羊也用一根绳子牵着,一声不响地向狼昨天晚上发出叫声的地方走去。附近的牧民都在睡觉,谁也不知道达尔汗这么早就已经出发了。达尔汗之所以这么早出发是有原因的,狼在天亮之前会做出一天的行动计划,如果能准确掌握它们的计划,就容易得手。因为天色尚黑,达尔汗看不清地上的草和沙丘,高一脚低一脚地往前走着,有时甚至把地上的杂物一脚踢飞。他觉得踢那些东西很解气,似乎那些杂物是阻挡自己接近狼的障碍,将其踢开,很快就可以打狼了。

达尔汗的运气不错,这次他果真找到了狼。

在昨夜狼发出叫声的地方,他仔细观察四周,觉得狼有可能藏在河滩中的那片树林里,因为树林是唯一可以遮掩它们的地方。他把狼夹、毒药和刀子一一取出,心里想:只要你毛驴子下哈的敢出来,今天我无论如何要把你毛驴子下哈的杀死。

天慢慢亮了,达尔汗用手拍拍马的脖子,让马卧下,这样可以避免让狼发现自己。他仔细观察四周,捕捉着每一处传来的动静。他知道狼很利索,往往在发出声响时,就已经扑到了你跟前,所以捕捉狼行动之前的声响很重要,一则可知道它们藏身何处,二则可及时防备或反击。这是一种时间争夺战,往往在一瞬间,要么人被狼咬倒,要么人把狼击中。

突然,达尔汗闻到了一股奇怪的味道。这股味道很熟悉,他隐隐觉得在哪儿闻到过。很快,他想起来了,是那只母狼的味道。因为它快分娩了,所以便散发出了这种气味。几天前别克要打死它,被他制止时就闻到过这股味道,现在这股味道又散发了出来,说明它就在附近。

机会来了。

达尔汗很冷静,他知道此处不会只有一只母狼,一定有狼群在不远处,自己必须尽快找到母狼的位置,想出对策才可以动手。

太阳出来了,大地上一片明亮,所有事物都显露出了清晰的轮廓。达尔汗仔细观察四周,终于发现有一片草坑处不对劲,这会儿并没有刮风,但草坑边沿的草却在动,而且那股味道也是从那儿传过来的。他马上断定,母狼就在草坑中。但他并不着急扑上去,既然母狼在草坑中,那么狼群就一定在不远处,必须想办法把狼群引开,才可以顺利对母狼下手。他冷静思考了一会儿,终于想出了一个办法。他咬咬牙,打开狼夹的开关,夹在那只羊的尾巴上,然后闭上眼睛按下了开关。啪的一声响,那只羊惨叫着向远处跑去。达尔汗预估得很准确,狼群就藏在树林里,它们被羊的叫声吸引,闪出几团影子向羊扑去,很快便把羊咬死拖走了。狼将猎物咬死后,如果它们认为原地不安全,会将其拖出很远,直至认为没有任何危险时才开始吞吃。达尔汗放出一只羊的目的,也正在于此。

狼群上当了,很快便不见了踪影。

达尔汗提着刀子扑到草坑边,那只母狼果然在草坑中。它快分娩了,突然出现的达尔汗让它很惊恐,想翻身起来逃走。但达尔汗怎能给它机会,他一跃而起跳到它身上,一刀子下去便割断了它的喉咙。等待了两天,压抑了两天,仇恨了两天,达尔汗似乎把全身力气都用在了那把刀子上,唰唰几下便把狼头割了下来。他手提狼头站起身,觉得心里舒畅了很多。

终于报仇了!达尔汗在心里对别克这样说。看见无头的狼尸鼓鼓的肚子,达尔汗又在心里对那十三只羊说:"狼肚子里还有小狼崽子,我也为你们报仇了。"

达尔汗提着狼头返回,他要把狼头挂在别克的坟上,以告慰他的亡灵。

一路上,达尔汗胯下的马不停地发出嘶鸣,似乎有什么东西让它很恐惧,又似乎在提醒达尔汗应该警惕。达尔汗勒住马,向四周仔细观察,并未发现有什么异常。他觉得马被刚才的一幕吓坏了,便用手摸了摸马的脖子,想让它安静下来,但马却变得更加烦躁,不但不往前走,而且还不停地甩着蹄子,差一点让他掉下马背。

不对,一定有什么事情要发生。

达尔汗想跳下马,但就在他刚弓起腰,双脚尚未从马镫子中抽出时,身后突然响起几声狼嚎,马一惊,便撒开四蹄狂奔起来,马蹄下的沙地像是突然生出了幻影,变得模模糊糊,飘忽不定。马跑得很快,他看见有几条黑影蹿了上来,几近和马齐头并肩。

是狼。

达尔汗用马鞭子往下抽,但因为马跑得太快,无法抽到狼身上。无奈,他便抽打马,让它加速向前奔跑。他感觉身后有十余只狼,如果它们蹿上马背,以一人之力是无法对付它们的。马在他的抽打下越跑越快,慢慢地,狼被甩掉了。他又往前跑了一段路,直至认为安全了才将马勒住。但这时他发现那颗挂在马鞍上的狼头不见了,狼群在刚才的追逐中,已将绑狼头的绳子咬断,把狼头夺了回去。

狼是为了那颗狼头才追逐达尔汗的。

达尔汗想起小时候听父亲讲过的狼的故事,狼为了让同类不遭受人或其他动物的伤害,会拼尽全力去救同类,甚至不惜搭上自己的生命。当时,达尔汗听完故事后曾赞美过狼几句,但现在的处境已让他的心变得像石头,再也不愿意承认狼的行为感人,他只想打狼,只有把狼打死,才觉得解恨。

达尔汗抚摸着马的脖子,让它慢慢安静下来。在刚才的角逐中,马受惊了,双眼中溢出慌乱和紧张,呼吸也变得粗重起来。马比狼力气大,如果马和狼正面较量,马一蹄子就可以把狼踢死,但马的智商不如狼,狼往往会利用计谋把马咬死。

休息了一会儿,达尔汗骑马回到了那仁牧场。人们告诉了达尔汗一个很意外的消息,说他儿子别克没有死,当时只是昏迷了,他走后不久就醒了过来。别克听说达尔汗去打狼了,便让牧民去找达尔汗,告诉他千万不要打死那只母狼,是那只母狼救了他的命。原来,前天晚上别克睡了一会儿就起来了,他听到外面的狼嗥后,想偷偷观察一下它们的位置,然后偷偷告诉打狼队。但没想到他被狼群包围了,狼群围攻他时,那只母狼爬到他身边,阻止了狼群。就在前几天,他起初想打死那只母狼,后来又改变主意,和牧民们一起把它抬进了树林,所以那只母狼在向他报恩,及时救了他的命。

达尔汗又喜又悲地走到别克床前,一时不知该说什么。

别克问他:"你把那只母狼打死了?"

"打……死了。"

别克不再说什么,将脸扭向一边,泪水冲涌而出。

过了一会儿,别克将泪水擦去,对他说:"能不能去把它埋了?"

"我现在就去。"

达尔汗先前的仇恨和打死狼的喜悦,在此时化作一股酸苦,在内心奔涌,最后涌至胸腔,让他发出撕心裂肺的一声大吼,继而又眼泪直流。别克向他挥挥手,他擦干泪水,出门骑马向草场飞驰而去。

母狼的尸体还在那个草坑中,它的血已流了一地,有苍蝇嗡嗡叫着飞上飞下。他把苍蝇赶走,用刀子在草坑中挖出一个土坑,把它埋了进去。埋完后,他在旁边默默坐了一会儿,把那把刀子扔进草丛中,然后骑马返回。

走到那仁牧场边上时,达尔汗碰到了一位牧民,他高兴地告诉达尔汗:"达尔汗,你们家带话上来了,你收养的那个汉族娃娃,已经开始学哈萨克语了。"

"好。"

达尔汗刚下马,那人突然吃惊地指着他后面说:"达尔汗,你背后……"

达尔汗觉得有一股冰凉的气息喷在了脖子上,他尚未回头,身后便发出一声震耳欲聋的狼嗥……

决绝而死

　　白鬃狼带着狼群跑了。

　　老马很茫然,不知道怎样才能找到白鬃狼。

　　老马带着打狼队出来追白鬃狼,只看见过白鬃狼的影子,除此之外,没有伤到白鬃狼的一根毫毛。老马不甘心,决定在这片无名的大草滩中待几天,等待白鬃狼出现。白鬃狼在逃跑的那一刻,看了老马一眼,把老马吓坏了。白鬃狼看他的眼神,对着他呼出的气息,都如同对他施了魔法,让他无力挪动一步,只剩下等死。好在老马并没有死,除了遭受死亡恐惧外,他毫发未损。

　　现在,老马发誓一定要打死白鬃狼,只有打死白鬃狼,才可以让心里的恐惧消失。老马明白,打狼虽然用的是枪,但人心的狼比子弹更管用,而且要比子弹先射出,否则打不死狼。

　　有风刮过,大草滩旁的树林里发出一阵声响,似乎有狼在离去,转眼间已经翻过山冈。

　　老马又想,万一白鬃狼不来,怎么办呢?不来就不来吧,如果白鬃狼不出现，老马便带打狼队返回白哈巴。过些天，白哈巴的牧民将赶着牛羊进入那仁牧场，他计划去那里碰运气。那仁牧场辽阔宽广，每年有四五千只羊进去吃草，羊多，狼便也多，一定会有打狼的机会。

离开时，一名打狼队队员悄悄走到那棵树下，想把挂在树上的那三具狼尸偷走，当作打狼队的成绩上报给哈巴河县。那是牧民们打死的三只狼，为了解恨，他们把狼尸挂在了树上。那名队员刚刚摸到树下，就被牧民发现了。牧民指责他，要把打狼队像赶羊一样赶出大草滩。

那名队员偷狼尸之前请示过老马，当时老马有些犹豫，但一想到可以作为打狼队的成绩上报，便同意了。被牧民发现后，老马喝令队员回来，这样的事情一经败露，就应该立刻打住。那名队员快快然回来，牧民朝着他的背影扔出一句话："好狗去山上追赶猎物，赖狗在屎尿旁边流口水。"老马听到这句话，觉得无地自容，恨不得转身就走，再也不回来。但为了白鬃狼，他还得在这里待下去。老马示意队员忍一忍，千万不要和牧民对着干。

打狼队在大草滩待了下来。

有时候，老马坐在石头上望着大草滩，觉得这个地方真是好，现在虽然只有一层浅浅的绿意，草才冒出绿芽，但要不了多久，每一根草都会长出叶子，让牛羊一开始啃食便再也不会把头抬起，可以吃上整整一天。这样的地方会让牛羊流连忘返，但狼也会因为牛羊长久待在这里，而光顾这里的。老马有了信心，白鬃狼一定会来这里的。老牧民达尔汗离开时告诉过他，白鬃狼怀孕了，从它的外形上看，它距分娩还有二十多天，也没有狼洞可待，是一只流浪狼，所以随时都有可能回到这片大草滩来。

老马这几天晚上总是重复做一个梦，梦见一只狼在奔跑，他在后面追赶。那只狼跑得很快，他被远远地甩掉了。他又骑马追赶，仍然没有追上，只能跟在后面猎杀，但总是无法一枪把它打死，他急得大叫，一叫便醒了。他每次醒来都是一身大汗，为这个奇怪的梦坐到天亮。他把这个梦视为命运的暗示——至今，他没有打死一只狼，以后也不会打死一只。从铁列克牧场开始，一直到这片无名的大草滩，已经有十只狼死了——白鬃狼在陷阱里咬死了四只、在陷阱外咬死了一只，哈熊在喀纳斯河谷拍死了一只，牧民在这片大草滩用计谋算计死了三只，因误报消息被狼群咬死一只。加起来有十只了，却没有一只是他们打死的，尤其是那只白鬃狼，至今毫毛未损。在梦中，老马无法一枪打死狼，和现实中打狼队队员没有打死一只狼极其相似，老马惊异于自己的命运突然变得如此清晰。

老马当了打狼队队长后，才知道打狼并非风光的事情，尤其是被狼折磨、被牧民议论和指责的痛苦，让他为自己当了打狼队队长而后悔。打狼，并非他情愿，但他为了打狼队的声誉，他必须去干。如果有一天，打狼队队员因为打死狼而高兴，只有他会在一边默默将痛苦吞咽进心里。

狼不好打！

打狼，犹如与看不见的魔鬼在较量，你使出全身力气也未必能打赢它，而它一旦得逞，就会让你丧命或者抱恨终生。

白天，老马不停地向四周张望，希望狼群从树林里出来，尤其是那只白鬃狼。不管是走在狼群前面，还是走在后面，它一定会和狼群一起出现。它们一定非常饥饿，大草滩上有羊，它们不会轻易放弃。老马相信，狼群一定躲在暗处，等待着最佳的捕猎时机。

几天过去，仍没有任何动静。

每天晚上，老马都害怕会再做那个梦，于是坐在帐篷外熬时间。夜很黑，一切都被黑夜这个庞然大物占据，它将自己摊开，便变成整个世界。但就在如此黑的夜里，老马觉得眼睛被什么东西刺得生疼，他向四周巡视，并没有刺眼的东西。他看见夜色中的雪山，才知道刺痛自己眼睛的是雪山。他不明白雪山离自己这么远，而且又是黑夜，为何能刺痛自己的眼睛。正疑惑间，他看见一团黑影快速一闪，随即便不见了。是白鬃狼。老马虽然没有看清那团黑影，但他觉得一定是白鬃狼，它已经来了，或者说它原本就没有离去，一直就在附近。老马相信它还会出来。老马在心里对自己说，必须相信白鬃狼会出来，就像雪山在黑夜里会刺痛眼睛，以前他不相信，只有真正经历了，他才深信不疑。

老马的心似乎被什么东西撞击了一下。

第三天，老马觉得白鬃狼的气息已经喷到了他脸上，它一定躲在牧场附近，正用充满仇恨的眼睛寻找自己，一旦找到自己的身影，就会不顾一切扑过来。虽然打狼队没有向它开一枪，但它一定知道打狼队想打死它。狼和人一样，没有什么比要夺走性命的仇恨更大，所以它一定会拼命。老马将这件事告诉打狼队队员，吩咐大家不论白天黑夜都枪不离身。队员们都很兴奋，白鬃狼只要出来，他们一定要把它打死。但老马却并不高兴，他知道来者不善，白鬃狼在前几天失去了三只狼，它会仇恨，会爆发出不可预知的力量。人不怕和狼拼命，但如果狼放弃生的希望，只抱着一死的决心来找人拼命，人无论如何都不是它们的对手。曾经有一只公狼和一只怀孕的母狼被猎人堵在狼窝中，几番挣扎都不能逃出去，它们眼见无望活下去，便互相看了看，然后扑向对方，把对方身上的狼皮撕咬得破烂不堪，然后公狼把母狼咬死，勇敢地冲向猎人，倒在了猎枪之下。猎人气得怒骂，那几年狼皮很值钱，它们互相把对方的狼皮撕烂，让他们多日的努力化为泡影。还有一只狼，被猎人一枪打中后并未断气，它趴在地上装死，等猎人放松警惕后要把它拖走时，它一口将猎人的喉咙咬断。后来，那位猎人因为流血过多倒地而亡，而那只狼也因为被子弹击中要害，在猎人身边死去。

第四天，老马虽然没有再做那个梦，但白鬃狼带来的恐惧又让他彻夜难眠，一直睁着双眼在琢磨如何应对它。想来想去，他想出一个办法：打狼队的帐篷在大草滩边上，如果在帐篷前拴一只小羊羔，白鬃狼会被小羊羔吸引过去，它撕咬小羊羔时会发出声响，队员们听到声响后出来，就可以瞄准它射击。这件事的关键在于及时发现白鬃狼，赢得向它射击的时机。

老马找到有小羊羔的牧民商议，提出买他们的一只小羊羔当诱饵，不料所有牧民都不同意卖给他小羊羔。他们说："不干净的水不能喝，不吉利的事情不能干。没有人会心甘情愿让狼把自己的羊咬死，这不吉利。"

老马劝他们说："这是为了打狼，你们卖一只羊给我，就算是给大家做贡献了！"

牧民们仍不同意,他们说:"如果谁愿意眼睁睁地看着自己的羊被狼咬死,他会做噩梦的。你前一阵子不是老做噩梦吗,那是什么滋味,你不清楚?"

老马劝他们无望,加之自己确实体验过做噩梦的痛苦,便打消了买小羊羔的打算。他理解牧民,他们被狼折腾得欲哭无泪,连做梦都想着躲避狼,这时候让他们把小羊羔送到狼嘴里去,他们得承受多大的屈辱。算了,还是另想办法吧。

得知牧民们不愿意卖给他们小羊羔后,队员们很着急,先是发了一通牢骚,然后想出了一个办法。他们觉得老马会反对,所以便瞒着老马,由两名队员悄悄实施。他们盯上了神志略微不清的胡赛尔的小羊羔。胡赛尔的十余只母羊前不久下了羊羔,弄一只不会有多大损失。胡赛尔虽然神志略微不清,身材也很矮小,整天嘴里嗯啊嗯啊不知在说什么,但胡赛尔却是放牧的一把好手,每年进入牧场后,他便砌出一个石墙羊圈,每晚把羊群赶进去,无论晚上狼怎样折腾,他的羊都平安无事。有时候,胡赛尔会对着打狼队队员发出怪笑,队员要责备他,他却早已赶着羊走出很远。队员们恨胡赛尔嘲笑自己,这便是他们要偷胡赛尔一只小羊羔的原因。

胡赛尔的时间观念很强,每天早晨太阳还没出来、地上一片露水时,他便挪动着不太利索的身体走到羊圈跟前,把羊赶到草最多的地方。别人都没有起来,他的嘴会高兴得咧向一边,嗯啊嗯啊地叫个不停。他几乎每天都是如此,他的羊看上去总比别人的羊要肥壮,让牧民们都忍不住向他的羊群张望。平时不起眼的胡赛尔变成人们议论的话题,他自己似乎也颇为得意,经常发出一连串怪叫。有一次,一名打狼队队员看见他在黑暗的帐篷里吃鱼的一幕,令他终生难忘。只见他将整条鱼从锅中捞出,呼呼地对鱼吹着气,待吹凉了,便用嘴的右侧咬住鱼头一点一点往进吞。那条鱼从胡赛尔嘴的右侧进去,然后从左侧出来,肉全进了他肚子,只剩下一条整整齐齐的鱼骨刺。矮小者身上也有光芒,只不过在平时被遮盖了而已。但胡赛尔身上的光芒仅仅在此一闪即逝,平时在牧场上见到胡赛尔时,他又恢复原来的样子,没有了吃鱼时的潇洒。

队员们盘算了一下，胡赛尔在每天早上六点半到羊圈，他们只需在六点赶过去，就可以把他的小羊羔偷走。心中思忖好了，两名队员在早上六点赶到胡赛尔的羊圈跟前，但胡赛尔好像知道有人要偷他的小羊羔，在六点之前就出门了。他们远远地便看见胡赛尔挥舞着双手，正从羊圈中向外赶着羊群。为了防止胡赛尔起疑心，他们装作很有礼貌地跟胡赛尔打招呼，胡赛尔瞥着眼睛冷冷地看他们，使他们禁不住浑身发抖，心里再次有了行窃的耻辱。他们不知该如何是好，胡赛尔却一声不响地走了。一次失败催生出更精确的计划，几天后，这两名队员在半夜摸进胡赛尔的羊圈中，抱起一只小羊羔就跑。迟来的成功更让他们有快感，他们把那只小羊羔藏在帐篷里，如果过一两天胡赛尔没有发现，就可以拴在帐篷外了。早晨，胡赛尔发现少了一只小羊羔，他恼羞成怒，到打狼队帐篷前叫骂。虽然他没有证据，但断定是打狼队的人偷了他的羊。胡赛尔一着急便说不出话，嘴里呜啊呜啊叫个不停。老马去一位牧民处未回，打狼队里没有一个人理睬胡赛尔，他的表情变得更加痛苦，呜啊呜啊叫了一会儿便转身走了。仅仅一上午，这件事便传开了，牧民们都在议论，说打狼队的人像狡猾的狼一样，偷偷把胡赛尔的小羊羔抓走了。老马回来后听到人们的议论，愤怒地回到打狼队的帐篷里，对队员们说："太阳底下藏不住影子，火堆里埋不住木头。谁干的谁把小羊羔给胡赛尔抱回去！"

　　那两名队员低着头从帐篷一角把小羊羔拽出，抱着它去了胡赛尔的帐篷。不料胡赛尔却摆着双手，嘴里呜啊呜啊地说着什么，并没有去接他的小羊羔。队员找来一位能听懂他的话的人，才知道他的意思是，他已经知道打狼队需要一只小羊羔去诱杀狼，所以他愿意奉献一只。大家都很高兴，没想到看似糊涂的胡赛尔，在这件事上如此深明大义。他们觉得胡赛尔亲切了很多，也高大了很多。

　　一切就绪，他们把那只小羊羔拴在打狼队帐篷的附近，只等白鬃狼出现。等了两天，没有动静，队员们没有了信心。老马命令他们耐心等待，狼之所以能够得逞，往往就是趁人没有信心时突袭。人有信心时，精力充沛，条件具备,狼不会来送死。

等。

死等。

老马的眼睛又痛了起来。

他向四周张望,没有雪山。奇怪,是什么刺痛了自己的眼睛?上次是雪山在黑夜里刺痛了老马的眼睛,现在是白天,老马看不到雪山,得不到答案。但老马脸上掠过一丝欣喜,他感觉到有很多狼隐藏在附近,随时会向人和牛羊扑过来。他被看不见的东西向前推动,让他去和狼较量。这个世界太大了,不管人是否看得清世界,总有看不见的东西在推动你,因此不得不往前走。老马看不清向前推动自己的东西,也看不清自己,但他看清了命运。他知道自己的命运就是和狼相遇,包括那只白鬃狼。这就是刚才刺痛他眼睛的东西,是他心里的雪山,这座雪山像光一样越来越明亮。

老马在等待狼出现。第三天中午,便有了消息,一位牧民骑马来找老马,说他的羊丢了两只,寻找一上午都没有找到,请老马帮忙。老马自从当了队长后,知道打狼队真正的职责并不是打狼,而是保护牧民的羊群,所以别人来找他帮忙,他感到义不容辞,便带领两名队员帮那位牧民去找羊。

大草滩后面有一片松林,每一棵松树都长得笔直,看上去像整装待发的士兵。老马四人骑马穿林而过,进入峡谷。他们仔细察看四周,虽然路上没有羊走过的蹄印,但路边的草叶上却有被啃食过的痕迹,他们断定,那位牧民的两只羊沿这条峡谷往里走了,按时间推算,它们大概在20公里外的地方。

峡谷中的路比较平坦,他们纵马奔驰。突然,老马看见一只狼孤独地蹲在山冈上,正低头望着他们。他一勒缰绳,马立刻停住,他对三人说:"看,山冈上有一只狼。"

两名队员对那只狼产生了兴趣,他们一抖马缰绳,纵马向山冈上奔去。他们只要奔到射程够得着狼的地方,便可以开枪打死它。那只狼抬起头,瘦小的身躯迅速站起来转身就走,几乎是一闪而过,便变成一个小黑点。望着狼慢慢融入苍茫深处,他们很失落,很显然,山冈上的狼很警觉。

那位牧民说:"这只狼今天早上就在山上,它叫了一声,我的两只羊像是被吓坏了,撒腿就跑。它们跑得很快,一转眼就不见了。"

老马诧异地说:"有这样的事?"

牧民说:"事情就是这样的。难道狼一叫就能把羊吓坏,羊就没命地跑,连方向和路线也不管?"

老马坚信,狼可以把羊吓跑。他向山冈上张望,狼没有出现,似乎躲在隐蔽处看着他们。老马觉得它就是那只白鬃狼。老马边走边想,用什么办法才能打死它呢?

一名队员发现老马眉头紧皱,便问他:"山上的狼是不是那只白鬃狼?"

老马回答:"有可能是。"

"那想办法打死它。"

"用什么办法?"

"我觉得你有办法。"

"我没有办法。"

"噢,那就算了。"

走出一段路,老马回头一看,那只狼又出现了,它仍然在山冈上不紧不慢地跟着他们。这道山冈笔直平坦,它选择在山冈上跟踪,不但不会把山下的人跟丢,而且还不会走弯路,可谓万无一失。老马突然为走丢的那两只羊担心起来,如果这只白鬃狼发现他们的意图,从山冈上赶到他们前面去,会早于他们找到那两只羊,等他们赶过去,恐怕只能看到被咬死的羊。想到这里,他让一名队员朝它开了一枪,虽然打不中它,但却可以吓唬它,让它不再跟着他们。

枪响过后,狼在山冈上消失了。

他们快快地继续赶路。天气起了变化,乌云从四周密集涌出,大地变得暗淡起来,似乎黑夜要提前降临。老马想:一只狼在黑夜里会身居何处?

当寒冷围裹它瘦小的身躯时,它还将走向哪里?它将在何处卸落疲惫?它会不会永远奔走,永不停息,直至变成寒夜的一部分?他们慢慢往前走,发现这一带树木稀少,高原的赤野荒芜袒露出来,仿佛到了另一个世界。老马很纳闷,这条峡谷一带水草稀少,那两只羊为何会跑到这里?但他又想,羊在水草稀少的地方,往往显露出生命的顽强。它们在高原上缓慢前行,奔走到最后,或许只剩下一副干瘦的身躯。当风雪迎面扑来,它们周身战栗,但却不会停止,仍摇摇晃晃向前行走。这就是高原上的羊,走近了,你才会发现它们是最为执着的远行者。

天阴了一下午,老马觉得时间像倔强的人,明明知道将坠入阴冷黑暗的夜晚,却死活不肯滑落下去,而是憋足劲拽着白天的尾巴,做着最后的挣扎。但它的挣扎是徒劳的,时间一点一点从它指缝间溜走,天终于黑了。

老马以为那只狼已经在山冈上消失,他们借着月光加速向前,但它又突然在山冈上出现了,它没有因为队员向它开了一枪而离去,反而一直跟着他们,只不过它在山冈上,而人在荒野中。或许是马蹄声让它愉悦,它撒开四蹄奔跑,与他们遥遥展开比赛。他们策马快速奔跑,而它在山冈上亦驰骋如飞。四个人都很生气,好像这只狼在蔑视他们,它在山冈上奔跑的身影,让他们想向它开枪。但理智最终让他们回到了现实,既然拿它没有办法,那只好听之任之,索性不再理它。

老马提醒大家加速前行,防止这只狼早于他们找到那两只羊。他听人讲过狼奔跑时的情景。一群狼穿过平坦的雪地时,会突然加快速度,因为雪地上视野开阔,它们不愿意让他者看见自己。它们进入树林后才会放慢速度,因为树林会对它们起到遮掩作用。它们有时候会在树林里停下休息,但它们在停下之前一定要找到满意的隐蔽处,否则它们会继续向前走。一般情况下,其他动物都喜欢卧在石头下,而狼却截然相反,它们总喜欢在石头上站立,这样是为了观察下一步的行进方向——狼即使在休息时也不放松警惕。狼还会游泳,遇到河流,它们总是把身体潜入水中,只把头露在外面,悄无声息地游向对岸。很少有人能亲眼看见狼游泳过河,人们往往看见它们在河流的一边伫立,转眼间就已经到了河流另一边。狼的这种保护意识对自身极为有利,不像野马野驴之类的动物,过河时弄出惊天动地的声响,刚一上岸便有死敌在等待它们。狼不论走多远的路,奔跑得多么疲惫,最后的归宿一定是山冈,它们只有到达山冈后才会停下,等待月亮出来发出长嗥。它们通过嗥叫缓解身体疲惫,继而又一次踏上远行。

老马不知道山冈上的这只狼是否会彻夜奔跑,他暗自希望它不要发现他们的意图。

天亮后,它突然不见了。老马以为它会一直跟着他们,所以并没有注意它,但就在他因为一夜困顿打了个盹后,睁开眼一看,山冈上已经没有了它的影子。他们下马朝四处张望,它已经无影无踪。老马一惊:在什么时候它发现了他们去找羊的意图?看着这只狼将身躯闪向山冈一侧,超过他们向前跑去,队员们也感到奇怪:它为何会突然离开,而且离开时居然不让他们有任何察觉?大家议论纷纷,猜测它奔跑一夜累了,躲到不为人知的角落去休息了。大家还猜测说它只喜欢在黑夜奔跑,在白天不愿意让人看见它,所以在天亮后便躲了起来。老马发现,队员们尽管恨狼,天天渴望打狼,但谈论狼时却是另一种口吻,很容易为狼激动,而且流露出对狼的敬仰之情。他想,如果所有恨狼和企图打狼的人都多听一些狼的故事,也许人和狼之间的关系就不这么紧张了,人就会发现狼身上的可贵之处,会尊重狼、爱护狼。只要人对狼的态度变好,狼便不会那么凶残,那时候,牧场上才会出现"风吹草低见牛羊"的美好景象。但这只是一个愿望,今年的狼如此之多,已经有很多人在谈论今年会成为狼灾年,看来人和狼的关系在今年无法缓和。

吃完干粮,他们继续前行。老马希望那只狼再次出现,继续在山冈上奔跑。如果它出现,就说明它并未发现他们的意图,那样的话,他倒愿意把它在山冈上的身影看成是风景。

但它一直没有出现。

碰到一位下山的牧民,询问他可否看见两只羊。那位牧民说,今天早上有两只羊从这里过去了,当时他很吃惊,为何那两只羊那么没命地跑,像是被什么追赶着。他特意看了一下四周,并未发现异常情况。他害怕了,以前发生过这样的事情,有羊被狼的叫声吓坏了,它们无心吃草,只顾拼命地跑,最后被狼吃掉了!

老马指了指来找羊的牧民说:"是他的羊,被狼的叫声吓坏了,在乱跑呢!"

牧民说:"噢,那你们赶紧去找吧。马的四只蹄子比羊的四只蹄子跑得快,应该很快就能找到。"

老马一直担心山冈上的那只狼,便问他:"你是否看见有一只狼在山冈上奔跑,而且始终在和人赛跑?"

他很吃惊,不相信有这样的事情。说到狼在山冈上奔跑的原因,他劝他们不要去打听,这样的事情是没有原因的,因为狼在心里是怎样想的,人又怎么能知道呢?

他们前行了十余公里后,到达了一片开阔地。他们下马歇息,还没等他们喘口气,开阔地中突然传出一阵乱叫。他们仔细一看,眼前的情景让他们大吃一惊,有一只狼正在围攻他们要找的那两只羊。很快,一只羊被那只狼咬死,直挺挺地躺在地上。狼转身又扑向另一只羊,一口咬住它的脖子甩来甩去。

老马突然看见,这只狼脖子上有白毛,是白鬃狼。一名队员因为性急,便向白鬃狼开了一枪。因为他们距离狼太远,不知道子弹打到了什么地方。听到枪声,白鬃狼松开了嘴,显然是受到了刺激。但它没有放弃,很快一团黑影一闪将羊扑倒在地,一口咬断了它的喉咙,那只羊便四肢抽搐着再也爬不起来。

老马大喊一声:"不要打了,上马,冲过去。"

然而,等他们的马跑到羊跟前时,白鬃狼早已不知去向。那位牧民哭叫起来:"我的羊啊,狼叫了一声,你们就被吓成了这样,不要命地乱跑。我们这么辛苦地找到你们,难道只为了看见你们是怎么死的吗?"他用手抚摸着羊的伤口,似乎死去的羊经过他的抚摸,伤口可以愈合,可以死而复生。

老马痛苦地转过身去,他所有的担忧都变成了事实,他内心隐隐浮出对白鬃狼的恐惧。那位牧民不能忍受老马的沉默,他的羊被白鬃狼吃了,他觉得打狼队队员没本事,几次开枪都没有把白鬃狼打中。一路上听他们讲狼的故事,似乎狼在那些故事中挺好的,其行为是壮举呢! 狼就是狼,怎么能分好坏呢? 狼吃羊时才没有那么多的善意,为何人却替狼说好话?

他们怏怏然返回。回到大草滩,有人问那位牧民:"你的羊找回来了吗?"

他生气地说:"羊没有找回来,把白鬃狼找回来了!"

"怎么把白鬃狼找回来了? 它在哪儿?"

"白鬃狼在山上。"

"白鬃狼在山上怕什么哩? 山那么高那么长,就是风长出脚,也不一定能刮到山顶上去。"

"问题是,打狼队的人在说狼的好话,把狼说得像花儿一样,好像狼再也不会害人,不会来吃羊了。"

"打狼队的这些人靠不住,咱们得小心,看好自己的羊。"

"对,咱们看好自己的羊。"

第二天早上,老马还在睡觉,一名队员跑进帐篷摇醒他,紧张地说:"白鬃狼出现了!"

老马匆忙穿上衣服,抓起枪出了帐篷。胡赛尔的那只小羊羔拴在离帐篷不远的地方,因为地势较高,狼一旦扑向它就会被打狼队发现,可一枪将它击毙。队员们已伏身于杂物后面,将枪口对准小羊羔方向。昨天回来后,老马将白鬃狼出现的消息散布了出去,队员们都在盼望这一时刻,现在白鬃狼终于来了,他们都想把它打死。因为这是一只白鬃狼,不打死它,就等于打狼队被它打败了,以后还怎么在牧场上待下去?

白鬃狼出现了,它的后面还有一只狼,它们慢慢进入队员们的视野。老马提醒队员,不要着急,等它们扑向小羊羔后,注意力就会分散,那时候再开枪,容易击中它。但他们没有想到,它们是为报仇而来的。它们一进入大草滩便大声嗥叫,不像别的狼偷偷摸摸,总是先把自己隐藏好。白鬃狼的嗥叫凄厉而嘶哑,似乎充满仇恨和恼怒。在这之前,有三只狼被人弄死,它悲痛欲绝,不找到仇敌报仇,誓不罢休。所以,它一路嗥叫而来,进入大草滩后也不停止,急切地嗅着前几天被人算计死的三只狼的气息。老马很高兴,幸亏牧民们不知道狼闻到同伴留下的气味后会回来,没有把那三只狼打死后藏起来,处理完后也没有换衣服,所以才让白鬃狼和这只狼闻着气味找了来。来得好,打狼队正等着你们来呢! 老马紧紧盯着它们,似乎他此时的目光是绳索,正一点一点将它们束缚。

白鬃狼仍在大声嗥叫,那只狼在它身边东张西望,十分警觉地观察着四周。

突然,老马心里涌起复杂的滋味:白鬃狼和这只狼为何这样叫呢? 难道前几天被牧民算计死的那三只狼中有它们的子女? 如果有,就不难理解为什么白鬃狼在怀孕之后仍这般嗥叫,并不顾死活地返回大草滩。狼和人一样,都重视亲情,亲生子女死了,它一定是要回来报仇的。

队员们都看见它是白鬃狼,但它没有扑向那只小羊羔,时机不到,他们还不能开枪。

大草滩的气氛变得紧张起来。白鬃狼是来吃人的,但人早已知道它的意图,准备好枪在等着打它。沉闷的空气似乎在颤抖,白鬃狼很快就会被置于死地。终于,白鬃狼和那只狼看见了小羊羔,它们停顿了一下,便向小羊羔扑去。它们的速度很快,一下子就扑到了小羊羔跟前。但它们却并不急于扑上去撕咬,而是仔细打量起小羊羔。此时,狼很理智,即使此刻仇恨像火焰一样燃烧,仍冷静观察四周,防止人的阴谋。这就是一个阴谋。它们在阴谋边缘徘徊,有可能一头撞进去,也有可能理智地转身离开。

队员们耐心等待,它们的生与死,以及它们与人之间的恩怨,将在它们迈出一步之后成为定局。

白鬃狼向四周看了看,像是发现了什么,发出一声狂嗥,扭头向牧场边的那棵树跑去，另一只狼亦快速奔跑过去。它不像一只狼，而是像白鬃狼的影子，白鬃狼到哪里，它便到哪里。那棵树上搭着那三只狼的狼皮。牧民们把那三只狼的狼皮剥下后，为了发泄心中怨恨，亦为了使其干透卖个好价钱，便搭在了那棵树上。白鬃狼看见那三张狼皮，心里的伤口再次被撕开，它要扑过去把狼皮从树上叼下来背走。狼是有这个本事的，有人打死一只狼后把狼头搭在树上，一只狼跑到树下，像人一样爬上树，一口咬住狼头，然后跌落到地上。它虽然被摔得发出闷响，但它却迅速爬起，叼着狼头就跑。现在，白鬃狼也想如此叼走三张狼皮，那三张狼皮搭在那儿，对它来说是奇耻大辱，它不把狼皮叼走便不罢休。这便是它看见三张狼皮后失去理智，嗥叫着飞扑过去的原因。

"打！"老马发出开枪的命令。他不想让白鬃狼把狼皮叼走，那样的话它对人会更加仇恨，还会回来报复人。几声枪响后，牧场的寂静倏然被打破，那只小羊羔惊恐乱叫，在原地转圈。因为队员们的枪法欠佳，所以谁也没有把那两只狼击中，它们跑到树前，伸出两只前爪抠住树身，想爬上树去，但树身过于笔直，而且还十分光滑，它们爬了几次均未上去。

队员们再次开枪。

白鬃狼停顿了一下，突然转身跑到那三张狼皮底下——它的反应很灵敏，既然爬树无望，便马上改变策略。它抬头向上看了看三张狼皮，突然一跃而起，一头撞向搭着狼皮的树枝。它要把那根树枝撞断，让三张狼皮掉下来。它撞得很准，一头把那根树枝撞断，三张狼皮哗啦一声落下，另一只狼等在树下，它弓起腰让三张狼皮落在背上，然后迅速向树林深处跑去。

队员们目瞪口呆，他们没想到狼会如此聪明，在短时间内作出如此果断的选择，并顺利背走了三张狼皮。

"骑马追！"老马发出命令。队员们便去解马。他们因为太过慌乱，居然把拴马的绳子扭在一起，马乱叫起来，浪费了不少时间。等他们骑上马追过去，白鬃狼和那只狼已不见了影子。他们不甘心，追到树林边下马，举着枪钻入了树林。搜寻过一片密林，他们看见白鬃狼和那只狼站在荒滩中,正在用牙齿和爪子撕那三张狼皮。它们知道背着三张狼皮逃不走,所以便不逃了;它们还知道人喜欢狼皮,所以要用牙齿和爪子把三张狼皮撕成碎片。它们的牙齿和爪子十分锋利,每撕一下狼皮便碎一片。老马觉得从它们身上散发出一种东西,把他猛烈撞击了一下。老马没有被击倒,反而被撞击出愤怒。他大叫一声,带领队员们向它们包抄过去。马的速度很快,转眼间便包围了它们。但它们没有要逃走的意思,在队员们逐渐包围它们的时间里,把三张狼皮撕成了碎片。

最终,队员们包围了它们。

它们一动不动地望着他们,没有一丝恐惧,也没有要逃走的意思。他们很兴奋,看着白鬃狼脖子上的那圈白毛大叫起来——终于把白鬃狼围住了,终于可以把白鬃狼打死了。他们把子弹推上膛,只等老马一声令下,就把白鬃狼的全身打出窟窿,另一只狼也同样会被打死。但是老马却沉默了,他突然想看看白鬃狼的眼睛,他想知道在死亡来临的那一刻,它眼睛里的火焰将如何熄灭,它眼睛里的刀子将如何断裂,在最后会出现怎样的屈辱,并被像夜色一样的黑暗彻底占据。白鬃狼就在眼前,老马仔细在看,但没有看到他想看到的,白鬃狼的眼睛里仍有东西在燃烧,仍像刀子一样刺人,并且突然盯住他,像是要把眼睛里所有的东西都刺向他。老马一惊,心想坏事了。就在老马吃惊的一瞬,白鬃狼叫了一声,突然和那只狼一跃而起向他扑了过来。他防备不及,它们已扑到他跟前,他的马受惊后乱蹦起来。这样的情形下,队员们无法开枪。慌乱中,白鬃狼和那只狼逃出队员们的包围圈,向荒滩外跑去。老马勒住马,下令开枪。所有的枪都瞄准白鬃狼和那只狼,紧接着枪响了。但队员们的枪法太差,谁也没有把它们击中。枪声接连响着,它们仍安然无恙。

老马大叫:"不停地打!"

枪声更密了。

突然,那只狼停止逃奔,大叫一声,转身向他们跑来。跑到他们跟前后,怒视着他们不动了。它突然这样做,反而让队员们不知该如何是好。

按说,他们可以向它开枪,因为它迎面跑了过来,很容易一颗子弹把它打翻在地。但它一动不动看着他们,让他们觉得它一定在使什么诡计,所以便不敢轻举妄动。少顷,队员们觉得它不跑是在蔑视他们,所以便向它开枪,但连开几枪居然还是没有一颗子弹打中它。它一声嗥叫,一头撞向旁边的那块石头。一声闷响后,它脑血四溢。所有人都惊呆了,它在一瞬间做出这个举动,完全出乎队员们的意料,让他们犹如目睹了天方夜谭中的神话。他们本来要打死它,但就在他们无力置它于死地时,它却义无反顾地选择了死亡。队员们感到很羞愧,亦为狼的决绝而震撼。

这时,大家才想起白鬃狼,回头一看,它已经在荒野中跑出很远,变成了一团黑乎乎的影子。队员们开了一枪,它嗥叫一声后便不见了。撞死在石头上的这只狼,是为了让白鬃狼逃走,才转身跑了回来,它用自己的死,赢得了让白鬃狼逃生的机会。

老马觉得又被什么东西猛烈撞击了一下。他仍没有被撞倒,但是他已无力反击,撞击他的东西在狼心里,他看不见也抓不住,所以他只能一次次被撞击。

一名队员想取撞死的那只狼后腿上的髀石,被老马喝住,老马觉得这是一只勇敢的狼,令人敬佩,理应全尸埋葬。他们在那块石头旁挖了一个土坑,把它埋了进去。它撞向石头的那一刻,成为自己生命的主宰,所以就让它在这里安息。

返回的路上,一名队员问老马:"咱们还追白鬃狼吗?"

老马说:"算了,咱们打不死白鬃狼,回吧。"

一路上,没有人再说一句话。

面 对 面

打狼队队长别里思汗看着牧场边上的树发呆。

前几天,上面下了通知,那仁牧场上报的打狼数字全县倒数第一。

同时,别里思汗还听到一个消息:有的牧场打死了不少狼,鉴于无法把打死的狼一一运到县上,县上公布了一个规定,打狼队队员打死狼后,割下狼鼻子回去领赏,一只成年狼的鼻子奖一只大羊,一只小狼的鼻子奖一只羊羔。

队员们一算,他们打死的狼少得可怜,怎么好意思去领赏呢?他们请别里思汗想办法打狼,不然到了转场下山时,他们没脸见人。老话说,鸟儿飞翔要的是天空,人做事要的是面子。阿勒泰地区各地的打狼队迟早会碰在一起,到时候别人都很有成绩,他们什么也没有,难道扯破衣领把脸包起来吗?别里思汗理解队员们的心情,他们之所以如此迫切地想打狼,除了想完成任务外,另一个原因是他们恨狼,狼一次咬死了那仁牧场的五十六只羊,那位牧民遭受了损失,他们则丧失了尊严。昨天传来一个消息,齐巴齐里克牧场上又有三十多只羊被狼咬死了,铁列克提打狼队派出十名队员赶过去,打死了九只狼,算是给牧民们出了一口气。铁列克提牧场离那仁牧场很近,别人的成绩就是自己的压力,别里思汗感到肩上的担子很重,不知如何才能打到那么多的狼。

别里思汗心事重重,看着牧场边上的树发呆。这些树一棵挨一棵,沿着牧场连成一条长线,像是围着牧场的栅栏。牛羊平时吃草到了树林边,知道不能再往前走,便掉头返回牧场。牧民骑马走到树林边,勒住马望着树林出神,过一会儿便也返回。他们到那仁牧场来放牧,对草很熟悉,对水很熟悉,但唯独对这片树林不熟悉,始终觉得这片树林是另一个世界,永远都不会和自己有关系。

但自从狼冲进牧场咬死那位牧民的五十六只羊,从这片树林逃走后,他们觉得这片树林和他们有了关系。它就像一扇门,狼来了,它为狼打开;狼逃走后,它又为狼关闭。当人追到它跟前时,它似乎关得更为严实,让人觉得没有可进去追狼的路。

起风了,树林里一阵喧响。

别里思汗起身,准备返回牧场中心。这时候,他突然发现有一团黑影一闪,消失在一棵树后。它的速度很快,倏忽间便不见了,只留下被撞击过的小树在摇晃。

是狼。

他十分惊讶。看来狼无处不在,自己只是在这里随便坐坐,就看到了一只狼,而且从它的速度可得出结论,狼已掌握人的习性,它们看见人后并不露面,而是躲在隐蔽处等人离去,然后才开始行动。他想,人坐在这里是这种情况,如果换了是羊,恐怕就不一样了,狼一定会迅速扑上来把羊咬死。

别里思汗准备返回取枪进入树林寻狼。

他没有通知打狼队,因为他们的枪法太差,加之又没有打猎经验,往往会把事情搞糟。前天晚上,一名队员发现一团黑影长时间蹲在河滩中不动,他以为是狼,便开了枪。不料是一位牧民蹲在那儿,幸亏他的枪法差,那位牧民才幸免于难。第二天,那位牧民找到打狼队大骂:"我蹲在河边犯法了吗?你们居然开枪打我。你们打不上狼,打人倒利索得很!我看你们就是在公牛身上挤奶,在石头上栽花,一天天地尽整些没用的!"发生了这样的事,打狼队的士气大减,再也不好意思去找牧民聊天。

别里思汗慢慢向树林走去。这些天发生了这么多的事情,他改变了对狼的看法,狼与人,或者说狼与羊已构成最简单最直接的侵害与被侵害的关系。老人常说,狼牙沾了血会疯。现在的情况是只要狼出现,羊便不可避免地会被咬死。狼真的成灾了,所以他动了打狼的心思。把狼打死或者给狼一些威慑,就可以避免牧民遭受损失,这是自己的责任,也是一位牧民对羊群最起码的保护。如果一位牧民连这一点都做不到,他最终会落得在外面没有一只羊,回到家没有一块肉,只有呜呜的风陪伴他,让他满心凄凉。

进入树林后,别里思汗开始寻找狼的踪迹。前几天下过雨,任何动物从树林中走过都会留下踪迹,他相信那只消失在一棵树后的狼也不例外。树林里有一股潮气,走不了多远便打湿了他的裤脚。他坐在石头上休息,本打算抽一根莫合烟,但一想到狼会闻到烟的味道,便打消了念头。别里思汗向四周察看,发现茂密的树林可起到遮蔽作用,就连此时坐在石头上的他,从别的角度也不一定能看得见。别里思汗感叹,狼藏在这里,谁能发现啊?这可真是一个有利于隐藏的好地方。

没走多远,别里思汗发现了地上的狼爪印。

别里思汗看着地上的爪印发呆。狼离人这么近,好像这里并非牧场,而是狼的领地,到底是人干扰了狼,还是狼干扰了人?

别里思汗慢慢地向前搜寻,地上的狼爪印越来越清晰,他判断,这是一只从外面往回走的狼,而且背负重物,否则爪印不会踩得如此清晰。在一片草丛前,爪印显得凌乱,可以想象得出,狼在这里停留或徘徊过。而在一个小山坡上,狼爪在地上划出长长的痕印,抠出一道细槽,别里思汗断定,狼在这里打滑,不小心从山坡上溜了下来。

别里思汗一路观察得很仔细,不放过任何一处印迹。

有谚语说,人被目的带走,脚印被路留下。不论是人还是狼,只要从路上走过,都会留下印迹,至于能否发现,则在于人的眼力。眼力好的人可以从路上的印迹判断出有什么动物由此处经过,并做好防范准备。

走了好一会儿,别里思汗还在树林里。

别里思汗感叹,这片树林从外面看并不大,走进来却犹如进入迷宫,这么长时间都走不出去。

地上的狼爪印还在向前延伸。狼爪印延伸向哪里,别里思汗就跟向哪里。

最后,狼爪印出了树林,延伸进一片沙地中。别里思汗这才明白,狼之所以苦苦在树林里穿越,是为了隐藏自己的爪印,它觉得很少有人进入树林,所以它的穿越便不会被人发现。狼多么谨慎啊,哪怕是细小的地方,它也会精心处置,不给人留下追踪它的机会,但它没想到别里思汗却偏偏进入树林,发现了它的爪印后,便跟踪了过来。

老话说,狼走一步,人看三眼。经验丰富的别里思汗准确无误地跟踪它的爪印走出了树林。

狼的爪印进入沙地后更为清晰,但间隙却变得更大,似乎它在用跳跃的方式向前跑。别里思汗想,沙地柔软,狼已无法隐藏爪印,所以它的速度加快,很快便消失在前面的树林中。

前面有几棵树,虽然庞大却已经干枯,不见一丁点绿色。

狼的爪印在树下消失了。

别里思汗在四周仔细寻找,均不见狼的任何痕迹。

怪了,狼难道长翅膀飞了?

一只乌鸦在他头顶盘旋,几次欲落在枯树上,但因为别里思汗一直在走动,便只好继续盘旋飞翔。少顷,这只乌鸦没有了耐心,便发出哇的一声。别里思汗一惊,坏了,乌鸦是狼的朋友,它在给狼报信呢!就在他这样想的时候,突然感到身后有一股风击打在了脖子上,他向一边一闪,才回过了头。

身后站着一只狼，距他只有两三米远。它的头略微低下，但两只眼睛却向上看着，逼视着别里思汗。

狼走到这里停下了。

狼窝在这里。

狼发现有人跟踪后并没有离开，也许它的小狼崽在这里。

狼要进攻自己了。

别里思汗内心像洪水一样翻滚出一系列问题。他没想到，自己苦苦搜寻狼，狼却突然就露面了，而且还站在离自己这么近的地方，他甚至感到了它喷出的气息。如此近距离看到狼，他很恐惧，不由得握紧了枪。

狼一动不动，与别里思汗双目对峙。

狼真丑啊！

别里思汗觉得这只狼之所以丑，是因为残暴在它身上无处不在，竖起的狼毛散发出邪恶的气息，尤其是它的眼睛，透着冰冷的光，仿佛只要眨动几下，就会刺出刀子。

别里思汗后退到树边，举起了枪。他不给狼机会，只想一枪把它打死。同时，他做好了准备，万一打不中狼，狼一定会扑上来咬自己，他可以利用树来作掩护，再次向它开枪。

狼看见别里思汗举起了枪，叫了一声。别里思汗不再犹豫，对着它的胸部扣动了扳机。一声脆响，狼被打中，但没有打中要害，它只是身体歪了一下，便又站了起来。别里思汗向树后躲去，意欲推子弹上膛，但狼闪电般扑了过来，大叫一声，用两只前爪把他扑倒在地。由于狼用力太猛，别里思汗倒下后，它也一跟头摔倒了。别里思汗看见它的头刚好在自己跟前，心想，把它的嘴摁到沙子里去，它就咬不到自己了。人在危急时刻，想法与动作几乎可以同步，别里思汗这样想的时候，实际上已经伸出了手。狼的嘴被摁到沙子里后，用力一挣，企图挣脱。别里思汗看见了它的鼻子，心想，刚接到上面通知，一个狼鼻子奖一只羊，干脆就从它的鼻子下手。别里思汗的想法和动作再次同步，一把抠进狼的鼻孔，再次把它的嘴摁进沙子里。

狼在挣扎。

但它除了扭动身体,四爪乱蹬外,无法从别里思汗的两只大手中把鼻子挣脱出来。别里思汗的这个办法对狼来说是致命的,它纵然有一头可撞飞石头的力气,却使不到鼻子上来,只能被别里思汗把头死死摁在沙子里。

挣扎中,一股热热的东西喷在了别里思汗脸上。

是狼的血。

刚才的一枪虽然没有击中它的要害,但仍然让它血流不止,加之它又用力挣扎,所以血流得越来越多,它渐渐没有了力气。别里思汗仍死死地摁着它,不让它有喘息机会。他知道,自己坚持的时间越长,狼的血就会流得越多,它就会越加接近死亡。

慢慢地,狼瘫软下去。

别里思汗迅速取过枪来,给它补了一枪。他知道狼会装死,它们发现斗不过人时,便会趴在地上不动,待人放松警惕后,伺机给人以致命一击。但现在的这只狼已没有了机会,别里思汗的子弹射入狼的头部,血汩汩流出,狼不再动了。

这时,别里思汗才发现这只狼的一条腿断了,它因为只有三条腿才无力反抗他,否则他不会轻易得手。

别里思汗用刀子割下它的鼻子,装入口袋里。他不光利用它的鼻子制服了它,而且还可以去领一只羊,他突然觉得自己喜欢上了狼的鼻子。

别里思汗担心附近有狼,便扛起那只狼返回牧场。

当晚,一位牧民的一只小羊羔不见了。

此事奇怪。

如果是狼干的,它们一定会咬死大羊,而不会只抓走一只小羊羔。曾有一群狼冲进羊群,一只小羊羔不知危险,跑到了一只狼跟前。那只狼嫌它碍事,一爪子把它击倒在地,然后从它身上跳过去跑了。有谚语说,有肉不喝汤,有汤不喝水。对于嗜肉成性的狼来说,它们懂得大羊比小羊羔的肉多,咬死大羊可以吃好几天,而一只小羊羔吃不了几口就没有了,咬死小羊羔不划算。

别里思汗心头一阵惶恐,心想,那只狼被自己打死之后,狼群发现它一去未回,它们悲痛至极,断定是牧场上的人干的,便悄悄摸到牧场边上,却发现人们防狼的意识很强,只有一只小羊羔在乱跑,于是它们便把那只小羊羔叼走了。

别里思汗决定单独出去寻找那群狼。这些天他有一种恐惧,觉得狼正以越来越强大的阵势向那仁牧场逼来,如果再不阻止,那仁牧场将再次发生像五十六只羊被咬死那样的惨剧。

吃过早饭,别里思汗带三名队员出门去寻找那只小羊羔。他想起不久前被自己打死的那只狼和五只小狼崽,它们死后,那只公狼便一路追寻自己,最后终因无力报仇而一头撞死。所以他相信叼走这只小羊羔的一定是一只公狼,只要找到小羊羔,也就找到了公狼。三名队员很兴奋,别里思汗队长昨天扛回一只狼,收获不小,他们也希望自己今天能扛回一只狼,用狼鼻子去换羊。

牧场上很安静,地上的青草泛出一层暗光,似乎经过一夜时间,它们已长高不少。牧场上的草就是这样奇怪,牛羊一遍又一遍地吃,它们却总是在长,整个夏天都绿油油的,把牛羊喂得肥硕无比。牧民们对草有感情,把牛羊放开之后,会坐在草地上,用手抚着草叶,嘴里发出情不自禁的赞赏声。

别里思汗和队员们找到昨天打死母狼的地方。

一只乌鸦在那几棵树的上空盘旋,几欲落下,但又像是很害怕他们似的旋飞而起,发出难听的叫声。别里思汗警觉起来,对队员们说:"大家小心,乌鸦出现,狼就会出现,因为乌鸦经常给狼报信。"

过了一会儿,乌鸦飞走,沙地上却并不见狼的踪影。

别里思汗发现一棵树上有几道爪痕,不但树皮被抓掉,而且连树身也被抓出印子。是狼抓的,他断定,他昨天把那只母狼打死扛走后,公狼找到这里无以发泄,便用爪子抓树。失去母狼让它悲愤难抑,便把树身抓出深深的印痕。别里思汗看着那几道爪痕摇了摇头,心中涌起一股酸楚。他是不愿意打狼的,但眼下牧场上的牛羊需要保护,他不得不扛起枪一次次去寻找狼,并一次次对着狼扣动扳机。有时候,他开枪之后只想立刻转身离去,他不想看到狼惨死的样子。

队员看见别里思汗在摇头,便问他:"队长,你头疼吗?"

别里思汗言不由衷地说:"头疼。"

"那返回去吃点药吧!"

"不用,没有能治我这种头疼的药。"

"那怎么办?"

"没事的,过一会儿就好了。"

过了一会儿,别里思汗招呼大家上路。沙地柔软,一踩,脚便陷进去,他们行进的速度不得不慢下来。好不容易走出沙地,翻过一个山包,前面又是一片沙地。那三名队员觉得奇怪,在那仁牧场这么高的地方,怎么会出现沙地呢?难道这个地方处在风口上,风把沙子刮到了这里,刮出了一片像沙漠一样的地方?别里思汗告诉他们,风是个很奇怪的家伙,前一年可以把一片草地刮成沙漠,后一年又可以把一片沙漠刮成草地,在扎玛纳什就发生过这样的事情。

他们从山包上下来,进入那片沙地。

突然,别里思汗看见沙地上有一串狼的爪印,从爪印分布情况看,有一只狼从这里走了过去,他对队员们说:"有狼,大家小心。"

"狼在哪里?"队员们没有发现狼的踪迹。

"在地上。"

"在地上? 地上没有狼!"

"噢,没说清楚,地上有狼的爪印。"

队员们这才看见地上有一串狼的爪印,他们紧张地举起枪向四周巡视,只要有狼,他们就可以开枪。但除了地上的狼爪印外,什么也没有。

别里思汗仔细观察地上的狼爪印,他发现这串狼爪印比一般狼的爪印大得多,而且踩得很深,由近及远,很引人注目。

难道是狼王留下的?

这么大的爪印,除了狼王,还会有什么样的狼会踩出呢?

别里思汗心头一阵恐惧,如果遇上狼王,这次出来就会有大麻烦。老话说,狼王露了面,猎人断枪管。狼王不但智慧超群,而且对狼群的号召力极强,它只需长嗥一声,能听见的狼都会奔涌而至,俯首听从于它的指挥。没有人见过狼王,因为狼王拥有至高的权力和荣耀,有很多狼为它进贡食品,所以它从不露面。

向前跟踪了一段路,别里思汗明白了,地上的这串让他误以为是狼王留下的爪印,原来是两只狼的爪印踩在了一起。他想,一定是一只公狼和一只母狼走过了这里,为了不让人发现它们,公狼走在前,母狼走在后,母狼每次踩下时,都把爪子落在公狼的爪印上,这样就会让发现爪印者以为只有一只狼从这里走过,从而忽略它们,也会忽略不远处的小狼崽的存在。

关于狼在地上不留爪印的事,在牧场上曾发生过一次。有一年,因为狼多,牧民们每天都不停地向牧场四周张望,似乎刮过的风中有狼的影子,天上飞过的鸟儿在给狼带路,或者说,牧场边的树林里有狼,随时会冲出来。当时的打狼队队长达尔汗在牧场上,他说:"狼即使走上十座山,也不和人碰一面。狼是等不出来的,你等它,它好像知道你在等它,它偏偏不出来。你不等它,它反而说出来就出来了。狼为一块肉,守得比命还长久。狼出来,一定是有目的的。"

牧民们便不再向牧场四周张望。

没过几天,正如达尔汗说的那样,一只狼突然出现。那只狼矮小,浑身灰白,如果在狼群中,它一定不起眼。它从树林里出来后,望了望牧场上的牛羊,却没有接近它们一步,而是绕过那条小河,爬到了牧场一侧的山坡上。山坡上有一户牧民的帐篷,那位牧民带妻子来到那仁牧场,他每天出去放牧,妻子在帐篷中做饭,他家帐篷顶部的炊烟总比其他牧民家的要浓

一些。那只狼悄悄接近他家的帐篷。至此,牧场上无人发现这只狼,没有人知道它的意图。

它走到离帐篷不远的地方,趴在了一棵树后。老话说,狼把身子趴一趴,眼睛向外看三看。狼不论在什么时候,都要先把自己隐藏起来,然后才作打算。狼在隐藏中不断接近目标,当狼突然出现,实际上已经完成了或长或短的隐藏,要向目标发起攻击。但这只狼却长久地趴在树后,低着头,像睡着了一般。

下午,那位牧民的妻子从帐篷中出来,去牧场中的那条小河中提水。那只狼从树后走出,悄悄跟在她身后。

牧区从未发生过这样的怪事。

到了夏季,男人们都赶着羊去放牧。羊吃着草越走越远,而那仁是个大牧场,谁的羊也走不到尽头。牧民让羊吃一座又一座山上的草,他们跟在羊后面,一跟就是一天。在整个夏牧场上,每一天都如此,每一年都如此,哈萨克族牧民就这样过着平静的游牧生活。这时候,留在家里的都是女人,女人们忙着里里外外的事情,从来都闲不下来。这户牧民孤独地住在牧场对面的山坡上,女主人要干点什么事情,总是要走很远的路。她丈夫每天都出去,她就变成了这个家的男人。每天下午,她都要去牧场中心的小河中提回一桶水,然后早早地为丈夫做好饭。

她不知道有一只狼已经接近了她。她下山坡时,水桶是空的,她的步子迈得很轻盈。那只狼远远地跟在她身后,踩着她的脚印。快走到牧场边时,狼躲在了一块石头后面,等着她提水回来。她因为提了满满一桶水,上山坡时颇为吃力,额上很快沁出一层汗。而那只狼似乎只对她的脚印感兴趣,用爪子踩着她的脚印,在山道上走动,如果她在半路上停下干点什么,或者有要回头的意思,那只狼马上就会躲开。

好几天过去了,她都不知道自己身后有一只狼,而那只狼每天都悄悄跟在她身后,重复做着那一件事。她每天都很忙碌,对身后的狼没有丝毫察觉。终于在夏末的一天,这一幕被另一个女人看见了,她给牧区的女人们讲了。女人们躲在帐篷里看着山路上的那一幕,惊奇不已。不知是出于什么原因,她们对那个女人只字不提,却在私下里议论着,认为狼和她一定有着非同寻常的关系。

很快,男人们赶着羊群回来了,女人们把那件事情悄悄讲给了那个女人的丈夫,她的丈夫为了证实事情的真相,躲在别人的帐篷里,等待着妻子在山道上出现。过了一会儿,她出现了,那只狼也出现了,一切都和人们说的一模一样。他愤怒而又羞愧,抓起猎枪瞄准那只狼扣动了扳机。那只狼被打个正着,一头栽倒在地。他的妻子被突然响起的枪声吓坏了,等回过神,看见身后有一只被打死的狼,惊恐不已,突然身子一软,倒了下去。

一吓一惊,她暴毙而亡。

没有什么能证明她了。

后来,狼踩人脚印的事情又发生了,看见那一幕的那个人手头没有猎枪,就吆喝了一声。狼跑了,被狼跟踪的那个女人从山坡上跑下来,惊恐万分,久久不能平静。人们觉得同一件事情在牧区重复发生,真是有点奇怪。但一只狼为什么总是要跟在女人的背后呢? 谁也无法解释这一切。

慢慢地,这件事就变成了一个谜。有些谜是永远无法解开的,但它却有存在的理由。这个世界太大了,不管有多少未解之谜,它都能装得下。

现在,狼隐藏爪印的事情又发生了,别里思汗心生怨意,狡猾的狼,害得我以为是狼王出现了。但别里思汗还是对狼心生敬意的,它们虽然狡猾,但它们的智慧却总是如此令人震惊,不得不佩服它们是有着战略思维的动物。

他们继续向前搜寻。

沙地在这个高山牧场像个不速之客,死皮赖脸地趴在那儿。别里思汗警觉起来,不敢再往前走了,前面是一片草地,有树,还有一条河,这样的地方往往是狼的藏身之所。还没等他们进入草地,突然传来几声狼嚎,别里思汗和队员们趴在一块石头后面,悄悄观察着草地。

一只小羊羔正被四只小狼围追,无论它跑到哪里,都逃不脱它们凶猛的扑抓。

两只大狼在不远处蹲着,死死盯着草地上的四只小狼和那只小羊羔。

小羊羔正是昨天晚上丢了的那只,原来它被这两只大狼抓到了这里。

慢慢地,别里思汗和队员们看明白了,两只大狼是在用这只小羊羔训练小狼,让它们学会围追堵截的本领。一旦四只小狼学会这些本领,大狼就会把小羊羔一口咬死,扔给四只小狼,让它们吃掉,而四只小狼在今天学会的本领,将会受用一生。

别里思汗心想,四只小狼在今天学会的本领,将在今天终结。

别里思汗和队员们要在今天把它们全部打死。

小羊羔在四只小狼中间惊慌逃窜,终于逃出了它们的围追。但它并没有跑多远,两只大狼闪出两团黑影,扑到它跟前,头一扬便把它撞倒,四只小狼跑过来又把它包围了起来。

两只大狼又蹲在一边看着。

"时机到了,瞄准!"别里思汗低声说。

三名队员将枪口伸出,瞄准了狼。

"我打公狼,你们打母狼。"

"好的。"

四只小狼仍围着小羊羔,把小羊羔像皮球一样推来搡去,无论小羊羔怎样挣扎,都逃不脱它们的魔掌。四只小狼均在射程内,很好打,但别里思汗和队员们并不想对它们开枪,他们要打的是这两只大狼,打死了大狼,四只小狼可以轻而易举拿下,甚至连子弹也节省了。

四支枪瞄准了两只大狼。

枪响之后,两只大狼均一头栽倒,但公狼却迅速爬起,嗥叫着向他们扑来。它的速度很快,几乎是从一地向另一地跳跃着奔跑,转眼间就扑到了他们跟前。别里思汗刚才的一枪打中了它的肚子,血在往外流着。

它死死盯着这四个人。

队员们吓坏了,提着枪转身便跑。别里思汗迅速推子弹上膛,又开了一枪。因为慌乱,子弹打偏了。

公狼一跃而起,向别里思汗扑来。别里思汗早已闪到石头另一侧,躲过了它的利爪。父亲达尔汗曾对别里思汗说,狼在抬起下巴和前爪时,便要向你扑来,你必须在这一时刻迅速躲开,跳到它的视线之外。有很多人不懂这一点,在狼一跃而起时才知道它要扑向自己,那时候想躲已经来不及,狼一下子会把他扑倒在地,如果他运气差,就命丧狼口。

有了这一经验,别里思汗化险为夷。

狼再次向别里思汗扑来,但在一跃而起后,却歪斜着倒了下去。它毕竟已被子弹击中,伤口不停地在流血,加之向别里思汗扑来时用力太猛,所以它的身体突然瘫软下去,尽管它双目犹如在喷火,却再也爬不起来。

别里思汗跑到它跟前,用枪托猛击它的耳根。有谚语说,狼要是缓一缓,就能推倒山。所以别里思汗不给它缓劲的机会,瞅准它的耳根用枪托猛击下去。打狼不打头和腿,耳根子一碰就昏过去。狼的耳根最为敏感,只要能打中,一下子就可以让它昏厥过去。

枪托击在狼的耳根上,发出一声闷响。

狼不动了。

别里思汗怕它装死,便推子弹上膛,朝它头部开了一枪。它的上下颚被打开了花,露出猩红的舌头和四颗长长的牙。别里思汗仔细一看,狼的其他牙都不起眼,唯独上下牙床上的两颗长牙无比尖利。虽然现在它已经死了,但长牙看上去仍让人骇然,似乎狼身体里的凶恶并未消失。

那三名队员回来后,看着狼满脸的血,用难听的话骂狼。

两天时间,别里思汗打死了两只狼,队员们很佩服他,也很羡慕他。他们说:"别里思汗队长,你一天打一只狼,这样下去,用不了多长时间,你就有一大堆狼鼻子,可以去领上一大群羊。"

"羊是自己养的,靠这种办法壮大不了羊群。"

"听说铁列克提有人专门靠打狼领羊,已经有一大堆狼鼻子了。"

"常在河边走,哪有不湿鞋。时间长了,他难免会遇上危险,不要把狼看简单了,不然会吃亏的。"

"看来我们的别里思汗队长并不想打狼。"

"如果不是为了那仁牧场的牛羊,我是不会打狼的。"

说话间,他们用绳子把狼的四条腿缚住,放在石头后面,准备返回时把它抬回。

"母狼和四只小狼跑了。"一名打狼队队员说。

别里思汗说:"跑不了,它已经被打中了。"

"咱们追吗?"

"追。"

别里思汗和队员们搜寻到母狼被打中的地方,地上有血,是那只母狼的。别里思汗说:"地上的血迹就是狼的'尾巴',咱们顺着血迹追下去,不愁找不到母狼和那四只小狼。"

队员们点头称是。

地上的血迹颇为显眼,这就是狼的"尾巴"。他们轻松地拽着这条"尾巴",狼走到哪里,他们就跟到哪里。搜寻不远,母狼和四只小狼在前面出现了。母狼摇摇晃晃,似乎随时都会跌倒。四只小狼惊恐慌张,边跑边叫,企望母狼能给予它们保护。但母狼已经保护不了它们了,它伤得很重。

别里思汗瞄准母狼,开枪。

母狼再次被击中。

但它没有倒下,而是掉头扑了过来。它大声嗥叫,似乎到了这种地步,只想和他们拼命。它已经中了两枪,别里思汗不再紧张,从容推子弹上膛,再次向它开枪。它再次被击中,大嗥一声,然后轰然倒地。别里思汗和队员们围到它跟前,只见它的口鼻都在流血,肚子一起一伏,身上的三个小窟窿冒着血。

"别里思汗队长,你又多了一只羊。"一名队员羡慕地说。

别里思汗不说话,将头扭向一边。四只小狼不见了,在短短的时间内,不知它们躲到了哪里。别里思汗在四周走了走,没找到狼窝。他想,这只狼发现他们追上来后,便放弃带小狼回到狼窝,它要独自面对危险,并赢得时间,让小狼们安全回到狼窝中去。只要它们躲过今天的危险,日后也许就可以安全度日。这也是它不顾死活扑过来,要与别里思汗和队员们拼命的原因。如果它把别里思汗和队员们咬死,它就可以安然无恙地回到小狼身边去;如果别里思汗把它打死,它最多暴尸荒野,但不会暴露狼窝的位置。

别里思汗叹息一声,人狼相遇,不是人死,就是狼亡,这一点什么时候才能改变?

别里思汗想起母狼生下小狼崽后,公狼会陪伴在母狼和小狼崽身边,只有在觅食时才会外出。公狼为了母狼和小狼崽的安全,不会捕食狼窝附近的动物,所以觅食一般都要走出很远。而这一次公狼和母狼之所以把四只小狼带出来,是为了训练狼崽,但它们却碰上了人,人要打死它们,它们便不得不向人发起攻击。人怎能轻易让它们咬死呢?人有智慧,人的智慧比什么都厉害。吃肉的牙长在嘴里,吃人的牙长在心里。人长在心里的吃人的牙就是智慧,狼岂能轻易把人打败呢?最后的结局,必然是人把狼打死。

四只小狼到哪里去了?别里思汗颇为疑惑。

突然,他发现一棵大树下有一个洞,洞口的土有刚被踩过的痕迹。

狼窝在这里。

别里思汗再次感叹狼的聪明,它们在大树的根部挖出洞是多么明智,因为大树的庞杂根系可以增强洞的牢固性,在里面待两三个月没有任何问题。而两三个月后,大狼则领着小狼去寻找狼群,这个洞则有可能会成为另一对公狼和母狼的栖息地。

别里思汗趴在洞口听了听,里面有断断续续的叫声。他断定,小狼一定在里面,因为失去了父母,它们惊魂未定,在不安地叫着。

别里思汗让队员们脱下身上的大衣,堵住了洞口,小狼在洞内呼吸不到空气,就会被闷死,即使它们不被闷死,冲出洞来也难免一死,有四支枪在等着它们。

很久,洞口都没有动静。

别里思汗想,狼窝一定另有通风口,此时洞口虽然被堵死,但通风口却依然可以让它们安然无恙。狼早就想到洞口会被人堵上,所以挖洞时一定挖好了另一个通风口。这个通风口很重要,有时候狼进入洞中后,为防止被人发现,它们自己也会把洞口堵上,有时候猎人跟踪狼,狼突然消失得无影无踪,让猎人怀疑狼真的像传说中的那样会隐身,无奈之下,猎人不得不空着手回去。其实,是狼进了洞里,因为狼洞都在极其隐蔽的地方,加之又因为狼把洞口用遮蔽物堵了起来,所以猎人便无法发现。

别里思汗对队员们说:"把衣服穿上吧,衣服对狼没有用。"

队员们边穿衣服边问:"别里思汗队长,那怎么办?"

"会有办法的。"

"别里思汗队长,咱们把这棵树掀翻?"

"树太大了,咱们是掀不翻的。"

"别里思汗队长,能不能把狼洞掏开?"

"狼洞和树根连在一起,没办法掏。"

"别里思汗队长,那这四只小狼就没有办法弄了吗?弄出来可以换四只小羊羔呢!小羊羔今年是小羊羔,明年就是大羊啊!"

地上有一层树叶,别里思汗有办法了,他对队员们说:"把这些树叶塞进狼洞口,用烟熏,小狼受不了烟,就会出来。"

树叶很快塞进了狼洞口,一名队员将其点燃。树叶慢慢燃烧,烟进入了狼洞内,很快,洞内便发出一阵小狼的叫声。烟起作用了,要不了多久,它们就会往外爬。一名队员问别里思汗:"别里思汗队长,等一会儿小狼出来了,是开枪打呢,还是用手抓?"

"用手抓吧,省几颗子弹。"

"好的。"

树叶燃烧得更为迅速,有更多的烟进入了狼洞内,终于,一只小狼从洞门探出了头。一名队员一把抓住它的头,将它提了起来,他兴奋地大叫:"出来了一只,我一把抓住了。"

接下来,就听得他不停地喊着:"又出来了一只,我又一把抓住了……"

四只小狼悉数被抓,在队员们的手里乱扭乱动,但它们只是小狼,无论怎样挣扎都无济于事,仍被队员们紧紧抓在手中。一名队员觉得它们活泼可爱,对别里思汗说:"别里思汗队长,咱们把这四个小家伙带回去养起来吧,它们看上去好玩得很! 打狼不好玩,但养狼一定好玩。"

别里思汗说:"不行。"

"为什么不行呢?"

"狼会闻着它们的气味到牧场上去报仇的。你们带回去四只小狼,说不定就带回去了四十只狼、四百只狼。"

"哎哟,那还是算了。"

别里思汗示意他们处置四只小狼。他转过身去,身后发出四声惨叫后,很快又平静无声。

收拾停当,他们返回。这时他们才发现那只小羊羔躺在草丛中,脖子被咬断,地上流了一大滩血。在两只大狼受到枪击后,不知它们中的哪一只仍不顾安危,一口咬死了小羊羔。

返回途中,他们遇到一位年迈的哈萨克族牧民,他看见他们抬着几只死了的狼,惊讶地说:"哎哟,年轻娃娃,你们打死了几只狼?"

一名队员说:"六只。我们是打狼队的,到那仁牧场专门来打狼。"

"噢,打狼队,我听说过。"

"你知道什么地方有狼吗?"

"羊在心上,狼在山上。羊吃草,狼吃羊。多少年了,就这个道理。"

"问题是,现在狼太多了,牧民的羊被祸害得不行了,所以才打狼。"

"狼会越打越多……"

"这个说法,我们听达尔汗叔叔说过,打一只狼,十只狼会看见,打十只狼,一百只狼会看见。狼的报复心极强,它们看见同类被人打死,会来报复人的。"

"我们不怕,我们有枪。"

"枪打不了神,狼是神。"

队员们觉得他越说越离谱,居然把狼说成了神。他们知道,关于狼的传说有很多,说上一天也说不完,但现在已经很少有人把狼说成神,因为狼吃羊的事实让人们痛恨狼,认为它们十恶不赦,怎么能把它们说成是神呢?

牧民说:"我年轻时也打猎,不光打狼,还打黄羊、鹿、哈熊、野猪等,到底打了多少只猎物,自己也记不清了。但我并不是最能干的,与我一起打猎的那个猎人才厉害呢,一晚上能打死十几只黄羊。有一次,他碰到了一只白色的野山羊,它太白了,浑身像雪一样洁净,他一枪就把那只野山羊打死了,结果他的头一夜之间肿得很大,呼吸也变得很困难。他昏睡了两天,醒来后说,他梦见被自己打死的那只野山羊是一只神羊,它在梦里紧追他不放,他仓皇逃跑,一头撞在了一块石头上。还有一位和我一起打猎的朋友,有一次发现了一只盘羊,它头上的角可真漂亮啊,他瞄准它准备射击,突然从风中传来一个声音:这是我的坐骑,你不要打死它。四周没有一个人,不知道那声音是谁说出来的。而那只盘羊则站在他面前一动不动,它的背上有印痕,似乎架过鞍子。我那位朋友诧异,难道刚才发出声音的——是神?他把枪放下,向那只盘羊挥挥手,让它走了。"

队员们听入迷了。

牧民说:"年龄大一些的人都知道一些传说,每一种动物都有自己的守护神。其实,谁也不能肯定这些传说到底是不是真的,但这些传说却告诉我们一个道理,不能随意滥杀动物,它们的生命和人的生命一样,同样也是珍贵的。"

队员们明白牧民的意思,他是在告诫他们,要尊重动物的生命,不要一见到它们,就疯狂地把它们置于死地。

牧民说:"我现在已经老了,我活得越老,越明白生命是多么可贵,而失去生命,尤其是看到自己的亲人死去,又是多么痛苦。"

一名队员问:"你是为自己打死了很多动物而难过吗?"

牧民说:"有时候我想,假如我是一只狼,出去觅食回来,却看到自己的小狼都被打死了,还怎样活下去……"

别里思汗一直没有说话,听到这里,他的心一下子沉重起来,觉得脚下的路变得无比艰难,无法再向前迈出脚步。

月光秘令

一股难闻的味道,弥漫进了托科村。

几天后,人们终于知道,这股味道是下小狼崽的母狼散发出的。有一年母狼下小狼崽时,空气中曾弥漫过这股味道,后来再也没有出现过,似乎母狼分娩后都躲了起来。今年,空气中弥漫着这么浓的味道,说明有很多母狼在下小狼崽。

很快,人们又知道,有人在开山找矿,弄出巨大的爆炸声,把狼都赶到了托科村一带。本来母狼分娩前是不会迁移的,但爆炸声让它们无法安心待产,便不得不拖着笨重的身子转移。

这股难闻的味道如此浓烈,是有多少母狼在下小狼崽?

达尔汗和阿坎都闻到了这股味道。达尔汗是托科村的老猎人,阿坎是商人,他们闻到这股味道后,都没有说什么。

在托科村一带打狼的老马和打狼队队员,也闻到了这股味道,他们兴奋地叫起来。这股味道是狼身上发出的,他们有了打狼的机会。

达尔汗皱着眉头,转过身去眺望远处的雪山。雪山还是以前的雪山,倒是托科村四周的绿色浓了,从山顶到山脚下都有了明显的生机。进入五月,山下已经进入夏季,但托科村才刚刚有了绿色。这就是山上的夏天,人们早已习以为常。在这个季节,托科人最关心的是草,草长出叶子,就可以赶着牛羊进入齐里克牧场。

那股味道很难闻,村里人都皱着眉头,用手捂着鼻子匆匆出门去办事,完毕后又匆匆回家。

这些天,达尔汗一直在琢磨那只白鬃狼。白鬃狼被爆炸声驱赶到托科村,并在他家栅栏下出现过一次后,就再也没有出现,他断定它因为快要分娩,便卧在某个洞穴中不再奔波。有谚语说,停止的雨湿一天,落下的雪积一冬。白鬃狼不走动,便不会有麻烦。而这股难闻的味道,一定是从白鬃狼身上散发出来的。想到这里,达尔汗卷了一根莫合烟,点燃后慢慢抽着,觉得滋味很好。

打狼队队长老马和队员们很兴奋,一定有很多母狼被那巨大的爆炸声驱赶到了托科村附近,所以才把味道传进村里。老马想出去寻找白鬃狼,但村里人对老马说:"公狼的食在山上的山上,母狼的窝在洞里的洞里。你别白费工夫,哪怕现在所有的狼都在托科村一带,但它们隐藏的本事大得很,你找不到它们。"

老马叹息一声,遂打消念头。

因为这股味道,村里人一脸轻松,他们知道这时候人找不到狼,狼也不会袭击牛羊。

村里人对达尔汗说:"这股味道难闻是难闻,但却是福,这时候的母狼都忙于下小狼,公狼都忙于照顾母狼,不会出来。"

达尔汗点头称是。

村里人又问他:"这股难闻的味道散尽后,会出现什么?"

达尔汗回答:"狼就开始出来活动了。"

狼出来活动,羊的麻烦就来了;羊的麻烦来了,人的麻烦也就来了。村里人觉得还不如闻这股难闻的味道呢!这股味道只是让鼻子受罪,但是狼来了人的心会受罪。

母狼生小狼的味道弥漫过来后,达尔汗觉得有一团像雾一样的东西包围了他。他喃喃自语一句谚语,蒙住双眼的黑布能取下,侵入内心的迷惑却难打消。之后,便不再出声。

几天后,那股难闻的味道浓了起来,托科村的人也变得紧张起来。

村里人问达尔汗:"为什么这难闻的味道越来越浓?"

达尔汗说:"母狼开始下小狼崽了。"

村里人问:"母狼下小狼崽,什么时候才能结束?"

达尔汗说:"前后半个月左右吧。"

半个月时间不长,所有人都能等,因为人们正在做转场准备,这半个月时间一晃就会过去。人们说到母狼时,总是议论纷纷:你生你的小狼,我做我的事情,咱们互不干涉。人们在这些天都很忙,毡房、床铺、餐具、桌椅、柴米油盐都要一一打包装好,才能在齐里克牧场顺利度过几个月的放牧时光。

这时候,只有打狼队队员在闲转。

牧民们与队员聊起母狼下小狼崽的事情,村里人问他们:"母狼下完小狼崽后,要不了多久就会出来捕猎,你们有没有办法对付它们?"

队员回答:"以前没见过母狼,我们有什么好办法呢?"

村里人说:"母狼下完小狼崽后,比别的狼更难打。"

队员无奈地说:"我们上山来到托科村这么久了,虽然人人都说今年狼多,但我们却没有见过几只。照这样下去,也许到了冬天我们下山时,也见不到母狼呢。"

村里人很失望,说:"你们是打狼队的,却这样想,太不应该了,让我们怎样在牧场上安心放羊呢?"

队员一脸茫然:"我们拿狼也没办法。"

村里人很不解,狼如此之多,如此猖獗,打狼队却不知道该怎样去打狼,真是不可思议。他们好不容易盼来打狼队,但队员们却含含糊糊,就像早晨的太阳在山顶上只露出一半,另一半却并不打算露出来,让人干着急。

村里人失望了,不再对打狼队抱任何希望,他们要趁着母狼下小狼的时节,赶着牛羊进入齐里克牧场。一个多月前,达尔汗说过,母狼下小狼时无暇顾及别的事情,是进入牧场的最佳时机。后来老马从热汗嘴里套出这番话,这些天老马一直在等待,他打算跟随村里人进入齐里克牧场。羊的蹄子在牧场上,但影子在狼的心里。羊进了齐里克牧场,狼一定会跟过去,所以真正打狼的机会在齐里克牧场。这样一想,老马又兴奋起来,前两个月没有打死白鬃狼,就当是热身,才进入春天嘛,有时间打它们,不急。

村里人问起老马和打狼队在库孜牧场的事情,老马羞愧难当,不说一句话。除了难以启齿外,老马还遭受着折磨,刚回到托科村,他又像刚上山时一样,浑身冷得发抖,往往在村子里走不了几步路,就想赶紧找火烤一烤。老马很疑惑,天气已经暖和,村里人都已经脱下羊皮大衣,但他为何还冷得发抖呢?后来,老马明白了,是孤单和失落让他内心空虚,继而便觉得冷,便发抖。他无奈地望了一眼远处的雪山,感到一股寒意袭了过来,他禁不住抖得更厉害。

无奈,老马便去阿坎家烤火。

阿坎在家,老马一进门就说:"把炉子弄旺,让我好好烤一下。"

阿坎不解,问老马:"这么暖和的天气,也把你冻得发抖?"

老马不好意思说出他发抖的原因,便含糊其辞地说:"天气怪嘛!"

阿坎笑了,没有说什么。

烤了一会儿火,阿坎对老马说:"老马啊,我的好朋友,你听我说,寒冷的人,在屋子里烤火暖身;温暖的人,在黑夜里用火光照明。你不能天天待在毡房里,用双手抱着火炉子不放,你应该出去想办法,让自己忙起来。老话说,宝石布满大地,不动手到不了手里。你一忙起来,你的身体就不冷了。身体不冷了,心也就不冷了。"

老马有些羞愧,点点头。老马仍想让达尔汗给打狼队当向导。经过库孜牧场的几件事,他坚信没有达尔汗,打狼队找不到狼,尤其在母狼产小狼崽的时候,没有达尔汗帮忙,恐怕到头来只会是一场空。

老马向阿坎说出他的想法。

阿坎说:"那你一定要想一个办法,让达尔汗不得不给你帮忙。"

老马有了信心。热汗已经钻进他们的圈套,而这个圈套是一根绳子,他们还可以让它延伸向达尔汗,把他也牵住。老马是握着绳子的人。想到这里,老马笑了。

阿坎看见老马笑,也笑了。

但老马脸上的笑很快便消失了,他问阿坎:"现在所有的人都闻到了这股难闻的味道,知道母狼正在生小狼,这时候的狼怎么打?"

"你想在这个时候打狼?"

"没有想好,所以来请教你。"

"你的头不疼,腿肚子不酸,用不着求人。不过你还是打消念头吧,这个时候的狼不好打。"

"为什么?"

"以前我打猎时,老一辈猎人说狼是苍穹的儿子,母狼生小狼,是正在完成苍穹的使命,如果这时候捕杀母狼,就违背了苍穹的旨意,会受到惩罚,所以我们在每年的这个时候,都不打母狼。"

"那你在这个时候也没打过别的狼?"

"打过。"

"因为什么打的?"

"有一年,一位猎人在这个时候打了狼,因为别人都没有打,所以他一个人打了很多,用狼身上的东西卖了不少钱。他能打,我也能打,他能挣钱,我也能挣钱,所以我就打了。"

老马听到这里,吃惊地问阿坎:"狼身上的东西可以卖钱?"

阿坎不想让老马知道他在偷偷做狼的生意,便说:"那是以前的事情。狼身上的东西可以卖钱。"

老马说:"要是只为了卖钱,我就不来打狼了。我年龄大了,挣这个钱干什么,又辛苦又危险。"

阿坎看了一眼老马,笑着说:"那是,谁会用狼身上的东西卖钱呢?"说完,阿坎又笑了一下。这一笑之后,他把自己正在做的生意遮掩了过去,他和老马有了距离。

老马笑了笑,走出阿坎家,他要让自己"忙起来"。

但怎样才能忙起来呢?

老马向达尔汗家走去。远远地,老马看见达尔汗家屋顶上有炊烟,这说明达尔汗在家。老马走到达尔汗家的栅栏边,看见热汗在院子里,犹豫了一下站住了。热汗也看见了老马,愤怒地瞪了一眼老马。老马想起自己骗过热汗,双腿便变得沉重起来。热汗又瞪了一眼老马,老马便再也没有力气往前走动一步,灰溜溜地转身返回,他身后传来啪的关门声。老话说,一根杆子支不起毡房,一张皮子做不成皮袄。老马感叹:"唉,把事情做得太绝,堵死了后路。"

达尔汗隔窗看见老马在栅栏外犹豫半天,最终转身走了。达尔汗摇摇头,对热汗说:"老马的心乱了。心乱了的人,不知道该怎样走路。"

热汗向栅栏外望了一眼,老马已经走远了,只能看见他孤单的背影。热汗气呼呼地说:"在库孜牧场,我发现老马是心里有毒的人。把毒放进水里毒别人,把毒放进心里毒自己。他害别人也害他自己,他不会有好下场。"

达尔汗制止住热汗:"不要诅咒别人。再脏的水,只要你不喝,就不会影响自己。让自己的心保持干净,路就干净,风就干净,人就会做干净的事。"

热汗点点头,脸上一副肃然的表情。

达尔汗的小儿子别克从列思河县城回到了托科村。

别克本来要在列思河县城待下去,但因为受到商人丁一民的影响,便兴高采烈地上山了。整整一个冬天,别克待在丁一民家里,从丁一民嘴里知道,狼身上的狼髀石、狼獠牙、狼肉、狼皮等都能卖钱。他亲眼看见丁一民的父亲铺着一张狼皮褥子睡觉,一问之下才知道,狼皮褥子可以祛风湿。狼身上有用的东西很多,但别克只记住了能卖钱的东西。

山下的树绿了,别克估计山上的积雪已经消融,便准备回托科村。

丁一民说:"山上有打狼队,天天在打狼。我让你回去,是悄悄挣钱。"

"挣钱?"别克有点吃惊。

"对,挣钱。你回去后,悄悄收集狼身上的东西。"丁一民说。

别克动心了。

丁一民说:"除了打狼,还有既能挣大钱又不费事的生意可以做。"

别克问:"什么生意?"

"掏小狼崽。"

"掏小狼崽?小狼崽能挣大钱?"

"对,现在有人贩卖小狼崽,比狼身上的东西还贵,不是大生意吗?"

"那倒是。但是托科村的人从来都不掏小狼崽。"

"这就是机会,正因为从来没有人掏小狼崽,所以才不会引起人的注意。你可以悄悄地干,悄悄地挣钱。"

别克听从了丁一民的话。

别克没有想到,打狼队在一个月前就上山了,而且已经发生了很多热闹的事情。最让他吃惊的是,不但白鬃狼出现了,而且今年的狼出奇地多,狼灾的阴影笼罩着托科村,村里人都坐立不安。

别克刚一进村,便闻到了那股难闻的味道,他莫名其妙地颤抖了一下。

一辆马车驶过,路上的泥水飞溅而起,甩出一条弧线。有人给别克打招呼,但只说了一两句话,看了他一眼便去忙了。别克有些疑惑:难道自己和丁一民联手做狼生意的事情,已经被村里人知道了?应该不会吧!丁一民来过几次托科村,但他只和阿坎接触,而且交易都是在晚上进行,交易完他便连夜下山,所以村里人应该都不认识丁一民。别克仔细观察村里人,才断定人们被狼折磨得死去活来,顾不上理他。

一只鸟儿飞过来,盘旋了几圈想落到村里的房顶上,但因为一声狗叫

又不得不飞走。他看着房子的木头尖顶，心想："没人理我，好啊，这有助于我悄悄做生意。"丁一民对他说过，他第一次和阿坎谈生意时，阿坎趁着夜色把他悄悄带回家，并对他说："太阳到山后面去了，月亮被云朵遮住了，谁也不知道我们俩在一起。我们干的是狼死了以后的事情。狼死了不说话，你把东西悄悄拿走，把钱悄悄给我，谁也不知道这个事情。"那次，丁一民和阿坎交易了狼髀石、狼獠牙和狼皮，阿坎一次挣到了两三年才能挣到的钱。

别克上山之前，丁一民托人带话给阿坎，让阿坎和别克配合，把大买卖做好。别克回来两天了，阿坎并没有去找别克。这几天，阿坎一直在观察村里人的动静。那股难闻的味道比什么都揪心，他不能去打狼，但他希望别人去打。他的心思在狼髀石、狼獠牙、狼肉和狼皮上，这时候不光狼不动，人也不动，正是打狼的好机会。但他知道必须压制住心里的冲动，等待打狼的机会。

阿坎决定等，狼肯定会有人去打的，他不愁收购不到狼髀石、狼獠牙、狼肉和狼皮。

别克耐性不足，便去找阿坎，热情地向他问好。

阿坎看了一眼别克，没有说话，转身走了。别克看着阿坎的背影，笑容僵在了脸上。别克不知道阿坎为什么不理他，他想追上去和阿坎说话，但犹豫了一下没有迈出脚步。别克想，托科村变了，不但弥漫着难闻的味道，连人也变得让人捉摸不透。

阿坎其实在生别克的气。

别克也后悔没管住嘴巴，把做生意的事情说了出去。有谚语说，说再多的话也填不饱肚子，做再美的梦也变不成现实。但是他仍然相信阿坎会理他，丁一民已经全权委托他负责这次的买卖，所以只有他可以给阿坎带来财源，离了他，阿坎到哪里去挣钱呢？

阿坎气呼呼地往家走，别克跟在阿坎后面，看着阿坎的背影，觉得阿坎很有意思。别克了解阿坎，知道他是聪明人，不会浪费挣钱的机会，阿坎现在佯装生气，实际上是在给他施加压力，阿坎要用这种方式占上风，以便下次谈价格时占便宜。

别克笑了，做生意就是这样，面对面较劲和暗暗较劲都不可少。阿坎学会了这些，他们之间的买卖就好做了。

到了阿坎家，别克向阿坎赔不是，阿坎仍一脸冰冷，不和别克说话。别克笑着对阿坎说："我的阿坎叔叔啊，你不是说过，把笑脸带进毡房的人，一定是朋友；把诅咒带进毡房的人，一定是仇人。你可以不理我，但你不能不理我的笑脸，我想你想了一个冬天，我想你的心情都可以种进地里，长出苗，开出花了。"

阿坎的表情缓和了一些。

别克说："我这次上山来要做大买卖。"

阿坎明知故问："做什么大买卖？"

"掏小狼崽。现在小狼崽最值钱。掏一只小狼崽，等于挣了狼髀石、狼獠牙、狼肉和狼皮加在一起的钱。"

"这是丁一民给你出的主意？"

"丁一民说了，让我听你的，你让我干啥我就干啥。"

"虽然掏小狼崽能挣大钱，但你一定要听我的，我老了，得做一些把这张老脸包住的事情。如果这张老脸包不住，它就变成了屁股。"

一片阴影笼罩在别克脸上，但随着他连连点头后又不见了。丁一民并没有把希望寄托在阿坎身上。阿坎城府太深，丁一民从来没有从他的眼睛中看出他的想法。丁一民知道，阿坎在托科村生活了二十多年，让眼睛迎着风迎着雪，把眼睛练得已经可以装得下一切，他又怎能轻易看透阿坎？丁一民让别克和阿坎来谈掏小狼崽的事情，他相信阿坎能给别克帮上忙；即使帮不上忙也没有什么，掏小狼崽是新鲜事，别克这样的年轻人能干好。

阿坎看见别克很激动，心一下子收紧，他总觉得别克太年轻，会把掏小狼崽这件事搞砸。他问别克："你知道怎样掏小狼崽吗？"

"现在这个时候就是机会，闻着那股难闻的味道，就可以找到狼窝。"

"找到狼窝后，你知道怎样掏小狼崽吗？"

"手伸进去往外拽。"

"不不不,千万不能那样。"

"那怎么弄?"

"等,等公狼母狼都离开了,走远了,才能动手,不然会有危险。"

"记住了。"

阿坎还是不放心别克,觉得丁一民把这么重要的事情交给别克有些轻率,便问别克:"你是怎么认识丁一民的?"

别克说:"也不是专门认识的,是偶然碰到的,他觉得我身上有生意可做,就认识了。"

别克对这件事胸有成竹,在上山之前,丁一民给他灌输了很多掏小狼崽的好处,并叮嘱别克,这件事不能让任何人知道,包括他的父母和哥哥。别克知道掏小狼崽有好处,加之这样的事一旦在托科村暴露,村里人就会把他视为败类,所以他一定会小心。他发现阿坎对他不放心,便拍着胸脯对阿坎说:"你把心放在肚子里,我按照你说的做。听老人的话,路在脚下;忘记老人的话,无路可走。丁一民都相信我不会把事情搞砸,你就放心吧。"

别克起身告辞。阿坎和别克拥抱,以示隆重告别。他和丁一民第一次谈妥合作意向后,就这样拥抱过。老话说,握住的手是力量,递过来的马鞭子是信任。现在,阿坎又和别克这样拥抱,开始了新的合作。

从阿坎家出来后,别克才松了一口气。别克对自己并没有把握,他担心自己真的会像阿坎说的那样,因为是没翻过几座山、没吃过几只羊的年轻人,把事搞砸。

别克回到家,不动声色地四处张望,似乎家里藏着很多他不知道的秘密。

别克去河中提水,他只提半桶回来,咚的一声扔在地上,水洒出去不少。

别克不喜欢待在家里,总是想往外跑,但达尔汗把他管得很严,他出不去。在这个家里,达尔汗犹如最高的栅栏,他不让别克出去,别克便被死死地堵在家里,活动范围只能在院子里。

别克不听达尔汗的话,而且处处与达尔汗对着干。无奈,达尔汗便放宽他的活动范围,但别克仍然不高兴,只要达尔汗不在家,便飞快跑向打狼队的毡房。他喜欢打狼队的枪,提出能否借他一用,他一定能打死一只狼回来,到时候算打狼队的功劳。打狼队队员不敢把枪借给他,如果在山上把枪丢了,就把他们的命丢了。别克觉得他们小气,只要打死狼,他们就会有好名声,多划算啊!队员们还是摇头,命比名声重要,还是小心一点为好。

达尔汗知道别克想借枪的事后很生气,他训斥别克:"你如果不好好放羊,就哪里也不要去,好好待在托科村,准备几个月后打马草。"打马草是人们每年秋天要干的事情,为的是给牛羊准备过冬的草料。打马草很辛苦,人手持扇镰,弯着腰才能把地上的草割断。别克不想打马草,他趁着父亲和热汗不注意,悄悄出门和阿坎碰头,商量如何去掏小狼崽。阿坎告诉别克,十几天前有人发现了一只母狼,现在它一定已经下了小狼崽,你只要找到母狼就一定能找到小狼崽。

别克一口答应。

阿坎告诉别克,那位牧民发现的母狼在托科村后面的山谷中,十几天前,他在山坡上看见它的肚子已经很大,摇摇晃晃走了很长时间,才从山谷中挪进了一片树林。疲惫的鸟儿会归巢,恐慌的老鼠会进洞,那只母狼的洞一定在那片树林里。那位牧民回到托科村后,将这件事告诉了大家,上了年纪的老人说,它肚子里的狼崽快要出生了,不要伤害它。

几天后,那股难闻的味道更浓了。当人们知道那是母狼下小狼崽散发出的味道时,便断定那只母狼并没有走多远,一定在托科村后面的山谷中分娩了。

这件事像风一样传开,阿坎听到这个消息后很兴奋,通知丁一民,让列思河县城掏小狼崽的人赶快到托科村来,让别克带他们去掏小狼崽,这样就会万无一失。

掏小狼崽的人还没有上来,阿坎决定再叮嘱一下别克,以防出现意外。

别克吃过晚饭后,又坐在栅栏外发呆。栅栏外牛羊走动,孩子们在嬉戏,他却一脸愁容。阿坎走到他身边,他都没有知觉。阿坎看了一眼别克,觉得耷拉着脑袋的别克,像是被什么捆绑住了,弯曲成了一团。

阿坎叫了一声别克的名字。

别克起身,问阿坎:"你怎么来了?"

阿坎说:"你怎么啦? 好像有什么不高兴的事情像石头一样,把你压得喘不过气。"

"我父亲不让我接触打狼队。"

"接触打狼队干什么,你可以单干呀! 你忘了我前几天跟你说过的话?"

"去抓小狼崽吗?"

"是啊,过两天有人要去掏小狼崽,你可不可以给他们带路? 这是挣钱的机会。"

"好。"

"那说好了,你带他们去掏小狼崽。"

"说好了,不变。"

一阵风吹来,那股味道更浓了。别克贪婪地闻着,觉得那股味道很好闻,那股味道里有很多挣钱的机会。

两天后,掏小狼崽的人悄悄来到托科村。

别克避开父亲,把羊托付给一位要好的朋友,请他帮忙照看。他不怕羊吃不上草,但怕父亲达尔汗,所以要悄悄地走悄悄地回。

阿坎给别克使了一个眼色,别克便领着掏小狼崽的人,悄悄向托科村后面的山谷走去。那股难闻的味道比前些天淡了很多,这说明大多数母狼已经分娩完毕,还有一小部分母狼还没有分娩。

别克笑了,他要干大事。

走在路上,清凉的风吹过来,让人觉出春天还残存着寒意。很快,那股难闻的味道浓了。

掏小狼崽的人停下,疑惑地看着别克。他们不解,山谷中有这么浓的味道,难道有很多母狼? 有母狼就有公狼,有公狼就会有危险,掏小狼崽的人害怕了。他们问别克:"会不会有很多母狼在山谷中下小狼崽,所以山谷中才有这么浓的味道?"

别克想了想说:"有这种可能。"

掏小狼崽的人问:"还有没有别的可能?"

别克有些不耐烦了,反问他们:"还会有什么可能?"

他们紧张地说:"比如现在,我们已经离那只母狼很近了,所以味道才这么浓。"

"说不定它跟前还有公狼呢。"

"我们小心一些。"

他们议论纷纷,放慢了脚步。

别克回头看了一眼托科村,牛羊在村子旁的草地上吃草,人们在悠闲地走动。今年的草已经长出,而且长得很好,绿油油地从低处一直铺向天边,让人觉得牛羊一辈子也吃不到尽头。别克想找出自己家的羊,但因为太远,他能看见的羊都模模糊糊,分不出哪只是他家的。算了,这些和我没有关系,我要去挣钱了。别克转过身,向山谷走去。

进入山谷后,树木少了,地上的青草也不如山谷外那么绿了。掏小狼崽的人问别克:"你偷过羊吗?"

别克说:"没有。"

"你没有偷过羊,怎么能去掏小狼崽呢?"

"掏小狼崽前必须偷羊吗? 为什么? 我觉得那是可耻的事情。"

"必须偷羊。偷一次羊,你就会发现所有的羊都是自己的,那种感觉你没有体验过吗?"

"我只知道,我们家的羊是我的,别人家的羊是别人的,不会变成我的。"

"你偷一次就知道了,如果你愿意干,可以让所有人的羊都变成你的。"

一股寒意侵入别克体内,他明白了,他们的意思是,掏小狼崽其实就是偷,他们担心他心理不过关,所以才给他灌输偷的思想。贼给你一块肉,是为了偷你的马。他一阵懊悔,觉得自己跟错了人,他是不会偷羊的。"手在自己身上长着,我能管住自己的手。"别克这样想着,心里踏实了。

这个时节,人们都忙着把牛羊往水草丰茂的地方赶,所有地方都一片忙碌。草长出来,羊的嘴就有福了;羊吃草长肥了,人的嘴就有福了。多少年了,人们放牧的方式没有改变,这句话没有变老,始终是一句有用的话。

别克不惦念别人家的羊,他甚至对放牧生活感到厌倦,如果没有羊,他也许早就去了列思河县城。

渐入山谷深处,难闻的味道更浓。

他们放慢脚步,防止母狼突然扑向他们。这个季节,人想掏小狼崽挣钱,大狼又怎能让人轻易得逞?它们为了小狼崽,会不顾一切和人拼命。

他们迎着风,闻着那股浓烈的味道,向山谷深处搜寻过去。

河谷中有细密的沙子,一直向山谷深处延伸而去。很快,沙子上出现了凌乱的痕迹。他们仔细一看,是狼的爪印。他们很高兴,终于找到了那只母狼的踪迹。很显然,它没有固定的狼窝,面临分娩还在寻找合适的地方。但奇怪的是,地上的爪印向前延伸了一段,消失了。

掏小狼崽的人一番商议后,决定与别克分开,分头去找母狼。这是危险的办法,稍有不慎被公狼发现,就会有生命危险。但别克不怕,很愉快地接受了任务。

他们叮嘱别克,如果发现那只母狼,不要惊动它,赶紧回来报告消息。他们教别克跟踪母狼的办法:你只需要看着地上的狼爪印就可以了,狼爪印到了哪里,就说明母狼到了哪里。

别克闻了一下,判断出那股味道是从前面的树林里散发出来的,便向那片树林走去。

又有风吹过,那股味道并没有消散,仍然浓烈地往人的鼻子里钻。别克迎着风站了一会儿,风虽然刮着,但似乎已没有风,只有那股味道在弥漫。

树林里忽明忽暗,明亮的地方可以清晰地看到树木,昏暗的地方则一团模糊,似乎所有的东西都凝成了一团。别克拨开横七竖八的树枝,慢慢往树林深处走去。

　　突然,他听见前面有响动。他趴在一块石头后面,向发出声响的地方看去,发现有一只狼,它的肚子鼓鼓的,是一只母狼。它很瘦,走路东摇西晃,感觉随时都会跌倒。被风吹歪的树会倒,被雨侵蚀的土会散。别克虽然是第一次看见母狼,但他在村里听过母狼的故事,知道这时候的母狼身边必然有一只公狼陪伴,所以他很警惕,担心公狼突然蹿出袭击自己。但他仔细观察后,并没有发现公狼的足迹。他觉得奇怪,狼是最忠贞的动物,母狼临近分娩时,公狼都会守在母狼身边,不离母狼半步,为何这只母狼身边没有公狼呢?

　　别克不得而知。

　　没有公狼才好呢,免得有危险。别克一阵欣喜。

　　现在,别克眼前的这只母狼在慢慢走动,别克悄悄跟在它后面,它快他也快,它慢他也慢,他不能跟丢了它。

　　树林里没有风,那股味道却弥漫了过来,更浓烈地钻入了别克的鼻子里。别克这才知道,在托科村就能闻到的那股难闻的味道,并非母狼生小狼崽时散发出的,母狼在生小狼崽之前,已经散发出那股味道,生下小狼崽后,那股味道会更浓。

　　跟了一上午,别克发现这只母狼并没有走出多远,反而越走越慢,常常要停下歇息一会儿,才能再向前挪动几步。肩扛木头走不快,手心掬水走不稳。别克断定它快生了,此时它的肚子一定很疼。

　　母狼爬上一个山坡,突然发出一声嗥叫。

　　别克吓了一跳,以为它发现了自己,要扑过来撕咬他。他抓起一块石头,准备迎击,但它却只是那样嗥叫了一声,并没有要扑过来的意思。别克这才明白,母狼因为疼痛难忍才这样嗥叫,这是缓解疼痛的好办法。

　　母狼看上去舒服了一些。

别克放下石头，擦去额头上的汗水。他发现母狼除了嗥叫之外，还用走动来缓解腹部隐痛。但为了保护腹中的小狼崽，它每走一步都小心翼翼，身边有树和石头时，它就更加小心了，生怕不小心被树枝刮伤身子，或在石头上摔倒。儿子的心在远方，母亲的心在儿子身上。别克想，这个世界有那么多坚硬的东西，它腹中尚未出生的小狼崽，又怎能经得起碰撞？等它们出生并长大后，就会用尖利的牙齿和爪子，去和这个世界较量。所有的狼都很自信，有很多看似坚硬的东西，最后都被狼一一征服。但现在它必须慢下来，它和腹中的小狼崽需要与这个世界保持距离。

它身上的那股味道很浓，一直没有消散。别克不用再看地上的爪印，只需闻着这股味道，就可以轻松地跟着母狼。

别克一直悄悄地跟在它身后，已经快半天了，它还没有找到理想的分娩地，所以它不能停下来，还得往前走。

它不停下，别克便不能停下，只能跟在它身后。

到了黄昏，夕阳的余晖落入树林，母狼变得不安起来。别克猜想，母狼分娩前的阵痛开始了。它走向河边，大概是想去喝水，但没有走出多远，便因肚子疼痛而慌乱地嗥叫起来。最热的天气，鸟儿会乱叫；最冷的季节，冰会裂响。它卧下身子，等待着狼崽的出生。阵痛一阵紧似一阵，但它肚子里的狼崽却始终不出来。它痛得在地上打滚，希望狼崽快一点出生，但过去了一个多小时，仍没有动静。

过了一会儿，它从地上一跃而起，向山冈跑去。别克知道，腹部的疼痛让它的狼性复苏，它认为跑动可以减少疼痛，它要用这个办法从疼痛中挣扎出来。

树枝起起落落，晃出一片幻影。前面的树枝是被母狼碰撞得晃起来的，而后面的树枝被别克用手轻轻拨开，晃出的幻影很快就消失了。别克跟在母狼后面，它跑得很快，他怕跟丢了，便加快了速度。

一狼一人，向山冈攀爬，狼不知道身后有人，分娩前的阵痛让它的听觉变得迟钝，感觉不到身后有人跟踪。

天黑了,似乎有一张大网笼罩着母狼,要把它拉入深不见底的黑色深谷。别克看见它跑得很快,边跑边嗥叫着到了山冈。看来,奔跑并没有起到作用,反而让它更加疼痛。它绝望了,疼痛像一只巨手将它死死按倒在了山冈上。它没有了力气,浑身发抖,似乎生命幻化成一团影子,正在离肉体而去。

别克紧张得不敢喘气。

母狼软软地倒了下去。就在它的双眼慢慢闭上、生命大门要关闭时,它看见了月亮。夜空中的月亮又圆又亮,洒下晶莹的月辉。它挣扎着爬起来,抬头仰望着月亮。月光照亮了它的头,继而又照亮了它的全身。

别克听人说过,狼在黑夜有抬头仰望月亮的习惯,它们仰望一会儿月亮,就会发出长嗥。关于狼为何对着月亮长嗥,人们认为这仍与狼是苍穹之子的说法有关。黑夜沉寂孤苦,它们对着月亮长嗥,是渴望踏上回归苍穹之途。

别克希望这只母狼对着月亮长嗥。

少顷,它果然对着月亮长嗥了一声。

月亮高高地挂在夜空中,母狼的长嗥并未升到月亮中,但奇迹却出现了,母狼腹中的狼崽在它一声长嗥后,像是听到召唤一样,开始生了。小狼崽出生得很慢,母狼不停地嗥叫,声音变得越来越嘶哑,似乎它的力气快要用尽,马上会一头栽倒下去。慢慢地,顺利生出了五只小狼崽,母狼终于停止了嗥叫。

山冈上安静了下来。

夜色更深了,但月色将母狼裹入了一片亮光中。它在月光中软软地趴着,似乎月光是它此时唯一的依靠。它身上散发出更浓烈的味道,别克被那股味道淹没了。别克不但没有用手捂鼻子,反而脸上浮出了笑容。要想实现愿望,就必须被淹没。当他从这种淹没中走出,就到了他伸出手去掏小狼崽的时候。

痛苦的分娩,使母狼耗尽了力气。五个小家伙趴在它腹下,虽然不能动,但却吱吱呜呜叫着,表示它们饿了,要母狼给它们喂奶。母狼明白它们的意思,但它没有力气爬起来,只是任由它们乱叫。

别克悄悄探出头,看见了那五只小狼崽。"这样的小狼崽好抓!"别克内心一阵激动。自己第一次掏小狼崽,就有收获,运气真是不错。

一阵风刮过来,树叶发出一阵声响,五个小家伙的叫声随即被淹没。母狼挣扎着爬起来,它看见不远处有一个树洞,便将五个小家伙一一叼进了树洞。四周安静了下来,母狼在饥饿中让五只小狼顺利出生,它还想给它们安静,所以它选择了那个树洞。

夜深了,山冈上一片模糊,那个藏着狼的树洞也一片模糊,似乎黑夜已耗尽了力气,进入了甜蜜的梦乡。

别克断定,因为那五只小狼崽刚出生,母狼一定不会带它们离开,它们会在这里待一段时间。别克想象着树洞中的情景:母狼看着五个小家伙慢慢爬动时,它的内心一定充满欣慰,第一次体会到了当母亲的幸福。"好好照看五只小狼崽吧,要不了多长时间,它们中的四只就要离开你。"别克在心里这样想着,说不出是兴奋,还是难过。上了船的人不能小瞧水,进了牧场的羊不能忽视草。他的成长需要证明,而唯一能够证明他成长的方式,就是掏小狼崽卖钱。别克内心的复杂被兴奋替代,继而又涌起一丝甜蜜。他要开始做事,他长大了。

夜风悄然而起,山冈上响起树枝碰撞的嘈杂声。别克猜测,即使整整一夜,树洞外大风呼啸,那只母狼也会内心平静,没有一丝困意。这时候的母狼和人一样,会全身心保护幼子。公狼为了小狼崽和人抢羊,母狼为了小狼崽和人拼命。

别克一直悄悄观察着树洞中的动静。

这只母狼是幸运的,它产下小狼崽后没有遇到危险。整整一夜,风在吹,树枝在响动,而树洞中却没有任何动静。一大五小六只狼,平安度过了一夜。

第二天早上,母狼外出觅食,五只小狼崽在树洞中蜷缩成一团。母狼必须尽快为小狼崽找到食物,否则它们会饿死。狼是哺乳动物,母狼可以用乳汁喂养狼崽,但母狼的乳汁不会立刻就有,所以小狼崽必须依靠食物才能渡过难关。

过了一会儿,母狼叼回一只兔子。别克隔着树洞缝隙看见,母狼将兔子撕烂,用嘴咬碎后一点一点喂给小狼崽。小狼崽们还不知道吃东西,但饥饿让它们本能地张开了嘴,一点一点吃下母狼喂到嘴边的兔子肉。待五只小狼崽吃完,母狼才把疲惫的身躯卧了下去。

别克知道,狼一直都处于残酷的环境之中,它们从出生到长大,乃至老死都一直被饥饿折磨。有一只母狼产下小狼崽后外出没有觅到食物,回来后所有小狼崽都饿死了,它痛苦地长嗥一声,将那几只小狼崽吃掉,然后消失在茫茫黑夜中。之后,它每次走过那个地方,都要痛苦地长嗥几声。狼群会因为它痛苦长嗥而停下等它,但没有任何一只狼知道它为什么那样长嗥。

不幸的是,这样的事也发生在了这只母狼身上。很快,母狼发现一只小狼崽吃过东西后仍很虚弱,风一吹便浑身发抖。母狼看着那只小狼崽,眼睛里充满怜悯和不安。它为那只小狼崽叼来兔子肉,期望它吃了后能够好起来,但小狼崽却连啃食的力气也没有,咬了咬兔子肉便无力地垂下了头。母狼用舌头舔了舔小狼崽的脸,用嘴叼起它走到悬崖边,头一扬将它甩进了悬崖。小狼崽没有发出任何声音,像一片树叶落向悬崖底部。它还太小,缺少能够让它支撑下去与这个世界抗衡的力量,所以,它没有活下去的可能,只能死。

一股阴影掠过别克心头,狼对生存的要求无比苛刻,母狼知道那只小狼崽一定活不下去,很快就会被饿死,所以母狼便决绝地将它淘汰。

别克悄悄离去。

别克很快将掏小狼崽的人带到了这里。他们手中拿着刀棍和麻袋,慢慢爬上山冈。刀棍是防狼的,而麻袋则是准备装小狼崽的。

他们爬得很慢,悄无声息地接近了那个树洞。树洞里的大小狼都在,他们对别克露出赞赏的目光,别克脸上浮出得意的微笑。但他们很快发现,小狼崽还太小,如果现在就掏走的话,拿不到山下就死了,所以他们要等母狼喂养它们一段时间后,再把它们掏走。

他们悄悄退下山冈。

为了防止母狼闻到他们的气息,他们躲在对面的山坡上。这只母狼前几天处于分娩的阵痛中,没有察觉到有人,但现在就不一样了,它的嗅觉一定像以往一样灵敏,如果他们不注意,就会被母狼发现。这样的事在以前曾发生过,一位猎人苦苦寻找到了一个狼窝,便在狼窝边等待小狼崽挨过艰难的那几天。后来,他在狼窝附近撒了一泡尿,结果被母狼闻到,一夜间便把小狼崽转移到了别处。

这群掏小狼崽的人经验丰富,一声不响地耐心等待着。空气中仍弥漫着那股味道,只要这股味道在,母狼就在,只要母狼在,小狼崽就在。

掏小狼崽的人在安心等待。

白天,母狼外出觅食,他们不担心它会一去不回,因为有四只小狼崽留在树洞中,不论它走多远,捕食多么艰难,最终都会回来。夜晚,山冈上一片安静,树洞中更是没有任何声响,他们知道狼在黑夜中的警惕性非常高,不但母狼不出一声,就连小狼崽也绝不会发出任何声响。

别克和掏狼崽的人耐心等待了两天,此时母狼出去觅食,那股味道淡了。他们并不急于出动,等待那股味道变得更淡,确定母狼已经走远,才悄悄接近了树洞。他们已经联系好了收购小狼崽的人,所以树洞里的小狼崽在他们眼里就是钱。他们知道有一只小狼崽已经死了,所以他们要把树洞中的四只小狼崽全部掏走。他们没听说过掏小狼崽要注意的事项,不知道要留下一只小狼崽给母狼,会避免母狼找他们报复。

母狼走远了,他们悄悄接近树洞,看见了里面的小狼崽。

他们想把四只小狼崽全部掏走,别克阻止他们,说如果把四只小狼崽全部掏走,人搞不好会死在母狼嘴里。他们埋怨别克嘴上没毛,办事不牢,把别克推到一边,只顾去掏小狼崽。贪吃的人不会放过手抓肉,贪睡的人不会迎接朝阳。别克很委屈,他找到了狼窝却阻止不了他们,眼看着麻烦就要降临。

别克后悔了。

他们将手伸进树洞,光线立刻变得昏暗,于是他们便乱摸。四只小狼崽尽管出生时间不长,但人伸近的手让它们有了本能的反应,明白这几个人是来害自己的,便爬起来要向外逃窜。生命被苦难的大网罩盖,逃生是所有生命的本能,这几只小狼崽也不例外。

本来,在树洞边的一只狼崽极有可能被人抓走,但因为狼窝中光线昏暗,那几只伸进去的手只能乱摸,三只运气不佳的小狼崽被摸个正着,用力一扯便被拉了出去,而它却安然无恙地留在了树洞中。

这样的结局看似是阴差阳错,但正是别克所希望的,只要在树洞中留下一只小狼崽,便可以拖住母狼,换取大家的平安。

"掏到了,三只。"

"赶快走,也许母狼快回来了。"

"走。"

他们迅速离去。

别克没有跟他们走。

他听到剩下的那只小狼崽因为惊恐,在狼窝中发出低低的呜咽声。与那三只小狼崽相比,它是幸运儿,那三只小狼崽已被人掏走,不知命运将如何。

别克愤怒地盯着他们的背影。他很委屈,突然决定不跟他们走了。他觉得自己待在他们中间,除了蒙受屈辱外,再也不会得到好处。走不到一起的人没有共同的目标,成不了朋友的人没有相通的语言。别克转过身,向另一个方向走去。

他们因为顺利掏到了小狼崽,兴高采烈地下山了,没有发现走在最后的别克不见了。

别克离开他们后不久便迷路了。他东闯西闯，又走到了那个树洞跟前。他尚未弄清正确的方向，远处就传来一声嗥叫，是母狼回来了。

那股味道又浓了起来。

别克悄悄藏在一块石头后面。这一次，母狼捕回了一只野鸡，可供四只小狼崽吃两三天，但三只小狼崽已被人掏走，它愤怒地长嗥，声音穿过山冈，在树林中传出很远。

无奈之下，母狼叼着唯一的小狼崽离开树洞，重新去寻找栖身之处。这是人所希望的，母狼一离开，便再也不会去找人报仇。

母狼叼着小狼崽开始流浪。树林里很少能碰到可捕食的动物，它只好忍着饥饿往前走。小狼崽饿得实在不行了，母狼只好吐出腹中尚未消化的食物，来喂养小狼崽。

别克看着这一幕，内心一阵酸楚。

母狼等小狼崽吃完食物，又叼起小狼崽出发。它边走边警觉地观察着四周，以防意外发生。但它身上的那股味道很浓，远远地弥漫着，只要嗅觉正常者，都可以闻见。

别克与母狼拉开距离，仍根据地上的爪印悄悄地跟踪它。就这样，别克跟着它走出了树林，但树林外的荒野让母狼不得不停住脚步，因为荒野中没有水，它如果走进去，无疑会投入死亡张开的大嘴。靴子破了，不能走长路；视线模糊了，看不清远处。无奈，它再次忍受着饥饿向树林一侧的峡谷走去。

母狼叼着小狼崽走，一步抖三抖。母狼怀孕和分娩都不困难，最难的是小狼崽出生后的喂养。母狼生下的狼崽较多，需要大量食物。如果它们幸运，没有受到别的动物或人的侵袭，可以在洞穴中安然度过几个月；如果有危险，母狼就不得不带着小狼崽迁移。

母狼叼着小狼崽走了一夜，在它几乎没有力气、要被饥饿压倒时，终于走到了一条小河边。它向河边挪动，距离一点一点缩短，希望一点一点变大,最后终于到达了河岸。

别克在一棵树后躲了起来。

母狼将小狼崽推到河边,等小狼崽喝足了水,它才把嘴伸进了水中。

现在,这只母狼喝足了水,在山坡上开始寻找猎物。别克听说过狼的很多故事,知道它在寻找旱獭的洞穴。

已经到了中午,仍不见旱獭的踪影,母狼一动不动地趴在石头后面等待。

别克也在盼望着旱獭出来。

他恨那几个掏小狼崽的人,觉得他们没有重视他,没有把他当成自己人。这件事刺激了他,在他无意间走回那个树洞前时,是想把剩下的那只小狼崽抱走的,但母狼已经回来了,无奈之下,他便跟踪母狼。一路上,他有几次把小狼崽抢走的机会,但惮于母狼凶猛,加之他孤身一人,所以他没有动手。现在,母狼在等待旱獭出来,别克在等待抢走小狼崽的机会。

然而,这时候真正降临的灾难,并不是别克的预谋,而是一只秃鹫带来的。小狼崽因为太小,趴在河边一动不动。一只秃鹫在半空中发现了它,便盘旋着观察它。它盘旋几圈后,突然迅猛地扑向小狼崽。

别克一声惊叫,此时发生的一幕让他十分意外,但他无力阻止空中猛禽对小狼崽的袭击。

秃鹫落到小狼崽身边,一股死亡气息迅速弥漫开来。

山坡上传出一声长嗥,母狼扑了下来。它经历了生死和饥饿的折磨,发现自己唯一的小狼崽受到威胁,便凶恶地扑下来,一口咬住秃鹫的翅膀。

别克曾见过在天空中飞翔的秃鹫,但没有想到秃鹫落到地上把翅膀摊开,竟然比鹰大了很多倍,怪不得它敢进攻凶恶的狼呢!秃鹫的爪子也很大,向母狼抓去时,像铁钩一样吓人。但母狼是突然扑过来的,秃鹫的注意力当时在小狼崽身上,所以被母狼一口咬住了翅膀。

此时,别克想冲过去抢走小狼崽,但又怕母狼突然回来,所以仍趴在石头后面等待着机会。

秃鹫拖着母狼来到了悬崖边,它想把母狼甩到悬崖下。

别克希望秃鹫战胜母狼,那样的话,他就可以坐收渔利。

秃鹫慢慢地没有了力气,身子开始软了,但它不服输,用最后的力气将一只利爪抓向母狼的眼睛,一股鲜血飞溅出来,母狼的一只眼睛被秃鹫抓瞎。但秃鹫在这一击之后,似乎用尽了力气,再也无力进攻。

母狼发出一声惨叫,突然拖着秃鹫向着悬崖跳了下去。

别克惊得叫出了声。在牧区有很多人都知道,鹰、秃鹫和胡兀鹫等猛禽被狼扑抓或者撕咬时,它们会用利爪抓狼的眼睛,让狼顿时坠入黑暗世界,惨叫着东撞西碰地离去。这样的事在草原或牧区经常发生。现在,这样的一幕又要在别克面前再次上演,他明白了母狼的用意。

一团黑影一闪,它们一起掉到崖底。

别克没有去崖底寻找母狼的尸体,虽然他知道狼髀石、狼獠牙、狼肉和狼皮很值钱,但他被母狼感动,他放弃了。他抱起小狼崽默默下山,走到托科村后的山坡上,他把小狼崽藏在一个树洞中,空着手回到了村里。

看见那几个掏小狼崽的人,别克一句话也不说。他们觉得别克回来后,看人的眼睛很深沉,不像十八岁小伙子的眼神。他们觉得别克变了,但不知道他因为什么变成了这样。

别克对这几天的经历只字未提,家里人不知道他去掏了一次小狼崽。

当晚,托科村后的山谷中传出一声声狼的哀号。一群狼发现了那只母狼的尸体,便痛苦地嗥叫。它们的悲痛,又怎能用哀号倾尽?

有风,那股味道又浓了。

后 记

索要和获取

作为生活在新疆的写作者，我这些年与动物的关系，就像门对门的邻居，经常可以亲眼见到对方的具体动静，因此，我十分清楚狼这种动物。它们因为秉性刚烈、天性灵敏，所以养育了自身的胸怀，亦赢得了动物界"孤独行者"和"挚诚赤子"的声誉。

新疆的狼常常生存于沙漠、戈壁、湿地、荒地、田野、丛林、雪山、河谷、山谷……它们在这些地方流浪或生存，并非人们惯性思维中的灾难制造者，并非只对人和羊群构成侵害，它们对万物充满友爱，与乌鸦是非常要好的朋友。羊在春天染了瘟疫，狼将它们咬死并吞噬掉，可避免瘟疫在草原上传播，可避免众多动物被传染。

此次完成的是系列短篇小说，写了多种鲜为人知的狼的故事，在这些叙事情节中纠缠不清、难以分开的是狼与人的命运，还有多年来发生在人与狼、狼与狼、狼与其他动物之间的感情纠葛、生存之道、生死冲突等。在今天看来，狼的活法是最古老的生存方式，极具浪漫色彩。狼之所以存在，证明世界需要狼平衡该地域的生态链，人类需要延续原始和古老的生存方式，所以狼在当下社会是特殊的存在。我写下这些小说，是对狼的靠近或者眺望,并渴望从中寻找到狼的心灵史。

我曾经目睹狩猎在最后一代猎人身上的终结,看到他们经历命运变化时的阵痛和困惑,也感觉到时代变化对古老文明的冲击和改变。猎人们曾经因为打狼而体现出生存价值,并且头顶闪烁的职业光环,但是当狼被列入国家二级重点保护野生动物范围后,猎人们便陷入命运的扭结和阵痛,以至于很难再见到狩猎狼的场面。自此之后,猎人或者狩猎都变成我的怀念和想象,狩猎所孕育出的文化,以及留在历史中的文明,都一直让我为之沉迷,并为其中的鲜活力量而激动。比如猎人埋设捕狼夹之前,常常会对狼念叨一句话:"你死不是因为罪过,我活不能挨饿。"自古以来,猎人猎捕名正言顺,也是维系自身生存的天道,所以他们很少伤感叹息,但是当他们说出这句谚语时,却使人性闪现出光芒。

哈萨克族有一种向猎人索要猎物的习俗(哈萨克语叫"斯热阿勒合",意思是认识后就是最好的)。第一次听到这个习俗,得知是这样的:人们在路上碰到打狼归来的猎人,虽然彼此陌生,但会向猎人索要猎物。在他们看来,猎物属于草原上的每一个人,猎人是代表大家前去领取的,可尽管索要。猎人不会拒绝陌生人的索要,会很大方地将猎捕到的狼牙、狼髀石、狼皮、狼尾巴等赠予对方。多少年来,猎人们自觉遵守这一习俗,并坚信给陌生人赠予狼身上的东西会得到上天的保佑。第二次听到这个习俗时,了解到了更具体的细节——猎人在打狼返回时,会在马鞍上画上线,并将猎捕到的狼挂在画线处,表明此狼是可以赠予的,陌生人可尽管索要。猎人对陌生人慷慨赠予,是对福祉的期待。

这些陌生人索要和猎人赠予狼的习俗,并不是简单的付出或得到,而是人对幸福的期待。这就让我们相信,只要一方天地丰富,人心便必然自足;只要人心自足,便必然能够向善。

于是便觉得我的写作与索要猎物的习俗极其相似,甚至因为同在新疆,二者更应有对应关系。这些小说的不少故事都是听来的,所以我的写作是向新疆索要"猎物";每次倾听犹如得到天赐,更犹如面对一个满载而归的猎人，让我忍不住索要自己想要的故事。在新疆，我是一个幸福的索要者，发生在高山、牧场、雪山和森林地带的关于狼的故事，以及狼身上附带的生灵脉息，到了动笔写作时，犹如烧开的水一样沸腾，让我觉得作为索要者是多么幸福。

当然，小说中的故事时间都在以前，那时候的狼尚未列入受保护的野生动物范围，草原和森林里的动物泛滥，严重破坏大自然的生态链，尤其是狼，作为动物界的"冷面杀手"，撕咬吞噬诸多动物，掀起了令人战栗的"生死风暴"。这种情况下的狼，好写。如今，狼已成为保护动物，不可再猎杀，但我把这些狼的故事呈现给读者，是为了让人们了解存在于生态链中的动物习性，以及它们与大自然的关系，希望人们从狼的故事中获得人与自然万物和谐共处的密码。

我坚信民间故事的力量最为强大，牧民们先于我的写作将这些狼的故事口头传播，使之成为新疆最好听的故事之一，而我只是做了一个有心人，将这些狼的故事用小说的方式写了下来。现在，我将这些好听的狼的故事也赠予读者，只希望有更多的人能成为幸运的获得者。

王族

2023 年 11 月 11 日于乌鲁木齐